FOLIO SCIENCE-FICTION

Robert Charles Wilson

Axis

Traduit de l'américain
par Gilles Goullet

Denoël

Cet ouvrage a été précédemment publié
dans la collection Lunes d'encre aux Éditions Denoël.

Titre original :
AXIS

Roman publié avec l'accord de l'auteur et de son agent,
Danny Baror — barorint@aol.com

Né en 1953 en Californie mais vivant aujourd'hui à Toronto, Robert Charles Wilson s'est imposé en moins de vingt ans comme l'une des têtes de file de la science-fiction canadienne. Au travers de ses nouvelles, publiées dans les prestigieux *Magazine of Fantasy and Science Fiction* et *Isaac Asimov's Science Fiction Magazine*, puis de ses romans, il s'est attaché à créer des univers étranges et exotiques dans lesquels évoluent des personnages d'une grande authenticité, tout en développant des intrigues dont l'apparente simplicité semble destinée à égarer le lecteur dans un jeu de faux-semblants.

On lui doit notamment *Darwinia*, *BIOS*, *Mysterium*, *Les Chronolithes*, ambitieuse variation sur le thème des paradoxes temporels, ou, plus récemment, *Spin*, qui a reçu le prestigieux prix Hugo, et ses suites, *Axis* et *Vortex*, ou *Julian*, tous publiés aux Éditions Denoël dans la collection «Lunes d'encre».

À la mémoire du Dr Albert Goldhar
et d'Ella Beautone (Bootie) Goldhar,
ainsi qu'à celle de la famille qu'ils ont créée
et dans laquelle ils m'ont généreusement accepté.

«Il est nécessaire que les choses meurent en retournant dans ce qui leur a donné naissance. Car elles se doivent les unes les autres réparation et satisfaction de leur injustice, conformément à la prescription du temps.»

ANAXIMANDRE DE MILET

PREMIÈRE PARTIE

Le 34 août

UN

Durant l'été de sa douzième année, celui où les étoiles commencèrent à tomber du ciel, le petit Isaac se découvrit capable de distinguer l'est de l'ouest sans ouvrir les yeux.

Isaac vivait en bordure du Grand Désert Intérieur du continent Équatoria, sur la planète annexée à la Terre par les êtres impénétrables qu'on appelait les Hypothétiques. Les gens avaient donné à cette planète toute une panoplie de noms grandioses, mythologiques ou froidement scientifiques, mais la plupart l'appelaient tout simplement le Nouveau Monde, dans plus d'une centaine de langues, ou Équatoria, comme son continent le plus colonisé. Isaac avait appris tout cela dans ce qui tenait lieu d'école.

Il habitait un ensemble de bâtiments en brique et en adobe, loin de la ville la plus proche. Il n'y avait pas d'autres enfants dans la colonie. Les adultes avec lesquels il vivait préféraient rester à distance prudente du reste du monde. Ils étaient spéciaux, de diverses manières dont ils ne discutaient qu'à contrecœur. Isaac aussi était spécial. Ils le lui avaient dit et répété à de multiples reprises. Mais il n'était pas sûr de les croire. Il ne se sentait pas spécial. Parfois, il ne se sentait vraiment pas spécial du tout.

Les adultes, surtout le Dr Dvali ou Mme Rebka, lui demandaient parfois si la solitude lui pesait. Pas du tout. Il avait de quoi s'occuper avec les livres et la vidéothèque. Il apprenait, à son rythme : peu rapide mais régulier. Isaac se doutait que sa lenteur décevait ses gardiens. Toujours était-il que livres, vidéos et leçons remplissaient ses journées, et en cas d'indisponibilité de ceux-ci, il lui restait la nature des environs, devenue une sorte d'amie muette et indifférente : les montagnes, grises, vertes et brunes, qui descendaient jusqu'à cette plaine aride, en bordure de l'arrière-pays désertique, paysage figé de roche et de sable. Peu de végétation y poussait, car la pluie ne venait qu'aux premiers mois du printemps, et sans abondance. Au fond des lits à sec poussaient des plantes pataudes aux noms terre à terre : concombres-barils, cuir rampant. Dans la cour entre les bâtiments, on avait planté un jardin autochtone, avec des cactus duvetés de fleurs pourpres et de grands jamais-verts dont les floraisons en dentelle extrayaient l'humidité de l'air ambiant. Un certain Raj irriguait de temps en temps le jardin à l'aide d'une pompe qui s'enfonçait profondément dans le sol, et ces matins-là, l'air prenait une odeur d'eau riche en sels minéraux, un arôme métallique qui portait à des kilomètres. Les jours d'arrosage, les musaraignes des rochers se frayaient un chemin sous la clôture pour gambader de manière comique d'un bout à l'autre de la cour carrelée.

Voilà de quelle manière se déroulaient les journées d'Isaac, en ce début de l'été de sa douzième année, aussi semblables et tranquilles que jamais, jusqu'à ce que l'arrivée de la vieille femme mette fin à cette paix nonchalante.

Fait remarquable, elle arriva à pied.

Cet après-midi-là, Isaac avait quitté la colonie pour monter dans les contreforts jusqu'à une saillie de granit qui ressemblait à la proue d'un navire sur une mer de galets. Le soleil de l'après-midi y avait chauffé la roche à une agréable température torride. Protégé de la lumière cuisante par un chapeau à large bord et une chemise de coton blanc, Isaac s'assit sous le surplomb, où subsistait de l'ombre, afin d'observer l'horizon. Le désert ondulait en vagues de plus en plus hautes d'air embrasé. Seul et immobile, Isaac flottait dans la canicule, naufragé sur un radeau rocheux et desséché, quand la femme apparut. Elle ne fut d'abord qu'un point sur la route de terre battue venant des villes lointaines où les gardiens d'Isaac allaient acheter vivres et fournitures. Elle avançait lentement, du moins en apparence. Il fallut presque une heure au garçon pour arriver à reconnaître une femme, puis une femme âgée, puis une femme âgée avec un sac sur le dos, qui avançait obstinément et d'un pas déterminé sur ses jambes arquées. Elle portait une robe blanche et un chapeau de soleil de la même couleur.

La route passait près de la saillie, presque à son

aplomb, et lorsque la femme approcha, Isaac, qui ne voulait pas être vu même s'il n'aurait su expliquer pourquoi, fila s'accroupir derrière un gros bloc de roche. Il ferma les yeux et s'imagina sentir le volume et la masse du pays sous ses pieds, ceux de la vieillarde chatouiller la peau du désert comme un scarabée sur le corps d'un géant endormi. (Et il sentit une autre présence, au plus profond de cette terre, un monstre tranquille s'agitant dans son long sommeil loin à l'ouest…)

La femme âgée s'arrêta sous la saillie rocheuse comme si elle voyait Isaac dans sa cachette. Le garçon perçut le changement de rythme dans son pas traînant. Mais peut-être s'était-elle innocemment arrêtée boire quelques gorgées d'eau à sa gourde. Elle ne dit rien. Isaac lui-même garda une immobilité totale, ce qu'il savait très bien faire.

Il entendit ensuite la vieille femme se remettre en marche. Elle poursuivit son chemin, quittant la route à l'endroit où une piste obliquait vers la colonie. Isaac releva la tête pour la chercher du regard. Elle se trouvait désormais à plusieurs mètres, la longue lumière de l'après-midi dessinant près d'elle une ombre, comme une caricature tout en jambes. Dès qu'il la vit, elle s'arrêta et se retourna… leurs regards semblèrent se croiser un instant, aussi Isaac se rebaissa-t-il en hâte sans savoir si elle l'avait vu. Surpris par la précision du regard de la femme, il resta longtemps caché, jusqu'à ce que le soleil descende sur les défilés montagneux. Il se dissimula même à ses propres yeux, discret comme un poisson dans une mare de souvenirs et de pensées.

La vieille femme atteignit les portes de la colonie, les franchit, resta à l'intérieur. Avant que le ciel ne devienne complètement noir, Isaac la suivit. Il se demanda si on le présenterait à la nouvelle venue, peut-être au dîner.

Très peu d'étrangers venaient à la colonie. La plupart de ceux qui y venaient restaient y vivre.

Une fois baigné et vêtu de propre, Isaac gagna le réfectoire.

Les trente adultes de la communauté s'y rassemblaient tous les soirs. On prenait ses repas du matin et de l'après-midi quand on le jugeait bon, du moment qu'on acceptait de se les préparer dans la cuisine, mais le dîner était un effort commun, toujours bondé, inévitablement bruyant.

En général, Isaac aimait écouter bavarder les adultes, même s'il comprenait rarement ce qu'ils disaient, sauf sur les points triviaux : à qui revenait d'aller en ville pour l'approvisionnement, comment réparer un toit ou améliorer un puits. Les adultes étant surtout des scientifiques ou des théoriciens, leur conversation portait généralement sur des sujets abstraits. Isaac n'avait retenu que peu de détails sur leur travail en les écoutant, mais s'en était fait une idée globale. Ils parlaient toujours du temps, des étoiles et des Hypothétiques, de technologie et de biologie, d'évolution et de transformation. Même si ces conversations tournaient habituellement autour de termes qui échappaient à sa compréhension, elles semblaient élevées et subtiles. Les discussions — pouvait-on vraiment appeler les Hypothétiques des *êtres*, des entités conscientes, ou bien étaient-ils une sorte de grand *processus* stupide ? — devenaient souvent véhémentes, avec des points de vue philosophiques défendus et attaqués comme des objectifs militaires. Comme si, dans une pièce proche mais inaccessible, on démontait et remontait l'Univers lui-même.

Ce soir-là, il y avait moins de bruit. On comptait une nouvelle venue : la vieille femme de la route. S'installant timidement entre le Dr Dvali et Mme Rebka, Isaac lui jeta des coups d'œil furtifs. Qu'elle ne lui retourna pas, semblant même indifférente à sa présence. Lorsque l'occasion s'en présenta, Isaac examina son visage.

Elle était encore plus âgée qu'il ne l'avait supposé. Un écheveau de rides creusait sa peau sombre. Ses yeux liquides brillaient au fond de cavités osseuses. Elle tenait son couteau et sa fourchette entre les longs doigts fragiles de ses mains aux paumes pâles. Elle avait échangé sa tenue de désert contre des vêtements plus proches de ceux des autres adultes : un jean et une chemise de coton jaune clair. Elle avait les cheveux clairsemés et coupés très court, ne portait ni bagues ni colliers. Un morceau de sparadrap lui maintenait un tampon d'ouate à la saignée du bras : Mme Rebka, le médecin de la communauté, avait déjà dû lui prélever un échantillon de sang, comme à tout nouveau venu. Isaac se demanda si Mme Rebka avait eu du mal à dénicher une veine dans ce petit bras nerveux. Il se demanda aussi ce que l'analyse de sang devait détecter, et si Mme Rebka avait trouvé ce qu'elle cherchait.

Aucune attention particulière n'était portée à la nouvelle venue. Celle-ci prenait part à la conversation, mais les échanges restaient superficiels, comme si personne ne voulait révéler de secrets avant que l'étrangère ne soit vraiment acceptée, assimilée, comprise. Il fallut qu'on débarrasse les assiettes et pose plusieurs cafetières sur la grande table pour que le Dr Dvali lui présente Isaac.

« Isaac », lança-t-il, et, mal à l'aise, le garçon fixa des yeux la table devant lui, « voici Sulean Moï... elle est venue de très loin pour te rencontrer. »

De très loin ? Qu'est-ce que cela signifiait ? Et... pour le rencontrer, *lui* ?

« Bonjour, Isaac. » La voix de la nouvelle venue ne ressemblait en rien au croassement rauque auquel il s'était attendu. En fait, elle parlait d'une voix mélodieuse, avec pourtant une espèce de fermeté... et, d'une manière qu'il ne pouvait pas cerner avec précision, cette voix lui semblait *familière*.

« Bonjour, répondit-il en continuant à fuir son regard.

— Tu peux m'appeler Sulean. »

Il hocha la tête avec prudence.

« J'espère que nous serons amis », dit-elle.

Bien entendu, il ne lui raconta pas tout de suite s'être récemment découvert le pouvoir de distinguer les points cardinaux sans ouvrir les yeux. Il n'en avait parlé à personne, pas même à l'austère Dr Dvali ni à la plus sympathique Mme Rebka. Il craignait les examens minutieux auxquels cela le soumettrait.

Sulean Moï, qui s'installa dans la colonie, se fit

une règle de lui rendre visite chaque matin après les cours et avant le déjeuner. Isaac commença par redouter ces visites. Étant timide, le grand âge de Sulean et son apparente fragilité l'effrayaient assez. Mais elle ne cessait de se montrer amicale et courtoise. Elle respectait ses silences, et ne posait que rarement des questions étranges ou indiscrètes.

«Ta chambre te plaît?» demanda-t-elle un jour.

Comme il préférait la solitude, on lui avait réservé l'usage de cette chambre, une pièce petite mais dépouillée au premier étage de l'aile est du bâtiment le plus grand. Une fenêtre donnait sur le désert, face à laquelle Isaac avait installé son bureau et sa chaise, reléguant son lit le long du mur opposé. Il aimait garder les volets ouverts la nuit, pour laisser le vent sec effleurer ses draps et sa peau. Il aimait l'odeur du désert.

«J'ai grandi dans un désert», lui raconta Sulean. D'obliques rayons de soleil entrés par la fenêtre sur sa gauche lui éclairaient le bras ainsi que la peau parcheminée de sa joue et de son oreille. Sa voix semblait presque un murmure.

«Ce désert-là?

— Non, un autre, mais pas très différent.

— Pourquoi tu es partie?»

Elle sourit. «J'avais des endroits à visiter. Du moins, c'est ce que je croyais.

— Et tu es venue ici?

— À la fin, oui.»

Comme elle lui plaisait, et comme il ne pouvait s'empêcher de penser à ce qui restait inexprimé entre eux, Isaac lui dit: «Je n'ai rien à te donner.

— Je n'attends rien, répondit-elle.

— Les autres, si.

— Vraiment ?

— Le Dr Dvali et tout le monde. Ils me posaient beaucoup de questions... comment je me sentais, les idées qui me passaient par la tête, et ce que signifiaient des trucs dans des livres. Mais mes réponses ne leur ont pas plu. » Ils avaient fini par cesser de l'interroger, tout comme d'analyser son sang et de lui faire passer des tests psychologiques ou de perception.

« Tu me conviens parfaitement tel que tu es », lui assura la vieille femme.

Il voulut la croire. Mais elle était nouvelle, elle avait traversé le désert à pied avec la nonchalance d'un insecte sur un rocher ensoleillé, ses buts restaient flous, et Isaac n'avait toujours pas envie de partager ses secrets les plus embarrassants.

Tous les adultes lui enseignaient quelque chose, même si certains se montraient plus patients ou plus attentifs que d'autres. Mme Rebka lui apprenait les bases de la biologie, Mme Fischer la géographie de la Terre et du Nouveau Monde, M. Nowotny lui parlait du ciel, des étoiles et des relations entre étoiles et planètes. Avec le Dr Dvali, Isaac apprenait la physique : les plans inclinés, l'inverse du carré, l'électromagnétisme. Il n'avait pas oublié sa stupéfaction la première fois qu'il avait vu un aimant soulever une cuiller posée sur une table. Toute une planète tirait l'objet vers le bas, et voilà que ce caillou avait le pouvoir d'inverser ce flux universel ?

Isaac commençait tout juste à comprendre les réponses du Dr Dvali.

L'année précédente, ce dernier lui avait montré une boussole. La planète aussi était un aimant, lui avait-il dit. Elle avait un noyau ferreux en rotation, ce qui créait des lignes de force, un bouclier la protégeant des particules chargées en provenance du Soleil, une polarité qui établissait une distinction entre le nord et le sud. Isaac avait demandé à emprunter la boussole, un encombrant modèle militaire fabriqué sur Terre, que le Dr Dvali lui avait alors généreusement permis de garder.

Plus tard dans la soirée, seul dans sa chambre, Isaac plaça la boussole sur son bureau de manière à ce que le point rouge sur l'aiguille recouvre la lettre *N*. Fermant alors les yeux, il tourna plusieurs fois sur lui-même puis s'arrêta pour attendre que son vertige se dissipe. Les yeux toujours fermés, il sentit ce que lui disait le monde, en déduisit sa place dans celui-ci, trouva la direction qui soulageait une tension intérieure. Il tendit alors la main droite et ouvrit les yeux pour voir quelle direction elle indiquait. Il découvrit beaucoup de choses, la plupart sans importance.

Il reproduisit l'expérience trois soirs de suite. Chaque fois, il se découvrit presque parfaitement aligné avec la lettre *O* de la boussole.

Il recommença alors. Et encore. Et encore.

Ce ne fut que peu de temps avant la pluie annuelle de météorites qu'il se résolut enfin à partager cette découverte perturbante avec Sulean Moï.

La pluie de météorites se produisait chaque fin de mois d'août, cette année-là, le 34. (On avait donné aux mois du Nouveau Monde le nom de ceux de la Terre, même s'ils duraient chacun quelques jours de plus que leurs homonymes.) Sur la côte orientale d'Équatoria, août marquait le début de la fin de l'été clément : les bateaux quittaient les riches pêcheries du Nord avec leurs dernières récoltes afin de rentrer à Port Magellan avant le début des tempêtes d'automne. Ici, dans le désert, cela ne signifiait guère que des nuits légèrement et progressivement plus fraîches. Pour Isaac, les saisons du désert ne paraissaient avoir qu'un caractère nocturne : les jours se ressemblaient plus ou moins, mais les nuits d'hiver pouvaient être d'un froid mordant et douloureux.

Petit à petit, Isaac avait laissé Sulean Moï devenir son amie. Non qu'ils parlaient beaucoup ou de quoi que ce soit de spécialement important. Sulean semblait presque aussi peu bavarde qu'Isaac. Mais elle se promenait avec lui dans les collines, où elle se montrait plus agile qu'il ne semblait possible pour quelqu'un de son âge : elle marchait lentement, mais grimpait aussi bien qu'Isaac, et pouvait rester assise sans bouger une heure, voire davantage, quand cela arrivait à Isaac. Elle ne lui donnait jamais l'impression d'agir par devoir ou stratégie, de ne pas simplement partager à sa manière certains plaisirs que, depuis toujours, il pensait uniquement à lui.

Sulean n'avait sans doute jamais vu la pluie de météorites annuelle : elle avait dit à Isaac n'être arrivée que depuis quelques mois sur Équatoria. Comme il adorait cet événement, il lui affirma qu'elle ne devait pas y assister de n'importe où. Aussi, avec la permission réticente du Dr Dvali, qui semblait nourrir quelques réserves sur Sulean Moï, Isaac la conduisit-il le soir du 34 sur le rocher plat dans les collines, celui d'où il l'avait vue apparaître dans les frémissements de chaleur sur l'horizon.

Cela s'était passé en plein jour, et il faisait maintenant nuit noire. La lune du Nouveau Monde, plus petite et plus rapide que celle de la Terre, avait traversé le ciel tout entier quand Isaac et Sulean arrivèrent à destination. Tous deux s'éclairaient avec des lanternes manuelles et portaient des chaussures à tige montante ainsi que d'épaisses jambières pour se protéger des poissons des sables qui lézardaient souvent sur ces saillies de granit tant que la roche exhalait la chaleur emmagasinée durant la journée. Isaac examina les lieux avec soin sans détecter de vie animale. Il s'assit jambes croisées sur la pierre. Sulean s'installa lentement, mais sans se plaindre, dans la même position. Son visage serein exprimait une attente tranquille. Ils éteignirent leurs lanternes, laissant l'obscurité les engloutir. Le désert était plus sombre que le ciel, saupoudré d'étoiles. Personne ne leur avait donné de noms officiels, même si les astronomes leur avaient attribué des numéros de catalogue. Leur densité dans les cieux évoquait des nuées d'insectes. Chacune d'elles était un soleil, Isaac le savait, un soleil qui projetait en général sa lumière sur des paysages inaccessibles, inconnaissables… peut-être des déserts comme celui-ci. Des choses vivaient dans les étoiles, il le savait. Des choses qui vivaient de grandes vies froides et lentes, si lentes que le passage d'un siècle n'y signifiait pas davantage qu'un clin d'œil lointain.

« Je sais pourquoi tu es venue ici », dit Isaac.

Il ne voyait pas son visage dans cette obscurité, ce qui facilitait la conversation, allégeait l'embarrassante lourdeur de brique des mots dans sa bouche.

« Vraiment ?

— Pour m'observer.

— Non. Pas pour t'observer, Isaac. Je suis davantage une observatrice du ciel que de toi en particulier. »

Comme les autres à la colonie, elle s'intéressait aux Hypothétiques… ces êtres invisibles qui avaient réordonné les cieux et la Terre.

« Tu es venue à cause de ce que je suis. »

Elle inclina la tête avant de dire : « Eh bien, là, oui. »

Il commença à lui raconter son sens de l'orientation. Il parla d'abord avec hésitation, puis davantage d'assurance en constatant qu'elle l'écoutait sans l'interroger. Il essaya d'anticiper les questions qu'elle pourrait vouloir poser. Quand avait-il remarqué ce don particulier ? Il ne s'en souvenait plus, il savait juste que c'était durant l'année, quelques mois plus tôt, d'abord une simple lueur : il avait ainsi apprécié de travailler dans la bibliothèque de la colonie parce que son bureau y était tourné dans la même direction que dans sa chambre, alors qu'il n'y avait pas de fenêtre par laquelle regarder. Au réfectoire, il s'asseyait toujours du côté de la table le plus proche de la porte, même quand il n'y avait personne. Il avait déplacé son lit pour mieux dormir, l'alignant sur… eh bien, sur *quoi* ?

Mais il n'avait pas la réponse. Où qu'il aille, toujours, quand il se tenait immobile, il y avait une direction dans laquelle il préférait se tourner. Ce n'était pas une compulsion, rien qu'un besoin discret, facile à ignorer. Il y avait un côté agréable vers lequel se tourner, et un moins agréable.

«Et là, tu es tourné du bon côté?» demanda Sulean.

Il se trouvait qu'il l'était. Il ne s'en rendit compte qu'au moment où elle lui posa la question, mais il se sentait à son aise sur ce rocher face non aux montagnes, mais à l'arrière-pays obscur.

«L'ouest, dit Sulean. Tu aimes te tourner vers l'ouest.

— Un peu plus au nord que l'ouest.»

Voilà. Le secret était dit. Il n'y avait rien à ajouter, et il entendit dans le silence Sulean Moï changer de position, s'adapter à la pression du rocher. Il se demanda si c'était douloureux ou inconfortable, à cet âge avancé, de s'asseoir sur du rocher massif. Dans ce cas, elle n'en montrait rien. Elle leva les yeux vers le ciel.

«Tu avais raison, pour les étoiles filantes, dit-elle au bout d'un long moment. Elles sont très belles.»

La pluie de météorites avait commencé.

Elle fascinait Isaac. Le Dr Dvali lui avait parlé des météorites, qui en réalité n'étaient pas des étoiles du tout, mais des fragments de roche ou de poussière en combustion, les restes de vieilles comètes orbitant depuis des millénaires autour du soleil du Nouveau Monde. Mais cette explication n'avait fait qu'ajouter à la fascination d'Isaac. Il décelait dans ces lumières évanescentes la validation de géométries antiques, des vecteurs mis en mouvement bien avant la formation de la planète (ou avant sa construction par les Hypothétiques), des rythmes élaborés sur une ou plusieurs existences, ou sur celle d'une espèce. Des étincelles zébrèrent le zénith, d'est en ouest, tandis qu'Isaac écoutait en lui les murmures de la nuit.

Il se satisfit de la situation jusqu'à ce que Sulean se lève soudain pour regarder en direction des montagnes dans leur dos. «Tiens… qu'est-ce que c'est? On dirait quelque chose en train de tomber.»

Comme une averse lumineuse, comme une tempête arrivée là-haut par les cols… ce qui se produisait parfois, mais cette lueur, diffuse, persistante, ne provenait pas d'éclairs. «C'est normal? demanda Sulean.

— Non.»

Non. Ce n'était pas normal du tout.

«Alors on devrait peut-être rentrer.»

Isaac hocha la tête, mal à l'aise. Il n'avait pas peur de ce qui approchait, de cette… eh bien, de cette «tempête», si c'en était une. Sauf qu'elle véhiculait une importance qu'il ne pouvait expliquer à Sulean, une relation avec la présence silencieuse qui vivait sous le Rub al-Khali, le Quart Vide de l'Ouest profond, sur laquelle sa boussole personnelle était réglée. Ils rentrèrent au camp d'un pas vif, sans tout à fait courir, Isaac ne sachant pas trop si quelqu'un d'aspect aussi fragile que Sulean pouvait courir, tandis qu'à l'est les sommets montagneux étaient d'abord éclairés puis dissimulés par de nouvelles vagues de cette étrange et nébuleuse lumière. Le temps d'arriver aux portes du camp, ce nouveau phénomène masquait entièrement l'averse de météorites. Une espèce de poussière avait commencé à tomber du ciel, dans laquelle la lanterne d'Isaac découpait une zone de visibilité de plus en plus réduite. Isaac pensait que cette substance en train de tomber pourrait être de la neige — il en avait vu sur des vidéos —, mais Sulean lui dit que non, ce n'était pas du tout de la neige, cela ressemblait davantage à des cendres. Elles dégageaient une odeur fétide, sulfureuse.

Comme des étoiles mortes en train de tomber, songea Isaac.

Mme Rebka attendait à la porte principale de la colonie, et elle tira Isaac à l'intérieur d'une poigne si ferme qu'Isaac faillit pousser un cri de douleur. Il lui décocha un regard scandalisé et réprobateur : ni Mme Rebka ni aucun des adultes ne lui avait fait de mal jusqu'ici. Elle ignora son expression et le serra contre elle d'une manière possessive, en lui disant qu'elle avait eu peur qu'il se soit perdu dans ce, dans cette…

Elle ne trouvait pas les mots.

Dans la salle commune, le Dr Dvali écoutait une communication audio venue de Port Magellan, la grande ville sur la côte est d'Équatoria. Le signal, relayé par aérostats à travers les montagnes, était parfois interrompu, expliqua le Dr Dvali aux adultes rassemblés, mais il avait appris que le même phénomène se produisait à Port M : une importante chute de quelque chose ressemblant à des cendres, qu'on ne pouvait expliquer pour le moment. Certaines personnes en ville avaient commencé à paniquer. Puis l'émission, ou sa retransmission par aérostat, cessa totalement.

Isaac, sur la demande pressante de Mme Rebka, retourna dans sa chambre pendant que les adultes discutaient. Il ne dormit pas, ne s'imagina pas dormir un seul instant, préférant rester à la fenêtre, où il n'y avait rien d'autre à voir qu'un tunnel gris là où la lumière du plafonnier se répandait dans la chute de cendres, et écouter le bruit de rien du tout... un silence qui semblait néanmoins lui parler, un silence imprégné de sens.

DEUX

Cet après-midi du 34 août, Lise Adams roulait en direction du petit aérodrome rural, se sentant perdue, se sentant libre.

Elle ne pouvait ni expliquer, ni même s'expliquer ce sentiment. Le temps, peut-être, songea-t-elle. Fin août, sur le littoral d'Équatoria, il faisait toujours chaud, d'une chaleur souvent insupportable, mais ce jour-là, une brise légère soufflait du large et le ciel arborait cet indigo qu'elle en était venue à associer au Nouveau Monde, plus profond, plus authentique que les cieux pastel et brouillés de la Terre. Sauf qu'il faisait beau depuis plusieurs semaines, un temps agréable mais sans rien de marquant. Libre, oui, songea-t-elle, tout à fait : un mariage derrière elle, le jugement provisoire de divorce tout juste prononcé, une action inconsidérée annulée… et, devant elle, l'homme qui avait été un des éléments de cette annulation. Mais aussi bien davantage. Un avenir coupé de son passé, une question douloureuse hésitant tout près d'une réponse.

Et perdue, presque littéralement : elle ne s'était

jusqu'ici aventurée que deux fois dans les environs. Au sud de Port Magellan, où elle avait loué un appartement, la côte s'aplatissait en une plaine alluviale qu'on avait consacrée aux exploitations agricoles et à l'industrie légère. Cette plaine restait en grande partie sauvage, sorte de prairie ondulante recouverte d'herbes duveteuses, de pâturages se brisant comme des vagues sur les sommets de la chaîne côtière. Lise ne tarda pas à voir des petits avions arriver et repartir de l'aérodrome d'Arundji, sa propre destination. De modestes appareils à hélice, genre avions de brousse : les pistes d'Arundji n'étaient pas assez longues pour quoi que ce soit de plus gros. Les appareils qui se posaient là servaient soit de passe-temps aux riches, soit d'outil de travail aux pauvres. Quand on voulait louer un hangar, rejoindre une excursion touristique dans le froid glacial des cols ou se rendre en urgence à Bone Creek ou à Kubelick's Grave, on venait à Arundji. Et si on était intelligent, on en parlait d'abord à Turk Findley, qui gagnait sa vie en proposant des vols sur mesure à prix réduit.

Lise avait déjà volé une fois avec Turk. Mais elle ne venait pas engager un pilote. Le nom de Turk était apparu en relation avec la photographie que Lise transportait dans une enveloppe de papier kraft qu'elle avait fourrée dans la boîte à gants de son automobile.

Elle se gara sur le gravier d'Arundji, descendit de voiture et s'arrêta un instant pour écouter le bourdonnement des insectes dans la chaleur de l'après-midi. Elle passa ensuite la porte s'ouvrant à l'arrière du vaste hangar à toit de tôle — on aurait dit une étable reconvertie — qui servait d'aérogare passagers. Turk y gérait sa petite entreprise d'avion-taxi dans un coin, avec l'accord de Mike Arundji, le propriétaire du terrain d'aviation, en échange d'un pourcentage sur les bénéfices. Turk l'avait raconté à Lise, quand ils avaient eu le temps de discuter.

Il n'y avait pas de portail de sécurité à franchir. Turk Findley travaillait à l'extrémité nord du bâtiment, dans un box ouvert sur un côté où elle pénétra sans cérémonie en se raclant la gorge au lieu de frapper. Assis derrière son bureau, il remplissait apparemment des formulaires du Gouvernement provisoire des Nations unies : elle reconnaissait le logo bleu de l'en-tête. Il apposa une dernière signature à l'encre avant de lever les yeux. « Lise ! »

Son sourire était d'une franchise désarmante. Ni récrimination ni pourquoi-tu-me-rappelles-pas. « Euh, tu es occupé ? demanda-t-elle.

— J'en ai l'air ?

— On dirait que tu as à faire, en tout cas. » Elle était à peu près sûre qu'il ne verrait aucun inconvénient à remettre à plus tard toute activité accessoire pour avoir l'occasion de passer un peu de temps avec elle : elle ne lui avait guère laissé ce genre d'occasion depuis un bon moment. Il fit le tour du bureau pour la serrer chastement mais avec sincérité dans ses bras. Elle connut un instant de trouble en sentant son odeur de si près. Turk avait trente-cinq ans, huit de plus qu'elle, et la dépassait de trente centimètres. Elle s'efforça de ne pas se laisser intimider pour autant. « De la paperasse, dit-il. Donne-moi une excuse pour ne pas m'en occuper. Rends-moi ce service.

— Eh bien..., fit-elle.

— Dis-moi au moins si tu viens pour le plaisir ou le boulot.

— Pour le boulot.»

Il hocha la tête. «D'accord. Très bien. Quelle destination?

— Non, je veux dire... *mon* boulot, pas le tien. J'aimerais te parler de quelque chose, si tu n'y vois pas d'inconvénient. En dînant, par exemple? Je t'invite?

— Un dîner, parfait, mais c'est moi qui régale. Je me demande bien comment je peux t'aider à écrire ton livre.»

Lise fut contente qu'il se rappelle ce qu'elle lui avait raconté sur son livre. Même s'il n'y avait pas de livre. Le bruit d'un avion qui roulait jusqu'à un autre hangar à quelques mètres de là traversa les minces parois du bureau de Turk aussi facilement qu'une porte ouverte. Regardant la tasse en céramique posée sur la table de travail de Turk, Lise vit la surface huileuse de ce qui devait être un café vieux de plusieurs heures se plisser en rides concentriques. Lorsque le rugissement diminua, elle dit: «En fait, tu peux m'être très utile, surtout si on peut en parler dans un endroit plus tranquille...

— Pas de problème. Je laisserai mes clés à Paul.

— Là, comme ça?» Elle ne cessait de s'émerveiller de la manière dont on menait ses affaires sur la Frontière. «Tu n'as pas peur de perdre un client?

— Les clients peuvent laisser un message. Je

reviendrai tôt ou tard. De toute manière, la semaine a été calme. Que dirais-tu du Harley's ? »

C'était un des restaurants américains les plus réputés de Port M. « Tu ne peux pas te le permettre.

— Dépense professionnelle. J'ai une question pour *toi*, maintenant que j'y songe. Appelons ça une contrepartie. »

Quoi qu'il puisse vouloir dire par là. Elle ne put que répondre « d'accord ». Un dîner au Harley's représentait à la fois plus et moins que ce à quoi elle s'attendait. Elle avait fait le trajet jusqu'à Arundji en se disant que venir en personne aurait davantage de poids qu'un simple coup de fil, vu le temps écoulé depuis leur dernière conversation. Cela servirait d'excuses tacites, pour ainsi dire. Mais s'il lui en voulait pour cette interruption dans leur relation (et ce n'était même plus une « relation », peut-être même pas une amitié), il ne le montrait en rien. Elle se rappela de se concentrer sur le travail. Sur la véritable raison de sa présence. La perte inexpliquée qui avait ouvert un abîme dans sa vie douze ans auparavant.

Turk avait sa propre voiture à l'aérodrome, aussi convinrent-ils de se retrouver au restaurant trois heures plus tard, à la nuit tombante.

Si la circulation le permettait. Pour Port Magellan, la prospérité avait signifié davantage d'automobiles, et pas seulement les scooters ou les petits véhicules utilitaires sud-asiatiques que tout le monde conduisait. La circulation était dense dans le quartier des docks, dont elle traversa la majeure partie coincée entre deux dix-huit roues, mais elle arriva à l'heure au restaurant. Elle en trouva le parking bondé, situation peu commune pour un mercredi soir. On mangeait plutôt bien, au Harley's, mais c'est pour la vue que les gens payaient le prix fort : le restaurant occupait le sommet d'une colline qui surplombait Port Magellan. La ville avait été fondée, pour des raisons évidentes, sur le plus grand port naturel de la côte, près de l'Arc qui reliait la planète à la Terre. Mais on avait trop construit sur ces plaines faciles d'accès, si bien que l'agglomération s'était étendue sur les coteaux en terrasse. La plupart de ces constructions avaient été érigées à la hâte, sans se soucier des normes de construction que le Gouvernement provisoire s'efforçait de faire appliquer. Le Harley's, tout de bois natif et de baies vitrées, constituait une exception.

Elle donna son nom et attendit une demi-heure au bar que Turk arrive dans sa vieille automobile essoufflée. Elle l'observa par la fenêtre verrouiller les portières avant d'approcher de l'entrée dans le crépuscule. Il n'était de toute évidence pas aussi bien habillé que la clientèle habituelle du Harley's, mais le personnel le reconnut et lui fit bon accueil : il rencontrait souvent des clients dans l'établissement, Lise le savait, et dès qu'il la rejoignit, le serveur les escorta jusqu'à un box en U près d'une fenêtre. Toutes les autres tables proches d'une fenêtre étaient prises. « L'endroit a du succès, dit-elle.

— Ce soir, oui », répondit-il, avant d'ajouter en voyant qu'elle ne comprenait pas : « La pluie de météorites. »

Oh. Exact. Elle avait oublié. Lise habitait Port Magellan depuis moins de onze mois locaux, ce qui signifiait qu'elle avait raté la pluie de météorites de l'année précédente. Elle savait que c'était une affaire importante, qui avait donné naissance à une espèce de mardi gras officieux, et elle se souvint y avoir assisté durant la partie de son enfance qu'elle avait passée là : une spectaculaire manifestation céleste qui se produisait avec une régularité d'horloge, l'excuse idéale pour faire la fête. La pluie n'atteindrait toutefois son maximum qu'au cours de la troisième nuit. Ce soir, ce n'était que le début.

« Mais nous sommes au bon endroit pour la voir commencer, dit Turk. Dans deux heures, quand il fera complètement nuit, ils baisseront les lumières et ouvriront les grandes portes donnant sur la terrasse pour que tout le monde puisse avoir une vue dégagée. »

Le ciel était d'un indigo radieux, transparent comme l'eau glacée, sans encore la moindre trace de météorites, et la ville s'étalait sous le restaurant, drapée dans l'élégante lueur du soleil couchant. Lise voyait les flammes que crachaient les torchères de la raffinerie dans le secteur industriel, les silhouettes des mosquées et des églises ainsi que les panneaux publicitaires lumineux vantant, le long de la rue de Madagascar, les mérites de films hindis, de dentifrices aux herbes (en farsi) et de chaînes d'hôtels. Des navires de croisière commençaient à s'illuminer pour la nuit dans le port. C'était joli... si on plissait les yeux en ayant des pensées positives. Elle aurait pu qualifier ce panorama d'exotique, autrefois, mais il ne lui faisait plus cette impression.

Elle demanda à Turk comment allaient les affaires.

Il haussa les épaules. «Je paye le loyer. Je vole. Je rencontre des gens. Et c'est à peu près tout, Lise. Je n'ai pas de mission dans la vie.»

Contrairement à toi, semblait-il sous-entendre. Ce qui conduisait tout droit à la raison pour laquelle elle avait repris contact avec lui. Elle tendait la main vers son sac quand le serveur leur apporta de l'eau glacée. Elle avait à peine jeté un coup d'œil au menu, mais elle commanda une paella préparée avec des fruits de mer locaux et du safran importé. Turk demanda un bifteck cuit à point. Quinze ans auparavant, il n'y avait pas d'animal terrestre plus répandu sur Équatoria que le buffle d'eau. Désormais, on pouvait commander du bœuf frais.

Le serveur s'éloigna et Turk dit: «Tu aurais pu appeler, tu sais.»

Depuis la dernière fois — depuis son expédition dans les montagnes, suivie de quelques rencontres arrangées et embarrassées —, il lui avait téléphoné à plusieurs reprises. Lise avait d'abord rappelé avec empressement, puis pour la forme, puis, après l'apparition de la culpabilité, plus du tout. «Je sais, je suis désolée, mais j'ai été très occupée ces deux derniers mois, et...

— Aujourd'hui, je veux dire. Tu n'avais pas besoin de faire tout ce chemin jusqu'à Arundji juste histoire de prendre rendez-vous pour dîner. Tu aurais pu appeler.

— Je me suis dit que si j'appelais, ça pourrait être

trop… impersonnel, tu sais.» Il ne répondit pas. Elle ajouta, plus sincèrement: «Je pense que je voulais te voir d'abord. Pour m'assurer que tout allait encore bien.

— Les règles sont différentes là-bas, en pleine nature. Je le sais bien, Lise. Il y a des choses pour *chez soi* et d'autres pour *loin de chez soi.* J'ai pensé qu'on avait dû être…

— Une pour *loin de chez soi*?

— Eh bien, je me suis dit que c'était ce que tu voulais.

— Il y a une différence entre ce qu'on veut et ce qui est réalisable.

— À qui le dis-tu.» Il eut un sourire triste. «Comment ça va, entre Brian et toi?

— C'est terminé.

— Vraiment?

— Officiellement. Enfin.

— Et ce livre sur lequel tu bosses?

— Ce sont les recherches qui prennent du temps, pas l'écriture.» Elle n'avait pas écrit un traître mot et n'en écrirait pas un.

«Mais c'est pour ça que tu as décidé de rester.»

Dans le Nouveau Monde, voulait-il dire. Elle hocha la tête.

«Et quand tu auras terminé? Tu rentreras aux États-Unis?

— Peut-être.

— Bizarre, estima-t-il. Les gens viennent à Port M pour toutes sortes de raisons. Certains en trouvent pour rester, d'autres non. Je pense que les gens franchissent juste une certaine limite. En descendant la première fois du bateau, on s'aperçoit qu'on est littéralement sur une autre planète : l'air n'a pas la même odeur, l'eau pas le même goût, la lune n'a pas la bonne taille et se lève trop vite. Le jour est toujours divisé en vingt-quatre heures, mais elles sont plus longues. Au bout de quelques semaines ou de quelques mois, ça finit par désorienter profondément les gens, quelque part. Alors ils font demi-tour pour rentrer chez eux. Ou alors tout se met en place d'un coup et commence à avoir l'air naturel. C'est là qu'ils se demandent s'ils veulent vraiment retrouver les villes fourmilières, l'atmosphère polluée, les océans empoisonnés et tous ces trucs qu'ils considéraient comme normaux.

— C'est pour ça que tu es là ?

— En partie, j'imagine. Bien sûr. »

Leurs plats arrivèrent et ils mangèrent en parlant un moment de tout et de rien. Le ciel s'obscurcit, la ville scintilla et le serveur revint débarrasser. Turk commanda du café. Lise trouva le courage de lancer : « Tu veux bien regarder une photo que je t'ai apportée ? Avant qu'ils baissent les lumières.

— Bien sûr. Quel genre de photo ?

— D'une personne qui t'a peut-être engagé pour l'emmener quelque part.

— Tu as consulté la liste de mes passagers ?

— Non ! Je veux dire, *moi*, non… Tu fournis ce genre de documents au GP, non ?

— De quoi s'agit-il, Lise ?

— Je ne peux pas t'expliquer grand-chose pour le moment. Tu veux bien regarder la photo d'abord ? »

Il fronçait les sourcils. « Montre-la-moi. »

Lise prit son sac sur ses genoux et en sortit l'enveloppe. «Mais tu disais avoir un service à me demander, toi aussi...

—Toi d'abord.»

Elle lui passa l'enveloppe en la faisant glisser sur la nappe. Il sortit le cliché. Son expression ne changea pas. Il finit par dire: «Je suppose qu'il y a une histoire pour aller avec?

— Ça a été pris par une caméra de sécurité sur les quais en fin d'année dernière. L'image a été agrandie et améliorée.

—Tu as aussi accès aux enregistrements des caméras de sécurité?

— Non, mais...

—Tu as donc eu ça par quelqu'un d'autre. Un de tes amis au consulat. Brian, ou un de ses copains.

— Je ne peux pas entrer dans les détails.

— Peux-tu au moins me dire pourquoi tu t'intéresses à...» Il montra la photographie. «... une vieille dame?

—Tu sais que j'essaye d'interroger tous ceux qui ont été en relation avec mon père. Elle, entre autres. Dans l'idéal, j'aimerais prendre contact avec elle.

—Pour une raison particulière? Je veux dire, pourquoi cette femme-*là*?

— Eh bien... je ne peux pas entrer dans les détails.

—J'en tire la conclusion que tous les chemins mènent à Brian. Pourquoi s'intéresse-t-il à cette femme?

— Brian travaille pour le Département de Sécurité génomique. Moi, non.

— Mais quelqu'un là-bas te rend service.

— Turk, je…

— Non, oublie. J'arrête les questions gênantes. Manifestement, quelqu'un sait que j'ai volé avec cette personne. Ce qui signifie que quelqu'un, à part toi, aimerait la retrouver.

— On peut raisonnablement le penser. Mais je ne te pose pas la question de la part de quelqu'un d'autre. Ce que tu choisiras de dire ou pas à quelqu'un du consulat te regarde. Ce que tu me dis ne sera répété à personne.»

Il la regarda comme s'il pesait les paroles qu'elle venait de prononcer. Mais pourquoi me ferait-il confiance? se demanda Lise. Qu'ai-je fait pour lui inspirer confiance, à part coucher avec lui pendant un week-end pas comme les autres?

«Ouais, finit-il par reconnaître. J'ai volé avec elle.

— D'accord… Qu'est-ce que tu peux me dire sur elle? L'endroit où elle est, ce dont elle a parlé?»

Il se carra dans la banquette. Comme il l'avait prédit, les lumières du restaurant commencèrent à baisser. Deux serveurs ouvrirent les parois de verre qui séparaient la salle à manger intérieure de la terrasse. Le ciel profond et étoilé pâlissait un peu dans les lumières montant de la ville, mais restait plus net que n'importe quel ciel vu par Lise en Californie. La pluie de météorites avait-elle commencé? Elle vit ce qui ressemblait à quelques éclairs brillants traverser le plan méridien.

Turk n'y avait pas accordé le moindre coup d'œil. «Il faut que j'y réfléchisse.

— Je ne te demande pas de violer la moindre confidence. Juste…

— Je sais ce que tu me demandes. Et ça n'a sans doute rien de déraisonnable. Mais j'aimerais juste y réfléchir, si tu veux bien.

— D'accord.» Elle ne pouvait pas insister davantage. «Mais tu mentionnais une contrepartie.

— Juste un truc. Je suis curieux de savoir... je me disais que tu aurais pu en avoir entendu parler par une de ces sources dont tu n'aimes pas discuter. Arundji a reçu ce matin une note du service de régulation aérienne du Gouvernement provisoire. J'ai déposé un plan de vol pour l'Ouest profond, et normalement, j'aurais dû être dans les airs quand tu es arrivée cet après-midi. Sauf que mon plan de vol n'a pas été accepté. J'ai donc passé quelques coups de fil pour découvrir ce qui se passait. Il semblerait que personne ne soit autorisé à voler dans le Rub al-Khali.

— Comment ça se fait?

— Ils n'ont pas dit.

— L'interdiction est temporaire?

— Je n'ai pas pu obtenir de réponse à cette question-là non plus.

— Qui l'a décrétée? Sous quelle autorité?

— Personne au GP ne reconnaîtra quoi que ce soit. J'ai été baladé entre une douzaine de services, les autres pilotes affectés aussi. Je ne dis pas qu'il y ait quoi que ce soit de vilain, mais c'est plutôt surprenant. Pourquoi tout à coup interdire de survol la moitié ouest du continent? Il reste des vols réguliers avec les parcelles pétrolières, et à part elles, il n'y a que du sable et des rochers. Ce sont les randonneurs et les fans de vie sauvage qui vont là-bas... le genre de personnes qui m'engageaient. Je ne comprends pas.»

Lise souhaita désespérément avoir une ou deux petites informations à troquer, mais elle entendait parler de cette interdiction pour la première fois. Elle avait en effet des contacts au consulat américain, principalement son ex-mari. Mais les Américains n'étaient que membres consultatifs du Gouvernement provisoire. Et Brian n'était même pas un diplomate, mais un simple fonctionnaire du DSG.

«Je ne peux rien pour toi, à part poser la question, avoua-t-elle.

— Je t'en serais reconnaissant. Bon. On en a terminé avec les choses sérieuses, non? Du moins pour le moment?

— Pour le moment, concéda-t-elle à contrecœur.

— Alors si on allait boire le café en terrasse, tant qu'on peut encore y trouver une table?»

Trois mois auparavant, elle avait embauché Turk pour qu'il l'emmène de l'autre côté du massif de Mohindar, jusqu'à une station d'oléoduc nommé Kubelick's Grave. Un arrangement purement professionnel. Elle essayait de retrouver la trace d'un ancien collègue de son père, un dénommé Dvali, mais elle n'arriva jamais à Kubelick's Grave: un grain avait obligé l'appareil à atterrir sur un des hauts cols montagneux. Turk avait posé son avion sur un lac anonyme tandis qu'au nord comme au sud, des nuages ressemblant à de la fumée de canon tourbillonnaient entre les sommets de granit. Il avait amarré l'appareil sur une plage de galets avant d'établir un camp d'un confort surprenant sous un bosquet d'arbres qui, aux yeux de Lise, ressemblaient à des pins mutants et bulbeux. Le vent avait hurlé trois jours dans cette passe, avec une visibilité réduite à néant. Sortir de la tente en toile, c'était se perdre en quelques mètres. Turk faisait toutefois un homme des bois acceptable et avait emporté de quoi pallier les cas d'urgence : même les conserves paraissent délicieuses quand on se met à couvert de la nature sans autre équipement qu'un réchaud de camping et une lampe-tempête. En d'autres circonstances, cela aurait pu constituer une épreuve d'endurance de trois jours, mais Turk s'avéra de bonne compagnie. Elle n'avait pas prévu de le séduire et ne pensait pas qu'il avait entrepris de la séduire. L'attraction avait été soudaine, mutuelle, et complètement explicable.

Ils avaient échangé des anecdotes, s'étaient réchauffés l'un l'autre quand le vent les glaçait. Sur le moment, il avait semblé à Lise qu'elle apprécierait de s'enrouler dans Turk Findley comme dans une couverture pour s'exclure à jamais du reste du monde. Et si on lui avait demandé s'il ne s'agissait pas là du début de quelque chose de plus sérieux qu'une simple aventure inattendue, il n'est pas impossible qu'elle aurait répondu *oui, peut-être*.

À leur retour à Port M, elle avait l'intention de poursuivre leur relation. Mais Port M, à sa manière, corrompait vos meilleures intentions. Des problèmes qui n'avaient rien semblé peser à l'intérieur d'une tente dans le massif de Mohindar reprirent leur masse et leur inertie habituelles. Sa séparation avec Brian était alors un fait établi, du moins dans son esprit à elle, même si Brian risquait encore d'être sujet à des accès de trouvons-une-solution, sans, a priori, la moindre mauvaise volonté, mais humiliants pour lui comme pour elle.

Elle lui avait parlé de Turk, et même si cela avait permis d'entraver les tentatives de réconciliation de Brian, cela avait aussi introduit un tout nouvel élément de culpabilité : elle commença à soupçonner qu'elle se servait de Turk comme d'un outil, d'une espèce de levier émotionnel afin de contrer les efforts de Brian pour rallumer un feu éteint. Aussi, après quelques rencontres embarrassées, avait-elle laissé leur relation se flétrir. Mieux valait ne pas compliquer une situation déjà compliquée.

Mais il y avait maintenant un jugement provisoire de divorce dans la boîte à gants de sa voiture : son avenir était une page blanche, sur laquelle la tentation la prenait d'écrire quelque chose.

La foule sur la terrasse commença à réagir à la pluie de météorites. Elle leva les yeux au moment où trois lignes brillantes strièrent le zénith, comme chauffées à blanc. Les météorites provenaient d'un point bien au-dessus de l'horizon presque plein est, et avant qu'elle puisse détourner le regard, d'autres apparurent : deux, puis une, puis un spectaculaire groupe de cinq.

Cela lui rappela un soir d'été dans l'Idaho où elle était allée regarder les étoiles avec son père... elle ne pouvait avoir plus de dix ans. Son père, qui avait grandi avant le Spin, lui avait raconté les étoiles « comme elles étaient alors », avant que les Hypothétiques fassent avancer la Terre de quelques milliards d'années dans le cours du temps. Il disait regretter les anciennes constellations, et les anciens noms des étoiles. Mais il y avait eu des météorites, cette nuit-là, par dizaines, les plus grosses interceptées par la barrière invisible qui protégeait la Terre du Soleil ballonné, les plus petites incinérées en traversant l'atmosphère. Elle les avait observées tracer des arcs de cercle sur les cieux avec une vitesse et une brillance à vous couper le souffle.

Comme maintenant. Les feux d'artifice de Dieu. «Ouah», fut tout ce qu'elle trouva à dire.

Turk tira sa chaise du même côté de la table qu'elle afin de se placer, lui aussi, face à l'océan. Il ne fit pas une seule avance manifeste et elle devina qu'il n'en ferait sans doute aucune. Naviguer dans les hautes passes montagneuses avait dû être simple, comparé à cela. Elle ne bougea pas non plus, prit soin de ne pas bouger, mais ne put s'empêcher de sentir la chaleur du corps de Turk à quelques centimètres du sien. Elle sirota son café sans en percevoir la saveur. Il y eut une autre rafale d'étoiles filantes. Elle se demanda à voix haute si certaines d'entre elles touchaient le sol.

«Ce n'est que de la poussière, répondit Turk. Du moins d'après les astronomes. Les restes d'une vieille comète.»

Mais quelque chose de nouveau avait attiré l'attention de Lise. «Et ça?» demanda-t-elle en montrant un endroit à l'est, plus bas sur l'horizon, là où le ciel sombre rencontrait les eaux encore plus sombres de l'océan. Elle avait l'impression que quelque chose tombait, là-bas… non des météorites, mais des points brillants qui restaient en l'air comme des fusées éclairantes, ou comme l'idée qu'elle se faisait des fusées éclairantes. Leur lumière se reflétait dans l'océan, le colorant de traînées orange. Elle ne se souvenait pas avoir assisté à quoi que ce soit de ce genre durant son précédent séjour sur Équatoria. « Ça en fait partie ? »

Turk se leva. Ainsi que quelques autres des nombreuses personnes présentes sur la terrasse. Un murmure perplexe supplanta rires et bavardages. Des téléphones commencèrent à bourdonner ou jacasser ici et là.

« Non, répondit Turk. Ça n'en fait pas partie. »

TROIS

En dix ans de Nouveau Monde, Turk n'avait jamais rien vu de semblable.

Ce qui, en un sens, était tout à fait caractéristique. Le Nouveau Monde vous rappelait sans cesse qu'il n'était pas la Terre. Les choses s'y passaient différemment. *Ce n'est pas le Kansas*, comme disaient les gens, et ils disaient sans doute la même chose dans une dizaine de langues. *Ce n'est pas les steppes. Ce n'est pas Kandahar. Ce n'est pas Mombasa.*

«Tu crois que c'est dangereux?» demanda Lise.

C'était de toute évidence l'avis de certains clients du restaurant, à voir la hâte mal dissimulée avec laquelle ils réglaient leur note et rejoignaient leur voiture. En quelques minutes, il ne resta qu'une poignée d'inconditionnels sur la grande terrasse en bois. «Tu veux partir? demanda Turk.

— Pas si tu veux rester.

— J'imagine qu'on court autant de risques ici qu'ailleurs, dit Turk. Et la vue est meilleure.»

Le phénomène continuait à flotter au-dessus de l'océan, même s'il semblait s'approcher régulièrement. Il ressemblait à une averse lumineuse, à un nuage gris et houleux parcouru de lumière… à un orage vu de loin, sauf que les lueurs n'étaient pas intermittentes, comme avec les éclairs, mais semblaient accrochées sous l'obscurité ondulante et l'éclairer par en dessous. Turk, qui avait assisté à l'arrivée d'un certain nombre de tempêtes par l'océan, estima que celle-ci approchait à peu près à la vitesse du vent local. La lumière qui en tombait paraissait composée de particules lumineuses ou en cours de combustion, peut-être aussi denses que de la neige. Il pouvait toutefois se tromper sur ce point : il ne neigeait jamais sur cette partie d'Équatoria, et lui-même n'avait plus revu de neige depuis bien des années, au large du Maine.

Il craignit d'abord un incendie. Avec tous ses logements et cabanes ne respectant pas les normes, ses quais abritant d'innombrables équipements de transport ou de stockage, et l'eau de sa baie grouillant de pétroliers et méthaniers chargés de ravitailler en carburant la Terre insatiable, Port Magellan ne demandait qu'à s'embraser. Ce qui ressemblait à une tempête d'allumettes en feu approchait par l'est, et Turk préférait éviter de penser aux conséquences potentielles.

Il ne dit rien à Lise. Il imagina qu'elle avait plus ou moins abouti aux mêmes conclusions, mais elle ne suggéra pas de fuir… étant assez intelligente, devina-t-il, pour comprendre qu'il n'y avait pas d'endroit logique où courir se réfugier, pas à la vitesse à laquelle cette chose approchait. Mais elle se crispa quand le phénomène arriva visiblement près de la pointe marquant l'extrémité sud de la baie.

« Ça ne brille pas jusqu'en bas », remarqua-t-elle.

Le personnel du Harley's commença à rentrer les tables de la terrasse, comme si cela pouvait apporter la moindre protection à quoi que ce soit, en recommandant avec insistance aux dîneurs encore présents de rester à l'intérieur jusqu'à ce que quelqu'un ait une idée de ce qui se passait. Mais les serveurs connaissaient assez bien Turk pour le laisser tranquille. Il resta donc encore un peu dehors avec Lise à regarder la lueur des fusées éclairantes ou d'on ne savait quoi danser au loin sur les flots.

Ça ne brille pas jusqu'en bas. Il vit ce qu'elle voulait dire. Les rideaux miroitants et mouvants redevenaient obscurs bien avant d'atteindre la surface de l'océan. Consumés, peut-être. C'était un signe prometteur. Lise sortit son téléphone qu'elle connecta à une station d'informations locales. Elle relaya quelques bribes à Turk. On parlait d'une « tempête », dit-elle, ou de ce qui y ressemblait au radar, qui s'étendait au nord et au sud sur des centaines de kilomètres, et dont le cœur était plus ou moins centré sur Port M.

La pluie lumineuse tombait maintenant sur les caps et le port intérieur, illuminant les passerelles et les superstructures des navires de croisière et des cargos au mouillage. Puis les silhouettes des grues de chargement se brouillèrent et s'éclipsèrent, les hauts bâtiments des hôtels de la ville s'estompèrent, les souks et marchés disparurent quand la pluie brillante remonta les contreforts, semblant devenir plus haute au fur et à mesure de son approche, comme une paroi de canyon toute de lumière trouble. Mais rien n'explosa en flammes. Tant mieux, pensa Turk. Puis il se dit: mais ça pourrait être toxique. Ça pourrait être n'importe quoi, bordel. «Il est temps de rentrer à l'intérieur», lança-t-il.

Turk et Tyrell, le maître d'hôtel du Harley's, avaient brièvement travaillé ensemble sur les pipelines dans le Rub al-Khali. Ce n'était pas les meilleurs copains du monde, mais ils se témoignaient de l'amitié, et Tyrell sembla soulagé quand Turk et Lise finirent par renoncer à la terrasse. Il referma les portes coulissantes en demandant: «As-tu une idée de...

— Non, répondit Turk.

— Je ne sais pas s'il vaut mieux s'enfuir ou profiter du spectacle. J'ai appelé ma femme. On vit en bas dans les Flats.» Un quartier à prix modéré, quelques kilomètres plus loin sur la côte. «Elle m'a raconté qu'ils avaient la même chose là-bas. Et que des trucs tombaient sur la maison, on dirait des cendres.

— Mais rien ne brûle?

— Pas à ce qu'elle m'a dit.

— Peut-être des cendres volcaniques», intervint Lise, et Turk ne put qu'admirer la manière dont elle affrontait la situation. Bien que tendue, elle ne montrait aucune peur, n'en ressentait pas assez pour ne pas avancer une théorie. «Il a dû se produire un truc tectonique quelque part en mer, derrière l'horizon...

— Comme un volcan sous-marin, compléta Tyrell en hochant la tête.

— Mais on aurait senti quelque chose avant que les cendres arrivent, si c'était assez près… un tremblement de terre, ou un tsunami.

— On n'a rien signalé de ce genre, pour autant que je sache, dit Turk.

— Des cendres, ajouta Tyrell. Des machins gris et poudreux.»

Turk demanda s'il y avait du café en cuisine et Tyrell répondit ouais, pas bête, avant de partir vérifier. Il restait quelques clients dans le restaurant, des gens n'ayant pas de meilleur endroit où aller, mais aucun ne mangeait ni ne se réjouissait. Tous restaient assis aux tables les plus éloignées des fenêtres en discutant d'un ton assez nerveux avec les serveurs.

Le café arriva, chaud, bien serré. Turk ajouta du lait dans le sien tout comme si le ciel n'était pas en train de tomber. Le téléphone de Lise sonna à plusieurs reprises, des appels d'amis qu'elle éluda avant de rediriger toute communication entrante vers sa messagerie vocale. Turk avait son téléphone dans la poche de sa chemise, mais personne ne l'appela.

Les cendres commençaient maintenant à tomber sur la terrasse du Harley's, aussi Turk et Lise s'approchèrent-ils de la fenêtre pour mieux voir.

Gris et poudreux. La description de Tyrell convenait très bien. Même s'il n'avait jamais vu de cendres volcaniques, Turk imagina que cela devait y ressembler. Ces choses saupoudraient les lattes et planches en bois de la terrasse ou s'entassaient contre la baie vitrée. On aurait dit de la neige couleur de vieux complet en laine, mais avec ici et là des particules brillantes, encore lumineuses, qu'il vit s'éteindre sous ses yeux.

Lise se pressa contre son épaule, les yeux écarquillés. Il repensa à leur week-end là-haut dans le massif de Mohindar, naufragés par les conditions météorologiques sur ce lac anonyme. Elle y avait manifesté le même sang-froid, le même équilibre, se montrant prête à affronter tout ce que lui réservait la situation. «Au moins, dit-il, rien ne brûle.

— Non. Mais on sent une odeur.»

Il sentait, en effet, maintenant qu'elle en parlait, une odeur minérale, légèrement âcre, un peu sulfurique.

«Tu penses que c'est dangereux? lui demanda Tyrell.

— Si ça l'est, on ne peut rien y faire.

— À part rester à l'intérieur», rectifia Lise. Mais Turk doutait que ce soit réalisable. Dans la pluie de cendres lumineuse, il distinguait justement la circulation sur la rue de Madagascar, et les piétons qui couraient sur les trottoirs en se protégeant la tête avec leurs vestes, leurs mouchoirs ou des journaux. «Sauf si...

— Sauf si quoi?

— Sauf si ça dure trop longtemps, expliqua-t-elle. Aucun toit de Port Magellan n'a été construit pour supporter un poids important.

— Et ce n'est pas que de la poussière, dit Tyrell.

— Pardon?

— Eh bien, *regardez.*» Il désigna la fenêtre.

Cela avait beau être absurde et impossible, quelque chose de la forme d'une étoile de mer passait devant la vitre. C'était gris, mais moucheté de lumière, et ne devait presque rien peser car cela flottait comme un ballon dans la petite brise. En atteignant la terrasse, la chose s'effrita, devint grains de poussière, avec quelques parcelles plus volumineuses.

Turk jeta un coup d'œil à Lise, qui exprima son incrédulité d'un haussement d'épaules.

« Donnez-moi une nappe, enjoignit Turk.

— Qu'est-ce que tu veux faire d'une nappe ? s'étonna Tyrell.

— Et une de ces serviettes.

— Mieux vaut ne pas toucher au linge de table, dit Tyrell. La direction est très stricte là-dessus.

— Va chercher le directeur, alors.

— M. Darnell ne travaille pas ce soir. J'imagine que, du coup, c'est moi le responsable.

— Alors va me chercher une nappe, Tyrell. Je veux jeter un coup d'œil à ce truc.

— Ne mets pas la pagaille dans mon restaurant.

— Je ferai attention. »

Tyrell alla dénuder une table. « Tu vas sortir ? demanda Lise.

— Juste le temps de récupérer un peu de ce qui tombe.

— Et si c'est toxique ?

— Dans ce cas, j'imagine qu'on est tous foutus. » Elle tressaillit, aussi ajouta-t-il : « Mais j'imagine qu'on le saurait déjà, si c'était toxique.

— Quoi qu'il en soit, ce machin ne peut pas être bon pour tes poumons.

— Aide-moi à me nouer cette serviette sur le visage, alors. »

Les serveurs et les dîneurs restants les regardèrent avec curiosité, mais sans faire mine de les aider. Turk emporta la nappe vers l'accès à la terrasse le plus proche et fit signe à Tyrell de l'ouvrir. L'odeur s'intensifia aussitôt — on aurait dit le pelage roussi et mouillé d'un animal — et Turk se dépêcha d'étaler la nappe sur le sol avant de reculer à l'intérieur.

« Et maintenant ? voulut savoir Tyrell.

— On la laisse là quelques minutes. »

Il alla retrouver Lise et, ne trouvant aucun sujet de conversation, ils regardèrent la poussière tomber pendant un quart d'heure de plus. Lise lui demanda comment il comptait rentrer chez lui. Il haussa les épaules. Il vivait dans ce qui n'était guère qu'un mobil-home, quelques kilomètres plus loin que l'aérodrome. Il y avait déjà bien un centimètre et demi de cendres sur le sol, et les voitures avançaient au ralenti.

« Je n'habite qu'à quelques pâtés de maisons, l'informa-t-elle. Tu sais, le nouvel immeuble sur la rue Abbas, près des bâtiments de l'Autorité territoriale. Il doit être assez solide. »

C'était la première fois qu'elle l'invitait chez elle. Il hocha la tête.

Mais sa curiosité n'était pas satisfaite. Il fit signe à Tyrell, qui servait du café aux personnes encore présentes, et celui-ci rouvrit la porte de la terrasse. Turk attrapa la nappe étalée, que recouvrait désormais une couche de cendres, et la tira doucement pour déranger le moins possible les structures fragiles qu'elle avait pu récupérer. Tyrell referma très vite la porte. « Berk ! Ça pue. »

Turk épousseta les quelques flocons de cendres grises s'accrochant à sa chemise et ses cheveux. Lise le rejoignit au moment où il s'accroupissait pour examiner les fragments sur la nappe. Deux dîneurs curieux tirèrent leurs chaises un peu plus près, plissant malgré tout le nez à cause de l'odeur.

«Tu aurais un stylo ou un crayon?» demanda Turk.

Lise fouilla dans son sac et tendit un stylo à Turk, qui l'enfonça dans la couche de poussière accumulée sur le linge.

«Qu'est-ce que c'est que ce truc? demanda Lise par-dessus son épaule. Sur ta gauche. On dirait, je ne sais pas, un *gland*...»

Turk n'avait pas vu de glands depuis des années. Aucun chêne ne poussait sur Équatoria. L'objet dans les cendres avait à peu près la taille de son pouce. En forme de soucoupe d'un côté, il se terminait de l'autre en pointe émoussée... un gland, ou peut-être un œuf minuscule coiffé d'un tout aussi minuscule sombrero. Il semblait constitué de la même matière que les cendres tombées du ciel, et se désagrégea, comme dépourvu de toute consistance, quand Turk le toucha du bout du stylo.

«Et par là», dit Lise en montrant un deuxième endroit. Un autre objet avec une forme précise, ressemblant cette fois à un engrenage de vieille horloge mécanique. Lui aussi tomba en poussière quand Turk le toucha.

Tyrell alla chercher une torche électrique dans l'arrière-salle. Lorsqu'il en promena le faisceau en lumière rasante sur la nappe, ils virent apparaître un grand nombre de ces objets. Si toutefois on pouvait parler d'«objets»... les restes vaguement structurés de choses qui semblaient avoir été manufacturées. Il y avait un tube d'environ un centimètre de long, parfaitement lisse, un autre à peu près de la même taille, mais avec des protubérances, comme une portion de l'épine dorsale d'un petit animal, genre souris. Il y avait des épines à six pointes, un disque avec des rayons miniatures friables qui ressemblait à une roue de bicyclette, et un anneau biseauté. Certaines de ces choses brillaient d'une légère lueur résiduelle.

« C'est tout brûlé », fit remarquer Lise.

Brûlé ou bien décomposé. Mais comment quelque chose de si totalement consumé pouvait-il rester un tant soit peu intact en étant tombé du ciel ? De quoi avaient été faites ces choses ?

On voyait aussi parmi les cendres quelques taches lumineuses. Turk passa la main au-dessus de l'une d'entre elles.

«Attention, prévint Lise.

— Ce n'est pas brûlant. Pas même chaud.

— Ça pourrait être, je ne sais pas, radioactif.

— Possible.» Dans ce cas, c'était encore un scénario de fin du monde. Dehors, tout le monde inhalait cette substance. Dedans, tout le monde le ferait bientôt. Aucun bâtiment de Port Magellan n'était étanche, aucun ne filtrait l'air entrant.

« Ça t'apprend quelque chose ? » demanda Tyrell.

Turk se releva en s'époussetant les mains. « Ouais. Ça m'apprend que j'en sais encore moins que ce que je croyais.»

Il accepta l'offre d'hébergement temporaire de Lise. Ils empruntèrent des vêtements à Tyrell, des vestes de cuisinier pour protéger leurs habits des cendres qui tombaient, et traversèrent le plus vite possible les dunes grises sur le parking pour arriver à la voiture de Lise. Le nuage de cendres avait assombri le ciel, masqué la pluie de météorites, estompé les lampadaires.

Lise conduisait une automobile chinoise, plus petite que celle de Turk, mais plus récente et sans doute plus fiable. Turk se secoua au moment de s'installer sur le siège passager.

Sortant par l'arrière du parking, Lise s'engagea dans une avenue étroite mais moins fréquentée qui reliait la rue de Madagascar à la rue Abbas. Elle manœuvrait son véhicule avec une espèce de grâce prudente, lui faisant franchir en douceur les accumulations de poussière, aussi Turk la laissa-t-il se concentrer sur sa conduite. «Tu crois que c'est lié à la pluie de météorites? demanda-t-elle toutefois alors que la circulation ralentissait.

— On dirait plutôt une coïncidence. Mais qui sait.

— Ce n'est certainement pas de la cendre volcanique.

— Je ne pense pas.

— Ça pourrait provenir de l'extérieur de l'atmosphère.

— Sans doute, oui.

— Alors si ça se trouve, c'est lié aux Hypothétiques.»

Durant le Spin, les gens n'avaient cessé de s'interroger sur les Hypothétiques, ces entités toujours mystérieuses qui avaient propulsé la Terre quelques milliards d'années plus loin dans l'avenir galactique et ouvert un passage entre l'océan Indien et le Nouveau Monde. Personne n'était jamais arrivé à la moindre conclusion sérieuse, à ce que croyait savoir Turk. «Possible. Mais ça n'explique rien.

— Mon père parlait beaucoup des Hypothétiques. Il m'a dit par exemple qu'on avait tendance à oublier à quel point l'Univers est *plus vieux* qu'avant le Spin. L'Univers a peut-être changé d'une manière qu'on ne comprend pas. Tous les manuels scolaires disent que les comètes et les météorites viennent de l'autre bout du système solaire... qu'ils tombent sur Terre, ici, ou n'importe où dans la galaxie. Mais ce n'était jamais qu'une observation locale... et dépassée depuis quatre milliards d'années. D'après certaines théories, les Hypothétiques ne sont pas des organismes biologiques et n'ont jamais...»

Il attendit qu'elle négocie un virage, les pneumatiques de l'automobile peinant à adhérer. Le père de Lise était professeur en faculté. Avant de disparaître.

«Ils disent que les Hypothétiques sont un système de machines autoréplicantes vivant dans les zones les plus froides de la galaxie, aux limites des systèmes planétaires, avec un métabolisme vraiment très lent qui se nourrit de glace et génère des informations...

— Comme ces réplicateurs qu'on a envoyés pendant le Spin.

— Exact. Des machines autoréplicantes. Mais avec des milliards d'années d'évolution derrière elles.»

Les professeurs de faculté parlaient-ils de cette manière à leurs filles ? Ou bien discutait-elle juste pour barrer le chemin à la panique ? « Où veux-tu en venir ?

— Peut-être que ce qui tombe dans l'atmosphère chaque année à cette époque n'est pas que de la poussière de comète. C'est peut-être...»

Elle haussa les épaules.

« Des Hypothétiques morts, termina-t-elle.

— Eh bien, formulé de cette manière, ça semble stupide.

— C'est une théorie qui en vaut une autre. Je ne cherche pas à me montrer sceptique. Mais on n'a pas la moindre preuve que ce qui tombe du ciel vient de l'espace.

— Des rouages et des tubes faits de cendre ? *D'où* veux-tu que ça vienne ?

— Retournons le problème. L'humanité n'est sur cette planète que depuis trois décennies. On se dit que tout est cartographié et à peu près compris. Mais c'est des conneries. On aurait tort de tirer des conclusions... la *moindre* conclusion. Même si ce truc est provoqué par les Hypothétiques, ça n'explique pas grand-chose, en fait. On a eu une pluie de météorites tous les étés depuis trente ans, et jamais rien qui ressemble à ça.»

Les essuie-glaces accumulaient de la poussière sur le pourtour du pare-brise. Turk vit des gens sur les trottoirs, en train de courir ou de s'abriter dans des encoignures de portes, ainsi que des visages qui regardaient anxieusement par les fenêtres. Une voiture de police du Gouvernement provisoire passa, gyrophare et sirène activés.

« Peut-être qu'il se passe quelque chose d'inhabituel à un endroit où on ne peut pas le voir.

— Peut-être est-ce la constellation du Grand Chien qui se secoue les puces. Il est trop tôt pour le dire, Lise. »

Elle hocha la tête d'un air triste et se gara dans le parking souterrain de son immeuble, une tour en béton qui semblait tout droit sortie d'un comté très peuplé de Floride. Dans le sous-sol, on ne voyait rien de ce qui se passait dehors, à part un ou deux grains de poussière en train de flotter dans l'air immobile.

Lise glissa sa carte de sécurité dans la fente d'appel de l'ascenseur. « On a réussi. »

Ouais, pensa Turk. Pour le moment.

QUATRE

Lise trouva une robe de chambre assez grande pour que Turk puisse décemment la porter et lui dit de mettre ses vêtements dans le lave-linge, au cas où la poussière accrochée dessus soit toxique. Pendant ce temps-là, elle passa sous la douche. Quand elle se rinça les cheveux, de l'eau grise se rassembla en flaque autour de la bonde. Un présage, se dit-elle, un augure : peut-être la chute de cendres ne cesserait-elle qu'une fois Port Magellan enseveli, comme Pompéi. Elle resta sous la douche jusqu'à ce que l'eau retrouve sa limpidité.

Les lumières faillirent s'éteindre à deux reprises avant qu'elle en ait terminé. Le réseau électrique de Port Magellan restait assez rudimentaire : sans doute ne fallait-il pas grand-chose pour mettre un transformateur local hors service. Elle essaya d'imaginer ce qui se passerait si cette tempête (mais pouvait-on lui donner ce nom ?) durait encore un jour, ou deux, ou davantage. Toute une population piégée dans le noir. Les navires de secours des Nations unies arrivant à quai. Les soldats évacuant les survivants. Non, mieux valait ne *pas* l'imaginer.

Elle enfila un jean et une chemise de coton propres, et les lumières fonctionnaient toujours lorsqu'elle rejoignit Turk dans le salon. Dans la vieille robe de chambre de flanelle qu'elle lui avait prêtée, il semblait extrêmement embarrassé mais dangereusement sexy. Ces jambes d'une longueur ridicule, marquées ici ou là de cicatrices par la vie menée avant de se mettre à conduire des passagers au-dessus des montagnes en avion. Il lui avait raconté qu'à son arrivée sur le Nouveau Monde, il travaillait dans la marine marchande et avait ensuite trouvé un emploi sur l'oléoduc de la Saudi Aramco. De grandes mains épaisses, ayant bien servi.

En le voyant explorer les lieux du regard, Lise fit de même, considérant tour à tour la fenêtre à l'est, le panneau vidéo et sa petite bibliothèque de livres et d'enregistrements. Elle se demanda comment il trouvait l'appartement. Un peu distingué, peut-être, par rapport à ce qu'il appelait son «mobil-home», un peu trop comme au pays, rappelant trop un morceau d'Amérique du Nord importé là, même s'il était encore nouveau pour elle, s'il manquait encore un peu d'âme, ce logement où elle avait posé ses affaires une fois séparée de Brian.

Elle ne montra toutefois rien de ces pensées. Turk regardait la chaîne d'informations locale. On trouvait à Port Magellan trois quotidiens, mais une seule chaîne d'informations, supervisée par un conseil falot et d'un multiculturalisme compliqué, qui diffusait en quinze langues et n'était en général intéressante dans aucune. Mais ce soir-là, elle avait quelque chose d'important à raconter. Une de ses équipes était sortie filmer les rues sous l'averse de cendres, tandis que deux commentateurs lisaient des conseils prodigués par divers services du Gouvernement provisoire.

«Monte le son», lança Lise.

L'important carrefour à l'intersection de Portugal et de la Dixième Rue était bloqué, immobilisant un bus de touristes qui cherchaient désespérément à regagner leur navire de croisière. La substance présente dans l'atmosphère perturbait les transmissions radio, si bien qu'on n'arrivait pas toujours à communiquer avec les bateaux au large. Un laboratoire gouvernemental se livrait en hâte à des analyses chimiques sur les cendres tombées au sol, mais aucun résultat n'avait encore été communiqué. Si on avait constaté quelques problèmes respiratoires, rien ne laissait penser que les cendres présentaient un danger immédiat pour la santé. Certains propos inconsidérés soupçonnaient l'existence d'un lien entre la chute des cendres et la pluie de météorites annuelle, lien qu'il n'y avait toutefois aucun moyen de confirmer. Les autorités locales n'avaient pas de meilleur conseil à donner que d'attendre la fin du phénomène chez soi en gardant portes et fenêtres fermées.

La suite fut à peu près toujours de la même eau. Lise n'avait pas besoin d'un journaliste pour savoir que la ville se bloquait. On n'entendait plus les bruits nocturnes habituels, à par le gémissement périodique des sirènes des véhicules de secours.

Turk mit le panneau vidéo en sourdine pour dire : « Mes habits doivent être propres, maintenant. » Il alla récupérer son T-shirt et son jean dans le coin lessive puis s'habiller à la salle de bains. Il ne s'était pas montré aussi pudique dans le massif de Mohindar. Mais elle non plus, après tout. Lise lui prépara un couchage sur le canapé, puis proposa : « Un dernier verre ? »

Il hocha la tête.

Elle alla dans la cuisine vider dans deux verres le fond de sa dernière bouteille de vin blanc. Quand elle revint dans le salon, Turk avait remonté les stores et regardait dehors dans l'obscurité. Un vent de plus en plus fort balayait en diagonale les cendres qui tombaient devant la fenêtre. Lise arrivait, vaguement, à en sentir l'odeur. Leur puanteur de soufre.

« Ça me rappelle les diatomées, dit Turk en prenant le verre qu'elle lui tendait.

— Pardon ?

— Le plancton dans l'océan, tu sais ? Les animaux microscopiques. Il leur pousse une coquille. Après, quand le plancton meurt, les coquilles tombent au fond de la mer, où elles forment une espèce de limon. Si tu le dragues et que tu le regardes au microscope, tu vois tous ces squelettes de plancton… des diatomées, des petites étoiles, des trucs à épines et tout. »

Lise regarda les cendres dans le vent en pensant à l'analogie de Turk. Les restes de choses autrefois vivantes qui tombaient dans l'atmosphère turbulente. Les coquilles d'Hypothétiques morts.

Cela n'aurait pas surpris mon père, se dit-elle.

Elle y réfléchissait encore quand son téléphone bourdonna à nouveau. Cette fois, elle prit la communication : elle ne pouvait exclure éternellement le monde extérieur... il lui fallait rassurer ses amis sur sa situation. Elle espéra un instant, avec un sentiment de culpabilité, que l'appel ne provenait pas de Brian, mais bien entendu, c'était lui.

« Lise ? dit-il. Je me faisais un sang d'encre pour toi. Où es-tu ? »

Elle alla dans la cuisine, comme pour mettre symboliquement de la distance entre Turk et lui. « Tout va bien, assura-t-elle. Je suis chez moi.

— Ah, tant mieux. Beaucoup de gens n'ont pas ta chance.

— Et toi ?

— Je suis dans l'enceinte du consulat. On est nombreux, ici. On a décidé de rester là et de dormir sur des lits de camp. Le bâtiment est équipé d'un groupe électrogène, en cas de coupure de courant. Tu en as, toi, de l'électricité ?

— Pour le moment.

— À peu près la moitié du quartier chinois est dans le noir. La ville a du mal à faire intervenir ses équipes de réparation.

— Quelqu'un sait ce qui se passe, par chez vous ? »

Brian répondit d'une voix flûtée et tendue, celle qui dénotait chez lui nervosité ou contrariété. « Non, pas vraiment...

— Ou une idée de quand ça va s'arrêter ?

— Non. Mais ça ne peut pas continuer jusqu'à la fin des temps. »

Une idée agréable, mais Lise doutait de pouvoir se convaincre de sa véracité, du moins ce soir-là. « Bon, Brian, c'est gentil d'avoir appelé, mais tout va bien. »

Il y eut un silence. Brian voulait continuer à parler. Comme toujours, depuis quelque temps. Une conversation, à défaut d'un mariage.

« Tiens-moi au courant en cas de problème. »

Elle le remercia, coupa la communication et abandonna le téléphone sur le comptoir de la cuisine en regagnant le salon.

« C'était ton ex ? » demanda Turk.

Il connaissait sa situation, en ce qui concernait Brian. Dans les montagnes, sur les rives d'un lac houleux, elle avait partagé avec lui nombre de vérités douloureuses sur sa vie et sa propre personne. Elle hocha la tête.

« Ça te crée des ennuis, que je sois là ?

— Non, répondit-elle. Aucun. »

Elle regarda d'autres informations sporadiques en compagnie de Turk, mais la fatigue la rattrapa vers trois heures du matin, et elle finit par se traîner jusque dans son lit. Cela ne l'empêcha pas de rester un moment éveillée dans le noir, pelotonnée sous le drap de coton comme s'il pouvait la protéger de ce qui tombait du ciel. Ce n'est pas la fin du monde, se dit-elle. Juste quelque chose de gênant et d'inattendu.

Elle songea aux diatomées : des coquillages marins, une vie ancienne, un rappel supplémentaire que l'Univers avait radicalement changé durant et après le Spin, qu'elle avait vu le jour dans un monde d'un genre différent de tout ce à quoi s'étaient attendus ses parents et grands-parents. Elle se souvint d'un vieux manuel d'astronomie de son grand-père qui l'avait fascinée dans son enfance. Le dernier chapitre, « Sommes-nous seuls ? », regorgeait de ce qui ressemblait à des spéculations naïves et stupides. Parce qu'on connaissait la réponse à cette question. Non, nous ne sommes pas seuls. Non, nous ne pourrons plus jamais considérer l'Univers comme notre propriété privée. La vie, ou quelque chose qui y *ressemblait*, existait depuis bien avant que l'évolution produise des êtres humains. Nous sommes sur *leur* terrain, se dit Lise, et comme on ne les comprend pas, on ne peut pas prévoir leur comportement. Même aujourd'hui, personne ne sait avec la moindre certitude pourquoi la Terre a été préservée pendant quatre milliards d'années d'histoire galactique comme un bulbe de tulipe hivernant dans une cave sombre, ni pourquoi une route maritime vers cette nouvelle planète a été mise en place dans l'océan Indien. Ce qui tombe de l'autre côté de la fenêtre n'est qu'une preuve supplémentaire de l'ignorance crasse de l'humanité.

Elle dormit plus longtemps que prévu et s'éveilla avec la lumière du jour dans les yeux… pas tout à fait celle du soleil, mais une luminosité ambiante bienvenue. Le temps qu'elle s'habille, Turk était déjà debout. Elle le trouva près de la fenêtre du salon, en train de regarder dehors.

« Ça a l'air un peu mieux, avança-t-elle.

— Moins mauvais, en tout cas.»

À l'extérieur, une poussière monotone et étincelante flottait toujours dans l'atmosphère, mais elle tombait moins dru que la nuit précédente et le ciel semblait à peu près dégagé.

«D'après les infos, annonça Turk, la précipitation — comme ils l'appellent — diminue. Le nuage de cendres est toujours là, mais il se déplace vers l'intérieur des terres. Ce qu'ils voient sur les images radar et satellite laisse penser que ça pourrait se terminer tard ce soir ou demain en début de matinée, du moins en ce qui concerne le littoral.

— Tant mieux, dit Lise.

— Ça ne sera pas la fin des ennuis. Il va falloir dégager les rues. Il y a encore des problèmes d'alimentation électrique. Quelques toits se sont effondrés, surtout ces toits plats des maisons de location pour touristes sur le cap. Rien que le nettoyage des quais va demander un boulot énorme. Le Gouvernement provisoire a engagé des bulldozers pour déblayer les routes, et une fois qu'on aura rétabli un minimum de circulation, on pourra commencer à pomper de l'eau de mer pour tout rejeter dans la baie, si tant est que les collecteurs d'eaux pluviales le supportent. Le tout compliqué par la poussière dans les moteurs, les voitures en panne, etc.

— Et au niveau toxicité?

— D'après les types des infos, la poussière est essentiellement composée de carbone, de soufre, de silicates et de métaux, en partie assemblés en molécules inhabituelles, quoi que cela puisse vouloir dire, mais qui se décomposent assez vite en éléments plus simples. À court terme, aucun danger à moins qu'on souffre d'asthme ou d'emphysème. À long terme, qui sait ? Ils continuent à préférer que les gens restent chez eux, et conseillent de porter un masque à ceux qui ont vraiment besoin de sortir.

— Des idées sur l'origine de tout ce truc ?

— Non. Beaucoup d'hypothèses, pour la plupart débiles, mais quelqu'un de la Prospection géophysique a eu la même idée que nous : des trucs venus de l'espace et modifiés par les Hypothétiques. »

En d'autres termes, personne n'en savait trop rien. « Tu as dormi, cette nuit ?

— Pas beaucoup.

— Tu as pris un petit déj' ?

— Je ne voulais pas mettre la pagaille dans ta cuisine.

— Je ne suis pas un cordon-bleu, mais je peux préparer une omelette et du café. » Quand il proposa son aide, elle lui répondit : « Tu ne ferais que me gêner. Donne-moi vingt minutes. »

Il y avait une fenêtre dans la cuisine, par laquelle Lise put jeter un coup d'œil sur Port M pendant que le beurre grésillait dans la poêle… cette grande ville polyglotte, kaléidoscopique et multiculturelle qui avait connu une croissance si rapide en bordure d'un nouveau continent et que recouvrait désormais un gris de mauvais augure. Le vent s'était renforcé au cours de la nuit. Les cendres avaient formé des dunes dans les rues vides et tombaient en frissonnant de la cime des arbres plantés le long de la rue Abbas.

Elle saupoudra l'omelette de cheddar frais et

la replia. Pour une fois, la masse visqueuse ne se déchira pas pour tomber de la spatule. Elle prépara deux assiettes qu'elle emporta dans le salon. Elle trouva Turk debout à l'endroit dont elle se servait comme bureau : une table, son clavier et ses cartons à dossiers, une petite bibliothèque de livres en papier.

« C'est là que tu écris ? demanda-t-il.

— Oui. » Non. Elle posa les assiettes sur la table basse. Turk vint la rejoindre sur le canapé, replia ses longues jambes et prit l'assiette sur ses genoux.

« Très bon, dit-il en goûtant l'omelette.

— Merci.

— Et donc, ce bouquin sur lequel tu travailles, ça avance ? »

Elle se crispa. Le livre, le livre théorique, son excuse pour prolonger son séjour à Équatoria, n'existait pas. Elle disait aux gens qu'elle en écrivait un parce qu'elle avait un diplôme de journalisme et que cela semblait plausible pour une femme sortant comme elle d'un mariage raté… un livre sur son père, disparu sans explications quand la famille vivait là, douze ans auparavant, quand elle-même en avait quinze. « Doucement, dit-elle.

— Pas de progrès ?

— Quelques interviews, quelques conversations intéressantes avec d'anciens collègues de mon père à l'Université américaine. » Tout cela était exact. Elle s'était immergée dans l'histoire brisée de sa famille. Mais elle n'avait écrit que quelques notes personnelles.

«Ton père s'intéressait aux Quatrièmes Âges, si je me souviens bien de ce que tu m'as dit.

— Il s'intéressait à toutes sortes de choses.» Robert Adams était venu à Équatoria suite au marché passé entre la Prospection géophysique et la toute jeune Université américaine. Il enseignait la géologie du Nouveau Monde, et avait procédé à des études sur le terrain dans l'Ouest profond. Le livre sur lequel *lui* travaillait, un vrai livre, s'appelait *La Planète comme artefact*, une étude du Nouveau Monde comme endroit où l'histoire géologique avait été profondément influencée par les Hypothétiques. Et, oui, il était fasciné par la communauté des Quatrièmes Âges... à titre privé, et non professionnel.

«La femme sur la photo que tu m'as montrée, demanda Turk, c'est une Quatrième Âge?

— Peut-être. Sans doute.» Dans quelles proportions voulait-elle vraiment discuter de cela?

«Comment tu le sais?

— Parce que je l'ai déjà vue, dit Lise en reposant sa fourchette pour se tourner vers lui. Tu veux toute l'histoire?

— Si tu veux bien la raconter.»

Lise avait entendu pour la première fois le mot «disparu» appliqué à son père un mois après son quinzième anniversaire, trois jours après qu'il n'était pas rentré à la maison en sortant de l'université. La police locale était venue en parler avec la mère de Lise, l'adolescente les écoutant du couloir de la cuisine. Son père avait «disparu» — c'est-à-dire qu'il avait quitté son travail comme d'habitude, s'était éloigné en voiture dans la direction habituelle, et quelque part entre l'Université américaine et leur maison de location dans les collines au-dessus de Port Magellan, on avait perdu sa trace. Il n'y avait aucune explication évidente, aucun indice pertinent.

Mais l'enquête se poursuivait. La fascination de Robert Adams pour les Quatrièmes Âges avait été évoquée. La mère de Lise avait de nouveau été interrogée, cette fois par des hommes en costume et non en uniforme : des membres du Département de Sécurité génomique. M. Adams s'intéressait aux Quatrièmes Âges : s'agissait-il d'un intérêt personnel ? Avait-il, par exemple, mentionné à plusieurs reprises leur longévité ? Souffrait-il d'une maladie dégénérative dont aurait pu le débarrasser le traitement de longévité martien ? Manifestait-il un intérêt inhabituel pour la mort ? Rencontrait-il des problèmes domestiques ?

Non, avait répondu la mère de Lise. En fait, elle avait en général répondu : « Non, bordel. » Lise se souvenait de sa mère qui, assise à la table de la cuisine, écoutait les questions en vidant tasse après tasse de thé de rooibos couleur rouille et répondait : « Non, bordel, non. »

Une théorie avait néanmoins vu le jour. Un père de famille dans le Nouveau Monde, souvent à l'écart de ses proches, séduit par l'atmosphère tout-est-possible de la Frontière et par l'idée du Quatrième Âge, une trentaine d'années ajoutées à son espérance de vie...

Lise devait admettre que cela ne manquait pas

de logique. Il n'aurait pas été le premier homme détourné de sa famille par la promesse de la longévité. Trois décennies plus tôt, le Martien Wun Ngo Wen avait apporté sur Terre une technique permettant de prolonger la vie humaine... un traitement qui changeait aussi le comportement d'autres et plus subtiles manières. Proscrit par à peu près tous les gouvernements terrestres, le traitement circulait dans la communauté clandestine des Quatrièmes Âges terriens.

Robert Adams aurait-il abandonné famille et carrière pour se joindre à cette communauté ? D'instinct, Lise répondait comme sa mère : non. Il ne leur aurait pas fait cela, *non*, si grande qu'ait été la tentation.

Mais des indices avaient vu le jour pour subvertir cette foi. Il s'était lié à des personnes étrangères au campus. Des gens étaient venus chez lui, des gens sans le moindre rapport avec l'université, qu'il n'avait pas présentés à sa famille et dont il n'avait expliqué la visite qu'avec réticence. Les cultes des Quatrièmes Âges jouissaient de surcroît d'un attrait particulier dans la communauté universitaire : mis en circulation par le scientifique Jason Lawton auprès d'amis qu'il considérait fiables, le traitement s'était surtout répandu au sein des intellectuels et des érudits.

Non, bordel... mais Mme Adams avait-elle une meilleure explication ?

Mme Adams n'en avait pas. Lise non plus.

L'enquête n'aboutit pas. Au bout d'un an, la mère de Lise leur avait acheté deux billets pour la

Californie, blessée par l'insulte faite à sa vie bien réglée, mais pas brisée, du moins en apparence. La disparition, et le Nouveau Monde en général, était devenue un sujet qu'on n'abordait pas en sa présence. Le silence valait mieux que les suppositions. Lise avait retenu la leçon. Tout comme sa mère, elle avait relégué sa douleur et sa curiosité dans l'obscurité d'un grenier interne où l'on conservait les pensées inconcevables. Du moins jusqu'à son mariage avec Brian et la mutation de celui-ci à Port Magellan. Soudain, ces souvenirs se trouvèrent ravivés : la blessure se rouvrit comme si elle n'avait jamais cicatrisé, et sa curiosité, avait-elle découvert, s'était répandue goutte à goutte dans sa prison, devenant une curiosité d'adulte plutôt que d'enfant.

Aussi avait-elle commencé à poser des questions aux amis et collègues de son père, aux quelques-uns d'entre eux qui habitaient encore Port Magellan, et ces questions avaient inévitablement porté aussi sur la communauté des Quatrièmes Âges qui vivaient dans le Nouveau Monde.

Brian s'était d'abord efforcé de l'aider. Il n'avait pas trop apprécié son enquête improvisée sur ces sujets qu'il considérait potentiellement dangereux — et d'après Lise, cela avait encore accru le nombre de leurs divergences émotionnelles —, mais il l'avait tolérée et s'était même servi de sa position au DSG pour donner suite à quelques-unes de ses recherches.

Comme en ce qui concernait la dame sur la photographie.

« Sur deux photos », en fait, précisa-t-elle à Turk.

En quittant la maison maternelle, Lise avait récupéré un certain nombre d'objets que sa mère menaçait depuis longtemps de jeter, en l'occurrence un disque de clichés datant des années passées par ses parents à Port Magellan. Certains avaient été pris chez les Adams à l'occasion de soirées entre collègues de l'université. Lise en avait sélectionné quelques-uns pour les montrer à de vieux amis de la famille, dans l'espoir de retrouver ceux qu'elle ne reconnaissait pas. Elle parvint à obtenir les noms de la plupart d'entre eux, mais pas celui d'une vieille femme à la peau sombre qui portait un jean et que le photographe avait surprise sur le seuil, derrière un groupe d'universitaires aux vêtements bien plus coûteux, comme si elle arrivait à l'improviste. Elle semblait déconcertée, nerveuse.

Personne n'avait pu l'identifier. Brian avait proposé de soumettre la photographie au logiciel de reconnaissance d'images du DSG pour voir ce que cela donnait. C'était la dernière de ce que Lise en était venue à considérer comme des «bombes de charité» — des actes de générosité que Brian lançait devant elle comme pour la détourner de la voie de la séparation — et elle avait accepté la proposition en le prévenant que cela ne changerait rien.

Mais la recherche avait déniché une correspondance. Cette même femme était passée par les quais de Port Magellan juste quelques mois plus tôt. Elle figurait sur un manifeste de passagers sous le nom de Sulean Moï.

Le nom était réapparu en relation avec Turk Findley: c'était le pilote de l'avion-taxi qui avait conduit cette Sulean Moï dans le désert de l'autre côté des montagnes, jusqu'à la ville de Kubelick's Grave, celle dans laquelle Lise, suivant une autre piste, avait pour sa part tenté de se rendre quelques mois plus tôt.

Turk écouta patiemment toutes ces explications. «Elle ne parlait pas beaucoup, dit-il ensuite. Elle a payé en liquide. Je l'ai déposée à l'aérodrome de Kubelick's Grave, et terminé. Elle n'a jamais rien dit sur son passé ni sur les raisons pour lesquelles elle allait dans l'Ouest. Tu penses que c'est une Quatrième Âge ?

— Elle n'a pas beaucoup changé en quinze ans. Ça laisse penser qu'elle pourrait en être une.

— Alors l'explication la plus simple est peut-être la bonne. Ton père a pris le traitement illégal et commencé une nouvelle vie sous un nouveau nom.

— Peut-être. Mais je ne veux pas d'une nouvelle hypothèse. Je veux savoir ce qui s'est vraiment passé.

— Bon, et si tu découvres la vérité ? Ta vie en sera meilleure ? Tu apprendras peut-être quelque chose qui ne te plaira pas. Tu devras peut-être recommencer ton travail de deuil.

— Au moins, répliqua-t-elle, je saurai ce que je pleure.»

Comme souvent quand elle parlait de son père, elle en rêva la nuit suivante.

Cela commença davantage comme un souvenir que comme un rêve : ils se trouvaient tous deux dans la véranda de leur maison, sur une colline de Port Magellan, et il lui parlait des Hypothétiques.

Il lui en parlait dans la véranda parce que la mère de Lise ne s'intéressait pas à ces conversations. Lise ne pouvait établir de contraste plus marqué entre ses parents. Bien que tous deux survivants du Spin, ils en étaient ressortis avec des sensibilités opposées. Son père avait plongé tête la première dans le mystère, était tombé amoureux de l'étrangeté accrue de l'Univers. Sa mère avait fait comme s'il ne s'était rien passé… comme si la clôture du jardin et le mur du fond constituaient des barricades assez robustes pour repousser la vague du temps.

Lise n'avait jamais vraiment su où se placer sur cette ligne de démarcation. Elle adorait le sentiment de sécurité que lui procurait la maison de sa mère. Mais elle adorait aussi entendre parler son père.

Dans son rêve, il parlait des Hypothétiques. *Les Hypothétiques ne sont pas des gens, Lise, ne fais surtout pas cette erreur.* Les étoiles anonymes d'Équatoria apparaissaient dans le ciel d'un noir d'ardoise. *Nous avons dans l'idée qu'ils sont un réseau de machines plus ou moins stupides, mais ce réseau a-t-il conscience de sa propre existence ? A-t-il un esprit, Lise, de la même manière que toi et moi ? Si oui, chaque partie de sa pensée doit être propagée sur des centaines ou des milliers d'années-lumière. Il pourrait percevoir le temps et l'espace d'une manière très différente de la nôtre. Il pourrait ne pas nous percevoir du tout, sauf comme un phénomène passager, et s'il nous manipule, il pourrait bien le faire à un niveau complètement inconscient.*

Comme Dieu, suggérait la Lise de son rêve.

Un Dieu aveugle, disait son père, à tort, car dans le rêve, alors qu'elle restait en extase devant la grandeur de la vision paternelle et en sécurité dans les limites de la sensibilité maternelle, le bras des Hypothétiques était descendu du ciel et, ouvrant un poing d'acier qui scintillait à la lueur des étoiles, avait enlevé son père avant qu'elle trouve le courage de hurler.

CINQ

La poussière continua à tomber, moins fort, pendant encore quelques heures, puis faiblit quand le jour diminua pour cesser complètement à la nuit tombée.

La ville resta d'un silence sinistre, seulement troublé par le grondement épisodique des bulldozers qui s'acharnaient à repousser les cendres. Turk voyait des volutes de poussière fine autour et au-dessus des endroits qu'ils dégageaient, colonnes grises qui montaient au-dessus des saillies formées par les boutiques, baraques, immeubles de bureaux et panneaux d'affichage, qui se mêlaient aux panaches d'eau de mer là où les lignes de pompage tirées du port aux collines avaient commencé à laver les rues à grande eau. Un paysage de désolation. Même si, malgré l'heure, il y avait des gens dans les rues, masqués ou avec un bandana noué sur le visage, qui se frayaient un chemin dans les amoncellements pour atteindre leur destination ou évaluaient juste les dégâts en regardant autour d'eux comme des figurants dans un film catastrophe. De l'autre côté de la rue, un homme en dishdasha crasseuse resta une demi-heure planté devant l'épicerie arabe fermée à fumer des cigarettes et à regarder le ciel.

«Tu crois que c'est terminé ?» demanda Lise.

De toute évidence, il ne pouvait répondre à cette question. Mais il comprit qu'elle cherchait moins une réponse qu'une parole de réconfort. «Pour le moment, en tout cas.»

L'un comme l'autre étaient trop tendus pour dormir. Turk alluma la vidéo et ils se réinstallèrent sur le canapé, en quête de nouvelles informations. Un présentateur annonça que le nuage de poussière s'était enfoncé dans l'arrière-pays et qu'on ne s'attendait pas à d'autres «précipitations»... on avait signalé des chutes sporadiques de cendres dans toutes les communautés de la côte, depuis Ayer's Point jusqu'à Haixi, mais Port Magellan semblait avoir été plus durement touché que la plupart. Turk estima la nouvelle plutôt positive, car si cette couche de matière particulaire avait été pénible pour la ville, elle aurait pu s'avérer désastreuse pour l'écosystème local, en étouffant les forêts et en détruisant les récoltes, voire en empoisonnant le sol, même si le présentateur affirmait qu'elle ne contenait rien de très toxique, «selon les toutes dernières analyses.» Bien entendu, les structures du genre machines ou fossiles présentes dans les cendres n'étaient pas passées inaperçues. Des microphotographies de la poussière révélèrent une structure encore plus cachée : des roues dentées en mauvais état, des cônes festonnés ressemblant à des minuscules conques, des molécules inorganiques assemblées de diverses manières complexes et anormales… comme si une énorme machine s'était désagrégée en orbite et que seuls ses éléments les plus délicats avaient survécu au brasier de la descente dans l'atmosphère.

Turk et Lise n'étaient pas sortis de l'appartement de la journée, lui passant le plus clair de son temps assis à la fenêtre, elle téléphonant ou expédiant des messages à sa famille aux États-Unis, ou encore inventoriant les aliments de la cuisine au cas où la ville resterait longtemps isolée. Cela avait du coup restauré entre eux une espèce d'intimité — celle du campement dans les montagnes en pleine tempête qu'ils avaient partagée auparavant, puis rapportée en ville —, si bien que, lorsque Lise posa la tête sur son épaule, Turk leva la main pour lui caresser les cheveux, puis hésita en se souvenant de la raison de sa présence chez elle.

«Tu peux», dit-elle.

Ses cheveux dégageaient une odeur propre et, bizarrement, dorée, donnant à Turk l'impression d'avoir de la soie au creux de la main.

«Turk, dit-elle, je suis désolée…

— Il n'y a pas de quoi s'excuser.

— D'avoir pensé qu'il me fallait une excuse pour te revoir.

— Tu m'as manqué aussi.

— C'est juste que… c'était compliqué.

— Je sais.

— Tu veux aller au lit?» Elle prit sa main et y frotta sa joue. «Je veux dire…»

Il savait ce qu'elle voulait dire.

Il passa la nuit avec elle, puis la suivante, non par obligation — la plus grande partie de la route côtière avait été dégagée —, mais parce qu'il le pouvait.

Il ne pouvait toutefois rester éternellement. Il paressa une matinée de plus, mangeant sans enthousiasme son petit déjeuner pendant que Lise passait d'autres coups de téléphone. Il n'en revenait pas du nombre d'amis, connaissances et autres qu'elle avait. Du coup, il se sentait un peu impopulaire. Les seules personnes qu'il appela ce matin-là furent des clients dont il faudrait reporter ou annuler le vol — alors qu'il ne pouvait guère se permettre d'annulations pour le moment —, ainsi que deux copains, des mécaniciens de l'aéroport, qui pourraient se demander pourquoi il n'était pas dans les parages pour aller boire un verre avec eux. Il ne fréquentait pas grand monde. Il n'avait même pas de chien.

Elle enregistra un long message pour sa mère, aux États-Unis. On ne pouvait appeler de l'autre côté de l'Arc, puisque les Hypothétiques ne laissaient passer entre ce monde et le voisin que des bateaux habités. Mais il existait une flotte de navires commerciaux équipés pour les télécommunications qui faisaient la navette pour relayer les données enregistrées. On pouvait regarder un journal télévisé du pays vieux de seulement quelques heures, et envoyer des messages vocaux ou textuels dans l'autre direction. Le message de Lise, pour ce qu'il en entendit, affirmait prudemment et d'un ton rassurant que les cendres n'avaient causé aucun dégât durable, et seraient a priori dégagées sous peu, même si les causes du phénomène restaient mystérieuses, ce qui était très déroutant… sans déconner, se dit Turk.

Turk avait de la famille au Texas, à Austin. Mais elle n'avait pas eu de nouvelles de lui depuis quelque temps et n'en attendrait pas.

Sur l'étagère, près du bureau de Lise, il trouva les trois volumes reliés des *Archives martiennes*, parfois appelées aussi *Encyclopédie martienne* : le compendium d'histoire et de science apporté trente ans plus tôt à la Terre par Wun Ngo Wen. Le dos des jaquettes bleues était bien abîmé. Il prit le premier volume pour le feuilleter. Lorsque enfin Lise reposa son téléphone, il lui demanda : «Tu crois à ça ?

— Ce n'est pas une religion, ou quelque chose en lequel il faut croire.»

Durant les années bizarres du Spin, les nations technologiquement développées avaient réuni les ressources nécessaires à la terraformation et à la colonisation de la planète Mars. La ressource la plus utile avait déjà été fournie par les Hypothétiques : le temps. Pour chacune des années que la Terre passait sous la membrane Spin, l'Univers à l'extérieur de celle-ci voyait s'écouler des millénaires. Grâce à cette généreuse différence temporelle, la transformation biologique de Mars — ce que les scientifiques appelaient «l'écopoïèse» — n'avait pas posé d'énormes difficultés. Sa colonisation humaine avait été une entreprise beaucoup plus hasardeuse.

Isolés de la Terre pendant des milliers d'années, les colons martiens avaient créé une technologie adaptée à leur environnement pauvre en eau et dépourvu d'azote. Ils maîtrisaient les manipulations biologiques, mais se méfiaient beaucoup des constructions mécaniques à grande échelle. Ils n'avaient expédié un vaisseau habité sur Terre qu'en dernier recours, en une manœuvre désespérée quand les Hypothétiques avaient semblé sur le point d'enfermer Mars dans sa propre membrane Spin.

Wun Ngo Wen, le soi-disant ambassadeur martien — Turk tomba sur sa photo en parcourant les annexes du livre : un petit homme à la peau sombre et ridée —, était arrivé durant les dernières années du Spin. Les gouvernements de la Terre lui avaient fait fête, jusqu'à ce qu'il devienne évident que le Martien ne détenait aucune solution magique à leurs problèmes. Mais Wun avait préconisé et aidé à mettre en branle le lancement de sondes quasi biologiques de conception martienne dans le système solaire externe — des machines robotiques autoréplicantes censées renvoyer sur Terre des informations susceptibles de jeter une lumière utile sur la nature des Hypothétiques, et d'une certaine manière, elles y étaient parvenues : le réseau de sondes avait été absorbé par une écologie déjà existante et insoupçonnée de machines autoréplicantes vivant dans l'espace interstellaire, écologie qui, du moins d'après certains, constituait le « corps » physique des Hypothétiques. Turk n'avait quant à lui pas d'opinion sur le sujet.

La version des Archives que possédait Lise était une édition autorisée publiée aux États-Unis. Corrigée et mise en forme par un comité de scientifiques et de fonctionnaires gouvernementaux, elle était notoirement incomplète. Avant sa mort, Wun avait pu faire en sorte que des copies non censurées du texte circulent en secret, avec quelque chose d'encore plus précieux : les « médicaments » martiens, dont la substance qui ajoutait trente et quelques années à une durée de vie humaine moyenne, le traitement appelé « Quatrième Âge » qui avait sans doute tenté le père de Lise.

On prétendait qu'il y avait désormais sur Terre un grand nombre de Quatrièmes Âges terriens, malgré l'absence des structures sociales élaborées qui régissaient la vie de leurs cousins martiens. Prendre le traitement était illégal depuis un accord des Nations unies signé par la quasi-totalité des États membres. Aux États-Unis, le Département de Sécurité génomique se consacrait surtout au démantèlement de cultes authentiques ou frauduleux du Quatrième Âge… et à la régulation du florissant commerce d'améliorations génétiques humaines ou animales. C'était pour ce service que travaillait l'ex-mari de Lise.

« Tu sais, dit-elle, on n'en a pas beaucoup parlé.

— On n'a pas beaucoup parlé de quoi que ce soit, ai-je l'impression. »

Le sourire de Lise, bien que fugace, était agréable.

« Tu connais des Quatrièmes Âges ? demanda-t-elle.

— Je serais incapable d'en reconnaître un », lui répondit-il, et si c'était une dérobade, elle ne parut pas le remarquer.

« Parce que c'est différent, ici, à Port M, dit-elle.

Dans le Nouveau Monde. Les lois ne sont pas appliquées de la même manière que sur Terre.

— C'est en train de changer, à ce que j'ai entendu dire.

— Voilà pourquoi je veux voir ce à quoi s'intéressait mon père avant que tout soit effacé. Il paraît qu'il y a une communauté secrète de Quatrièmes Âges quelque part en ville. Peut-être même plusieurs.

— Ouais, j'ai entendu dire ça. J'ai entendu dire beaucoup de choses. Pas toutes vraies.

— Je peux faire tout le travail de recherche de deuxième main que je veux, mais ce dont j'ai vraiment besoin, c'est de parler à quelqu'un qui a rencontré en personne cette communauté locale de Quatrièmes Âges.

— D'accord. Brian pourrait peut-être t'arranger ça, la prochaine fois que le DSG arrêtera quelqu'un.»

Il regretta immédiatement ses paroles, ou de ne pas les avoir prononcées avec davantage de ménagements. Lise se raidit. «Brian et moi avons divorcé, et je ne suis pas responsable des activités de la Sécurité génomique.

— Mais il recherche les mêmes gens que toi.

— Pas pour les mêmes raisons.

— T'arrive-t-il de te poser la question? De te demander s'il ne serait pas en train de t'utiliser pour lui tirer les marrons du feu? De profiter de tes recherches?

— Je ne montre pas mon travail à Brian... ni à personne.

— Pas même quand il t'appâte avec la femme qui t'a peut-être privée de ton père ?

— Je ne suis pas sûre que tu aies le droit de…

— Laisse tomber. C'est juste que bon, je me fais du souci, tu comprends. »

Elle était manifestement sur le point de répliquer, mais elle pencha la tête et y réfléchit d'abord. C'était une des choses que Turk avait tout de suite remarquées, chez elle, cette habitude de prendre un peu de recul avant de rendre un verdict.

Elle dit : « Ne fais pas de suppositions sur Brian et moi. Ce n'est pas parce qu'on se parle encore que je lui rends service.

— Juste pour qu'on sache où on en est », dit-il.

À midi, le ciel était gris, mais de nuages de pluie, sans rien d'exotique, qui lâchèrent des trombes inhabituelles pour la saison. Turk s'en réjouit néanmoins : toute cette eau emporterait une partie des cendres dans le sol ou dans l'océan et pourrait même contribuer à sauver les récoltes, si c'était possible. Mais elle ne l'aida pas à s'éloigner de Port M par le sud après avoir récupéré sa voiture sur le parking du Harley's. Des taches luisantes de cendres grises rendaient la chaussée glissante. Ruisseaux et rivières avaient pris la couleur de l'argile et gonflé dans leur lit. Lorsque la route passa au sommet des crêtes, Turk vit du limon se répandre dans l'océan par une douzaine de deltas boueux.

Quittant la route côtière par une sortie non indiquée, il se dirigea vers un endroit que la plupart des anglophones appelaient New Delhi Flats : un bidonville sur un plateau entre deux cours d'eau, sous un promontoire à pic qui s'effritait un peu plus à chaque saison des pluies. Des allées de terre battue séparaient les rangées de logements préfabriqués chinois bon marché, et les cabanes construites aux beaux jours avaient été complétées d'une toiture en toile goudronnée et de plaques d'isolant apportées d'usines de mauvaise qualité plus haut sur la côte. Il n'y avait pas de police dans les Flats, pas de véritable autorité au-delà de celle qu'arrivaient à exercer les églises, temples et mosquées. Les bulldozers ne s'étaient pas approchés des Flats, si bien que des dunes molles et humides bouchaient les allées les plus étroites. Mais on avait dégagé à la pelle un passage sur la rue principale, et il ne fallut que quelques minutes à Turk pour arriver à la maison de Tomas Ginn : une masure vert arsenic sans rien de particulier, coincée entre deux autres en tout point identiques.

Il se gara et pataugea dans un fin gruau de cendres mouillées jusqu'à la porte de Tomas. Il frappa. Ne recevant aucune réponse, il recommença. Un visage ridé apparut un instant sur sa gauche à une fenêtre munie d'un rideau. Puis la porte s'ouvrit.

« Turk ! » Tomas Ginn parlait d'une voix qui semblait sortir d'un soubassement rocheux, une voix d'homme âgé, mais plus ferme que le jour où Turk l'avait rencontré. « Je ne m'attendais pas à te voir. Surtout au milieu de tous ces ennuis. Entre donc. C'est en bordel, mais je me débrouillerai pour te trouver à boire. »

Turk pénétra dans la maison de Tomas, simple

pièce unique aux cloisons minces avec à un bout un canapé miteux et une table, à l'autre une cuisine miniature, le tout mal éclairé. Les autorités de Port Magellan n'avaient posé aucun câble électrique dans les environs. La seule électricité disponible provenait d'un ensemble de cellules photovoltaïques Sinotec sur le toit, cellules à l'efficacité considérablement réduite par la chute de cendres. Il flottait dans la demeure un arôme persistant de soufre et de talc, mais qui provenait surtout des cendres entrées avec Turk. Tomas était un maniaque du rangement, à sa manière. « En bordel », pour lui, signifiait que deux cannettes de bière vides traînaient sur l'étroit comptoir.

« Assieds-toi donc », dit Tomas en prenant place sur une chaise à l'assise cabossée qui, avec le temps, avait fini par reproduire en creux et en détail son arrière-train osseux. Turk choisit le coussin le moins abîmé du vieux canapé de son ami. « T'as vu cette merde qui tombe du ciel, dément, hein ? Enfin, qui a demandé *ça* ? J'ai dû me servir de ma pelle pour ne pas rester coincé chez moi, hier, quand j'ai voulu aller faire les courses. »

Plutôt incroyable, convint Turk.

« Bon, qu'est-ce qui t'amène ? Ce n'est pas une simple visite de courtoisie, j'imagine, avec ce temps. Si on peut appeler ça un temps.

— Une question à poser, indiqua Turk.

— Ou un service à demander, peut-être ?

— Eh bien… de toute manière, ça commence par une question.

— Sérieuse ?

— Possible.

— Donc, tu veux une bière? Histoire de te laver le gosier de cette poussière?

— Pas bête», convint Turk.

Turk avait rencontré Tomas à bord d'un vieux pétrolier à simple coque qui se rendait à Breaker Beach pour son ultime voyage.

Le *Kestrel* avait été le ticket de Turk pour le Nouveau Monde: il s'y était embarqué comme matelot breveté à un salaire dérisoire. Comme le reste de l'équipage, car il s'agissait d'un voyage à sens unique. De l'autre côté de l'Arc, à Équatoria, le marché de l'acier et du fer de récupération était en plein essor. Sur Terre, un gros navire comme le *Kestrel* était un handicap: trop ancien pour arriver à respecter les normes internationales, ne pouvant servir qu'aux plus pauvres des commerces côtiers, d'un coût prohibitif à démanteler. Mais dans le Nouveau Monde, le même vieux rafiot rouillé devenait une source de précieuses matières premières que dépouilleraient et dépèceraient des armées d'ouvriers thaïs ou indiens munis de chalumeaux à acétylène et gagnant leur vie sans les contraintes des lois sur la protection de l'environnement... les casseurs professionnels de Breaker Beach, à quelques centaines de kilomètres au nord de Port Magellan.

Au cours de ce voyage, Turk et Tomas avaient partagé un carré et appris deux ou trois choses l'un sur l'autre. Tomas affirmait avoir vu le jour en Bolivie, mais avoir grandi à Biloxi et travaillé garçon puis jeune homme d'abord sur les quais de cette ville du Mississippi, ensuite sur ceux de La Nouvelle-Orléans. Il avait pris de temps en temps la mer au fil des décennies, par exemple durant les tumultueuses années du Spin, quand le gouvernement américain avait relancé la vieille marine marchande pour faire un geste dans le domaine de la sécurité nationale, et ensuite, quand le commerce entre les deux côtés de l'Arc avait suscité une nouvelle demande en navires.

Tomas s'était embarqué sur le *Kestrel* exactement pour la même raison que Turk : s'en servir comme aller simple pour la terre promise. Ou pour ce que tous deux aimaient s'imaginer être une terre promise. Tomas n'était pas un ingénu : il avait déjà traversé cinq fois l'Arc et passé plusieurs mois à Port Magellan, ville dont il connaissait les vices de première main et savait d'expérience avec quelle cruauté elle pouvait traiter les nouveaux venus. Mais elle était plus libre, plus ouverte, plus nonchalamment polyglotte que n'importe quelle ville de la Terre… c'était dans cette ville de marins, bâtie en grande partie par des marins expatriés, qu'il voulait passer les dernières années de sa vie, face à un paysage seulement accessible à l'homme depuis peu. (Turk s'était fait embaucher à peu près dans le même but, mais lui-même traverserait l'Arc pour la première fois, tenant à s'éloigner au maximum du Texas pour des raisons sur lesquelles il ne souhaitait pas s'étendre.)

L'ennui avec le *Kestrel* était que, navire sans le moindre avenir et donc mal entretenu, il se trouvait tout juste en état de naviguer. Tout le monde à bord le savait, depuis le capitaine philippin jusqu'à l'adolescent syrien illettré qui servait à manger dans le poste d'équipage. Cela rendait le voyage dangereux. Le mauvais temps avait sabordé de nombreux bâtiments en route pour Breaker Beach, et plus d'un navire rouillé reposait sous l'Arc des Hypothétiques.

Mais le temps dans l'océan Indien avait été d'une clémence rassurante, et comme il s'agissait de sa première traversée, Turk s'était débrouillé, malgré le risque que ses compagnons de bord se moquent de lui, pour se trouver sur le pont au moment de franchir l'Arc. C'était en pleine nuit. Il s'appropria un endroit abrité derrière le gaillard d'avant, se fit un oreiller d'une poignée de chiffons raides de peinture sèche et s'allongea pour contempler les étoiles. Éparpillées par les quatre milliards d'années d'évolution galactique écoulées pendant l'enfermement de la Terre dans sa membrane Spin, elles n'avaient toujours pas retrouvé de nom trente ans après, mais Turk n'en avait jamais connu d'autres. Il avait à peine cinq ans à la fin du Spin. Sa génération avait grandi dans le monde post-Spin en trouvant normal qu'on puisse changer de planète à bord d'un navire. Contrairement à d'autres, Turk n'était toutefois jamais parvenu à considérer ce fait comme banal. Pour lui, cela continuait à sembler merveilleux.

L'Arc des Hypothétiques était une structure beaucoup plus grande que tout ce qu'aurait pu construire l'humanité. À l'échelle des étoiles et des planètes, celle à laquelle on supposait qu'opéraient les Hypothétiques, l'objet restait relativement petit... mais Turk ne s'attendait pas à tomber un jour sur un objet *fabriqué* plus grand. Il l'avait souvent vu en photographie, en vidéo et en schéma dans des manuels scolaires, mais rien de tout cela ne rendait justice au véritable Arc.

Il l'avait vu pour la première fois depuis le port de Sumatra, où il s'était embarqué sur le *Kestrel.* Par temps clair, on y distinguait le pilier oriental de l'Arc, surtout au crépuscule, quand les dernières lueurs grimpaient sur le fil pâle qu'elles assombrissaient en une délicate ligne dorée. Mais il se trouvait désormais presque directement sous l'apex, d'où un spectacle tout différent. On avait comparé l'Arc à une alliance de mille cinq cents kilomètres de diamètre lâchée dans l'océan Indien, et dont une moitié s'enfoncerait dans le soubassement rocheux de la planète tandis que l'autre monterait jusque dans l'espace au-dessus de l'atmosphère. Depuis le pont du *Kestrel,* Turk ne voyait pas les piliers entrer dans les flots, mais il distinguait le sommet de l'Arc qui reflétait les dernières lueurs du soleil, coup de pinceau bleu argenté devenant rouge foncé à ses extrémités orientale et occidentale et frissonnant dans la chaleur de l'air vespéral.

De près, disaient les gens, quand on naviguait à portée de voix d'un des piliers, celui-ci ressemblait à une colonne de béton sortant de la surface de l'océan, sauf que cette colonne d'une largeur immense ne cessait *jamais* de monter, jusqu'à perte de vue. Malgré son apparence des plus statiques, l'Arc n'était toutefois pas un objet inerte, mais une machine. Il communiquait avec une réplique de lui-même, ou peut-être la deuxième moitié de lui-même, disposée dans l'océan compatible du

Nouveau Monde, à de nombreuses années-lumière de là. Peut-être tournait-il autour d'une des étoiles que Turk voyait du pont du *Kestrel*, perspective qui lui donnait le frisson. Si l'Arc semblait inanimé, il surveillait en réalité la surface proche des deux mondes et gérait la circulation dans les deux sens. Car c'était ce qu'il faisait, telle était sa fonction. Un oiseau, une branche d'arbre emportée par la tempête ou un courant marin passant sous l'Arc continuait son chemin sans encombre. Les eaux de la Terre et du Nouveau Monde ne se mêlaient jamais. Mais tout navire habité qui traversait l'Arc se retrouvait saisi et transporté à une distance inimaginable. Les récits s'accordaient à juger la transition presque décevante tant elle s'accomplissait en douceur, mais Turk voulait la vivre là, à l'air libre, pas en bas dans les quartiers de l'équipage où il lui faudrait même attendre le rituel coup de sirène du navire pour savoir que c'était arrivé.

Il consulta sa montre. C'était presque l'heure. Il attendait encore quand Tomas sortit de l'ombre et s'avança, le sourire aux lèvres, dans la lueur d'une lampe du pont.

« Ouais, première fois », admit Turk, anticipant le commentaire qui ne pouvait que venir.

« Merde, répondit Tomas, pas besoin d'expliquer. Je sors à chaque traversée. De jour ou de nuit. Comme pour présenter mes respects. »

À qui ? Aux Hypothétiques ? Mais Turk ne posa pas la question.

« Eh, oh là ! ajouta Tomas en tournant son vieux visage vers le ciel. On y est. »

Aussi Turk retint-il — inutilement — son souffle et observa-t-il les étoiles pâlir puis tournoyer autour du sommet de l'Arc comme des reflets dans l'eau troublés par la proue d'un bateau. Puis il y eut soudain du brouillard tout autour du *Kestrel*, ou une espèce de buée qui lui rappela le brouillard même si elle n'avait ni l'odeur ni le goût de l'humidité… ainsi qu'un vertige passager, une pression dans ses oreilles. Les étoiles réapparurent ensuite, mais différentes, plus grosses et plus brillantes dans ce qui semblait un ciel plus noir, et l'air, qui avait *bien* désormais une odeur et un goût légèrement différents, s'enroula en bourrasque autour des angles de métal dur du pont supérieur, comme pour se présenter, un air chaud, sentant le sel et d'une fraîcheur vivifiante. Et là-haut sur la passerelle du *Kestrel*, l'aiguille du compas avait dû pivoter d'un coup, comme tous les compas à chaque traversée de l'Arc, parce que la sirène du navire poussa un long et unique gémissement, d'une force écrasante mais qui semblait presque timide sur cet océan n'ayant que récemment fait connaissance avec les êtres humains.

« Le Nouveau Monde », dit Turk en pensant : ça y est ? C'est aussi facile que ça ?

« Équatoria », répliqua Tomas qui, comme la plupart des gens, confondait la planète et le continent. « Quel effet ça te fait d'avoir voyagé dans l'espace, Turk ? »

Mais Turk ne put répondre, car deux hommes d'équipage qui s'étaient discrètement approchés venaient de lui jeter un seau d'eau salée au visage avec de grands éclats de rire. Un autre rite de passage, un baptême pour le marin puceau. Il avait traversé, enfin, le méridien le plus étrange du monde. Et il n'avait pas l'intention de revenir, ni de véritable foyer dans lequel revenir.

Déjà affaibli par l'âge quand il embarqua sur le *Kestrel*, Tomas fut blessé quand l'échouage du navire tourna mal.

Il n'y avait ni quais ni docks à Breaker Beach. Turk l'avait constaté depuis le bastingage au premier véritable coup d'œil qu'il put donner à la côte d'Équatoria. Rosi par la lumière de l'aube, le continent se dressait sur l'horizon tel un mirage, alors même que la main de l'homme l'avait amplement modifié. Les trois décennies écoulées depuis la fin du Spin avaient vu la région sauvage à l'est d'Équatoria se transformer en capharnaüm de villages de pêcheurs, de camps de bûcherons, d'usines primitives, de terres arables dégagées par brûlis, de routes tracées à la hâte, d'une douzaine de petites villes en plein développement et d'une plus grande, par laquelle transitaient la plupart des riches ressources de l'arrière-pays. Breaker Beach, à presque cent milles nautiques au nord de Port Magellan, était sans doute la plus laide des régions occupées par l'homme sur le littoral... Turk n'en savait rien, mais le capitaine philippin du cargo l'affirmait, et cela semblait plausible. La large plage blanche, protégée par un cap caillouteux, était jonchée de carcasses de navires brisés et souillée par la fumée et les cendres d'un millier de feux. Turk repéra un pétrolier à double coque assez semblable au *Kestrel*, une vingtaine de pétroliers côtiers et même un navire militaire dépouillé de tout signe et marquage distinctif: des bateaux arrivés depuis peu et dont la démolition venait de commencer. Sur de nombreux autres milles, la plage était bondée d'armatures en acier dépouillées de leur bordé extérieur et de caverneuses moitiés de navires dans lesquelles les chalumeaux à acétylène des ouvriers jetaient une lueur intermittente.

Derrière les huttes, forges, remises et ateliers d'usinage fabriqués avec du métal de récupération, on voyait des casseurs, pour la plupart des Indiens ou des Malais travaillant pour racheter le contrat qui leur avait permis de traverser l'Arc. En toile de fond, floues dans l'air du matin, des collines boisées se déroulaient jusque dans les contreforts gris-bleu de la chaîne de montagnes.

Il ne put rester sur le pont durant l'échouage. La procédure standard, pour livrer un navire de grande taille à Breaker Beach, consistait tout simplement à le faire aller droit sur la côte jusqu'à ce qu'il y reste coincé. Les casseurs s'occuperaient du reste, affluant sur le bateau aussitôt l'équipage évacué. L'acier finirait plus bas sur la côte dans des usines de relaminage, les kilomètres de câbles et de tuyauterie en aluminium seraient extraits et cédés au prix de gros, les cloches du navire elles-mêmes, à ce qu'avait entendu dire Turk, finiraient vendues aux temples bouddhistes locaux. Sur Équatoria, aucun objet manufacturé ne restait inutilisé. Peu importait que l'échouage d'un vaisseau aussi énorme que le

Kestrel puisse s'avérer violent et destructeur. Aucun de ces bateaux ne reprendrait la mer.

Il descendit du pont lorsque le signal retentit et trouva Tomas en train d'attendre dans le poste d'équipage avec un grand sourire. Turk s'était pris d'affection pour le sourire décharné de Tomas… un sourire sincère, même s'il semblait celui d'un fou. « C'est le bout du chemin pour le *Kestrel*, annonça le vieil homme. Et c'est le bout du chemin pour moi aussi. Les poules rentrent dormir au poulailler.

— On est positionnés face à la plage », dit Turk. Le capitaine ne tarderait pas à lancer les moteurs, à engager les hélices et à envoyer le navire droit sur le rivage. Les moteurs seraient coupés au tout dernier moment et la proue labourerait le sable à marée haute. L'équipage déroulerait alors des échelles de corde pour dévaler la coque, leurs sacs seraient descendus et Turk ferait ses premiers pas sur Breaker Beach. Un mois plus tard, le *Kestrel* ne serait guère plus qu'un souvenir et quelques tonnes d'acier, de fer et d'aluminium recyclés.

« Chaque mort est une naissance, proféra Tomas, dont l'âge avancé lui permettait de telles déclarations.

— Je n'en suis pas sûr.

— Non. Tu me fais l'impression de quelqu'un qui en sait davantage qu'il ne le montre. C'est la fin du *Kestrel*. Mais aussi ton arrivée dans le Nouveau Monde. Ce qui fait bien une mort et une naissance.

— Si tu le dis, Tomas. »

Turk sentit les vieux moteurs du navire se mettre à vrombir. L'échouage serait fatalement violent. Tout le matériel non fixe du bord avait déjà été rangé ou démonté et expédié à terre par les chaloupes de sauvetage. La moitié de l'équipage avait déjà débarqué. « Holà ! s'exclama Tomas en sentant les vibrations traverser le plancher et remonter par les pieds des chaises. On fonce, c'est moi qui te le dis. »

La proue doit creuser un sillon dans les flots, se dit Turk, comme chaque fois que le navire commence à vrombir et accélérer de cette manière. Sauf qu'ils n'étaient plus au large. Leur emplacement sur la plage se trouvait droit devant, et le continent montait de plus en plus sous leurs pieds. Le capitaine restait en contact radio avec un pilote à terre qui lui indiquerait des corrections de cap mineures et le moment de couper les moteurs.

Bientôt, espéra Turk. Il aimait la vie en mer, et cela ne le gênait pas de rester sous le pont, mais il s'aperçut qu'il détestait se trouver dans une pièce sans fenêtre au moment où un sinistre délibérément planifié allait se produire. « Tu as déjà fait ça ?

— Eh bien, non, répondit Tomas, pas de ce côté-là. Mais il y a quelques années, sur une plage de démantèlement près de Goa, j'ai vu s'échouer un vieux porte-conteneurs. Un navire pas tellement plus petit que celui-là. Ça ne manque pas d'une certaine poésie, en fait. Il est arrivé sur la plage comme une de ces tortues de mer qui essayent de pondre. Je veux dire, il faut se préparer, s'accrocher, je suppose, mais ce n'était pas *violent.* » Quelques minutes plus tard, Tomas consulta la montre qui pendait comme un bracelet à son poignet osseux. « Ça va être le moment de couper les moteurs.

— Comment tu le sais ?

— J'ai des yeux et des oreilles. Je sais où on a jeté l'ancre et j'entends à quelle allure on avance.»

Turk pensa à une vantardise supplémentaire de la part de Tomas, mais le vieil homme pouvait avoir raison. Il s'essuya les paumes sur les genoux de son jean. Il se sentait nerveux, mais qu'est-ce qui pouvait mal tourner ? Ce n'était plus qu'une question de balistique.

Cela tourna mal parce que, découvrit-il plus tard, la passerelle du *Kestrel* se trouva privée d'électricité à un moment critique, à cause d'un court-circuit ou d'une panne de composant dans les circuits d'époque. Le capitaine ne put donc ni entendre les instructions du pilote à terre ni transmettre ses ordres à la salle des machines. Le *Kestrel*, qui aurait dû arriver sur la plage en avançant sur son erre, y parvint toujours propulsé par ses moteurs. Projeté à bas de sa chaise lorsque le navire s'enfonça dans le littoral puis gîta de manière grotesque par tribord, Turk garda l'esprit assez clair pour voir le placard en acier brossé renfermant les couverts se détacher de la paroi la plus proche et basculer dans sa direction. Ce placard ayant approximativement la taille et le poids d'un cercueil, Turk s'efforça de ne pas rester dessous, mais il n'avait pas le temps de s'écarter. Par chance, Tomas, qui s'était débrouillé pour rester debout, tendit la main vers la bruyante boîte métallique qu'il réussit à attraper par le coin au passage, permettant à Turk de se pousser. Turk se retrouva contre une chaise au moment où le *Kestrel* cessait d'avancer et où ses moteurs, par bonheur, finissaient par s'arrêter. La coque du vieux pétrolier émit un sonore gémissement préhistorique, puis se tut. Enfin échoué. Aucun mal…

Sauf pour Tomas, percuté par le lourd placard, qui lui avait ouvert l'avant-bras gauche jusqu'à l'os.

L'air stupéfait, il serrait la plaie dans son giron trempé de sang. Turk posa un garrot à l'aide d'un mouchoir avant d'enjoindre à son ami de cesser de jurer et de rester tranquille pendant qu'il allait chercher de l'aide. Il lui fallut dix minutes pour trouver un officier disposé à l'écouter.

Le médecin de bord avait déjà débarqué et l'infirmerie été vidée de ses médicaments, aussi dut-on descendre Tomas du pont dans un brancard improvisé à partir d'un panier et de cordes, avec seulement deux comprimés d'aspirine pour apaiser la douleur. Pour finir, le capitaine du *Kestrel* réfuta toute responsabilité, récupéra sa paye auprès du patron des casseurs et partit en bus à Port Magellan avant le coucher du soleil. Turk resta donc à veiller sur Tomas jusqu'à ce qu'il arrive à convaincre un soudeur malais au repos d'appeler un vrai médecin. Ou ce qui en tenait lieu dans cette partie du Nouveau Monde. Une femme, précisa le maigre Malais dans son mauvais anglais. Un bon médecin, occidental, très gentil avec les casseurs. Une Blanche, mais qui avait vécu des années dans un village de pêcheurs minang pas très loin sur la côte.

Elle s'appelait Diane, dit-il.

SIX

Turk parla — un peu — de Lise à Tomas Ginn. Il lui raconta qu'ils s'étaient liés alors qu'une tempête les bloquait dans les montagnes, qu'il n'avait pas pu se la sortir de la tête même une fois de retour dans la civilisation, même quand elle avait cessé de le rappeler, et qu'ils s'étaient retrouvés pendant la chute de cendres.

Installé dans son fauteuil détérioré, Tomas l'écouta en sirotant de la bière dans une bouteille verte, un sourire placide aux lèvres, comme s'il avait découvert une espèce d'endroit sans vent à l'intérieur de sa tête. «Tu ne m'as pas l'air de vraiment bien connaître cette dame.

— Je la connais autant que j'en ai besoin. Avec certaines personnes, ce n'est pas si difficile de savoir si on a confiance ou pas.

— Et elle, tu lui fais confiance, pas vrai?

— Ouais.»

Tomas recouvrit de la main l'entrejambe de son jean baggy. «C'est à ce truc-là que tu fais confiance. Marin jusqu'au dernier centimètre.

— Ce n’est pas ça.

— Ça ne l’est jamais. Mais ça l’est toujours. Et donc, pourquoi venir jusqu’ici me parler de cette femme ?

— En fait, je me disais que je pourrais peut-être te la présenter.

— Moi ? J’suis pas ton père, Turk.

— Non, et tu n’es pas non plus ce que tu étais avant.

— Je vois pas le rapport. »

Turk devait désormais avancer avec prudence. Avec la plus grande délicatesse, dans la mesure de ses moyens. « Eh bien… Elle est intriguée par les Quatrièmes Âges.

— Oh, doux Jésus. » Tomas roula des yeux. « *Intriguée ?*

— Elle a de bonnes raisons pour ça.

— Si je comprends bien, tu veux me montrer *moi* à elle ? Genre pièce à conviction ?

— Non. En fait, je veux la laisser parler à Diane. Mais il me faut d’abord ton avis. »

Diane — le médecin occidental, ou l’infirmière, comme elle tenait à s’appeler — était venue à pied à Breaker Beach d’un village de l’arrière-pays pour soigner le bras ouvert de Tomas.

Turk commença par se méfier d’elle. À Équatoria, surtout dans des trous perdus comme celui-ci, personne ne vérifiait si vous aviez ou non un diplôme de médecine. C’était du moins son impression. Une seringue et un flacon d’eau distillée suffisaient pour se dire docteur, et bien entendu, les patrons de la casse approuveraient n'importe quel médecin autoproclamé qui travaillerait gratuitement, quels que soient ses résultats. Turk attendit donc avec Tomas dans une cabane vide l'arrivée de cette femme, conversant de temps en temps avec le vieil homme jusqu'à ce que celui-ci s'endorme, malgré le sang qui continuait à couler dans son bandage de fortune. La cabane, faite d'un bois local, avec des branches rondes écorcées et noueuses comme du bambou qui soutenaient un toit de tôle plat, sentait la vieille cuisine, le tabac et la sueur. Il faisait très chaud à l'intérieur, même si un léger souffle entrait de temps à autre par la porte à moustiquaire.

Le soleil se couchait quand le docteur écarta enfin cette porte après avoir grimpé la planche menant au sol surélevé.

Elle portait une tunique et un pantalon ample taillés dans un tissu ayant la couleur et la texture de la mousseline non apprêtée. Elle n'était pas jeune. Loin de là. Elle avait les cheveux si blancs qu'ils semblaient presque transparents. « Qui est le patient ? demanda-t-elle en plissant des yeux. Et soyez gentil, allumez une lampe : je n'y vois quasiment rien.

— Je m'appelle Turk Findley, indiqua Turk.

— Vous êtes le patient ?

— Non, je...

— Montrez-moi le patient. »

Il monta donc la mèche d'une lampe à huile avant de faire franchir une seconde moustiquaire à la nouvelle venue pour la conduire au matelas jauni sur lequel dormait Tomas. Dehors, dans le crépuscule, les chœurs des insectes commençaient à s'échauffer. Turk n'avait jamais entendu d'insectes faisant ce bruit-là, mais on ne pouvait se méprendre sur cet inflexible bourdonnement staccato. Des coups de marteau, des fracas de tôles, le teuf-teuf et le gémissement de moteurs diesel lui parvenaient de la plage.

Tomas ronflait sans se rendre compte de rien. Le docteur — Diane — regarda le bandage sur son bras avec une expression de mépris. « Comment c'est arrivé ? »

Turk lui raconta.

« Il s'est donc sacrifié pour vous ?

— Il a sacrifié un morceau de son bras, en tout cas.

— Vous avez de la chance d'avoir un ami comme ça.

— Commencez par le réveiller. Vous me direz ensuite si j'ai de la chance. »

Elle secoua doucement Tomas par l'épaule. Celui-ci ouvrit les yeux et se mit aussitôt à jurer. Des vieux jurons, en créole, aussi épicés que du gombo. Il essaya de s'asseoir, se ravisa. Il finit par fixer son attention sur Diane. « Et qui vous êtes, bordel ?

— Une infirmière. Calmez-vous. Qui vous a bandé ?

— Un type sur le bateau.

— Il a fait ça n'importe comment. Laissez-moi voir.

— Eh bien, c'était sa première fois, je crois. Il... *aïe !* Nom de Dieu, Turk, elle est vraiment infirmière ?

— Ne faites pas l'enfant, dit Diane. Et arrêtez de

bouger. Je ne peux pas vous aider sans voir ce qui ne va pas.» Un temps d'arrêt. «Ah. Bon. Vous avez de la chance de ne pas vous être ouvert une artère.» Elle sortit de sa sacoche une seringue qu'elle remplit. «Quelque chose pour la douleur avant que je nettoie et suture.»

Tomas se mit à protester, mais uniquement pour la forme. Il sembla soulagé quand l'aiguille s'enfonça sous sa peau.

Turk recula pour laisser le maximum de place à Diane, même s'il n'y en avait guère dans cette petite cabane. Il se demanda à quoi ressemblait la vie d'un casseur... de dormir sous un toit de tôle en priant de ne pas être blessé ou tué avant d'arriver au bout de son contrat, avant d'avoir la récompense promise: une année de salaire et un ticket de bus pour Port M. Le camp disposait bien d'un médecin officiel, lui avait expliqué le patron, mais celui-ci ne venait que deux fois par semaine, en général pour remplir des formulaires. Diane s'occupait de l'essentiel des raccommodages de routine.

Turk la regarda s'activer, silhouette découpée par la lumière de la lampe sur la gaze de la moustiquaire. Elle était maigre et évoluait avec la prudence calculée des personnes très âgées. Mais elle semblait solide. Elle travaillait avec méthode et douceur, en marmonnant à l'occasion quelques mots entre ses dents. Elle devait être à peu près de l'âge de Tomas, qui disait parfois avoir soixante ans, parfois en avoir soixante-dix... mais elle pouvait être encore plus âgée.

Tandis qu'elle soignait Tomas, il arriva à celui-ci

de jurer avec beaucoup de résolution, mais non sans une certaine léthargie médicamenteuse. La désagréable odeur d'antiseptique poussa Turk à sortir dans l'obscurité de plus en plus épaisse. Sa première nuit dans le Nouveau Monde. Il vit non loin de là un bosquet de buissons en fleur dont il ne connaissait pas le nom, avec des feuilles à six lobes qui s'agitaient dans une brise venue du large. Les fleurs, bleues, sentaient le clou de girofle, la cannelle ou une autre de ces épices de Noël. À plus grande distance, les lumières et feux de la plage industrielle vacillaient comme des cordeaux bickford allumés. Et derrière la plage, l'océan ondulait avec une vague phosphorescence verte, sous les étoiles inconnues qui décrivaient de grands cercles paresseux.

«Il pourrait y avoir des complications», annonça Diane quand elle en eut fini avec Tomas.

Elle vint s'asseoir près de Turk au bord de la plateforme en bois qui plaçait le plancher de la cabane à une trentaine de centimètres du sol. Elle avait travaillé dur à nettoyer puis refermer la plaie de Tomas et s'essuya le front avec un mouchoir. Turk lui trouva un accent américain. Et même légèrement sudiste… le Maryland, peut-être, ou les environs.

Il lui demanda de quel genre de complications elle parlait.

«Avec de la chance, rien de grave. Mais Équatoria est un environnement microbien complètement nouveau… vous comprenez?

— Je suis peut-être idiot, mais pas ignorant.»

Elle rit de sa repartie. «Je vous fais mes excuses, monsieur… ?

— Findley, mais appelez-moi Turk.

— Vos parents vous ont prénommé Turk ?

— Non, madame. Mais la famille a vécu quelques années à Istanbul quand j'étais gamin. Ce qui m'a valu de connaître quelques mots de turc. Et un surnom. Donc, vous voulez dire que Tomas pourrait attraper une espèce de maladie locale ?

— Il n'y a sur cette planète aucun être humain autochtone, ni d'hominidés ni de primates, rien qui nous ressemble de près ou de loin. La plupart des maladies locales ne peuvent pas nous atteindre. Mais il y a des bactéries et des fongus qui se développent dans les environnements chauds et humides, dont le corps humain. Rien auquel nous ne puissions nous adapter, monsieur Findley… Turk… rien d'assez dangereux ou contagieux pour qu'on puisse le ramener sur Terre. Mais ce n'est quand même pas une bonne idée d'arriver dans le Nouveau Monde avec un système immunitaire handicapé ou, comme dans le cas de M. Ginn, une plaie ouverte bandée par un imbécile.

— Vous ne pouvez pas lui donner des antibiotiques ?

— C'est ce que j'ai fait. Mais les micro-organismes locaux ne réagissent pas forcément aux médicaments classiques. Comprenez-moi bien : il n'est pas malade, et selon toute probabilité, il ne tombera pas malade, mais le risque zéro n'existe pas. Vous êtes très lié avec M. Ginn ?

— Pas vraiment. Mais comme je vous l'ai dit, il s'est blessé en essayant de m'aider.

— Je préférerais qu'il reste ici quelques jours pour garder l'œil sur lui. D'accord ?

— Aucun problème de mon côté, mais vous aurez peut-être du mal à convaincre Tomas. Je ne suis pas son gardien.

— Où allez-vous, si je puis me permettre ?

— Je descends la côte jusqu'en ville.

— Une adresse particulière ? Un endroit où je peux vous joindre ?

— Non, madame. Je suis nouveau, ici. Mais vous pouvez dire à Tomas que je le chercherai au local du syndicat, quand il ira à Port Magellan. »

Elle sembla déçue. « Je vois.

— Ou peut-être que je peux vous appeler. »

Elle se tourna vers lui pour l'observer un long moment. Pour le scruter d'un regard implacable qui mit Turk un peu mal à l'aise. « D'accord, dit-elle enfin. Je vais vous donner un numéro. »

Elle dénicha un crayon dans sa sacoche et inscrivit le numéro en question au dos d'une souche de billet de la Compagnie des autocars côtiers et urbains.

« Elle t'*évaluait*, dit Tomas.

— Je sais bien.

— Cette femme a du nez.

— Ouais. Justement », dit Turk.

Turk se trouva donc un logement à Port M et vécut un moment sur ses économies, passant de temps en temps au Syndicat des marins pour y chercher Tomas. Mais celui-ci ne vint pas. Turk ne s'en inquiéta tout d'abord guère. Tomas pouvait être partout. Tomas pouvait s'être mis dans l'idée de traverser les montagnes, pour ce qu'il en savait. Aussi Turk allait-il dîner ou boire un verre sans plus penser à son camarade. Au bout d'un mois, il ressortit toutefois la souche de billet afin de composer le numéro inscrit dessus.

Il obtint un message enregistré indiquant que le numéro n'était plus en service.

Ce qui piqua sa curiosité et réveilla son sentiment de dette. Alors qu'il commençait à manquer d'argent et s'apprêtait à se faire embaucher sur les oléoducs, il remonta la côte en stop et marcha quelques kilomètres pour arriver à la plage des casseurs, où il se mit à poser des questions. Un des patrons se souvint du visage de Turk et lui indiqua que son ami avait été malade, et que c'était dommage, mais qu'ils ne pouvaient pas se permettre de consacrer du temps et des soins à un marin malade, aussi *Ibu* Diane et quelques pêcheurs minangs avaient-ils transporté le vieil homme dans leur village.

Turk s'acheta à dîner dans un restaurant chinois à toit en tôle au carrefour avant de repartir en stop plus haut sur la côte, jusqu'à une baie en fer à cheval que le long crépuscule d'Équatoria dotait de couleurs criardes. Le chauffeur, VRP pour une compagnie d'import-export d'Afrique occidentale, montra à Turk une route de terre battue avec un panneau couvert d'une écriture curviligne indéchiffrable pour Turk. Le village minang est au bout du chemin, lui affirma le représentant. Turk s'enfonça de quelques kilomètres dans la forêt, et juste au moment où les étoiles devenaient brillantes et les insectes ennuyeux, il se retrouva entre une rangée de maisons en bois à l'avant-toit en cornes de buffle et un bazar éclairé à la lanterne où des hommes à casquette rectangulaire attablés à des bobines de câbles buvaient du café. Il produisit son sourire le plus avenant pour demander à un passant comment se rendre à la clinique du docteur Diane.

Le piéton lui rendit son sourire, hocha la tête et lança quelques mots en direction du bazar. Deux jeunes hommes musclés en sortirent aussitôt pour venir se placer de chaque côté de Turk. «On vous y emmène», répondirent-ils en anglais quand celui-ci répéta sa demande, et eux aussi souriaient, ce qui n'empêcha pas Turk d'avoir la désagréable impression d'être poliment mais fermement conduit en détention.

«J'imagine que je devais être dans un état plutôt merdique quand t'as fini par me retrouver, dit Tomas.

— Tu ne t'en souviens pas?

— Pas vraiment, non.

— Ouais, reconnut Turk. T'étais dans un état plutôt merdique.»

Plutôt merdique signifiait en l'occurrence que Tomas, d'une maigreur squelettique, gisait le souffle court sur un lit dans l'arrière-salle du grand bâtiment en bois que Diane appelait sa «clinique». Turk avait regardé son ami avec un sentiment proche de l'horreur.

« Nom d'un chien, mais qu'est-ce qui lui est arrivé ?

— Du calme », enjoignit *Ibu* Diane. *Ibu* était le titre, honorifique, comprit Turk, que lui donnaient les villageois.

« Il est en train de mourir ?

— Non. Contrairement aux apparences, il se remet.

— Tout ça à cause d'une coupure au bras ? »

Tomas ressemblait à quelqu'un à qui on aurait enfoncé un tuyau dans la gorge pour aspirer tout ce qu'il avait dans le corps. Turk ne pensait pas avoir jamais vu quelqu'un de plus maigre.

« C'est plus compliqué que ça. Asseyez-vous, je vais vous expliquer. »

Sous la fenêtre de la clinique, le village minang restait animé malgré l'obscurité. Des lanternes se balançaient aux avant-toits, et Turk entendait les échos métalliques d'une musique enregistrée. Diane prépara un café épais et brûlant à l'aide d'une bouilloire électrique et d'une cafetière à piston.

Il y avait eu deux vrais médecins à la clinique, raconta-t-elle. Son mari et une Minang, morts récemment de causes naturelles. Seule restait Diane, dont les connaissances médicales se limitaient à ce qu'elle avait appris en servant d'infirmière. Elles suffisaient pour garder ouverte la clinique, indispensable non seulement à ce village, mais aussi à une demi-douzaine d'autres des environs, tout comme aux casseurs sans le sou. Elle expédiait les patients qu'elle ne pouvait pas soigner à la clinique du Croissant-Rouge, plus haut sur la côte, ou à l'hôpital caritatif catholique de Port Magellan, et ce, malgré la longueur du voyage. Pour les coupures, fractures simples et troubles ordinaires, elle était parfaitement compétente. Elle consultait souvent un médecin itinérant de Port M qui comprenait sa situation et s'arrangeait pour la faire ravitailler en médicaments essentiels, bandages stériles et autres fournitures.

«Vous auriez peut-être dû envoyer Tomas à Port Magellan, alors, dit Turk. Il me semble gravement malade.

— La plaie de son bras était le moindre de ses problèmes. Tomas vous avait parlé de son cancer?

— Mon Dieu, non. Le cancer? Vraiment?

— Nous l'avons ramené ici parce que sa plaie s'était infectée, mais de simples analyses sanguines ont révélé qu'il souffrait d'un cancer. Je n'ai pas beaucoup de matériel de diagnostic, mais j'ai un système d'imagerie portable. Qui fonctionne à merveille, malgré ses dix ans. Il a confirmé le diagnostic, et le pronostic était très mauvais. On peut généralement soigner le cancer, sauf chez les personnes qui, comme votre ami, évitent depuis bien trop longtemps les médecins. Il était criblé de métastases.

— Il est donc bien en train de mourir.

— Non.» Diane marqua un temps d'arrêt. Elle le transperça une fois encore de ce regard intense et un peu troublant. Turk prit sur lui de ne pas détourner les yeux. C'était comme jouer à essayer de faire baisser les siens à un félin. « Je lui ai proposé un traitement non conventionnel.

— Du genre radiations ou je ne sais quoi ?

— Je lui ai proposé de faire de lui un Quatrième Âge. »

La stupéfaction le priva quelques instants de la parole. Dehors, la musique se poursuivait, mélodie d'une discordance étrangère jouée sur un xylophone en bois et retransmise par un mauvais haut-parleur.

« Vous pouvez ? s'étonna-t-il.

— Je peux. Je l'ai fait. »

Turk se demanda dans quoi il s'était fourré et quelle était la meilleure manière de s'en sortir. « Eh bien… je suppose que ça n'a rien d'illégal, par ici.

— Vous vous trompez. Il est juste plus facile de ne pas se faire prendre. Et il faut rester discret. Quelques dizaines d'années d'existence en plus, ça ne se crie pas sur les toits, Turk.

— Alors pourquoi me le dire ?

— Parce que Tomas va avoir besoin d'aide pendant qu'il récupère. Et parce que je pense pouvoir vous faire confiance.

— Comment pouvez-vous en avoir la moindre idée ?

— Parce que vous êtes venu à sa recherche. » Il fut très surpris de la voir lui sourire. « Appelez ça une supposition éclairée. Vous comprenez que le traitement du Quatrième Âge ne se limite pas à la longévité ? Le bricolage de la biologie humaine divisait profondément les Martiens : ils ne voulaient pas créer une communauté d'aînés puissants. Le traitement donne et prend. Il vous donne trente ou quarante ans de vie supplémentaires, comme avec moi, au cas où vous n'auriez pas deviné, mais il réaménage aussi certaines caractéristiques humaines.

— Certaines caractéristiques... », répéta Turk, la gorge sèche. Pour autant qu'il le savait, il n'avait encore jamais parlé à un Quatrième. Et voilà que cette femme-là affirmait l'être. Mais quel *âge* avait-elle ? Quatre-vingt-dix ans ? Cent ?

« Suis-je si effrayante ?

— Non, madame, pas du tout, mais...

— Pas même un petit peu ? » Elle souriait toujours. « Eh bien, je...

— Ce que je veux dire, Turk, c'est qu'en tant que Quatrième, je suis plus sensible à certains indices sociaux et comportementaux que la majorité des gens non modifiés. J'arrive en général à déterminer quand quelqu'un ment ou manque de sincérité, du moins en face à face. Mais contre les mensonges *sincères*, je ne peux rien. Je ne suis pas omnisciente ni particulièrement maligne, et je ne lis pas dans les pensées. Au mieux, on peut dire que mon détecteur à conneries s'est amélioré. Et comme tout groupe de Quatrièmes se retrouve forcément assiégé, par la police ou les criminels, ou par les deux, c'est une faculté bien utile. Non, je ne vous connais pas assez bien pour dire que je vous fais confiance, mais je vous *perçois* assez bien pour dire que j'ai *envie* de vous faire confiance... vous comprenez ?

— J'imagine. Je veux dire, je n'ai rien contre les Quatrièmes. Je n'ai jamais vraiment réfléchi au problème.

— Cette confortable innocence est terminée. Votre ami ne mourra pas du cancer, mais il ne peut pas rester ici et il a beaucoup d'ajustements à faire. J'aimerais le confier à vos bons soins.

— Madame... euh, Diane, je ne sais rien de rien à la manière de soigner un malade, et encore moins un Quatrième.

— Il ne sera plus malade longtemps. Mais il va avoir besoin d'un ami compréhensif. Voulez-vous être cet ami pour lui ?

— Eh bien, en fait, bon, oui, je pense, mais il vaudrait peut-être mieux prendre d'autres dispositions, parce que je suis dans une position difficile, sur le plan financier et tout...

— Je ne vous l'aurais pas demandé si j'avais pu trouver une meilleure solution. Ça a été une aubaine que vous arriviez à ce moment-là. » Elle ajouta : « Si je n'avais pas voulu que vous me trouviez, vous auriez eu bien plus de mal à le faire.

— J'ai essayé d'appeler, mais...

— J'ai été obligée de changer de numéro. » Elle fronça les sourcils, mais ne fournit aucune explication.

« Eh bien... » Eh bien merde, pensa-t-il. « J'imagine que je ne suis pas du genre à jeter un chien perdu sous la pluie. »

Le sourire de Diane réapparut. « C'est bien ce qui me semblait. »

« T'as bien dû apprendre quelques trucs sur les Quatrièmes, depuis, dit Tomas.

— Je n'en sais rien, répondit Turk. Tu es le seul

échantillon que j'ai sous la main. Pas très enthousiasmant, d'ailleurs, comme échantillon.

— Elle a vraiment dit ça, sur son détecteur à conneries ?

— Plus ou moins. Qu'est-ce que t'en penses, Tomas ? C'est vrai ? »

Tomas avait guéri de sa maladie — de la reconstruction génétique en laquelle consistait le traitement du Quatrième Âge — aussi vite que l'avait prédit Diane. Son ajustement psychologique s'était avéré plus laborieux. Arrivé à Équatoria prêt à mourir, il se retrouvait avec trois ou quatre décennies à vivre pour lesquelles il n'avait ni projets ni ambitions.

Sur le plan physique, toutefois, cela avait été une libération. Après une semaine de récupération, Tomas aurait pu passer pour beaucoup plus jeune que son âge réel. Sa démarche revêche était devenue beaucoup plus souple, et il mangeait soudain comme un ogre. C'était presque trop bizarre pour Turk, à qui Tomas donnait l'impression de s'être débarrassé de son ancien corps comme un serpent qui mue. « Bordel, ce n'est que moi », déclarait Tomas chaque fois que Turk devenait trop péniblement conscient de la distance entre l'ancien et le nouveau Tomas. Le vieil homme savourait manifestement sa santé retrouvée. Le seul inconvénient, disait-il, était que le traitement avait effacé tous ses tatouages. Dans lesquels était d'après lui inscrite la moitié de son passé.

« Est-ce vrai que j'ai un détecteur à conneries amélioré ? Eh bien, c'est subjectif. Ça fait dix ans, Turk. Qu'est-ce que tu crois ?

— On n'en a jamais beaucoup parlé.

— J'aurais aimé qu'on continue.

— Tu sais quand on te ment?

— Aucun traitement ne peut rendre malin un idiot. Et je ne suis pas particulièrement futé. Je ne suis pas non plus un détecteur de mensonges. Mais quand on essaye de me rouler, j'arrive en général à m'en rendre compte.

— Parce que je pense qu'on a menti à Lise. Elle a des raisons valables de vouloir parler à des Quatrièmes, mais je pense qu'on se sert d'elle. Et elle a deux ou trois informations qui pourraient intéresser Diane.»

Tomas garda le silence quelques instants. Il inclina sa bouteille de bière, la vida puis la reposa sur une table volante placée à proximité de son fauteuil. Il posa sur Turk un regard qui rappela désagréablement à ce dernier celui avec lequel Diane l'avait évalué.

«Tu t'aventures en terrain difficile, là, dit-il.

— Je le sais bien.

— Ça pourrait devenir dangereux.

— C'est ce qui me fait peur, j'imagine.

— Tu peux me donner un peu de temps pour y réfléchir?

— Je pense, oui, dit Turk.

— D'accord. Je vais me renseigner. Appelle-moi dans deux jours.

— Je t'en suis reconnaissant. Merci.

— Ne me remercie pas encore, contra Tomas. Si ça se trouve, je vais changer d'avis.»

SEPT

Lise roulait vers le consulat quand le nodule dans son automobile lui annonça qu'elle avait reçu un nouveau courrier. «Expéditeur? interrogea-t-elle.

— Susan Adams», répondit le système.

Depuis quelque temps, Lise ne pouvait penser à sa mère sans visualiser le pilulier-calendrier sur le comptoir de sa cuisine, avec ses médicaments classés par jour et par heure, la mécanique de sa mortalité. Des pilules antidépression, d'autres pour ajuster le taux de cholestérol dans le sang, d'autres encore pour prévenir la maladie d'Alzheimer, à laquelle un de ses gènes semblait la prédisposer. «Lecture», ordonna sans enthousiasme la jeune femme.

Chère Lise. Le nodule parlait d'une voix mâle et indifférente, restituant le texte avec une vivacité de poisson surgelé. *Merci de ton dernier courrier. Il m'a un peu rassurée après ce que j'ai vu aux infos.*

Elle voulait parler de la chute de cendres, qui encombraient encore les petites rues et avaient poussé des milliers de touristes à regagner en toute hâte leurs navires de croisière et supplier qu'on les reconduise chez eux au plus vite. Des gens venus à Équatoria en espérant y découvrir un paysage d'une étrangeté agréable, mais qui étaient tombés sur quelque chose de complètement différent... une *vraie* étrangeté, du genre qui ne fait aucune concession aux idées préconçues des humains.

Lise pensa que sa mère aurait réagi exactement comme eux.

Je n'arrête pas de me dire que tu es partie bien loin et t'es rendue bien inaccessible. Ne t'en fais pas, je ne vais pas relancer ce vieux débat. Je ne dirai rien non plus sur ta séparation d'avec Brian.

Susan Adams s'était farouchement opposée au divorce... ce qui ne manquait pas d'ironie, car elle s'était presque aussi farouchement opposée au mariage. Brian avait tout d'abord déplu à la mère de Lise parce qu'il travaillait pour la Sécurité génomique... qu'elle associait en esprit aux hommes brusques et peu serviables ayant rôdé autour d'elle après l'incompréhensible disparition de son mari. Il ne fallait pas que Lise épouse un de ces monstres sans compassion, avait-elle soutenu; mais Brian ne manquait pas de compassion, il avait même charmé la mère de Lise et démonté ses objections une à une jusqu'à ce qu'elle apprécie sa présence. Brian avait vite appris la règle fondamentale, quand on s'adressait à la mère de Lise: ne jamais mentionner ni le Nouveau Monde, ni les Hypothétiques, ni le Spin, ni la disparition de Robert Adams. Dans la maison de Lise Adams, ces sujets avaient acquis la puissance d'un blasphème. Ce qui était une des raisons pour lesquelles Lise avait tant tenu à s'en éloigner.

Il y avait aussi eu beaucoup d'appréhension et de résistance après le mariage, au moment de la mutation de Brian à Port Magellan. *Il ne faut pas que tu y ailles*, avait affirmé la mère de Lise, comme si le Nouveau Monde était une espèce d'ailleurs fantomatique dont personne n'était ressorti indemne. Non, il ne fallait pas qu'ils se rendent dans ce lieu de perdition, la carrière de Brian dût-elle en souffrir.

Bien entendu, sa mère perpétuait ainsi son déni, son rejet catégorique de vérités inacceptables, la stratégie qu'elle avait mise au point pour contenir et canaliser son chagrin. Mais c'était justement ce que Lise reprochait à ce comportement. Elle détestait l'endroit sombre dans lequel sa mère avait confiné ces souvenirs. Il ne restait de son père que le souvenir, souvenir dans lequel figuraient forcément ses yeux écarquillés de fascination quand il parlait des Hypothétiques ainsi que son amour pour la planète sur laquelle ceux-ci avaient ouvert leur incompréhensible porte.

Même la chute de cendres l'aurait fasciné, se dit Lise : ces roues dentées et ces coquillages enfoncés dans la poussière, ces pièces d'un grand puzzle…

J'espère seulement que ces événements te convaincront qu'il est plus sage de rentrer. Lise, si c'est un problème d'argent, laisse-moi t'offrir le billet. Je sais bien que la Californie n'est plus ce qu'elle était, mais on voit toujours l'océan par la fenêtre de la cuisine, et même si les étés sont chauds et les tempêtes d'hiver plus intenses que dans mon souvenir, c'est sûrement moins terrible que ce que tu subis en ce moment.

Tu ne sais rien, se dit Lise, de ce que je subis. Tu te fiches de le savoir.

Sous le soleil de l'après-midi, le consulat américain semblait une forteresse bienveillante protégée par des douves faites de clôtures en fer forgé. Quelqu'un avait planté un jardin le long de la clôture, mais la récente chute de cendres avait endommagé les fleurs... des fleurs indigènes, car les plantes terrestres n'étaient pas censées traverser l'Arc, même si cette interdiction ne semblait pas particulièrement respectée. Les fleurs qui avaient survécu aux cendres étaient de vigoureuses lèvres-de-pute rouges (dans la taxinomie crue des premiers colons), avec des tiges ressemblant à des baguettes chinoises en émail et des feuilles comme des cols victoriens enveloppant des pétales abîmés.

À la porte du consulat, près d'un garde, un panneau enjoignait aux visiteurs de déposer armes, appareils électroniques personnels et bouteilles ou récipients déjà ouverts. Lise connaissait la marche à suivre pour avoir régulièrement rendu visite à Brian dans les bureaux de la Sécurité génomique, avant leur divorce. Elle se souvenait aussi être passée dans son adolescence devant le consulat, à l'époque où son père vivait dans le Nouveau Monde, et se rappelait à quel point le bâtiment lui avait semblé solide et réconfortant avec ses grands murs blancs et ses étroites embrasures.

Le garde appela le bureau de Brian pour confirmation avant de remettre un badge visiteur à la jeune femme. Elle prit l'ascenseur jusqu'au quatrième étage, à mi-hauteur du bâtiment, puis s'enfonça dans un couloir carrelé dépourvu de fenêtres, le labyrinthe de la bureaucratie.

Brian sortit pour l'accueillir et lui tint la porte simplement marquée 507 DSG. Elle se fit la réflexion que Brian était plutôt quelqu'un de constant : vêtu avec soin, encore svelte à l'approche de la quarantaine, bronzé : il randonnait le week-end dans les collines au-dessus de Port M. Il l'accueillit d'un bref sourire, mais avec un maintien raide, cette fois-ci… avec une espèce de renfrognement de tout le corps, se dit Lise. Elle se prépara à supporter ce qui allait venir. Brian travaillait en équipe avec deux autres personnes, mais qui n'étaient présentes ni l'une ni l'autre. « Entre donc, dit-il, assieds-toi, il faut qu'on ait une petite conversation. Je suis désolé, mais on va s'en débarrasser le plus vite possible. »

Même dans ces circonstances, il ne se départait pas de son inébranlable gentillesse, la qualité qu'elle avait trouvée la plus frustrante chez lui. Leur mariage avait été bancal dès le départ. Pas catastrophique, plutôt un mauvais choix aggravé par d'autres mauvais choix, dont certains qu'elle rechignait à avouer, y compris à elle-même. Aggravé par son incapacité à avouer son insatisfaction d'une manière que Brian pourrait comprendre. Brian se rendait à l'église tous les dimanches, Brian croyait aux convenances et à la propriété, Brian méprisait la complexité et l'étrangeté du monde post-Spin. Ce que Lise finit par ne plus supporter. Elle l'avait déjà assez supporté chez sa mère. Elle recherchait plutôt cette qualité que son père avait tant essayé de lui communiquer au cours de leurs soirées à regarder les étoiles : l'admiration respectueuse ou, à défaut, au moins le courage.

Brian se montrait parfois charmant, c'était un garçon sérieux avec, au fond de lui, une profonde et poignante gravité. Mais ce qu'était devenu le monde l'effrayait, et cela, au final, Lise ne le supporta plus.

Elle s'assit. Il tira une deuxième chaise sur la moquette pour s'asseoir en face d'elle, genou contre genou. « Cette conversation risque de ne pas être la plus agréable qu'on ait eue, lui annonça-t-il. Mais c'est pour ton bien. Essaye de ne pas l'oublier, s'il te plaît, Lise. »

Turk réfléchissait encore à sa discussion avec Tomas quand il arriva cet après-midi-là à l'aéroport pour inspecter son avion avant de rentrer chez lui. Vieux de cinq ans, le petit bimoteur à hélice et à voilure fixe Skyrex commençait à nécessiter des réparations et un entretien plus fréquents. On venait de lui installer un nouvel injecteur, et Turk voulait vérifier par lui-même le travail des mécaniciens. Il se gara donc sur son emplacement habituel derrière l'entrepôt et, traversant un coin de tarmac rendu gris laine par les cendres et la pluie, se rendit à son hangar, dont il trouva toutefois la porte cadenassée. Coincée derrière le loquet, une note lui enjoignait de s'adresser à Mike Arundji.

Turk ne se demanda pas pourquoi : il lui devait deux mois de loyer pour le hangar, ainsi que des arriérés pour la maintenance.

Mais comme il avait de bonnes relations avec Mike Arundji, du moins en général, il entra dans le bureau du propriétaire en préparant ses excuses habituelles. C'était une danse rituelle : la demande, les excuses, le paiement symbolique (qui, même symbolique, lui poserait des difficultés), un autre délai… le cadenas apportait toutefois une touche inédite.

Cette fois, le vieil homme leva les yeux de son bureau avec une profonde expression de regret. « Le cadenas, lança-t-il aussitôt, ouais, désolé, mais je n'ai pas le choix. Je dois gérer mon aérodrome comme une entreprise.

— C'est à cause des cendres, expliqua Turk. Ça m'a fait perdre deux clients. Sinon, je t'aurais déjà payé.

— C'est toi qui le dis, et je veux bien le croire. Mais quelle différence, à long terme, que deux clients ? Il faut que tu te poses la question. Il y a d'autres petits aérodromes dans la région. J'ai de la concurrence. Dans le temps, on pouvait se montrer un peu plus coulant, ne pas être sur le dos de tout le monde. Il n'y avait que des semi-amateurs, des indépendants dans ton genre. Maintenant, avec ces grosses sociétés d'avions-taxis qui surenchérissent sur les emplacements disponibles dans les hangars… même si les comptes s'équilibraient, tu me ferais perdre de l'argent. Je dis juste ce qui est.

— Je ne peux pas gagner d'argent sans piloter mon avion, Mike.

— Le problème, c'est que moi, je ne peux pas en gagner même si tu le pilotes.

— Tu m'as l'air de bien t'en sortir.

— J'ai du personnel à payer. J'ai tout un tas de nouveaux règlements qui m'arrivent du Gouvernement provisoire. Si tu regardais mes feuilles de calcul, tu ne dirais pas que je m'en sors bien. Mon comptable ne vient pas dans mon bureau en me disant que je m'en sors bien. »

Et tu ne traites sans doute pas ton comptable d'amateur, pensa Turk. Mike Arundji était un vieux briscard : quand il avait ouvert cet aérodrome, on ne trouvait au sud de Port Magellan que des villages de pêcheurs et des camps de squatters. Rien qu'une demi-douzaine d'années plus tôt, l'expression « feuille de calcul » n'aurait pas figuré dans son vocabulaire.

C'était dans un environnement de ce genre que Turk s'était débrouillé pour faire importer, à un coût exorbitant, son Skyrex à six places. Cela lui avait permis de gagner modestement sa vie, du moins jusqu'à ces derniers temps. Il ne devait plus d'argent sur son appareil. Malheureusement, il semblait en devoir sur tout le reste. « Et donc, qu'est-ce que je dois faire pour que mon avion revole ? »

Arundji se tortilla sur son siège en fuyant son regard. « Reviens demain, qu'on en discute. Au pire, ça ne devrait pas être trop difficile de trouver un acheteur.

— Trouver… un quoi ?

— Un acheteur. Un *acheteur*, tu sais ! Il y a des gens que ça intéresse. Vends l'avion, rembourse tes dettes, recommence à zéro. C'est ce que font les gens. Ça arrive tout le temps.

— Pas à moi, dit Turk.

— Calme-toi. Nos intérêts ne sont pas forcément contradictoires. Je peux t'aider à en obtenir un bon prix. Je veux dire, *si on en arrive là*. Et puis merde, Turk, tu parles toujours de t'embarquer sur un navire de recherche pour partir ailleurs. C'est peut-être le moment. Qui sait ?

— Ta confiance me galvanise.

— Je te dis juste de réfléchir. On en reparle demain matin.

— Je peux te payer ce que je te dois.

— Vraiment ? D'accord. Pas de problème. Apporte-moi un chèque certifié et on n'en parle plus. »

Ce à quoi Turk ne trouva rien à répondre.

« Rentre chez toi, dit Arundji. Tu as l'air fatigué, mon vieux. »

« Pour commencer, dit Brian, je sais que tu étais avec Turk Findley.

— Hein ? fit aussitôt Lise. Bordel, mais...

— Attends, laisse-moi finir...

— Comment ça, tu m'as fait *suivre* ?

— Je ne pourrais pas si je le voulais, Lise.

— Alors quoi ? »

Brian prit sa respiration. Ses lèvres pincées et ses yeux plissés voulaient signifier qu'il trouvait cela aussi désagréable qu'elle. « Lise, il n'y a pas que moi dans cette affaire. »

Elle s'efforça de contrôler sa respiration. Elle était déjà en colère. Et d'une certaine manière, cette colère lui plaisait assez. Elle valait mieux que le sentiment de culpabilité avec lequel elle sortait en général de leurs rencontres. « De qui veux-tu parler ?

— Laisse-moi juste te rappeler le problème global, dit-il. S'il te plaît. On oublie facilement ce qui est en jeu : la nature et la définition du génome humain, de ce que, nous tous, nous sommes en tant que peuple. Ça a été mis en danger par tout ce qui va du commerce de clones aux cultes de la longévité martienne, et dans chaque gouvernement du monde, des gens passent beaucoup de temps à réfléchir là-dessus. »

Son credo, la même justification, se souvint Lise, qu'il avait par le passé donnée à sa mère. « Quel rapport avec moi ? » Ou avec Turk, d'ailleurs.

« Tu es venue me trouver avec un vieux cliché pris à une soirée chez ton père, alors je l'ai fait passer dans la base de données…

— Tu as *proposé* de le faire.

— D'accord, c'est moi qui l'ai proposé, ce qui nous a donné une image prise par les caméras de sécurité des docks. Mais ce genre de vérifications passe par certains circuits. Et j'imagine que la nôtre a déclenché une alarme quelque part. Durant la semaine qui vient de s'écouler, on a vu débarquer ici des gens de Washington…

— Tu veux dire : des gens du DSG ?

— Oui, du DSG, mais très haut dans la hiérarchie, à des années-lumière au-dessus de ce qu'on fait ici. Des gens très désireux de retrouver la femme sur la photo. Assez pour faire la traversée depuis Djakarta et venir frapper à ma porte. »

Lise se laissa aller contre le dossier de sa chaise en essayant d'assimiler tout cela.

Au bout d'un long moment, elle dit : « Ma mère a montré ce cliché au DSG au moment de la disparition de mon père. Personne n'en a fait toute une histoire, à l'époque.

— C'était il y a dix ans. D'autres informations sont apparues depuis. Le même visage, dans un contexte différent. Je ne peux pas en dire davantage.

— J'aimerais parler à ces gens. S'ils savent quoi que ce soit sur Sulean Moï…

— Rien qui t'aiderait à découvrir ce qui est arrivé à ton père.

— Comment peux-tu en être certain ?

— Essaye de mettre les choses en perspective, Lise. Ces types font un boulot important. Ils ne plaisantent pas. Je me suis donné du mal pour les convaincre de ne *pas* te parler.

— Mais tu leur as donné mon nom ?

— Je leur ai dit tout ce que je sais sur toi, histoire d'éviter qu'ils te croient impliquée dans… Eh bien, dans ce sur quoi ils enquêtent. Ç'aurait été une perte de temps pour eux et une épreuve pour toi. Promis, Lise. Il faut que tu fasses profil bas, dans cette histoire.

— Ils me surveillent. C'est ça que tu essayes de me dire ? Ils me surveillent et ils savent que j'étais avec Turk. »

Il grimaça en entendant le nom, mais hocha la tête. « Ils savent ces choses, oui.

— Nom de Dieu, Brian ! »

Il leva les mains comme pour signifier sa reddition. «Je veux juste dire que si je prends du recul par rapport à tout ça, à notre relation actuelle et à ce que j'aimerais qu'elle soit, quand je me demande ce qui serait vraiment mieux pour toi, mon conseil est de laisser tomber. Cesse de poser des questions. Envisage peut-être même de rentrer en Californie.

— Je ne veux pas rentrer.

— Je te dis seulement d'y réfléchir. Il y a une limite à la protection que je peux t'apporter.

— Je ne t'ai jamais demandé de me protéger.

— On pourra en reparler quand tu y auras réfléchi un peu, peut-être.»

Elle se leva. «Ou peut-être pas.

— On pourra peut-être discuter aussi de Turk Findley et de ce qui se passe dans ce domaine.»

Dans ce domaine. Ce pauvre Brian, toujours très comme il faut, même quand il la réprimandait.

Elle songea à se défendre. Elle pourrait dire : *On dînait au restaurant quand les cendres ont commencé à tomber.* Elle pourrait dire : *Évidemment qu'il est venu chez moi, tu voulais qu'il fasse quoi, qu'il dorme dans sa voiture ?* Elle pourrait mentir : *On est juste amis.* Ou bien dire : *J'ai couché avec lui parce qu'il n'a pas peur, qu'il n'est pas prévisible, qu'il n'a pas les ongles d'une propreté irréprochable et qu'il ne travaille pas pour ce putain de DSG.*

Elle était en colère, humiliée, et ne ressentait que très peu de culpabilité. «Ça ne te regarde plus. Il faut que tu te mettes ça dans la tête, Brian.»

Elle lui tourna le dos et partit.

Turk rentra chez lui se préparer à dîner, un repas peu élaboré conforme à son humeur. Il vivait dans un bungalow de deux pièces au milieu de cabanes identiques le long d'une route à peine goudronnée non loin de l'aérodrome d'Arundji, sur un promontoire au-dessus de l'océan. Peut-être l'endroit prendrait-il un jour une grande valeur foncière, mais pour le moment, il n'était même pas relié au réseau électrique. Les toilettes de Turk alimentaient une fosse d'aisances et son électricité provenait de la lumière du soleil et d'un groupe électrogène sous un appentis à l'arrière. Tous les étés, il réparait son toit de bardeaux, et tous les hivers, celui-ci fuyait à un nouvel endroit.

Le soleil se couchait à l'ouest sur les contreforts, tandis qu'à l'est, les flots avaient pris une nuance sombre de bleu. Quelques bateaux de pêche se traînaient en direction du port au nord. L'air était frais, avec une brise pour emporter les dernières des mauvaises odeurs laissées par les cendres.

Celles-ci s'étaient déposées en andains autour des fondations de la cabane, mais le toit semblait avoir supporté la charge. Son refuge était intact. Les placards de la cuisine ne contenaient toutefois guère de nourriture, en tout cas moins que dans son souvenir. Ce serait haricots en boîte ou ressortir faire des courses. Ou dépenser de l'argent qu'il n'avait pas dans un restaurant au-dessus de ses moyens.

J'ai perdu mon zinc, pensa-t-il. Mais non, pas vraiment, pas encore : l'avion n'était que sous embargo, pas encore vendu. Sauf qu'il n'avait pas un sou sur son compte en banque pour fournir un contre-argument convaincant. Si bien que ce petit mantra lui tournait dans la tête depuis son entrevue avec Mike Arundji : *J'ai perdu mon zinc.*

Il avait envie de parler à Lise. Mais il ne voulait pas l'embêter avec ses problèmes personnels. Il avait encore du mal à croire à la réalité de leur liaison. Celle-ci était un bienfait tombé du ciel, et le ciel lui ayant peu rendu de services par le passé, Turk n'était pas sûr de lui faire confiance.

Farine de maïs, café, bière…

Il décida de rappeler Tomas. Peut-être ne lui avait-il pas assez bien expliqué ce qu'il voulait. Il ne pouvait rendre qu'un seul véritable service à Lise : l'aider à comprendre pourquoi son père était devenu un Quatrième… comme Turk le supposait. Et si quelqu'un pouvait l'expliquer à Lise ou le lui présenter sous un jour raisonnable, c'était sans doute Tomas, ou si Tomas consentait à lui en toucher un mot, *Ibu* Diane, la Quatrième infirmière qui vivait plus haut sur la côte avec les Minangs.

Il sélectionna le numéro de Tomas sur son téléphone.

Il n'obtint toutefois ni réponse ni redirection sur une boîte vocale. Bizarre, car Tomas ne se séparait jamais de son téléphone, qu'il considérait a priori comme son bien le plus précieux.

Turk se demanda ce qu'il allait faire. Il pouvait vérifier ses comptes et essayer de trouver un arrangement avec Mike Arundji. Ou bien retourner en ville, et peut-être voir Lise, si elle n'en avait pas marre de lui… éventuellement passer chez Tomas en chemin. Le plus raisonnable, il s'en doutait, consistait à rester chez lui pour s'occuper de son entreprise.

S'il en avait encore une.

Il éteignit la lumière en sortant.

Lise s'éloigna du consulat en se sentant ébouillantée. Il n'y avait pas d'autre mot. Ébouillantée, jetée dans de l'eau bouillante, brûlée à vif. Elle roula sans but pendant plus d'une heure, jusqu'à ce que l'automobile, détectant le coucher du soleil, allume les phares. Le ciel était devenu rouge, l'un de ces longs crépuscules d'Équatoria, rendu plus criard par les cendres fines encore en suspens dans l'atmosphère. Elle traversa le quartier arabe, passant devant des souks et des cafés-restaurants sous des auvents pie et des guirlandes de lumières colorées. Il y avait beaucoup de monde dehors, ce soir-là, rattrapant le temps perdu pendant la chute de cendres. Elle monta ensuite dans les contreforts, les quartiers huppés où hommes et femmes aisés venus de Pékin, Tokyo, Londres ou New York se construisaient des palais de diverses nuances de pastel en faux style méditerranéen. Elle s'aperçut avec un temps de retard qu'elle roulait dans la rue où elle vivait avec ses parents durant ses quatre années d'adolescence passées dans cette ville.

Elle reconnut l'habitation où elle avait vécu quand sa famille était encore entière et ralentit en passant devant. La maison était plus petite que dans son souvenir et beaucoup moins grande que les pseudo-palais ayant poussé autour, un manteau de tissu au milieu de visons. Elle n'osait imaginer à combien devait désormais se monter le loyer. Baignant dans les ombres vespérales, la véranda peinte en blanc avait été remise à neuf par des étrangers.

«Voilà où nous allons vivre un moment», lui avait dit sa mère à leur arrivée de Californie. Mais pour Lise, cela n'avait jamais été «ma maison», même quand elle bavardait avec ses amies à l'école américaine. C'était «là où on habite», la formule préférée de sa mère. Âgée de treize ans, Lise redoutait un peu les endroits étrangers qu'elle avait vus à la télévision, et Port Magellan était tous ces endroits étrangers mélangés en une seule soupe au gombo qui débordait de la marmite. La Californie lui avait manqué, du moins au début.

Et maintenant il lui manquait... quoi?

La vérité. Le souvenir. Le fait d'extraire la vérité du souvenir.

Le toit de la maison était noir de cendres. Lise ne put s'empêcher de s'imaginer assise dans la véranda avec son père, des années auparavant. Elle aurait aimé pouvoir s'y asseoir encore avec lui, non pour parler de ses problèmes ou de Brian, mais pour émettre des hypothèses sur la chute de cendres, pour discuter de ce que Robert Adams avait aimé appeler (en souriant toujours) les *Très Grands Sujets*, les mystères derrière les frontières du monde respectable.

Il faisait nuit noire quand elle finit par rentrer chez elle. L'appartement était toujours en désordre, la vaisselle sale empilée dans l'évier, le lit défait, et il flottait encore un peu de l'aura de Turk. Elle se servit un verre de vin rouge et essaya de penser de manière cohérente à ce que lui avait dit Brian. Aux gens puissants et à l'intérêt qu'ils portaient à la femme qui avait (peut-être, d'une certaine manière) détourné son père de son foyer.

Brian avait-il raison en disant qu'elle ferait mieux de partir ? Restait-il vraiment quoi que ce soit de significatif à extraire des bribes de la vie de son père ?

Ou peut-être se trouvait-elle plus près d'une vérité fondamentale qu'elle ne se l'imaginait, et peut-être était-ce la source de ses ennuis.

Turk se douta que quelque chose n'allait pas quand Tomas ne répondit ni au deuxième ni au troisième appel, qu'il passa depuis sa voiture. Tomas avait peut-être bu — il continuait à boire, bien que rarement sans retenue —, mais même ivre, il répondait en général au téléphone.

Aussi Turk s'approcha-t-il du mobil-home du vieil homme avec un peu d'appréhension, insérant à vitesse prudente son automobile dans les allées des Flats encombrées de cendres. En tant que Quatrième Âge, Tomas était plutôt solide, mais pas immortel. Même les Quatrièmes vieillissaient. Et mouraient. Tomas pouvait être malade. Ou avoir des ennuis. Il y avait souvent des problèmes dans les Flats. Deux gangs philippins y étaient basés, et on trouvait des repaires de drogués ici et là dans le voisinage. Parfois, il se produisait des choses désagréables.

Il se gara près d'une bruyante épicerie portoricaine et parcourut à pied les derniers mètres le séparant de l'entrée de la petite rue boueuse où habitait Tomas. La nuit venait de tomber et il y avait beaucoup de monde, avec de la musique enregistrée sortant d'une porte sur deux. Mais on ne voyait aucune lumière dans le mobil-home de Tomas, rien que l'obscurité derrière ses fenêtres. Le vieil homme dormait peut-être. Sauf que la porte, déverrouillée, était entrouverte.

Turk frappa avant de se glisser à l'intérieur, même s'il sentait, avec une certitude amère, que frapper ne servait à rien. Pas de réponse.

Il tendit la main sur la gauche, alluma le plafonnier et cilla en découvrant la pièce saccagée. La table près du fauteuil de Tomas gisait à l'envers, les lampes étaient brisées sur le sol. Une odeur fétide de sueur masculine s'attardait dans la pièce. Turk jeta un coup d'œil dans la chambre, mais la trouva tout aussi vide.

Après quelques instants de réflexion, il ressortit de la petite maison de Tomas pour aller frapper à la porte voisine. Une femme obèse en combinaison grise vint ouvrir : une certaine Mme Goudy, veuve depuis peu. Tomas l'avait présentée une fois ou deux à Turk, et il savait qu'elle buvait de temps en temps un verre avec le vieil homme. Non, Mme Goudy n'avait pas de nouvelles récentes de Tomas, mais elle avait remarqué un peu plus tôt une camionnette blanche garée devant son mobil-home… un problème ?

« J'espère que non. Quand exactement avez-vous vu cette camionnette, madame Goudy ?

— Il y a une heure, peut-être deux.

— Merci, madame Goudy. Inutile de vous inquiéter. Mais mieux vaut bien fermer votre porte.

— Comme si je ne le savais pas», répondit-elle.

Il revint refermer celle de Tomas, en s'assurant qu'elle se verrouillait bien, cette fois. Le vent s'était levé, qui fit vibrer le réverbère de fortune à l'intersection de la route et du petit sentier menant chez le vieil homme. Des ombres vacillaient par à-coups.

Il sortit son téléphone de sa poche et appela Lise en priant qu'elle réponde.

De retour dans son appartement, Lise avait demandé au nodule domestique de lui lire à voix haute le reste de la lettre de sa mère. L'unité domestique, au moins, avait une voix féminine, dotée d'une légère, bien que peu convaincante, modulation.

Comprends-moi bien, Lise: je suis juste inquiète pour toi, comme il est normal pour une mère. Je ne peux m'empêcher de penser à toi toute seule dans cette ville...

Seule. Oui. On pouvait faire confiance à sa mère pour mettre le doigt sur le point sensible. Seule... parce qu'il était si difficile de faire comprendre à n'importe qui d'autre ce qu'elle voulait ici et pourquoi cela comptait à ce point pour elle.

... à te mettre en danger...

Un danger qui semblait tellement plus authentique quand on était, comme elle disait, *seule...*

... alors que tu pourrais être ici, à la maison, en sécurité, ou même avec Brian, qui...

Qui manifesterait la même condescendance perplexe que celle imprégnant le message de sa mère.

... dirait sûrement comme moi...

Sans aucun doute.

... qu'il ne sert à rien de déterrer un passé mort.

Mais si le passé n'était pas mort? S'il manquait simplement à Lise le courage ou la dureté nécessaires pour l'oublier, si elle n'avait d'autre choix que de courir après jusqu'à ce qu'il produise son dernier dividende de souffrance ou de satisfaction?

«Pause», ordonna-t-elle au nodule multimédia. Elle ne pouvait en supporter davantage pour le moment. Pas avec tout ce qui se passait d'autre. Pas avec une poussière extraterrestre tombée du ciel. Pas alors que le DSG la suivait, la mettait peut-être sur écoute, pour des raisons que Brian lui-même ne pouvait expliquer. Pas quand elle était, merci maman pour ce petit rappel, *seule*.

Elle vérifia ses autres messages textuels.

Ce n'étaient que des publicités, sauf un, qui s'avéra précieux. Un message avec pièce jointe expédié par un certain Scott Cleland, qu'elle avait essayé de joindre pendant des mois. Scott Cleland, astronome employé par la Prospection géophysique à l'Observatoire du mont Mahdi, était le seul des anciens collègues de son père à l'université à qui elle n'avait pas encore réussi à parler. Elle avait plus ou moins perdu espoir. Et voilà qu'il lui répondait enfin, et de manière amicale: le nodule lui lut le message, adoptant une voix masculine étant donné le nom de l'expéditeur.

Chère Lise Adams, désolé d'avoir mis tant de temps à répondre à vos questions. Par tendance à remettre au lendemain, mais aussi parce que j'ai eu du mal

à retrouver le document ci-joint, qui peut vous intéresser.
Je n'étais pas intime avec le Dr Adams, mais chacun de nous respectait le travail de l'autre. Quant aux détails de sa vie à l'époque, et aux autres questions que vous m'avez posées, je crains de ne pouvoir vous aider: nos relations restaient strictement professionnelles.
Au moment de sa disparition, toutefois, et comme vous le savez sans doute, il avait commencé à travailler sur un livre dont le titre devait être *La Planète comme artefact*. Il m'a demandé de relire la courte introduction qu'il avait rédigée, ce que j'ai fait, mais sans y trouver d'erreurs ni pouvoir suggérer d'améliorations significatives (à part préférer un titre plus accrocheur).
Au cas où vous n'en auriez pas trouvé une copie dans ses papiers, je vous joins celle qu'il m'avait expédiée.
La disparition de Robert Adams a été une grande perte pour nous tous à l'université. Il parlait souvent avec affection de sa famille, et j'espère que vos recherches vous apporteront du réconfort.

Lise fit imprimer le document par le nodule domestique. Contrairement à ce que supposait Cleland, son père n'avait pas gardé de copie de l'introduction dans ses papiers. Ou alors la mère de Lise l'avait détruite. Susan Adams avait détruit ou jeté tous les documents de son mari, et fait don de ses livres à l'université. Dans ce que Lise en était venue à considérer comme le Nettoyage rituel de la Maison Adams.

Elle éteignit son téléphone et se servit un verre de vin, qu'elle emporta sur le balcon avec les six pages de texte imprimé. La nuit était tiède, Lise avait balayé les cendres dans la matinée et les lampes brillant à l'intérieur de l'appartement donnaient une lumière suffisante pour lire.

Au bout de quelques minutes, elle rentra chercher un stylo, ressortit et entreprit de souligner certaines phrases. Elle les souligna non parce qu'elle ne les connaissait pas, mais au contraire parce qu'elles lui étaient familières.

> *Il y a eu beaucoup de changements pendant cet intervalle de temps que nous appelons le Spin, mais peut-être le plus considérable d'entre eux est-il aussi le moins remarqué. La Terre a été maintenue en stase pendant plus de quatre milliards d'années, aussi vivons-nous désormais dans un Univers extrêmement plus âgé — et ayant connu une évolution plus complexe — que celui auquel nous étions habitués.*

Familières parce qu'elle retrouvait, dans une prose plus élégante, ce qu'il lui avait souvent dit quand, assis tous deux dans la véranda, ils regardaient l'obscurité et les étoiles.

> *Toute véritable compréhension de la nature des Hypothétiques doit prendre ce fait en compte. Ils étaient déjà très vieux la première fois que nous avons croisé leur chemin, ils le sont encore davantage maintenant. Comme nous ne pouvons pas les observer directement, il nous faut déduire des informations à leur sujet à partir de ce qu'ils ont accompli dans l'Univers, des indices qu'ils laissent derrière eux, de leurs larges et éternelles empreintes.*

Voilà l'enthousiasme qu'elle avait appris très jeune de lui, la curiosité pour le monde extérieur qui contrastait avec la prudence et la timidité habituelles de sa mère. Elle entendait la voix de son père dans les mots.

> *Dans ce qu'ils ont accompli, difficile de trouver plus immédiatement visible que l'Arc de l'océan Indien reliant la Terre au Nouveau Monde… et celui rattachant le Nouveau Monde à une planète moins hospitalière, et ainsi de suite, aussi loin que nous avons pu l'explorer: une série d'environnements de plus en plus hostiles mis à notre disposition pour des raisons que nous ne comprenons pas encore.*

Navigue à l'autre bout de ce monde, avait-il dit à Lise, et tu trouveras un autre Arc, avec derrière une planète rocheuse et orageuse sur laquelle on arrivait à peine à respirer, et derrière cette planète-là, par un voyage qu'il fallait entreprendre à bord de navires étanches et pressurisés comme des vaisseaux spatiaux, un troisieme monde, à l'atmosphère empoisonnée par du méthane, aux océans gras et acides.

> *L'Arc n'est toutefois pas le seul artefact disponible. La planète «voisine de la Terre», sur laquelle j'écris ces mots, est, elle aussi, un artefact. Nous pouvons prouver qu'elle a été construite, ou du moins modifiée pendant des millions d'années avec pour objectif d'en faire un environnement agréable aux êtres humains.*

La planète comme artefact.

> *Beaucoup d'hypothèses ont été émises sur l'objectif de ce travail d'une longueur extrême. Le Nouveau Monde est-il un présent ou un piège ? Sommes-nous entrés dans un labyrinthe, comme des souris de laboratoire, ou nous a-t-on proposé une nouvelle et superbe destinée ? Le fait que notre propre Terre continue à être protégée des radiations mortelles de son soleil en expansion signifie-t-il que les Hypothétiques s'intéressent à notre survie en tant qu'espèce ? Et si oui, pourquoi ?*
> *Je ne peux affirmer avoir répondu à la moindre de ces questions, mais j'ai l'intention de donner au lecteur une vue d'ensemble du travail déjà effectué, des idées et hypothèses des hommes et femmes qui vouent leurs vies professionnelles à ce travail…*

Et plus loin dans le texte, ceci :

> *Nous sommes comme un patient qui sort d'un coma aussi long que la vie d'une étoile. Ce dont nous ne pouvons nous souvenir, nous devons le redécouvrir.*

Elle souligna ce passage deux fois. Elle aurait voulu pouvoir l'envoyer à sa mère, l'imprimer sur un étendard pour l'agiter sous le nez de Brian. C'était tout ce qu'elle avait toujours voulu leur dire : une réponse à leurs silences affectés, à l'élision presque chirurgicale de Robert Adams de la vie de ses survivants, aux expressions cette-pauvre-Lise légèrement inquiètes sur leurs visages chaque fois qu'elle tenait à parler de son père disparu. C'était comme si Robert Adams venait de sortir de l'obscurité pour lui murmurer un mot de réconfort. *Ce dont nous ne pouvons nous souvenir, nous devons le redécouvrir.*

Elle avait reposé les pages et allait se coucher quand elle consulta une dernière fois son téléphone.

Trois messages l'y attendaient, tous marqués urgent, tous de Turk. Un quatrième arriva alors qu'elle avait encore l'appareil dans la main.

DEUXIÈME PARTIE

La rose oculaire

HUIT

Après la chute de la poussière lumineuse — une fois les cieux dégagés, la cour balayée et ce qu'il restait absorbé par le désert ou le vent —, la colonie où vivait le petit Isaac entendit parler d'un nouveau mystère.

Terrifiantes tant qu'elles tombaient, les cendres devinrent ensuite le sujet d'innombrables discussions et conjectures. Le nouveau mystère se présenta plus banalement, sous forme d'un bulletin d'informations venu de la ville par les relais au-dessus des montagnes. Bien que moins directement effrayant, il touchait de manière inconfortable à un des secrets d'Isaac.

Il avait entendu par hasard deux des adultes, M. Nowotny et M. Fisk, en discuter dans le couloir du réfectoire. Les vols commerciaux pour les champs pétroliers du Rub al-Khali avaient été annulés ou détournés plusieurs jours durant, avant même la chute des cendres, pour une raison que venaient de fournir le Gouvernement provisoire et les compagnies pétrolières : un tremblement de terre.

M. Nowotny trouvait cela mystérieux car on ne connaissait aucune faille sous cette partie du Rub al-Khali, craton désertique géologiquement stable qui n'avait pas changé depuis des millions d'années. Il n'y aurait jamais dû y avoir le moindre frémissement sismique si loin dans le Rub al-Khali.

Mais il s'était produit davantage que cela. La production de pétrole avait été interrompue plus d'une semaine, les puits et oléoducs avaient subi de coûteux dégâts.

«On en sait moins sur cette planète qu'on ne le croyait», conclut M. Nowotny.

Isaac trouvait cela un peu moins mystérieux. Il savait, bien qu'il n'aurait pu dire comment, que quelque chose remuait sous les sables paisibles dans le grand désert à l'ouest. Il le sentait et dans son esprit et dans son corps. Quelque chose remuait, parlait en cadences qu'il ne comprenait pas, et il aurait pu montrer la direction de cette chose les yeux fermés même si elle se trouvait à des centaines de kilomètres et commençait juste à sortir d'un sommeil aussi long que la vie des montagnes.

Pendant et après la chute des cendres, tout le monde était resté deux jours claquemuré, portes fermées et fenêtres verrouillées, jusqu'à ce que le Dr Dvali annonce que les cendres n'avaient rien de particulièrement nocif. Mme Rebka finit par autoriser Isaac à sortir, au moins jusqu'aux jardins dans la cour, à condition qu'il porte un masque en tissu. On avait nettoyé la cour, mais peut-être restait-il encore de la poussière en suspension, et elle ne voulait pas qu'il inhale de particules. Il ne devait pas prendre de risques, disait-elle.

Isaac accepta de porter le masque, même s'il lui tenait trop chaud au nez et à la bouche. Il ne restait de la poussière qu'un résidu granuleux contre les murs de briques et les clôtures en bois de jamais-vert. Sous l'implacable soleil de l'après-midi, Isaac se pencha sur un de ces petits andains pour faire couler les cendres entre ses doigts.

D'après le Dr Dvali, elles contenaient de minuscules fragments de machines cassées.

Il ne restait pas grand-chose de ces machines, aux yeux d'Isaac, mais la rugosité des cendres lui plaisait, ainsi que leur manière de se rassembler au creux de sa paume et de lui glisser comme du talc entre les doigts. Il aimait qu'elles se compriment en une masse floconneuse quand il les serrait dans sa main pour se dissoudre ensuite dans l'air quand il rouvrait le poing.

Les cendres étincelaient. En fait, elles luisaient. Ce n'était pas tout à fait le bon terme, Isaac le savait. Il ne s'agissait pas du genre de lueur qu'on voyait avec les yeux, et il comprenait que, dans toute la colonie, lui seul la verrait de cette manière. C'était une autre sorte de lueur, perçue différemment. Il pensa que Sulean Moï pourrait peut-être l'expliquer, s'il trouvait un moyen de lui poser la question.

Isaac avait beaucoup de questions pour Sulean. Mais celle-ci était très occupée depuis la chute des cendres, passant beaucoup de temps en réunion avec les adultes, et il fallait qu'il attende son tour.

Au dîner, Isaac remarqua que, lorsqu'ils discutaient de la chute de cendres ou de ses origines, les adultes avaient tendance à poser leurs questions à Sulean Moï. Cela le surprit, car il supposait depuis des années que les gens avec lesquels il vivait savaient à peu près tout.

Ils en savaient indubitablement bien davantage que les personnes ordinaires. Il ne pouvait l'affirmer par expérience directe, n'ayant jamais connu la moindre personne ordinaire, mais il en avait vu sur les vidéos et croisé dans ses lectures. Les gens ordinaires avaient rarement des sujets de conversation intéressants et s'infligeaient souvent des souffrances brutales les uns aux autres. Ici, dans la colonie, si les discussions étaient parfois très animées, jamais les différends ne faisaient couler de sang. Tout le monde était sage (ou en avait l'air), tout le monde restait calme (ou s'efforçait d'en donner l'impression), et tout le monde, à part Isaac, était vieux.

Sulean Moï ne semblait pas non plus ordinaire. D'une manière ou d'une autre, elle en savait *davantage* que les autres adultes. Elle était plus maligne que les personnes auxquelles Isaac s'en était toujours remis et, encore plus incompréhensible, ne semblait pas beaucoup les apprécier. Mais elle tolérait poliment leurs questions.

« Bien entendu, elles ont un rapport avec les Hypothétiques, dit le Dr Dvali à propos des cendres avant de demander à Sulean : vous n'êtes pas d'accord ?

— C'est la conclusion évidente à en tirer. » La vieille femme sonda le contenu de son bol avec une fourchette. En théorie, chacun des adultes préparait le repas à tour de rôle, même si quelques-uns se portaient plus souvent volontaires que les autres. Ce soir-là, la tâche revenait à M. Posell, un géologue dont, en matière de cuisine, l'enthousiasme dépassait le niveau de compétences. Le bol de légumes d'Isaac avait un goût d'ail, d'huile de graine-ravin, et de quelque chose d'affreusement brûlé.

«Vous-même, avez-vous jamais vu ou entendu parler de quoi que ce soit de ce genre?» demanda le Dr Dvali.

Il n'existait entre les adultes de la communauté aucune hiérarchie officielle, mais c'était le Dr Dvali qui prenait généralement la tête en cas de problèmes importants, le Dr Dvali dont les déclarations, quand il en faisait, étaient considérées comme définitives. Il s'était toujours intéressé de près à Isaac. Il avait des cheveux blancs et soyeux, de grands yeux marron et des sourcils aussi broussailleux que des haies non entretenues. Isaac l'avait toujours toléré avec indifférence. Mais depuis quelque temps, et pour des raisons que lui-même ne comprenait pas, il commençait à le trouver antipathique.

«Rien de vraiment identique, répondit Sulean. Mais mon peuple a vécu un peu plus longtemps dans le monde post-Spin que le vôtre, Dr Dvali. Il arrive parfois que des choses étranges tombent du ciel.»

Mais qui était «mon peuple», et de quel ciel parlait-elle?

«Difficile de ne pas remarquer qu'on ne trouve, dans les Archives martiennes, aucune discussion sur la nature des Hypothétiques, dit le Dr Dvali.

— Il n'y avait peut-être rien de substantiel à en dire.

— Vous devez bien avoir une opinion à ce sujet, madame Moï.

— Sur bien des points, les machines autoréplicantes qui constituent les Hypothétiques sont équivalentes à des créatures vivantes. Elles traitent leur environnement. Elles construisent des structures complexes à partir de roche, de glace et peut-être même d'espace vide. Et leurs sous-produits n'échappent pas à la dégradation. Leurs structures physiques vieillissent, se détériorent et sont systématiquement remplacées. Ce qui expliquerait les détritus dans la poussière. »

Des machines détériorées nous sont tombées dessus, pensa Isaac.

« Mais rien que le poids total, dit le Dr Dvali, toutes ces tonnes réparties sur tant de kilomètres carrés…

— Est-ce si surprenant ? Vu le grand âge des Hypothétiques, que leurs mécanismes décomposés tombent du ciel n'est pas plus étonnant que le fait pour votre jardin de produire des déchets organiques. »

Elle semblait si sûre d'elle. Mais comment Sulean savait-elle de telles choses ? Isaac était bien décidé à le découvrir.

Cette nuit-là, les puissants vents du sud gagnèrent encore en force, et Isaac, du fond de son lit, écouta sa fenêtre vibrer dans son châssis. De l'autre côté de la vitre, un sable fin venu du désert du Rub al-Khali dissimulait les étoiles.

Vieux, vieux, vieux : l'Univers était vieux. Il avait produit de nombreux miracles, dont les Hypothétiques, mais aussi et surtout Isaac lui-même… son corps, ses pensées.

Qui était son père ? Et sa mère ? Ses éducateurs n'avaient jamais vraiment répondu à la question. Le Dr Dvali disait : *Tu n'es pas comme les autres enfants, Isaac. Tu nous appartiens à tous.* Ou bien Mme Rebka disait : *Nous sommes tous tes parents, maintenant,* même si c'était invariablement Mme Rebka qui le bordait dans son lit, qui s'assurait qu'il avait mangé et fait sa toilette. Tout le monde dans la communauté avait en effet aidé à l'élever, mais c'était le Dr Dvali et Mme Rebka qu'il se représentait quand il imaginait à quoi pouvait ressembler d'avoir un père et une mère en particulier.

Était-ce pour cela qu'il se sentait différent de son entourage ? Oui, mais pas seulement. Il ne pensait pas de la même manière que les autres. Et même s'il avait de nombreux gardiens, il n'avait aucun ami. Excepté, peut-être, Sulean Moï.

Isaac essaya de dormir, mais en vain. Il était agité ce soir-là. Moins d'une agitation ordinaire que d'un appétit sans objet, et après de longues heures au lit à écouter vibrer et chuchoter le vent brûlant, il se releva puis quitta sa chambre.

Minuit était passé. Le calme régnait dans la communauté : les pas d'Isaac résonnaient dans les couloirs et les escaliers en bois. Tout le monde devait dormir, sauf le Dr Taira, l'historienne, qui (l'avait-il entendue dire) lisait beaucoup mieux en pleine nuit. Mais le Dr Taira était une femme mince et pâle qui gardait ses distances, et si elle était éveillée, elle ne s'aperçut pas qu'Isaac passait devant sa porte. Traversant les salles communes du rez-de-chaussée, il arriva dans la cour sans que personne ne le remarque.

Ses chaussures crissèrent sur le sable déposé par le vent. La petite lune flottait à l'est au-dessus des montagnes, jetant une lumière diffuse dans l'obscurité épaissie par la poussière. Isaac y voyait assez pour avancer, du moins s'il se montrait prudent, et il connaissait si bien les environs de la communauté qu'il aurait pu s'y déplacer sans rien y voir. Il ouvrit le portail grinçant de la clôture pour partir vers l'ouest. Il laissa ses impulsions muettes le guider et le vent emporter ses doutes.

Il n'y avait là aucune route, rien que le désert de galets et une série de petites crêtes sinueuses. La lune lui dessinait son ombre comme une flèche devant lui. Mais il se dirigeait dans la bonne direction, il le sentait au fond de lui, comme ce soulagement qu'il ressentait à la résolution d'un ennuyeux problème mathématique. Il mit délibérément de côté le bruit de ses propres pensées et se concentra sur ceux qui sortaient du noir... ses pas sur le gravier abrasif, le vent, les petites créatures nocturnes en train de chercher leur nourriture dans le paysage crevassé. Il avança dans un bienheureux état de vide.

Il marcha longtemps. Il n'aurait pu dire combien de temps ni quelle distance il avait parcourue quand il arriva enfin à la rose. Surpris par celle-ci, il reprit soudain conscience.

Avait-il marché en dormant ? La lune, qu'en

partant il avait vue au-dessus des montagnes, éclairait maintenant l'horizon plat à l'ouest à la manière de la lanterne d'un veilleur. Et malgré la fraîcheur relative de l'air nocturne, il se sentait brûlant et épuisé.

Il détourna les yeux de la lune pour les poser à nouveau sur la rose qui sortait du désert à ses pieds.

« Rose » était son propre mot, celui qui lui vint à l'esprit en voyant cette tige épaisse enfoncée dans le sol desséché ainsi que ce bulbe vitreux et rouge foncé qui, à la lueur de la lune, pouvait passer pour une fleur.

Bien entendu, il ne s'agissait pas réellement d'une fleur. Les fleurs ne poussaient pas toutes seules dans des déserts arides, et leurs pétales ne semblaient pas faits de cristaux rouges translucides.

« Bonjour, lança Isaac d'une voix qui semblait minuscule et ridicule dans le noir. Qu'est-ce que tu fais là ? »

La rose, jusque-là penchée vers la lumière à l'ouest, pivota d'un coup vers lui. Il y avait un œil au milieu de la fleur, un petit œil d'un noir d'obsidienne qui le regardait froidement.

Cela n'avait peut-être rien d'étonnant — Isaac n'en fut pas surpris —, mais c'est Sulean Moï qui finit par le retrouver.

C'était une matinée calme et brûlante quand elle arriva près d'Isaac, assis par terre comme si le désert était une grande cuvette au milieu de laquelle il avait glissé. Les coudes sur les genoux, il se tenait la tête entre les mains. Il l'entendit approcher, mais ne leva pas les yeux. Il n'en avait pas besoin. Il avait espéré qu'elle viendrait.

« Isaac », appela Sulean Moï d'une voix sèche mais douce.

Il ne répondit pas.

« Les gens s'inquiètent pour toi, indiqua-t-elle. Ils te cherchent partout.

— Je suis désolé. »

Elle posa sa petite main sur son épaule. « Qu'est-ce qui t'a attiré si loin de chez toi ? Qu'est-ce que tu cherchais ?

— Je ne sais pas. » Il montra la rose. « Mais j'ai trouvé ça. »

Sulean s'agenouilla alors — lentement, lentement, dans le craquement de ses vieux genoux — pour la regarder.

La rose avait souffert du grand jour. Sa tige vert foncé s'était voilée à l'aube. Le bulbe cristallin ne rayonnait plus et l'œil avait perdu son éclat. La nuit dernière, se dit Isaac, elle ressemblait à quelque chose de vivant. Maintenant, on dirait une chose morte.

Sulean la regarda pensivement un long moment avant de demander : « Qu'est-ce que c'est, Isaac ?

— Je n'en sais rien.

— C'est pour ça que tu es venu ici ?

— Non... je ne crois pas. » La réponse était incomplète. Pour la rose, oui, mais pas seulement pour elle... pour quelque chose qu'elle représentait.

« C'est remarquable, Isaac. On en parlera aux autres ? Ou on garde ça secret ? »

Il haussa les épaules.

« Bon. Il faut qu'on rentre, tu sais.

— Je sais. »

Cela ne le gênait pas de partir... La rose ne durerait plus longtemps.

« Tu m'accompagnes ?

— Oui, répondit Isaac, si je peux te poser des questions.

— D'accord. J'espère que je pourrai y répondre. J'essaierai. »

Ils tournèrent donc le dos à la rose oculaire pour se mettre en marche vers l'est au pas de la vieille femme, et Sulean se montra patiente le temps qu'Isaac rassemble toutes les incertitudes apparues dans sa tête, notamment au sujet de la rose elle-même. Il n'avait pas fermé l'œil de la nuit, mais n'avait pas sommeil. Il était bien éveillé, aussi éveillé que jamais, et plus curieux.

« D'où viens-tu ? » finit-il par demander.

Il y eut un petit accroc dans le rythme des pas de la vieille femme. Il crut un instant qu'elle n'allait pas répondre. Puis :

« Je suis née sur Mars. »

La réponse semblait authentique. Ce n'était pas celle à laquelle il s'attendait et il eut l'impression que Sulean aurait préféré ne pas révéler cette vérité. Isaac l'accepta sans commentaire. Mars, se dit-il.

Un peu plus tard, il demanda : « Tu sais des choses sur les Hypothétiques ?

— C'est bizarre, dit la vieille femme avec un petit sourire et en le regardant avec ce qu'il pensa être de l'affection. J'ai justement fait tout ce chemin pour te poser cette question. »

Ils parlèrent jusqu'à leur arrivée à la colonie, à midi, et Isaac apprit beaucoup de cette conversation. Puis, avant de franchir le portail, il s'arrêta pour se retourner dans la direction dont ils arrivaient. La rose était par là, mais pas seulement la rose. Elle n'était que... que quoi? Un fragment incomplet de quelque chose de beaucoup plus grand.

Quelque chose qui l'intéressait énormément. Et qui s'intéressait à lui.

NEUF

Turk traversa en voiture un des quartiers les plus anciens de la ville, avec des maisons en bois recouvertes de peinture rouge pompier par des colons chinois et de petits immeubles d'habitation de trois ou quatre étages en briques ocre extraites des falaises de Candle Bay. Il était désormais assez tard pour qu'on ne voie plus personne dans les rues. De temps à autre, une étoile filante traçait une ligne sur le noir du ciel.

Une demi-heure plus tôt, il avait enfin réussi à contacter Lise. Il ne pouvait lui dire au téléphone ce qu'il avait besoin de lui dire, mais elle sembla comprendre la situation après quelques questions embarrassées. « On se retrouve là où on s'est rencontrés, indiqua-t-il. Dans vingt minutes. »

Ils s'étaient rencontrés à La Rive gauche, un grill-bar ouvert 24 heures sur 24 dans le quartier commerçant à l'ouest des docks. Lise y était entrée six mois plus tôt avec toute une bande du consulat. Repérant un de ses amis à leur table, un ami de Turk l'y avait traîné pour le présenter. Turk avait remarqué Lise parce qu'elle n'était pas accompagnée et qu'elle lui semblait attirante de la manière dont il trouvait les femmes attirantes au premier regard, en se basant sur la profondeur et la disponibilité de son rire autant que sur tout le reste. Il se méfiait des femmes qui riaient trop facilement, et celles qui ne riaient pas du tout le déconcertaient. Lise riait doucement mais de tout son cœur, et quand elle plaisantait, c'était dans un esprit excluant toute méchanceté et tout esprit de compétition. Il aimait aussi ses yeux, leur manière de se retrousser aux coins, l'aigue-marine pâle de leurs iris, ce qu'ils regardaient et ce sur quoi ils s'attardaient.

Un peu plus tard, elle se mit à parler d'un voyage qu'elle prévoyait à Kubelick's Grave, de l'autre côté des montagnes, aussi Turk lui remit-il une de ses cartes de visite. « C'est mieux que d'y aller en voiture, lui dit-il. Promis. Il faudrait passer par le col de Mahdi, mais à cette époque de l'année, on n'est pas sûr à cent pour cent que la route soit praticable. Il y a bien un car, mais il est bondé, et il lui arrive de glisser dans un ravin. »

Il lui demanda ce qu'elle attendait d'une petite ville station-service merdique comme Kubelick's Grave, et elle répondit essayer de retrouver un ancien collègue de son père, un type du nom de Dvali, mais sans entrer dans les détails. Et c'en est sans doute fini, se dit Turk, deux étrangers dans la nuit, deux navires qui se croisent, etc., mais elle avait appelé quelques jours plus tard pour réserver un avion.

Il ne cherchait pas particulièrement une liaison…

pas davantage que d'habitude. Il aimait juste sa manière de sourire et ce qu'il ressentait en lui rendant son sourire, et quand ils furent obligés d'attendre la fin de cette tempête hors de saison sur les rives d'un lac de montagne, ce fut comme si Dieu leur avait accordé un laissez-passer.

Qui avait été révoqué, semblait-il. Le karma venait réclamer son dû.

Il n'y avait que l'équipe de nuit au grill-bar, où toutes les tables étaient vides. La serveuse qui apporta un menu à Turk semblait irritable et impatiente de terminer son service.

Lise arriva quelques minutes plus tard. Turk voulut aussitôt lui parler de la disparition de Tomas et de ce qu'elle pouvait signifier : la possibilité que sa propre relation avec Lise ait conduit à de graves ennuis pour son ami. Mais il n'avait pas commencé à former les mots qu'elle se mit à raconter sa prise de bec avec son ex-mari, Brian Gately… et cela avait aussi un rapport avec le sujet.

Turk avait rencontré Brian Gately à deux reprises. C'était tout l'intérêt d'endroits dans le quartier des docks comme La Rive gauche : on y voyait des hommes d'affaires américains installés à côté d'employés de la marine marchande, des cadres de compagnies pétrolières saoudiennes bavarder avec des *salarymen* chinois ou des artistes dépenaillés des quartiers. Brian Gately lui avait semblé l'un de ces greffons temporaires assez banals dans cette partie de la ville, un type qui pouvait parcourir le monde — les deux mondes — sans vraiment quitter

Dubuque ou on ne savait quelle petite ville de son enfance. Assez sympa, à sa manière insipide, du moment qu'on ne s'opposait à aucune de ses idées préconçues.

Lise lui raconta toutefois que Brian l'avait menacée. Elle décrivit leur rencontre et termina en disant : « Donc oui, c'était une menace, pas directement de Brian, mais il communiquait ce qu'on lui avait dit, et ça se résume à une menace.

— Il y a donc en ville des types du DSG qui s'intéressent tout particulièrement aux Quatrièmes Âges. Et surtout à la femme de la photo.

— Ils savent même où je suis allée et à qui j'ai parlé. Les implications me semblent assez évidentes. Je veux dire, je ne pense pas qu'on m'ait suivie ici. Mais ce n'est pas impossible. Ou qu'on ait placé un localisateur ou je ne sais quoi dans ma voiture. Je n'ai aucun moyen de le savoir. »

Tout ça est du domaine du possible, pensa Turk.

« Lise, dit-il doucement, c'est peut-être encore pire que ça.

— Pire ?

— J'ai un copain, un type que je connais depuis longtemps. Tomas Ginn. C'est un Quatrième Âge. Il ne le crie pas sur les toits, mais il ne le cache pas à ceux à qui il fait confiance. Je me suis dit que tu aimerais lui parler. Mais il fallait d'abord que je lui demande s'il était d'accord. Je lui ai rendu visite ce matin, et il a promis d'y réfléchir. Mais quand je l'ai appelé ce soir, je n'ai pas réussi à le joindre, alors je suis passé chez lui et il avait disparu. Enlevé. Par des gens en camionnette blanche, à ce qu'il paraît. »

Elle le regarda avec de grands yeux: «Oh, mon Dieu.» Elle secoua la tête. «On l'a quoi, arrêté?

— Pas officiellement, non. Le Gouvernement provisoire est le seul à pouvoir arrêter quelqu'un, et il ne fait pas de rafles en civil sans mandat... pas à ma connaissance.

— Il a donc été kidnappé? C'est un crime, il faut le signaler à la police.

— Sûrement, mais la police ne voudra rien entendre. Tomas est vulnérable à cause de ce qu'il est. Une analyse de sang prouvera que c'est un Quatrième, ce qui suffit pour le renvoyer aux États-Unis et l'y mettre en liberté surveillée permanente, voire pire. C'est une voisine qui m'a parlé des types en camionnette, mais elle ne voudra jamais le répéter à un agent du gouvernement. Là où habite mon ami, il y a beaucoup de gens très vulnérables sur le plan légal... beaucoup de gens qui gagnent leur vie d'une manière interdite par les Traités, et la plupart occupent un terrain sans autorisation.

— Tu penses que Brian sait quelque chose?

— Peut-être. Et peut-être pas. Brian n'a pas l'air bien haut dans l'ordre hiérarchique.

— Le bureau de la Sécurité génomique du consulat n'est pas grand-chose par rapport à ce qu'elle fait en Amérique. Ici, elle se sert de logiciels de reconnaissance faciale sur les ports, elle délivre un mandat d'arrêt sur un cloneur de chiens en fuite ou un améliorateur génétique clandestin, mais c'est à peu près tout. Du moins jusqu'à maintenant.» Elle marqua un temps d'arrêt. «Il m'a dit que je ferais mieux de rentrer au pays. Aux États-Unis.

— Il n'a peut-être pas tort.

— Tu crois que je devrais partir ?

— Si tu te soucies de ta sécurité. Et tu devrais sans doute. »

Elle se redressa sur son siège. « Évidemment que je m'en soucie. Mais pas seulement d'elle. Je suis venue dans un but précis.

— Lise, manifestement, ces gens ne plaisantent pas. Ils t'ont suivie, et mieux vaut supposer que ce sont eux qui ont enlevé Tomas.

— Et ils s'intéressent à cette femme sur la photo, Sulean Moï.

— Ils pourraient donc s'imaginer que tu es mêlée de près ou de loin à cette histoire. Le danger est là. C'est ce que Brian essayait de te dire.

— Mais j'y *suis* mêlée. »

Remarquant sa détermination, Turk décida de ne pas insister, du moins pas ce soir-là. « Eh bien, tu n'as peut-être pas besoin de partir. Il te suffit peut-être juste de ne pas te faire remarquer un moment.

— Si je me cache, je ne peux pas faire mon travail.

— Si tu veux dire par là discuter avec des gens qui connaissaient ton père et leur poser des questions sur les Quatrièmes, non, bien entendu. Mais il n'y a aucune honte à rester discrets le temps qu'on comprenne.

— Tu le ferais, toi ? »

Bordel, non, se dit Turk. Moi, je bouclerais mes valises et je prendrais le premier car qui quitte la ville. Comme il l'avait fait chaque fois qu'il s'était senti menacé. Mais inutile de le dire à Lise.

Il se demanda un instant si c'était pour cela que

le père de Lise avait disparu. Peut-être devenir un Quatrième Âge avait-il semblé une porte de sortie, un moyen d'échapper à un péché secret qu'il ne pouvait plus supporter. Ou peut-être n'avait-il même pas accepté cette proposition de longévité artificielle. Peut-être était-il juste parti. Ça arrivait.

Turk haussa les épaules.

Lise le regardait avec une intensité triste qui lui serra la gorge. «Tu es en train de me dire que Brian a raison et que je devrais rentrer aux States.

— Je regrette chaque minute que nous ne passons pas ensemble. Mais je détesterais qu'il t'arrive du mal.»

Elle le regarda encore un peu. Deux autres couples venaient de franchir la porte… Sans doute des touristes, mais comment savoir? Leur intimité était compromise. Elle lui toucha la main par-dessus la table. «Allons marcher un peu», proposa-t-elle.

En fait, pensa-t-il, nous ne savons l'un de l'autre que quelques anecdotes et vignettes: la version courte de tout. Jusque-là, rien d'autre n'avait semblé nécessaire. Leurs meilleures conversations avaient été muettes. Soudain, cela ne suffisait plus.

«Tu es garé où? demanda-t-elle.

— Dans le parking au coin de la rue.

— Moi aussi. Mais je me demande si je ne devrais pas éviter de me servir de ma voiture. Ils lui ont peut-être mis une espèce de mouchard.

— Il est plus probable qu'ils ont piégé la mienne. S'ils me suivaient ce matin, je les ai conduits droit à Tomas.» Et Tomas, vieillard arrivant à peine à joindre les deux bouts dans les Flats, faisait une cible facile. Une simple analyse de sang — sûrement pratiquée de force — révélerait qu'il était un Quatrième Âge. Impossible de dire ce qui se passerait ensuite.

« Mais pourquoi feraient-ils ça ? Pourquoi l'emmener ?

— Pour l'interroger. Je ne vois pas d'autres raisons.

— Ils croient qu'il sait quelque chose ?

— S'ils bossent correctement, ils lui ont fait un hémotest dès qu'ils sont entrés chez lui.

— Non. La Sécurité génomique, si nous avons raison de la supposer responsable, ne travaille pas de cette manière. Même ici, il y a des limites. On ne peut pas kidnapper les gens pour les interroger sans raison.

— Eh bien, j'imagine qu'ils pensaient avoir une raison. Mais ce que tu lis sur la Sécurité génomique dans les communiqués de presse ne dit pas tout, Lise. C'est un service plus grand que la petite partie où travaille Brian. Quand ils démantèlent un réseau de clonage ou découvrent une arnaque à la longévité, les infos en parlent, mais ils ont d'autres activités moins publiques.

— Tu le sais de source sûre ?

— C'est ce que j'ai entendu dire.

— Par des Quatrièmes ?

— Eh bien… par Tomas, par exemple.

— Des enlèvements officieux. C'est dingue. »

Ce à quoi il ne trouva pas de réponse.

« Je ne veux pas rentrer chez moi, dit-elle. Et

j'imagine que je ne serais pas davantage en sécurité chez toi.

— Surtout que je n'ai pas fait le ménage», dit-il juste pour voir un fantôme de sourire passer sur les lèvres de Lise. «On pourrait louer une chambre.

— Ça ne garantit pas qu'ils ne nous trouveront pas.

— S'ils nous veulent, Lise, ils arriveront sans doute à nous avoir. Peut-être qu'on peut changer ça, mais pour l'instant, mieux vaut supposer qu'ils savent où on est. Je ne pense pas pour autant qu'ils feront quoi que ce soit de radical, du moins pour le moment. Ce n'est pas après toi qu'ils en ont, et tu n'es pas le genre de personne qu'ils peuvent juste embarquer pour la passer à tabac. Alors qu'est-ce que tu veux faire, Lise? Quel est ton prochain mouvement?

— Je veux faire ce que j'aurais dû faire depuis des mois.

— C'est-à-dire?

— Trouver Avram Dvali.»

Ils marchèrent sur le trottoir sinueux, se dirigeant vers les lumières du port et le léger bruit métallique des containers en train de circuler sur les quais. Les rues étaient vides et désertes, le reste de poussière collait aux caniveaux et les murs étouffaient le bruit de leurs pas.

«Tu veux aller à Kubelick's Grave? dit Turk.

— Oui. Et y arriver, cette fois. Tu veux bien m'emmener?

— Pourquoi pas. Mais il faut d'abord qu'on parle

de quelqu'un. Et, Lise, il y a des choses que tu devrais faire si tu parles sérieusement. Informer une personne de confiance de l'endroit où tu es et de ce qui se passe. Retirer assez de liquide pour tenir un moment, puis ne plus toucher à ton e-crédit. Des choses de ce genre.»

Il eut à nouveau le droit à son petit sourire. «Eh bien dis donc, tu as suivi un cours de comportement criminel?

— Ça me vient naturellement.

— Autre chose. J'ai le temps et l'argent nécessaires pour passer quelque temps dans la clandestinité. Mais tu as un travail, une affaire à gérer.

— Ce n'est pas un problème.

— Je ne plaisante pas.

— Moi non plus.»

C'est justement la différence entre nous, se dit Turk. Elle avait un but: elle était bien décidée à terminer cette autopsie de la disparition de son père. Lui mettait juste ses chaussures et partait. Pas pour la première fois, et selon toute probabilité, pas pour la dernière.

Il se demanda si elle savait cela sur lui.

DIX

Les hauts gradés de la Sécurité génomique arrivés depuis peu des États-Unis s'appelaient Sigmund et Weil, et Brian Gately serrait les dents chaque fois qu'ils entraient dans les bureaux du DSG au consulat.

Ils y arrivèrent ce matin-là moins d'une demi-heure après Brian, qui sentit grincer ses molaires.

Sigmund était grand, sépulcral et inflexible. Weil mesurait quinze centimètres de moins et était d'une corpulence sans doute suffisante pour devoir acheter ses pantalons dans un magasin spécialisé. Weil arrivait à sourire. Pas Sigmund.

Brian se trouvait près de la fontaine à eau quand ils s'avancèrent dans sa direction. « Monsieur Gately », lança Sigmund, et Weil : « Pouvons-nous vous parler en privé ?

— Dans mon bureau. »

Assez petit, le bureau de Brian disposait toutefois d'une fenêtre qui donnait sur le jardin clos du consulat. On y trouvait un meuble-classeur, une table de travail en bois local, assez de mémoire flottante pour contenir plusieurs fois la bibliothèque du Congrès, et un ficus en plastique. La table de travail était recouverte de courriers échangés par la Sécurité génomique et le Gouvernement provisoire, petit affluent du fleuve d'informations qui circulait entre les deux domaines comme un Nil éternellement boueux. Brian s'assit dans son fauteuil. Weil se laissa tomber sur la chaise des visiteurs, et Sigmund resta debout dos à la porte, comme un charognard, sinistre de patience.

« Vous avez parlé à votre ex-femme, commença Weil.

— Oui. Je lui ai dit ce que vous m'avez demandé de lui dire.

— Ça n'a pas semblé servir à grand-chose. Dois-je vous préciser qu'elle s'est remise avec Turk Findley ?

— Non, répondit Brian d'une voix éteinte. J'imagine que vous n'avez pas à le faire.

— Ils sont ensemble en ce moment même », indiqua Sigmund. C'était un homme de peu de mots, tous désagréables. « Selon toute probabilité. Elle et lui.

— Mais le problème, dit Weil, c'est que nous n'arrivons pour le moment à ne localiser ni l'un ni l'autre. »

Brian n'était pas sûr de le croire. Weil et Sigmund représentaient le Comité d'action exécutive du Département de Sécurité génomique. La plupart des activités dudit comité étaient classées ultrasecrètes, d'où son aura de légende. Au pays, ils pouvaient s'octroyer des passe-droits constitutionnels qui recevaient une approbation judiciaire plus ou moins automatique. Ici, à Équatoria — où se chevauchaient l'autorité du Gouvernement provisoire des Nations unies, celle d'intérêts nationaux contradictoires et celle de riches compagnies pétrolières —, ils avaient, du moins en théorie, les coudées moins franches.

Brian n'était pas un idéaliste. Il savait qu'il existait des niveaux et des échelons de la Sécurité génomique auxquels il n'aurait jamais accès, des domaines où on déterminait la politique et fixait les règles. Mais à l'échelle à laquelle on l'employait, Brian pensait faire œuvre utile, si ce n'est intéressante. Les criminels se réfugiaient souvent à Équatoria quand ils fuyaient les États-Unis, des criminels dont les méfaits tombaient sous l'égide de la Sécurité génomique : racketteurs de clones, trafiquants de traitements de longévité contrefaits ou mortels, adorateurs plutôt extrémistes du Quatrième Âge, fournisseurs d'« améliorations » aux couples prêts à payer pour des enfants supérieurs. Brian ne poursuivait ni n'appréhendait ces criminels, mais son travail — assurer la liaison avec le Gouvernement provisoire, apaiser les tensions en cas de différends juridictionnels — était indispensable à leur arrestation. La relation entre une organisation quasi policière attachée à un consulat national et le gouvernement local parrainé par l'ONU était difficile. Il fallait se montrer poli. Savoir renvoyer l'ascenseur. On ne pouvait pas juste intervenir en offensant tout le monde.

Mais apparemment, ces types-là le pouvaient. Et

c'est ce qui décevait Brian, car il croyait à l'autorité de la loi. La loi forcément imparfaite, terriblement inefficace, occasionnellement corrompue, mais absolument essentielle. Sans elle, nous ne valions pas mieux que des animaux, etc. Il avait géré son travail ainsi : prudemment, proprement.

Et voilà qu'arrivaient Sigmund et Weil, le plus grand amer comme de l'angustura, le plus petit dur mais rond, comme une boule de bowling dans du velours, pour lui rappeler que, dans les sphères plus hautes que la sienne, la loi pouvait être adaptée aux circonstances.

«Vous nous avez déjà été d'une grande aide, dit Weil.

— Eh bien, je l'espère. Je cherche à l'être.

— Nous mettre en contact avec les bonnes personnes au Gouvernement provisoire. Et bien entendu ce truc avec Lise Adams. Le fait que vous ayez une relation personnelle avec cette femme… je veux dire, c'est pour le moins embarrassant.

— Merci de l'avoir remarqué, dit Brian, bêtement reconnaissant même s'il se savait manipulé.

— Et je peux vous assurer que nous ne voulons pas l'arrêter, ni même forcément lui parler en tête à tête. Lise n'est absolument pas la cible dans cette affaire.

— Vous recherchez la femme de la photographie.

— Ce qui, bien entendu, est la raison pour laquelle nous ne voulons pas que Lise se mette en travers de notre chemin. Nous espérions que vous arriveriez à le lui faire comprendre…

— J'ai essayé.

— Je sais, et nous y sommes sensibles. Mais permettez-moi de vous expliquer la manière dont cela fonctionne, Brian, histoire que vous compreniez bien nos préoccupations. Parce que, quand votre recherche d'image est apparue sur notre base de données, je peux vous dire que ça en a fait tiquer quelques-uns. Vous avez dit que Lise vous avait expliqué pourquoi elle s'intéressait à Sulean Moï...

— On a vu Sulean Moï avec le père de Lise avant sa disparition, et elle n'avait aucun lien avec l'université ni avec personne d'autre du cercle social de la famille. Étant donné l'intérêt du père de Lise pour les Quatrièmes, on fait forcément le rapport. Lise soupçonne cette femme d'être venue le recruter ou quelque chose dans le genre.

— La vérité est un peu plus bizarre. Vous avez régulièrement affaire aux Quatrièmes sur le plan légal. Rien de surprenant pour vous à ce niveau. Mais le traitement de longévité n'est qu'une seule des modifications médicales apportées sur Terre par nos cousins martiens.»

Brian hocha la tête.

«Nous sommes sur la piste de quelque chose d'un peu plus important qu'un culte du Quatrième Âge habituel, dit Weil. On manque de détails, et je ne suis pas scientifique, mais il est question d'une tentative de communication avec les Hypothétiques par un intermédiaire biologique.»

Comme beaucoup d'autres personnes de sa génération, Brian avait tendance à sourciller chaque fois qu'on mentionnait les Hypothétiques, ou le Spin, d'ailleurs. Le Spin s'était terminé avant qu'il ait l'âge d'aller à l'école, et les Hypothétiques n'étaient qu'un des faits les plus abstrus de la vie quotidienne, une abstraction importante bien que sans substance, comme l'électromagnétisme ou le mouvement des marées.

Mais comme tout le monde, il avait été élevé et éduqué par des survivants du Spin, des gens qui croyaient avoir vécu le tournant le plus capital de l'histoire humaine. Et qui le croyaient peut-être à raison. Les répliques sismologiques du Spin — des guerres, des mouvements et contre-mouvements religieux, un sentiment d'insécurité généralisé à toute l'humanité et un corrosif cynisme planétaire — continuaient à façonner le monde. Mars était une planète habitée et l'humanité avait été admise dans un labyrinthe aussi vaste que le ciel lui-même. Tous ces changements ne pouvaient que déconcerter ceux qui les subissaient, et continueraient à se faire sentir pendant encore plusieurs siècles.

Mais ils étaient aussi devenus une excuse pour la folie de toute une génération, ce que Brian avait davantage de mal à accepter. Des millions et des millions d'hommes ou de femmes rationnels avaient réagi au Spin par un scandaleux étalage d'irrationalité, de méfiance mutuelle et de pure méchanceté. Ces mêmes personnes se sentaient maintenant en droit d'exiger le respect de n'importe qui ayant au plus l'âge de Brian.

Elles ne le méritaient pas. La démence n'était pas une vertu et la décence ne se vantait pas. La « décence », en fait, c'est ce qu'on avait laissé à reconstruire à la génération de Brian. La décence, la confiance, et une certaine bienséance dans le comportement humain.

Les Hypothétiques étaient l'agent causal derrière le Spin : pourquoi vouloir communiquer avec eux ? Qu'est-ce que cela voulait seulement dire ? Et comment pouvait-on y arriver par une modification biologique, même martienne ?

« Cette technologie, intervint Sigmund, modifie le système nerveux humain afin de le rendre sensible aux signaux utilisés par les Hypothétiques pour communiquer entre eux. En fait, elle crée une espèce d'intermédiaire humain. Un communicant capable de servir d'interprète entre notre espèce et ce que sont les Hypothétiques.

— Ils ont vraiment fait ça ?

— Les Martiens refusent de le dire. Ils l'ont peut-être tenté sur leur planète, peut-être plus d'une fois. Mais nous pensons que cette technologie, comme le traitement de longévité, a été apportée sur Terre par Wun Ngo Wen et mise en circulation dans la population.

— Comment se fait-il que je n'en ai pas davantage entendu parler, alors ?

— Parce que ce n'est pas quelque chose que tout le monde désire, comme quarante ans de vie supplémentaire. Si nos renseignements sont exacts, cette technologie provoque la mort de l'humain adulte à qui on tente de l'appliquer. C'est peut-être ce qui a tué Jason Lawton, à l'époque.

— Mais quel intérêt si c'est mortel ?

— Ça ne l'est peut-être pas, précisa Weil, si les médicaments sont administrés à un être humain *in utero*. L'embryon en cours de développement se construit autour de la biotech. L'humain et l'extraterrestre croissent en même temps.

— Nom de Dieu, dit Brian. Faire ça à un enfant…

— C'est tout à fait contraire à l'éthique, bien entendu. Vous savez, au Département, nous passons beaucoup de temps à nous inquiéter des Quatrièmes, du mal que pourraient causer des cultes mettant au point des modifications de la biologie humaine. Et c'est un vrai problème, un problème sérieux. Mais ça, c'est tellement plus épouvantable. Vraiment, profondément… *mauvais*, il n'y a pas d'autre mot.

— Quelqu'un l'a déjà fait sur Terre, ou pas ?

— Eh bien, c'est ce sur quoi nous enquêtons. Pour l'instant, nous n'avons que très peu de preuves tangibles ou de témoins oculaires. Mais quand nous en avons, une personne apparaît. Beaucoup de noms, mais une seule personne, un seul visage. Vous devinez qui ? »

La femme sur la photographie. Celle qu'on avait vue avec le père de Lise.

« Sulean Moï apparaît donc sur des données de reconnaissance faciale des quais de Port Magellan, et quand nous arrivons pour enquêter là-dessus, nous découvrons l'existence de Lise, qui a un lien antérieur, a posé les mêmes questions, a parlé aux anciens collègues de son père, et ainsi de suite. Pour des raisons parfaitement légitimes, on est d'accord. Elle est curieuse, c'est un mystère familial, elle pense que connaître la vérité lui fera du bien. Mais ça nous pose un problème. Faut-il intervenir dans ses démarches ? La laisser continuer à faire ce qu'elle fait en se contentant plus ou moins de la surveiller? Faut-il la prévenir qu'elle est en terrain dangereux?

— La prévenir n'a servi à rien, rappela Brian.

— Il faut donc utiliser Lise d'une autre manière.

— L'utiliser?

— Au lieu de l'arrêter physiquement, ce que préconisent certains de mes supérieurs, nous pensons qu'une approche d'attente et d'observation pourrait se révéler plus informative à long terme. Elle est déjà en relation avec d'autres personnes suspectes. Dont Turk Findley.»

Turk Findley, pilote indépendant et fouteur de merde. Si difficile qu'ait été pour Brian de ne pas avoir réussi à garder son épouse, n'était-il pas bien pire de la savoir désormais liée avec quelqu'un d'aussi imprévisible, d'aussi dysfonctionnel et d'aussi globalement inutile à son prochain? Turk Findley est une autre des retombées du Spin, se dit Brian. Un être humain inadapté. Un instable sans but dans la vie. Peut-être même pire, si le sous-entendu de Sigmund était exact.

«Vous voulez dire que Turk Findley a un lien avec cette vieille femme, à part qu'elle l'a engagé un jour pour la conduire quelque part en avion?

— Eh bien, c'est assurément ce que cela laisse penser. Mais Turk a d'autres contacts tout aussi suspects. Des personnes qu'on sait être ou soupçonne d'être des Quatrièmes. Et c'est un criminel. Vous le saviez? Il a quitté les États-Unis sous le coup d'un mandat d'arrêt contre lui.

— Pour quelle raison?

— Il était un des suspects dans une affaire d'incendie d'entrepôt.

— Vous voulez dire que c'est un incendiaire ?

— L'affaire est tombée en désuétude, mais il pourrait avoir mis le feu à l'entreprise de son paternel.

— Je croyais que son père travaillait dans le pétrole.

— Il a travaillé en Turquie à une époque et il avait des liens avec Aramco, mais il tirait l'essentiel de ses revenus d'une affaire d'import-export. Bref, le père et le fils se brouillent, l'entrepôt du paternel part en fumée, et Turk fuit le pays. Tirez-en vos propres conclusions. »

De pire en pire, se dit Brian. « Alors il faut en éloigner Lise. Elle est peut-être en danger.

— Nous estimons qu'elle a été attirée dans quelque chose qu'elle ne comprend pas. Nous ne pensons pas qu'elle agisse sous une contrainte quelconque. Elle coopère avec cet homme. Mais c'est sans doute Turk qui lui a dit de cesser de répondre au téléphone.

— Mais vous pouvez les retrouver, non ?

— Tôt ou tard. Sauf que nous ne sommes pas magiciens, nous ne pouvons pas les faire réapparaître d'un coup de baguette magique.

— Alors dites-moi comment je peux vous aider. » Brian ne put s'empêcher d'ajouter : « Si vous m'aviez raconté tout ça avant que je lui parle…

— Vous ne vous seriez pas comporté de la même manière ? Nous ne pouvons pas diffuser ce genre d'informations. Et vous non plus, Brian. Comprenez-le bien. Nous vous mettons dans la confidence. Tout cela doit rester entre vous, moi et Sigmund.

— Bien entendu, mais…

— Ce que nous aimerions, c'est que vous continuiez à essayer de la contacter. Même si elle ne répond pas au téléphone, elle saura peut-être que vous l'appelez. Elle pourrait finir par se sentir coupable, ou seule, et décider de vous parler.

— Et dans ce cas ?

— Tout ce dont on a besoin pour le moment, c'est d'un indice sur l'endroit où elle se trouve. Si vous arrivez à la convaincre de vous rencontrer, avec ou sans Turk, ce serait encore mieux. »

Malgré sa répugnance à l'idée de livrer Lise au Comité d'action exécutive, cela valait sûrement mieux que de la laisser s'impliquer davantage dans une entreprise criminelle. « Je ferai de mon mieux, promit Brian.

— Super. » Weil sourit. « Nous vous en sommes reconnaissants. »

Les deux hommes serrèrent la main de Brian et le laissèrent seul dans son bureau. Il y resta longtemps plongé dans ses pensées.

ONZE

Plus haut sur la côte, il restait des routes encombrées de cendres (ou de boue résultant de leur mélange avec la pluie), si bien que Turk dut s'arrêter prendre une chambre dans un relais routier en attendant que les équipes de voirie du Gouvernement provisoire, qui croulaient sous le travail, dégagent une épingle à cheveux critique.

Le motel, un baraquement en parpaings de mâchefer qui mordait sur la lisière de la forêt, paraissait minuscule comparé aux saules-cimes qui se penchaient sur lui tels des géants affligés. Un établissement se destinant davantage à l'accueil des camionneurs et des bûcherons qu'à celui des touristes, comprit Lise. Elle passa le doigt sur le rebord de la petite fenêtre de leur chambre puis montra à Turk la ligne de poussière.

« Sans doute vieille d'une semaine, dit-il. Ils ne dépensent pas trop d'argent en ménage, dans le coin. »

De la poussière des dieux, par conséquent. Les débris d'antiques constructions des Hypothétiques.

Voilà ce qu'on disait des cendres, désormais. Les journaux télévisés déversaient à leur propos quantité de faits mal interprétés : des fragments de choses qui pourraient avoir été des organismes vivants, des arrangements moléculaires d'une complexité sans précédent.

Lise entendait dans la chambre voisine des voix discuter dans ce qui ressemblait à du tagalog. Elle sortit son téléphone pour s'octroyer une nouvelle dose d'informations locales. Turk l'observa attentivement avant de lancer : « N'oublie pas...

— Pas d'appels entrants ou sortants. Je sais.

— S'ils dégagent les routes pendant la nuit, on devrait arriver au village demain à peu près à cette heure. On y apprendra peut-être quelque chose.

— Tu fais vraiment confiance à cette... Diane, c'est bien ça ?

— Confiance, pas exactement. Il faut qu'elle sache ce qui est arrivé à Tomas. Elle pourrait peut-être l'aider. Et elle est impliquée depuis longtemps dans le réseau local des Quatrièmes... peut-être même qu'elle a des infos sur ton père. »

Elle lui avait demandé de quand dataient ses liens avec les Quatrièmes Âges. Des liens, pas exactement, avait-il répondu. Mais cette Diane lui faisait confiance et il lui avait rendu quelques services par le passé. C'était apparemment elle qui avait suggéré l'avion-taxi de Turk à Sulean Moï pour se rendre le plus discrètement possible dans les montagnes. Turk n'en savait pas davantage, n'avait pas cherché à en savoir davantage.

Lise regarda à nouveau le rebord poussiéreux de

la fenêtre. « Ces derniers temps, j'ai l'impression que tout est lié. Tout ce qui est arrivé de bizarre... les cendres, Tomas, ce qui se passe à l'ouest... »

Les bulletins d'informations avaient commencé à parler du tremblement de terre ayant temporairement empêché le fonctionnement des complexes pétroliers du Rub al-Khali.

« Ce n'est pas obligatoirement lié, dit Turk. Juste du triple-étrange.

— Pardon ?

— Une expression de Tomas. Les trucs étranges n'arrivent jamais seuls. Comme la fois où on travaillait sur un cargo dans le détroit de Malaka. Un jour, on a dû mouiller l'ancre pour réparer, on avait des ennuis de moteur. Le lendemain, on a eu un temps bizarre, une mousson que personne n'avait prévue. Le jour d'après, le ciel était dégagé, mais on repoussait à la lance à incendie des pirates malais montés sur le pont. Une fois que les choses deviennent étranges, disait Tomas, difficile d'échapper au triple-étrange. »

Très réconfortant, songea Lise.

Ils passèrent la nuit dans le même lit, mais sans faire l'amour. Tous deux étaient fatigués, et tous deux, se dit Lise, en venaient à accepter qu'ils ne se trouvaient plus sous une tente près d'un lac de montagne et qu'il ne s'agissait plus d'une inoffensive aventure d'un week-end. Des forces supérieures avaient été mises en œuvre. Des gens avaient souffert. Pensant alors à son père, elle commença à se demander s'il n'avait pas pu tomber sur un pays merveilleux similaire, un pays de triple étrangeté. Peut-être sa disparition n'était-elle en rien égoïste ni même volontaire : peut-être avait-il été enlevé, comme Tomas, l'ami de Turk, par des types anonymes en camionnette banalisée.

Turk s'endormit à peine allongé, comme à son habitude. Elle trouva tout de même agréable d'être couchée près de lui, de le sentir à ses côtés. Il s'était douché juste avant, si bien qu'une odeur de savon et de masculinité émanait de lui telle une aura bienveillante. Brian avait-il jamais eu cette odeur ?

Pas qu'elle s'en souvienne. Brian n'avait pas d'odeur particulière, à part celle, chimique, de son déodorant. Il tirait sans doute une certaine fierté à ne rien sentir.

Non, ce n'était pas juste. Brian ne se limitait pas à cela. Brian croyait en une vie ordonnée. Cela ne faisait de lui ni un monstre ni un méchant, et elle ne pouvait croire qu'il avait personnellement participé à sa propre surveillance ou à l'enlèvement de Tomas. Ce n'était pas conforme aux règles. Brian suivait toujours les règles.

Ce qui avait ses bons côtés. Certes, cela le rendait moins téméraire que Turk, mais cela le rendait aussi plus fiable. Jamais Brian ne piloterait un avion au-dessus des montagnes ni ne s'embarquerait comme matelot qualifié sur un navire marchand criblé de rouille. De même, jamais il ne manquerait à sa parole ni ne violerait un serment. D'où toutes les difficultés qu'elle avait rencontrées pour négocier la fin de leur mariage imprudent et précipité. Quand Lise avait rencontré Brian, alors fonctionnaire subalterne dans les bureaux new-yorkais du DSG, elle-même étudiait le journalisme à Columbia University. Séduite par sa douceur et sa compassion, elle avait tardé à comprendre qu'il serait toujours *à ses côtés* mais jamais tout à fait *de son côté*... en fin de compte, il n'était qu'une voix supplémentaire dans le chœur de celles qui lui conseillaient d'ignorer son propre passé, dans les lacunes duquel pourrait se dissimuler une vérité insupportable.

Mais Brian l'avait aimée, d'un amour innocent et obstiné. Il affirmait continuer à l'aimer. Elle ouvrit les yeux et vit son téléphone luire faiblement sur la table de chevet où elle l'avait posé. Il avait déjà répertorié plusieurs appels entrants de Brian. Elle n'avait répondu à aucun. Ce n'était pas juste non plus. Nécessaire, peut-être. Elle voulait bien croire Turk sur parole à ce sujet. Mais ce n'était ni juste ni gentil. Brian méritait mieux.

Au matin, une file avait été ouverte à la circulation. Ils purent rouler quatre heures de plus vers le nord, dépassant des bus, des taxis collectifs peints comme des roulottes de cirque, des grumiers, des camions de fret, des camions-citernes remplis d'essence ou de pétrole raffiné, jusqu'à ce que Turk tourne à gauche sur l'une des routes secondaires mal entretenues qui quadrillaient cette partie du pays telles les rides dans la paume d'un vieillard.

Ils se retrouvèrent soudain en pleine nature sauvage. La forêt d'Équatoria se referma sur eux comme une bouche. Ce n'est que là, loin de la ville, des fermes, des raffineries et de l'agitation des ports que Lise ressentit la singularité de ce monde, l'intrinsèque et ancestrale étrangeté qui avait fasciné son père. Les arbres au-dessus de leur tête ainsi que les épais sous-bois du genre fougères — des plantes dont Lise ne connaissait pas l'appellation vernaculaire, et encore moins le nom latin provisoire — étaient censés avoir un lien avec la vie terrestre : on trouvait dans leur ADN les preuves d'une ascendance terrestre. Les Hypothétiques avaient doté la planète d'une faune et d'une flore, a priori afin de la rendre habitable pour les humains. Mais leurs plans étaient établis à long terme, pour le moins. Pour eux, l'évolution devait être un événement perceptible.

Peut-être ne pouvaient-ils même pas discerner quelque chose d'aussi bref à leurs yeux — *si* ils en avaient — qu'une vie humaine. Bizarrement, Lise trouva cette idée réconfortante. Elle voyait et sentait des choses presque certainement fugitives et insaisissables pour les Hypothétiques, des choses aussi banales que l'oscillation de ces étranges arbres au-dessus de la route et ces rayons de soleil qui venaient en moucheter l'ombre sur le sol de la forêt. C'est un don, se dit-elle. Notre génie mortel.

Le soleil les suivait derrière des feuilles en forme de fougères ou de plumeaux délicats. Des animaux sauvages habitaient le sous-bois, qui pour la plupart n'avaient pas (encore) appris à craindre l'homme. Elle aperçut des chiens capucins, des ghotis rayés, un troupeau de souris-araignées, les noms rappelant en général un animal terrestre, malgré une ressemblance souvent fantaisiste. Il y avait aussi des insectes, qui bourdonnaient ou vrombissaient dans les ombres émeraude. Les guêpes charognardes étaient plus embêtantes, inoffensives, mais grandes et nauséabondes. Des moustiques, en tout point semblables à ceux qui, sur Terre, voltigeaient dans les coins ombragés, évoluaient en nuées entre les troncs mousseux.

Turk consacrait toute son attention à la route de terre battue sur laquelle ils roulaient. Par chance, peu de cendres étaient tombées à cet endroit et la voûte de la forêt en avait absorbé la plus grande partie. Quand la conduite devenait vraiment délicate, Turk gardait le silence. Dans les lignes droites, il interrogeait Lise sur son père. Elle lui en avait déjà parlé, mais c'était avant la chute des cendres et les étranges événements des derniers jours.

«Tu avais quel âge, au juste, quand ton père a disparu?

— Quinze ans.» Sans les faire. Une adolescente naïve qui collait aux modes américaines par désapprobation du monde dans lequel on l'avait importée contre sa volonté. Une adolescente avec un appareil dentaire, nom d'un chien!

«Les autorités ont pris ça au sérieux?

— C'est-à-dire?

— Juste, tu sais, ce ne serait pas le premier type à plaquer sa famille. Sans vouloir te vexer.

— Ce n'était pas dans son caractère de nous abandonner. Je sais que tout le monde dit ça dans ce genre d'histoires. "On ne s'y attendait vraiment pas." Et j'étais une fille loyale et naïve... incapable de l'imaginer faire quoi que ce soit de mal ou d'inconsidéré.

Mais ce n'est pas que moi. Il s'impliquait à fond dans son travail à l'université. S'il menait une double vie, je ne vois pas où il en trouvait le temps.

— Il subvenait aux besoins de sa famille avec son salaire d'enseignant?

— On avait de l'argent du côté de ma mère.

— J'imagine donc qu'il n'a pas été difficile d'attirer l'attention du Gouvernement provisoire, quand il a disparu.

— Des anciens d'Interpol ont interrogé tout le monde, la police a gardé le dossier ouvert, mais ça n'a jamais rien donné.

— Alors ta famille a contacté la Sécurité génomique.

— Non. C'est elle qui nous a contactés.»

Turk hocha la tête et garda l'air songeur en manœuvrant pour traverser un grand creux. Un trike passa dans l'autre sens, pneus ballons, châssis surélevé, panier de légumes sanglé sur le porte-bagages. Le conducteur, un habitant des environs très mince, leur jeta un coup d'œil dépourvu de curiosité.

«Quelqu'un ne trouve pas ça bizarre, demanda Turk, que la Sécurité génomique débarque?

— Mon père se documentait, entre autres, sur l'activité des Quatrièmes dans le Nouveau Monde, si bien que les gens du DSG connaissaient son existence. Il avait déjà discuté avec eux.

— Il se documentait sur les Quatrièmes pour quoi?

— Recherches personnelles.» Elle eut un mouvement de recul en entendant à quel point cela semblait compromettant. «En fait, ça faisait partie de sa fascination pour le monde post-Spin… pour la manière dont les gens s'y adaptaient. Et à mon avis, il était convaincu que les Martiens en savaient davantage sur les Hypothétiques qu'ils ne l'ont indiqué dans leurs Archives, et peut-être aussi qu'une partie de ces connaissances avait pu circuler parmi les Quatrièmes en même temps que les machins chimiques et biologiques.

— Mais le DSG n'a rien trouvé non plus.

— Non. Ils ont gardé le dossier ouvert encore un peu, du moins à ce qu'ils ont dit, mais finalement, ils n'ont pas mieux fait que le GP. De toute évidence, ils sont arrivés à la conclusion que ses recherches avaient eu raison de lui… qu'à un moment, on lui avait proposé le traitement de longévité et qu'il l'avait accepté.

— D'accord, mais ça ne l'obligeait pas à disparaître.

— C'est ce que font les gens, pourtant : ils prennent le traitement et changent d'identité. Histoire d'éviter les questions gênantes quand vos semblables commencent à mourir alors que vous avez encore le même air que sur votre photo dans l'annuaire du lycée. Recommencer sa vie est une idée attirante pour beaucoup de monde, surtout en cas de pétrin personnel ou financier. Mais mon père n'était pas comme ça.

— Les gens peuvent craindre la mort sans jamais le montrer, Lise. Ils vivent avec, voilà tout. Mais si on leur propose une porte de sortie, qui sait comment ils vont réagir ? »

Ou qui ils vont abandonner. Lise garda quelque

temps le silence. Malgré le bourdonnement du moteur, elle entendait une mélodie en mode mineur tomber de la cime des arbres, le chant d'un oiseau qu'elle ne put identifier.

« Quand je suis revenue ici, raconta-t-elle, j'étais prête à l'envisager. Je suis loin d'être convaincue qu'il nous a tous simplement abandonnés, mais je ne suis pas omnisciente, je ne peux avoir aucune certitude sur ce qui se passait sous son crâne. Si c'est ça, d'accord. Je m'en accommoderai. Je ne cherche pas à me venger, et s'il a bien pris le traitement, s'il vit quelque part sous un autre nom, je m'en accommoderai aussi. Je n'ai pas besoin de le voir. Juste de savoir. Ou de trouver quelqu'un qui sait.

— Comme cette femme sur la photo, Sulean Moï.

— La femme que tu as emmenée en avion à Kubelick's Grave. Ou comme cette Diane, qui te l'a envoyée.

— Je ne sais pas si Diane pourra t'en dire beaucoup ou pas. Davantage que moi, en tout cas. J'ai pris soin de ne pas poser de questions. Les Quatrièmes que j'ai rencontrés… sont faciles à apprécier, je ne leur trouve rien d'inquiétant, et pour autant que je puisse dire, ils ne font rien qui mette en danger le reste de la population. Contrairement à toutes ces conneries de la Sécurité génomique qu'on entend raconter aux infos, ce ne sont que des gens.

— Des gens qui savent garder des secrets.

— Je te l'accorde », dit Turk.

Quelques instants plus tard, ils passèrent devant un panneau grossier en bois sur lequel le nom du village figurait en plusieurs langues: DESA NEW SARANDIB, en anglais approximatif. Presque un kilomètre plus loin, un jeune homme filiforme, à qui Lise ne donna guère plus de vingt ans, s'avança sur la route pour leur faire signe de s'arrêter. Il vint se pencher à la fenêtre de Turk.

«Vous allez à Sarandib?» demanda-t-il d'une voix aiguë qui le fit paraître encore plus jeune. Son haleine sentait la cannelle rance.

«On est partis pour.

—Vous y allez pour affaires?

— Ouais.

— Quel genre?

— Du genre personnel.

—Vous voulez acheter du ky? Pas le bon endroit pour acheter du ky.»

Il parlait de cette cire hallucinogène que produisait une espèce d'insecte social autochtone et dont tout le monde parlait depuis quelque temps dans les boîtes de Port Magellan. «Je ne veux pas en acheter. Merci quand même.» Turk enfonça l'accélérateur, pas trop fort pour ne pas blesser le jeune homme, qui s'écarta d'un bond, mais suffisamment pour s'attirer un regard mauvais. Lise se retourna et le vit qui, debout au milieu de la route, les suivait des yeux d'un air furieux. Elle demanda des explications à Turk.

«Ces derniers temps, quand des gars de la ville partent dans la cambrousse essayer de se procurer un gramme ou deux, ils se font dévaliser ou s'attirent des ennuis.

— Tu crois qu'il voulait nous en vendre ?

— Je ne sais pas ce qu'il voulait. »

Mais le jeune homme devait avoir un téléphone sur lui et s'en être servi, parce que, dès qu'ils passèrent devant les premières cabanes habitées le long de la route et avant même d'atteindre le centre du village, la gendarmerie locale, deux hommes imposants vêtus d'uniformes improvisés à bord d'un vieux camion utilitaire, força Turk à s'arrêter au bord de la route. Lise ne bougea pas et laissa Turk parler.

« Vous avez à faire ici ? demanda l'un des hommes.

— Nous avons besoin de voir *Ibu* Diane. »

Un long silence. « Il n'y a personne de ce nom par ici.

— D'accord, dit Turk. J'ai dû me tromper de direction. On va s'arrêter déjeuner, et ensuite, vu qu'il n'y a ici personne de ce nom, on repartira. »

Le flic — si on pouvait l'appeler ainsi, songea Lise, étant donné que ces agents des petites villes n'avaient aucun lien légal avec le Gouvernement provisoire — posa sur Turk un long regard revêche. « Votre nom ?

— Turk Findley.

— Vous pouvez avoir du thé de l'autre côté de la route. Pour déjeuner, je ne sais pas. » Il leva un doigt. « Une heure. »

Installés à une table qui ressemblait à une énorme et vieille bobine de câble au milieu de clients qui évitaient de croiser leur regard, ils suaient sous le soleil de l'après-midi en buvant du thé dans des tasses de céramique ébréchées quand les rideaux s'écartèrent pour livrer passage à une femme.

Une vieille, très vieille femme aux cheveux qui évoquaient le duvet du pissenlit par leur couleur et leur texture, et à la peau si pâle qu'elle semblait sur le point de se déchirer. Ses yeux, bleus et d'une taille sortant de l'ordinaire, étaient enfoncés dans un crâne aux contours austères. «Bonjour, Turk, lança-t-elle en approchant de la table.

— Diane.

— Tu sais, tu n'aurais vraiment pas dû revenir. Tu tombes mal.

— Je sais, dit Turk. Tomas a été arrêté, kidnappé ou je ne sais quoi.»

La femme n'afficha pas la moindre réaction, sinon un tressaillement à peine perceptible.

«Et on a quelques questions à te poser, si tu permets.

— Puisque vous êtes là, autant parler.» Elle prit une chaise. «Présente-moi à ton amie.»

Cette femme est une Quatrième, se dit Lise. Cela expliquait peut-être pourquoi elle dégageait cette étrange et fragile autorité à laquelle, apparemment, se soumettaient des hommes robustes. Turk la présenta comme *Ibu* Diane Dupree, en se servant du titre honorifique minang, et Lise serra sa petite main fragile. Elle eut l'impression de manipuler un petit oiseau d'une vigueur insoupçonnée.

«Lise, dit Diane. Vous avez donc une question pour moi?

— Montre-lui la photo», conseilla Turk.

Aussi Lise fouilla-t-elle nerveusement dans son sac à dos jusqu'à ce qu'elle retrouve l'enveloppe contenant le cliché avec Sulean Moï.

Diane ouvrit l'enveloppe et regarda longuement la photographie, qu'elle rendit ensuite avec une expression lugubre.

«Alors, on peut parler? demanda Turk.

— Je pense qu'il faut. Mais dans un endroit moins public. Suivez-moi.»

Ils s'éloignèrent du café sur les talons d'*Ibu* Diane, empruntèrent derrière elle un sentier séparant une épicerie d'un bâtiment municipal en bois à l'avant-toit en cornes de buffle, dépassèrent une station-service aux pompes peintes de couleurs de fête foraine. Vu l'âge de Diane et la chaleur, Lise s'était attendue à un rythme peu soutenu, mais la vieille femme avançait d'un pas vif et, à un moment, prit même Lise par la main pour la faire accélérer. Geste étrange qui donna à Lise l'impression d'être redevenue petite fille.

Elle les emmena à un bunker en parpaings sur lequel un panneau multilingue annonçait, dans sa partie en anglais, CENTRE DE SOINS. «Vous êtes médecin? demanda Lise.

— Même pas infirmière diplômée. Mais mon mari était docteur et il a soigné ces gens pendant des années, bien avant que le Croissant-Rouge fasse son apparition dans un de ces villages. J'ai appris la médecine de base avec lui, et les villageois n'ont pas voulu me laisser prendre ma retraite après sa mort.

Je peux traiter les blessures et les maladies bénignes, administrer des antibiotiques, apaiser une démangeaison ou bander une plaie. Pour tout problème plus sérieux, j'envoie les gens à la clinique au bout de l'autoroute. Asseyez-vous.»

Ils s'installèrent à l'accueil de la clinique de Diane, décoré comme un salon villageois, avec des meubles en osier et des stores à lattes de bois qui s'entrechoquaient dans la brise. Tout était recouvert de peinture ou de tissu vert passé. Un des murs s'ornait d'une aquarelle représentant l'océan.

Ibu Diane lissa sa robe de mousseline d'un blanc uni. «Puis-je vous demander comment vous êtes entrée en possession d'une photographie de cette femme?»

Venez-en au fait, en d'autres termes. «Elle s'appelle Sulean Moï.

— Je sais.

— Vous la connaissez?

— Je l'ai rencontrée. Je lui ai recommandé l'avion-taxi de Turk.

— Parle-lui de ton père», suggéra Turk, ce que Lise fit. En racontant les derniers développements: comment elle était revenue déterminée à en apprendre davantage sur la disparition, le lien entre Brian Gately et la Sécurité génomique, comment il avait fait passer pour elle son vieux cliché de Sulean Moï dans les logiciels de reconnaissance faciale de l'agence et appris ainsi que ladite Sulean Moï était repassée par Port Magellan seulement quelques mois plus tôt.

«Ça a dû être le déclencheur, dit Diane.

— Le déclencheur ?

— Vos demandes de renseignements, ou celles de votre ex-mari, ont sans doute attiré sur Mme Moï l'attention de quelqu'un aux États-Unis. La Sécurité génomique la recherche depuis longtemps.

— Pourquoi ? Qu'est-ce qu'elle a de si important ?

— Je vais vous dire ce que je sais, mais vous voulez bien répondre d'abord à quelques-unes de mes questions ? Ça pourrait clarifier les choses.

— Pas de problème, dit Lise.

— Comment avez-vous rencontré Turk ?

— Je l'ai engagé pour me conduire de l'autre côté des montagnes. Je sais que l'un des collègues de mon père est allé à Kubelick's Grave. À l'époque, je n'avais pas d'autre piste. Alors j'ai engagé Turk… mais on n'est jamais arrivés à destination.

— Le mauvais temps, expliqua Turk avant de tousser dans sa main.

— Je vois.

— Ensuite, continua Lise, quand Brian m'a dit que Sulean Moï avait loué un petit avion il y a juste quelques semaines…

— Comment Brian le savait-il ? Oh, j'imagine qu'il a lancé une recherche dans les manifestes des passagers aériens. Ou quelque chose dans le genre.

— C'était une piste que j'avais l'intention de suivre, dit Lise. Même si Brian me poussait à ne pas le faire. À l'époque, il trouvait déjà que j'allais trop loin.

— Alors que Turk, bien entendu, est intrépide.

— C'est tout moi, dit Turk. Intrépide.

— Mais je ne l'avais pas encore fait, et ensuite il y a eu la chute de cendres, puis…

— Puis, intervint Turk, Tomas a disparu, et on a découvert que Lise était suivie et sur écoute téléphonique. Et je suis désolé, Diane, mais je n'ai rien trouvé de mieux que venir ici. J'espérais que tu pourrais…

— Quoi ? Intervenir en ton nom ? Quels pouvoirs magiques me prêtes-tu donc ?

— J'ai *pensé*, fit Turk, que tu pourrais expliquer. Je n'ai pas non plus exclu la possibilité d'un conseil utile. »

Diane hocha la tête et se tapota le menton de l'index. Ses sandales frappaient le sol en bois sur le même rythme.

« Vous pourriez commencer, suggéra Lise, par nous dire qui est vraiment Sulean Moï.

— La première chose importante à savoir sur elle, répliqua Diane, c'est qu'elle vient de Mars. »

La civilisation humaine sur Mars avait beaucoup déçu le père de Lise.

C'était un autre de leurs sujets de discussions, lors de ces nuits dans la véranda avec le ciel ouvert comme un livre au-dessus d'eux.

Robert Adams était jeune homme — étudiant à Caltech durant les difficiles années du Spin, confronté à ce qui avait semblé l'inévitable destruction du monde qu'il connaissait — au moment de l'arrivée sur Terre de Wun Ngo Wen.

La réussite la plus spectaculaire du Spin avait été la terraformation et la colonisation de Mars. En se servant du Soleil en expansion et du passage de millions d'années dans le reste du système solaire comme d'une espèce de levier temporel, on avait rendu Mars un tant soit peu habitable et on y avait implanté un noyau de colonies humaines. Tandis que quelques années seulement passaient sur la Terre sous sa membrane Spin, sur Mars, des civilisations étaient apparues et avaient disparu.

(Ces faits bruts — tabous en présence de la mère de Lise, qui avait perdu ses parents dans les perturbations du Spin et n'admettait pas la moindre discussion sur celui-ci — avaient suffi à donner la chair de poule à Lise. Elle avait appris tout cela à l'école, bien entendu, mais sans le sentiment d'admiration respectueuse qui allait avec. Dans ce que racontait à voix basse Robert Adams, les chiffres n'étaient pas que des chiffres : quand il disait *un million d'années*, Lise entendait au loin le grondement des montagnes en train de s'élever au-dessus des océans.)

Une civilisation humaine d'un âge et d'une étrangeté considérables était apparue sur Mars durant le temps nécessaire à Lise, sur la Terre cloîtrée, pour aller à l'école et en revenir.

Les Hypothétiques avaient placé cette civilisation dans sa propre enveloppe de temps ralenti, enfermement qui synchronisa Mars avec la Terre et prit fin au même moment que celui de la Terre. Mais avant cela, les Martiens avaient envoyé un vaisseau spatial habité sur Terre. Avec comme unique occupant Wun Ngo Wen, le soi-disant ambassadeur martien.

Lise demandait (ils avaient eu cette conversation

plus d'une fois, l'été, sous les étoiles) : «Tu l'as déjà rencontré ?

— Non. » Wun avait été tué dans une attaque sur la route durant les pires années du Spin. « Mais j'ai regardé son discours aux Nations unies. Il avait l'air... sympathique. »

(Lise avait vu très jeune des séquences d'archives de Wun Ngo Wen. Enfant, elle s'était imaginé l'avoir pour ami : une espèce de Munchkin, ces petits personnages du *Magicien d'Oz*, en plus intellectuel et de la même taille qu'elle.)

Mais les Martiens avaient été évasifs depuis le début, lui racontait son père. Ils avaient donné à la Terre leurs Archives, un résumé de leurs connaissances en sciences physiques, plus avancées dans certains domaines que celles de la Terre. Sauf que ce résumé parlait très peu de leur travail sur la biologie humaine — à l'origine de leur caste de Quatrièmes Âges à grande longévité — ou des Hypothétiques. Le père de Lise trouvait ces omissions impardonnables. « Ils connaissaient l'existence des Hypothétiques depuis des centaines voire des milliers d'années, dit-il. Ils devaient bien avoir *quelque chose* à en dire, ne serait-ce que des suppositions. »

À la fin du Spin, quand elles retrouvèrent le cours normal du temps, la Terre et Mars communiquèrent beaucoup par radio, au début. Il y eut même une seconde expédition martienne sur Terre, plus ambitieuse que la première, avec un groupe de légats martiens venu s'installer dans un bâtiment semblable à une forteresse reliée au vieux complexe des Nations unies à New York : l'ambassade martienne, comme on l'appela bientôt. Au bout des cinq années convenues pour leur mandat, on les renvoya chez eux à bord d'un vaisseau spatial conçu conjointement par les grandes puissances industrielles et lancé depuis Xichang.

Il n'y eut jamais d'autre délégation. Les plans d'expédition terrestre réciproque sur Mars s'enlisèrent dans les négociations multinationales, et de toute manière, les Martiens n'avaient guère semblé enthousiastes. «À mon avis, dit le père de Lise, on les épouvantait un peu.» Mars n'avait jamais été riche en ressources, même après l'écopoïèse, et sa civilisation avait survécu grâce à une espèce de méticuleuse parcimonie collective. La Terre, avec ses plans d'eau vastes mais pollués, ses industries inefficaces et ses écosystèmes en plein effondrement, avait sans doute horrifié nos visiteurs. «Ils ont dû être bien contents, dit Robert Adams, de mettre quelques millions de kilomètres entre eux et nous.»

Surtout qu'ils devaient gérer leurs propres crises post-Spin. Les Hypothétiques avaient aussi installé un Arc sur Mars. Il se dressait au-dessus du désert équatorial et s'ouvrait sur une petite planète rocheuse similaire, hospitalière mais inhabitée, en orbite autour d'une étoile distante.

Les communications entre la Terre et Mars s'étaient réduites à un petit flot de pure forme.

Et il n'y avait plus aucun Martien sur Terre. Tous étaient repartis après leur mission diplomatique. Lise n'avait jamais entendu dire autre chose.

Alors comment Sulean Moï pouvait-elle être martienne?

« Elle ne ressemble même pas à un Martien », protesta Lise. Les Martiens mesuraient au maximum de 1,20 m à 1,50 m et avaient des rides profondes sur la peau, comme des sillons. Sulean Moï, sur le cliché original pris dans la maison de son père à Port Magellan, était ordinairement petite et pas spécialement ridée.

« Sulean Moï a une histoire particulière, répliqua Diane. Comme vous pouvez l'imaginer. Une boisson fraîche ? Pour ma part, ce ne serait pas de refus… j'ai la gorge un peu sèche.

— Je vais en chercher, intervint Turk.

— Très bien. Merci. Quant à Sulean Moï… je crains de devoir commencer par vous parler de moi avant de pouvoir vous expliquer. » Elle hésita et ferma un instant les yeux. « Mon mari était Tyler Dupree. Je suis la sœur de Jason Lawton. »

Lise mit quelques instants à reconnaître ces noms. C'étaient des noms de livres d'histoire, des noms de l'époque du Spin. Jason Lawton avait participé à l'ensemencement des déserts stériles de Mars et initié les lancements de réplicateurs, c'était à Jason Lawton que Wun Ngo Wen avait confié son assortiment de médicaments martiens. C'était lui qui avait défié le gouvernement américain en distribuant ceux-ci, ainsi que les techniques pour les reproduire, au sein d'un groupe dispersé d'universitaires et de scientifiques devenus de ce fait les premiers Quatrièmes terriens.

Et Tyler Dupree, si elle se souvenait bien, avait été le médecin personnel de Jason Lawton.

« Est-ce possible ? chuchota Lise.

— Je n'essaie pas de vous impressionner avec mon âge, répondit Diane. Juste d'établir mes références. Bien entendu, je suis une Quatrième, et je fais partie de cette communauté depuis sa création. C'est pour cette raison que Sulean Moï est venue me trouver, il y a quelques mois.

— Mais... si elle est martienne, comment est-elle arrivée ici ? Pourquoi ne ressemble-t-elle pas aux Martiens ?

— Elle est née sur Mars. Toute petite, elle a failli mourir dans une inondation catastrophique... elle a été blessée, avec entre autres une nécrose des tissus cérébraux uniquement soignable par une reconstruction radicale avec les mêmes médicaments que ceux prolongeant la vie. Administré à un si jeune âge, le traitement a un effet secondaire assez extrême : une sorte de récidivisme génétique. Elle n'a jamais eu ces rides qui apparaissent à la puberté chez la plupart des Martiens et a continué à grandir après l'arrêt ordinaire de leur croissance. Ce qui lui a presque donné l'air d'une Terrienne... une régression, de leur point de vue, vers ses premiers ancêtres. Comme elle avait perdu la plus grande partie de sa famille proche et qu'on la considérait d'une difformité grotesque, elle a été élevée par une communauté d'ascètes Quatrièmes Âges. Ils lui ont donné une éducation irréprochable, au moins. Elle était fascinée par la Terre, sans doute à cause de son apparence, et elle s'est lancée dans ce que nous appellerions des “études terriennes”. Je n'ai aucune idée du nom que leur donnent les Martiens.

— Une spécialiste de la Terre, comprit Lise.

— C'est pour ça que, plus tard, on l'a choisie pour faire partie de la légation martienne.

— Dans ce cas, on aurait dû voir sa photo partout.

— On l'a gardée à l'écart de la presse. Son existence était un secret soigneusement caché. Vous comprenez pourquoi ?

— Eh bien... si elle ressemblait tant à un Terrien...

— Elle pouvait passer inaperçue dans la foule et elle avait appris au moins trois langues terrestres qu'elle parlait à la perfection.

— Vous voulez dire que c'était une espionne ?

— Pas tout à fait. Les Martiens savaient qu'il existait des Quatrièmes sur Terre. Sulean Moï était leur mission diplomatique auprès de *nous*. »

Turk leur tendit des verres d'eau glacée. Lise but avec avidité : elle avait la gorge sèche.

« Et quand les Martiens sont repartis, continua Diane, Sulean Moï a choisi de rester. Elle a échangé sa place avec une femme, une Quatrième terrienne qui lui ressemblait. Lorsque la légation est rentrée sur Mars, cette femme l'a accompagnée... notre propre ambassadrice secrète, en quelque sorte.

— Pourquoi Sulean Moï est-elle restée ?

— Parce que ce qu'elle a découvert ici l'a scandalisée. Sur Mars, bien entendu, les Quatrièmes existent depuis des siècles et sont soumis à des lois et institutions qui n'existent pas sur Terre. Les Quatrièmes martiens achètent leur longévité par divers compromis. Ils ne se reproduisent pas, par exemple, et ils ne participent pas au gouvernement, à part comme observateurs et arbitres. Tandis que *nous*, nos Quatrièmes sont des hors-la-loi... à la fois en danger et potentiellement dangereux. Elle espérait apporter la formalité martienne à ce chaos.

— Elle a échoué, si je comprends bien.

— Disons qu'elle a rencontré un succès mitigé. Il y a Quatrièmes et Quatrièmes. Ceux d'entre nous favorables à ses objectifs l'ont financée et encouragée au fil des ans. D'autres n'apprécient pas qu'elles se mêlent de leurs affaires.

— Quelles affaires ?

— Leur tentative de créer un être humain capable de communiquer avec les Hypothétiques. »

« Je sais que ça a l'air grotesque, dit Diane Dupree. Mais c'est vrai. » Elle ajouta d'une voix plus sombre : « C'est ce qui a tué mon frère Jason. »

Ce qui rend ses dires incontestables, songea Lise, c'est son évidente sincérité. Et aussi le vent qui secoue les stores, le bruit humain des villageois vaquant à leurs occupations, le chien en train d'aboyer pour rien au loin, et Turk qui boit à petites gorgées son eau glacée comme si tout cela était pour lui de l'histoire ancienne.

« Jason Lawton est mort de cette manière ? » Dans les livres qu'avait lus Lise, il avait trouvé la mort dans l'anarchie des derniers jours du Spin. La panique avait fait des centaines de milliers de victimes.

« Le processus, expliqua calmement Diane, est mortel chez un adulte. Il reconstruit la plus grande partie du système nerveux qu'il rend sensible aux manipulations pratiquées ensuite par les intelligences réparties en réseau des Hypothétiques. Il y a... eh bien, une espèce de communication peut avoir lieu. Mais elle tue le communicant. En théorie, la procédure pourrait être plus stable appliquée à un fœtus humain *in vivo*. À un enfant encore dans le ventre de sa mère.

— Mais ce serait...

— Indéfendable, compléta Diane. Moralement et éthiquement monstrueux. La tentation est cependant énorme pour une faction de notre communauté. Elle offre la possibilité de comprendre vraiment le mystère des Hypothétiques, ce qu'ils veulent de nous et la raison pour laquelle ils ont fait ce qu'ils ont fait. Et peut-être encore davantage, pas seulement la communication, mais une espèce de communion. De mélange entre l'humain et le divin, si je peux utiliser ces mots.

— Et les Martiens veulent empêcher cela de se produire ? »

Diane eut l'air un peu honteuse. « Les Quatrièmes martiens ont été les premiers à essayer.

— Quoi ? Ils ont modifié un fœtus humain ?

— Ça n'a pas fonctionné. L'enfant n'a pas survécu au-delà de la puberté. L'expérience a été tentée par le même groupe d'ascètes Quatrièmes qui a élevé Sulean Moï... elle a d'ailleurs assisté à la mort de l'enfant.

— Les Martiens ont autorisé ça ?

— Une fois seulement. Sulean Moï voulait empêcher que la même chose se produise parmi nos propres Quatrièmes, qui ont encore moins de contraintes légales et coutumières... ou interrompre le processus s'il avait déjà commencé. »

Malgré le vent chaud, Lise frissonna. «Et alors? Je veux dire: il a commencé?

— La technologie et les produits pharmaceutiques ont été distribués par Jason avec tout ce que Wun Ngo Wen avait apporté d'autre sur Terre. Nous en avions la possibilité depuis des décennies, mais cela n'intéressait vraiment personne à part quelques... disons, quelques groupes dissidents.

— Je croyais que les Quatrièmes avaient une espèce d'inhibition interne, intervint Turk. Comme Tomas. Une fois qu'il a pris le traitement, il a cessé de boire quoi que ce soit de plus fort que la bière et n'a plus cherché la bagarre dans les bars.

— Nos inhibitions nous font répugner à toute agression flagrante, mais ne nous privent pas de la capacité à faire un choix moral... ou à nous défendre. Et ce n'est pas vraiment de l'agression, Turk. C'est sans cœur, c'est inexcusable, mais aussi, en un sens, abstrait. Enfoncer une aiguille dans la veine d'une volontaire enceinte n'est pas *perçu* comme un acte de violence, surtout si on est convaincu que c'est nécessaire.

— Voilà donc pourquoi la Sécurité génomique s'intéresse à Sulean Moï, dit Lise.

— Oui. La Sécurité génomique et toute agence du même acabit. Les Quatrièmes ne font pas peur qu'aux Américains, vous savez. Les préjugés sont particulièrement forts dans le monde islamique. Aucun endroit n'est sûr pour eux. Pendant des dizaines d'années, la Sécurité génomique a essayé de localiser et de s'emparer de toutes les traces de biotechnologie martienne restantes. Sans doute moins pour les détruire que pour les monopoliser. Elle n'y a pas réussi et n'y réussira sans doute jamais. Le mal est fait. Mais ça lui a permis d'apprendre deux ou trois trucs. Dont la présence de Sulean Moï, évidemment. Et que des Quatrièmes intercèdent auprès des Hypothétiques lui fiche une frousse de tous les diables.

— Pour la même raison que vous le redoutez?

— En partie pour les mêmes raisons», rectifia Diane. Elle but un peu d'eau glacée. «En partie.»

Le muezzin du village appela les fidèles à la prière. Diane ne prêta aucune attention à ce bruit.

«Sulean était déjà venue au moins une fois à Port Magellan, dit Lise. Il y a douze ans.

— Oui.

— Pour les mêmes raisons?

— Oui.

— Elle a réussi? Je veux dire: a-t-elle empêché… ceux qui voulaient le faire, de le faire?»

Ibu Diane regarda Lise et détourna les yeux. «Non, elle n'a pas réussi.

— Mon père la connaissait.

— Sulean Moï connaît beaucoup de monde. Comment s'appelait votre père?

— Robert Adams», indiqua Lise, le cœur battant plus fort.

Diane secoua la tête. «Ce nom ne me dit rien. Mais vous disiez chercher un de ses collègues dans la ville de Kubelick's Grave?

— Oui, Avram Dvali.

— Avram Dvali», répéta *Ibu* Diane, l'air soudain

plus sombre. Lise sentit son excitation arriver à son comble.

« Dvali était un Quatrième ?

— C'en était un. C'en est un. Et c'est aussi, d'après moi, quelqu'un d'un tout petit peu dérangé. »

DOUZE

Après avoir ramené Isaac à la colonie, Sulean Moï alla parler de la fleur au Dr Dvali.

L'histoire parut si invraisemblable qu'il devint nécessaire de monter une expédition pour partir à la recherche de cette chose. Sulean n'y participa pas, mais fournit des directions détaillées. Le Dr Dvali s'enfonça avec trois autres hommes dans le désert au volant de l'un des véhicules de la communauté. Son excitation ne surprenait pas Sulean. Il était amoureux des Hypothétiques… ou de l'idée qu'il s'en faisait. Comment pourrait-il résister au présent d'une fleur extraterrestre ?

Ils revinrent en fin d'après-midi. Dvali n'avait pu retrouver la rose en question, mais l'expédition ne rentrait pas bredouille. D'autres objets insolites poussaient dans le désert. Il avait prélevé trois échantillons dans un sac de coton, échantillons qu'il montra à Sulean et à quelques autres observateurs sur une table du réfectoire.

L'une de ses prises consistait en un disque vert spongieux de la forme d'une roue de bicyclette miniature, avec des rayons comme des brindilles et un nœud de racines encore attaché au moyeu. La deuxième en un tube translucide large d'un centimètre et long comme l'avant-bras de Sulean. La dernière en une masse noueuse et visqueuse qui ressemblait à un poing serré, d'un bleu veiné de rouge.

Aucun de ces objets ne semblait en bonne santé, même si on pouvait raisonnablement soutenir qu'ils avaient été vivants. La roue de bicyclette, noircie, s'effritait par endroits. Le tube s'était fissuré sur sa longueur. Le poing, blafard, commençait à dégager une odeur désagréable.

« Ces choses sont tombées avec les cendres ? » demanda Mme Rebka.

Dvali secoua la tête. « Toutes avaient des racines.

— Elles ont poussé là-bas ? Dans le désert ?

— Je n'ai pas d'explications. Je crois que, d'une manière ou d'une autre, elles ont un rapport avec la chute de cendres. »

Dvali regarda Sulean avec l'air d'attendre une réaction.

Sulean n'avait rien à dire.

Le lendemain matin, Sulean alla voir Isaac, mais elle trouva sa porte fermée et Mme Rebka debout devant, les bras croisés. « Il ne va pas bien, lui apprit celle-ci.

— Je ne lui parlerai pas longtemps.

— Je préfère le laisser se reposer. Il a de la fièvre. Je pense qu'il faut qu'on parle, toutes les deux, madame Moï. »

Elles sortirent dans la cour, où, restant à l'ombre du bâtiment principal, elles s'assirent sur un banc de pierre d'où elles voyaient le jardin. Dans l'air brûlant et tranquille, les rayons du soleil tombaient sur les parterres de fleurs clôturés comme avec un immense poids invisible. Sulean attendit que Mme Rebka prenne la parole. En fait, elle s'attendait à ce que celle-ci lui manifeste tôt ou tard de l'hostilité. Elle était ce qu'Isaac avait de plus ressemblant à une mère, même si de par la nature du garçon, il ne pouvait y avoir eu de véritable chaleur émotionnelle entre eux, du moins venant de lui.

« Il n'avait jamais été malade, dit Mme Rebka. Pas une seule fois. Mais depuis votre arrivée... il n'est plus le même. Il vagabonde, il mange moins. Il s'intéresse terriblement aux livres, ce qui m'a d'abord paru positif. Mais je me demande si ce n'est pas encore un symptôme.

— Un symptôme de quoi ?

— Ne prenez pas une attitude évasive. » Mme Rebka était une femme imposante. Sulean, qui n'atteignait que péniblement 1,60 m, trouvait tous ces gens imposants, mais Mme Rebka l'était plus particulièrement et semblait chercher à l'intimider. « Je sais qui vous êtes, comme tout le monde. Toute la communauté connaît votre existence depuis des années. Ça ne nous a pas surpris de vous voir frapper à la porte. Juste que vous ayez mis tant de temps. Nous sommes prêts à vous laisser observer Isaac et même dialoguer avec lui. À la seule condition que vous n'interfériez pas.

— Aurais-je interféré ?

— Il a changé depuis votre arrivée. Vous ne pouvez le nier.

— Ça n'a rien à voir avec moi.

— Vraiment ? J'espère que vous avez raison. Mais vous avez déjà vu ça, pas vrai ? Avant de venir sur Terre. »

Sulean ne l'avait jamais caché. L'histoire s'était répandue parmi les Quatrièmes terriens... surtout ceux obsédés par les Hypothétiques, comme Dvali. Elle hocha la tête.

« Un enfant comme Isaac, dit Mme Rebka.

— D'une certaine manière. Un garçon. Il avait l'âge d'Isaac quand il...

— Quand il est mort.

— Oui.

— Mort de... à cause de ce qu'il était ? »

Sulean ne répondit pas tout de suite. Elle détestait évoquer ces souvenirs, aussi instructifs qu'ils ne pouvaient manquer d'être. « Il est mort dans le désert. » Un désert différent. Le désert martien. « Il essayait de trouver son chemin, mais il s'est perdu. » Elle ferma les yeux. Derrière ses paupières, le monde était d'une rougeur infinie, due à ce soleil à la luminosité insupportable. « Je vous aurais empêchés de le faire si j'avais pu. Vous le savez. Mais je suis arrivée trop tard, et vous vous étiez tous cachés très intelligemment. Maintenant, je suis aussi impuissante que vous, madame Rebka.

— Je ne vous laisserai pas lui faire de mal. » La ferveur dans sa voix était aussi surprenante que son accusation.

« Je ne lui ferai jamais de mal !

— Peut-être pas. Mais je pense que, à un certain niveau, vous avez peur de lui.

— Madame Rebka, vous ne comprenez vraiment pas ? Bien sûr que j'ai peur de lui ! Pas vous ? »

Sans répondre, Mme Rebka se leva et rentra lentement dans le bâtiment.

Ce soir-là, toujours fiévreux, Isaac fut consigné dans sa chambre. Couchée les yeux ouverts, Sulean regardait les étoiles derrière la vitre éraflée par le sable.

Elle regardait les Hypothétiques, pour reprendre ce nom d'une merveilleuse ambiguïté que leur avaient donné les anglophones. On les avait appelés ainsi avant même que leur existence soit véritablement établie : les entités hypothétiques qui avaient enfermé la Terre derrière une étrange barrière temporelle, si bien qu'un million d'années pouvaient passer, le temps qu'un homme promène son chien ou qu'une femme se brosse les cheveux. Ils étaient un réseau de machines semi-biologiques autoreproductibles réparties dans la galaxie. Ils se mêlaient des affaires humaines, et peut-être des affaires d'innombrables autres civilisations intelligentes, pour des raisons mystérieuses. Ou sans la moindre raison.

Elle les regardait, même si, bien entendu, ils étaient invisibles. Ils imprégnaient le ciel nocturne. Ils contenaient des mondes. Ils étaient partout.

À part cela, que pouvait-on dire d'eux ? Un réseau si vaste qu'il allait d'un bout à l'autre de la galaxie ne pouvait se distinguer d'une force naturelle. On ne pouvait négocier avec lui. On ne pouvait même pas lui parler. Il interagissait avec l'humanité sur des durées inhumaines. Ses mots étaient des décennies, et ses conversations impossibles à distinguer du processus évolutionnaire.

Pensait-il, dans une acception significative du terme ? Se posait-il des questions, se disputait-il, produisait-il des idées et agissait-il en fonction de celles-ci ? Était-ce, en d'autres termes, une *entité*, ou juste un énorme et complexe *processus* ?

Les Martiens en avaient discuté pendant des siècles. Sulean avait passé une bonne partie de son enfance à écouter les Quatrièmes Âges en débattre. Elle n'avait pas davantage de réponse définitive que quiconque, mais soupçonnait les Hypothétiques d'être dépourvus de centre, d'intelligence opérationnelle. Ils faisaient des choses complexes et imprévisibles… mais l'évolution aussi. L'évolution avait produit des systèmes biologiques extrêmement complexes et interdépendants sans la moindre direction centrale. Une fois les machines autoreproductibles lâchées dans la galaxie (peut-être par une espèce disparue depuis très longtemps, bien avant que des accrétions de poussière stellaire créent Mars et la Terre), elles avaient subi la même logique inexorable de concurrence et de mutation. Logique qui, sur des milliards d'années, aurait pu produire à peu près n'importe quoi. Par exemple des machines d'une échelle et d'une puissance immenses, semi-autonomes, « intelligentes » d'une certaine manière — l'Arc, la barrière temporelle qui avait entouré la Terre. Mais une conscience centrale instigatrice ? Un esprit ? Sulean était venue à en douter. Les

Hypothétiques n'étaient pas une entité. Seulement ce qui se produisait quand la logique de l'autoreproduction englobait les vastitudes de l'espace.

La poussière d'antiques machines était tombée sur le désert, et dans ce désert avaient poussé d'étranges fragments abortifs. Une roue, un tube, une rose avec un œil d'un noir de charbon. Et Isaac s'intéressait à l'ouest, à l'ouest profond. Qu'est-ce que cela signifiait? Cela avait-il une signification perceptible?

Cela signifie, se dit Sulean, qu'on sacrifie Isaac à une force aussi stupide et indifférente que le vent.

Au matin, Mme Rebka autorisa Sulean à rendre visite au garçon dans sa chambre. «Vous verrez, dit-elle d'un ton sévère, pourquoi on est tous si inquiets.»

Isaac gisait, apathique, les yeux fermés, sous des couvertures en désordre. Sulean lui toucha le front, le sentit irradier la fièvre.

«Isaac», soupira-t-elle, autant pour elle-même que pour l'enfant. Le voir ainsi pâle et inerte lui rappelait trop de souvenirs. Il y avait eu un autre garçon, oui, une autre fièvre, un autre désert.

«La rose», dit Isaac, ce qui la fit sursauter.

«Quoi donc?

— Je me souviens de la rose. Et la rose... la rose se souvient.»

Comme endormi, les yeux encore fermés, il se redressa en position assise, comprimant son oreiller sous ses reins et se cognant le crâne à la tête de lit. Il avait les cheveux ternis par la sueur. Comme les humains semblent immortels quand ils peuvent marcher, courir et sauter, se dit Sulean. Et comme ils ont l'air fragiles quand ils ne le peuvent pas.

Le garçon fit alors quelque chose qui stupéfia même Sulean.

Il ouvrit des yeux aux iris désormais décolorés, comme si leur bleu pâle uniforme avait été éclaboussé de peinture dorée. Il la regarda bien en face et sourit.

Il parla ensuite, et dans une langue que Sulean n'avait pas entendue depuis des dizaines d'années, un dialecte martien des déserts quasi inhabités du sud de la planète.

Il dit: «C'est toi, grande sœur! Où étais-tu passée?»

Puis, tout aussi soudainement, il se rendormit, laissant Sulean frissonner dans le terrible écho de ses paroles.

TREIZE

Le lendemain matin, un hélicoptère survola à basse altitude le village minang, et même s'il avait l'air inoffensif — les compagnies forestières procédaient depuis deux mois au levé topographique des collines —, il perturba les villageois et incita *Ibu* Diane à suggérer de prendre la route sans tarder. Ils couraient davantage de risques en restant qu'en partant, d'après elle.

« Où allons-nous ? demanda Lise.

— De l'autre côté des montagnes. À Kubelick's Grave. Turk va nous y conduire en avion, pas vrai, Turk ? »

Il sembla y réfléchir. « J'aurais peut-être besoin d'un pied-de-biche, répondit-il énigmatiquement. Mais OK.

— On va rentrer à Port M dans une des voitures du village, précisa *Ibu* Diane. Une qui passe inaperçue. Celle dans laquelle vous êtes venus nous pose un problème. Je demanderai à un des villageois d'aller l'abandonner plus haut sur la route côtière.

— Je la récupérerai, une fois toute cette histoire finie ?

— J'en doute.

— Eh bien, ça paraît logique », fit Turk.

Lise savait que les autorités avaient les moyens de suivre à la trace les personnes auxquelles elles s'intéressaient. Elles pouvaient placer une minuscule puce radio sur un véhicule ou même dans un vêtement. Il existait aussi des appareils plus ésotériques, encore plus discrets. Le villageois minang qui partit vers le nord au volant de leur voiture emporta aussi leurs vêtements et autres biens. Lise enfila un corsage à fleurs et un pantalon de mousseline sortis du magasin du village, Turk un jean et une chemise blanche. Tous deux s'étaient auparavant douchés dans la clinique d'*Ibu* Diane. « Insistez particulièrement sur vos cheveux, leur avait conseillé celle-ci. On peut y cacher des choses. »

Se sentant à la fois purifiée et paranoïaque, Lise monta dans le véhicule piqueté de rouille que Diane leur avait trouvé. Turk s'assit à la place du conducteur, Lise boucla sa ceinture près de lui, et ils attendirent que Diane dise au revoir à une douzaine de villageois qui s'étaient rassemblés autour d'elle.

« Une femme plutôt populaire, observa Lise.

— Tous les villages de la côte nord la connaissent, expliqua Turk. Dans chacune de ces communautés de Malais, Tamouls ou Minangs expatriés, elle passe donner un coup de main. Dans chacune, on lui garde un logement et on la protège.

— Ils savent que c'est une Quatrième ?

— Bien sûr. Et ce n'est pas la seule. Pas mal des anciens de ces villages sont plus âgés que tu ne l'imagines. »

Le monde change, se dit Lise, et aucun discours sur le caractère sacré du génome humain ne pourra l'en empêcher. Elle s'imagina essayer de faire comprendre cette vérité à Brian. À coup sûr, il la refuserait ou la nierait. Brian ne doutait pas que la Sécurité génomique œuvrait pour le bien commun et savait à merveille reboucher les fissures apparaissant dans les fondations de cette foi. Sauf que les fissures continuaient d'apparaître. L'édifice tremblait.

Ibu Diane Dupree prit place dans la voiture avec une prudence recherchée et attacha sa ceinture élimée. Quand Turk se mit à avancer lentement, la foule des villageois les suivit sur quelques mètres, remplissant la rue étroite.

« Ils n'aiment pas me voir partir, confia Diane. Ils ont peur que je ne revienne pas. »

Lise se crispait un peu chaque fois qu'ils croisaient un véhicule, mais dès qu'ils retrouvèrent les routes goudronnées, Turk conduisit joyeusement en fredonnant tout seul, sa casquette en tissu enfoncée sur les yeux. *Ibu* Diane regardait patiemment le monde défiler.

Lise décida de briser le silence de la vieille femme. Elle tourna la tête vers elle pour lui lancer : « Parlez-moi d'Avram Dvali.

— Ce serait plus facile si vous me disiez ce que vous savez déjà.

— Eh bien... Il enseignait à l'Université américaine, mais c'était quelqu'un de secret que la faculté n'appréciait pas particulièrement. Il a abandonné l'enseignement sans explication moins d'un an avant la disparition de mon père. Quelqu'un de l'administration m'a dit que son dernier salaire avait été expédié par chèque à une boîte postale à Kubelick's Grave. D'après ma mère», du moins les fois, rares et éprouvantes sur le plan émotionnel, où Lise avait réussi à la faire parler du passé, «il est venu à plusieurs reprises chez nous avant de démissionner. L'annuaire ne connaît personne de ce nom à Kubelick's Grave, et une recherche globale ne donne pas la moindre adresse récente nulle part. Je voulais aller voir si la boîte postale fonctionnait toujours et si on pouvait me dire qui l'avait louée. Sans trop d'espoir.

— Vous étiez très près de quelque chose que vous ne compreniez pas. Rien d'étonnant à ce que la Sécurité génomique se soit intéressée à vous.

— Dvali est donc impliqué dans un de ces cultes des communicants.

— Pas *impliqué*. C'est le *sien*. Il l'a créé.»

Dvali, raconta-t-elle, avait reçu le traitement de longévité à New Delhi des années avant d'émigrer sur le Nouveau Monde. «Je l'ai rencontré peu de temps après ses débuts à l'université. Il y a littéralement des milliers de Quatrièmes dans la région de Port Magellan... sans compter ceux qui choisissent de passer tranquillement et à l'écart du monde le reste de leur vie prolongée. Quelques-uns d'entre nous sont plus organisés que d'autres. On ne tient pas de séminaires, pour des raisons évidentes, mais tôt ou tard, je rencontre la plupart des Quatrièmes connus, et je sais repérer les cliques ou les sous-groupes.

— Dvali avait son propre groupe ?

— À ce que je comprends. Des gens du même avis que lui. Peu nombreux.» Elle hésita. «On nous appelle Quatrièmes Âges, vous savez, parce que, sur Mars, le traitement équivaut à l'entrée dans un quatrième stade de la vie, un âge adulte au-delà de l'âge adulte. Mais le traitement ne garantit aucune maturité particulière. Celle-ci est intégrée tout autant dans les institutions environnantes que dans le traitement lui-même. Entrer dans le Quatrième Âge n'a pas débarrassé Avram Dvali de son obsession.

— Laquelle ?

— Il est obsédé par les Hypothétiques. Par les forces transcendantes de l'Univers. Certaines personnes s'irritent de leur humanité. Elles veulent être rachetées par plus vaste qu'elles-mêmes, ratifier leur sentiment d'avoir une valeur unique. Elles veulent toucher Dieu. Le paradoxe du Quatrième Âge, c'est qu'il attire irrésistiblement ce genre de personnes. Nous essayons de les contenir, mais…» Elle haussa les épaules. «Nous n'avons pas les outils mis en place par les Martiens.

— Il a donc rassemblé un groupe autour de l'idée de créer un… un…

— Un communicant, une interface humaine avec les Hypothétiques. Il ne plaisantait pas du tout avec ça. Il a recruté son groupe au sein de notre communauté, puis il a fait de son mieux pour le couper de nous. Ils sont devenus beaucoup plus secrets une fois le processus lancé.

— Vous n'avez pas pu l'arrêter ?

— On a essayé, bien entendu. Le projet de Dvali n'était pas la première tentative dans ce sens. Par le passé, l'intervention d'autres Quatrièmes avait suffi, avec l'aide, si nécessaire, de Sulean Moï, qui jouit parmi *la plupart* des Quatrièmes d'une autorité incontestable. Mais le Dr Dvali était insensible à la persuasion morale, et le temps que Sulean Moï arrive, son groupe et lui s'étaient cachés. Depuis, nous n'avons eu que des contacts très sporadiques avec eux... trop sporadiques et trop tardifs pour les arrêter.

— Vous voulez dire qu'il y a un enfant ?

— Oui. Il s'appelle Isaac, paraît-il. Il doit avoir douze ans, maintenant.

— Mon père a disparu il y a douze ans. Vous pensez qu'il aurait pu se joindre à ce groupe ?

— Non... d'après votre description et ce que je sais du recrutement de Dvali, non, je suis désolée, il n'en fait pas partie.

— Alors peut-être qu'il savait quelque chose de dangereux sur eux... peut-être qu'ils l'ont enlevé.

— Chez nous, les Quatrièmes, ce genre de violence est inhibé. Ce que vous suggérez n'est pas *impossible*, mais extrêmement improbable. Je n'ai jamais entendu dire, pas même par la rumeur, que Dvali était capable de tels actes. Si une chose de ce genre est arrivée à votre père, elle était plus probablement l'œuvre de la Sécurité génomique. Qui était déjà sur la trace de Dvali à l'époque.

— Pourquoi le DSG kidnapperait-il mon père ?

— Sans doute pour l'interroger. S'il a résisté... » Diane haussa les épaules d'un air triste.

« Pourquoi résisterait-il ?

— Je n'en sais rien. Comme je n'ai jamais rencontré votre père, je ne peux pas vous répondre.

— Ils l'ont interrogé, et après, ils l'ont tué, c'est ça ?

— Je n'en sais rien. »

Turk intervint : « Ils ont ce qu'ils appellent un Comité d'action exécutive, au DSG, Lise. Ils écrivent leur propre loi, ils font ce qu'ils veulent. Je suis à peu près sûr que c'est eux qui ont emmené Tomas Ginn. Tomas est un Quatrième, et on sait les Quatrièmes difficiles à interroger... ils ne craignent pas particulièrement la mort et supportent très bien la douleur. Soutirer une information à un Quatrième rétif implique de lui faire subir un traitement qui finit en général par lui être fatal.

— Ils ont tué Tomas ?

— J'imagine. Ou ils l'ont emmené dans une prison secrète pour le tuer un peu plus lentement. »

Brian pouvait-il avoir su cela, l'avoir appris dans son travail ? Une vision horrible se présenta un instant à l'esprit de Lise : le personnel du DSG au consulat se moquant d'elle, de sa quête naïve pour découvrir la vérité sur son père. Elle avait marché sur une fine couche de glace au-dessus d'un gouffre, sans autre protection que sa propre ignorance.

Mais... non. Peut-être la Sécurité génomique, en tant qu'institution, était-elle capable de ce genre de choses, mais pas Brian. Si malheureux qu'ait été son mariage, elle connaissait intimement Brian. Brian était beaucoup de choses. Mais pas un meurtrier.

Malgré l'intelligence dont avait fait preuve *Ibu* Diane en se débarrassant de leur voiture et de leurs vêtements, Turk sembla moins confiant quand ils quittèrent les régions boisées pour entrer dans la banlieue industrielle de Port Magellan. Alors qu'au soleil couchant, ils passaient, avec l'océan sur leur gauche, devant les raffineries de pétrole et l'espèce de lueur fongique qu'elles émettaient, il dit: «Je n'arrête pas de voir les deux mêmes véhicules depuis qu'on est sur la grande route. Comme s'ils réglaient leur allure sur la nôtre. Mais je me fais peut-être juste des idées.

— Alors on ne devrait pas aller directement à Arundji, dit Diane. En fait, on devrait quitter cette route le plus vite possible.

— Je ne dis pas qu'on nous suit. J'ai juste remarqué ça.

— Présume le pire. Prends la prochaine sortie. Trouve un truc genre station-service où on peut s'arrêter sans éveiller de soupçons.

— Je connais des gens, dans le coin, dit Turk. Des gens à qui je peux faire confiance, si on a besoin d'un endroit où passer la nuit.

— Merci, Turk, mais je ne pense pas qu'on devrait mettre quelqu'un d'autre en danger. Et je doute que Lise meure d'envie de faire la connaissance d'une de tes ex.

— Je n'ai pas parlé d'ex», répondit Turk, mais en rougissant.

Il s'arrêta dans une station attenante à un magasin de détail. C'était le quartier de Port Magellan où vivaient les ouvriers de la raffinerie, avec beaucoup de bungalows préfabriqués assemblés à la hâte pendant les années de prospérité, et qui se délabraient depuis. Il se gara à l'écart des pompes, sous un arbre-parasol. Les dernières lueurs du jour avaient disparu, ne laissant que l'éclat jaune orangé des réverbères.

« Si vous voulez larguer la voiture, dit Turk, il y a une station de bus à deux pâtés de maisons. On peut prendre le car pour Rice Bay et finir à pied jusqu'à Arundji. Sauf qu'on n'arrivera pas avant minuit.

— Ça vaut peut-être mieux, dit Diane.

— Mais je n'aime pas trop abandonner encore un véhicule. Qui paye pour tous ces moyens de transport ?

— Des amis et amis d'amis, répondit Diane. Ne t'inquiète pas de ça. Ne sortez rien de la voiture. »

Lise demanda la permission d'aller acheter à manger dans la boutique — ils ne s'étaient pas arrêtés prendre un seul repas depuis le petit déjeuner — pendant que Turk et Diane dévissaient puis jetaient les plaques d'immatriculation.

Elle acheta du fromage, des biscuits et des bouteilles d'eau en prévision du trajet en bus. Au comptoir, elle remarqua une pile de téléphones jetables, de ceux qu'on prend quand on a perdu son appareil personnel ou quand, avait-elle lu quelque part, on est un dealer soucieux de son anonymat. Elle en prit un qu'elle ajouta à ses emplettes. Puis elle passa derrière le magasin, le sac dans une main, le téléphone dans l'autre.

Elle composa le numéro personnel de Brian.

Il répondit presque aussitôt. «Oui?»

Lise resta un instant paralysée en entendant sa voix. Elle songea raccrocher. Puis elle dit: «Brian? Je ne peux pas te parler pour le moment, mais je veux que tu saches que je vais bien.

— Lise... je t'en prie, dis-moi où tu es.

— Je ne peux pas. Mais il y a un truc. Un truc important. À propos d'un homme, Tomas Ginn, ça s'écrit T-O-M-A-S et G-I-N-N, qui a été arrêté il y a deux jours. Vraisemblablement sans mandat ni rien de légal. Il n'est pas impossible qu'il soit détenu par la Sécurité génomique ou quelqu'un affirmant en faire partie. Tu peux vérifier? Je veux dire, ça ne te pose pas de problème qu'on kidnappe des gens? Si ça t'en pose, peux-tu faire quelque chose pour qu'on le libère?

— Écoute-moi, Lise. Écoute. Tu ne sais pas à quoi tu es mêlée. Tu es avec Turk Findley, pas vrai? C'est un criminel, il ne te l'a pas dit? C'est pour ça qu'il a fui les États-Unis, Lise. Il...»

Elle se retourna et vit Turk arriver derrière le magasin. Trop tard pour se cacher. Elle referma le téléphone, mais cela ne servait à rien. Elle lisait la colère sur son visage dans la dure lumière artificielle. Sans un mot, il lui prit le téléphone des mains et le jeta au loin.

L'appareil dépassa un réverbère et voltigea comme un énorme papillon de nuit avant de disparaître dans un petit ravin.

Muette de surprise, Lise se tourna vers Turk. Il avait le visage livide. Elle ne l'avait jamais vu ainsi. Il dit : « Putain, tu n'en as pas la moindre idée, hein ? Pas la moindre idée de ce qui est en jeu.

— Turk... »

Il n'écouta pas. Il la saisit par le poignet et commença à la tirer vers la rue. Elle réussit à se dégager, mais perdit le sac de fromage et de biscuits.

« Merde, je suis pas une gamine !

— Alors prouve-le, bordel. »

Le trajet en autocar ne fut pas vraiment agréable. Installée l'air maussade à l'écart de Turk, Lise regardait la nuit couler de l'autre côté de la fenêtre. Elle était bien décidée à ne penser ni à ce qu'avait fait Turk, ni à ce qu'elle-même avait pu faire de mal, ni à ce qu'avait dit Brian, du moins pas avant d'avoir retrouvé son calme. Mais plus sa colère diminuait, plus elle se sentait simplement perdue. Le dernier bus à partir vers le sud était à moitié vide, avec pour seuls autres passagers quelques hommes au visage sévère vêtus de pantalons kaki et de chemises bleues, sans doute des ouvriers travaillant en trois-huit et vivant plus bas sur la côte pour éviter de payer un loyer trop élevé en ville. L'homme installé derrière elle marmonnait en farsi, peut-être sans s'adresser à quiconque.

L'autocar s'immobilisait périodiquement à des gares routières en blocs de béton ou des dépôts avec devanture à l'écart de la grande route, un monde peuplé d'hommes solitaires et de lumières hésitantes. Puis la ville se retrouva derrière eux, les laissant avec la route et l'obscurité sans horizon de l'océan.

Diane Dupree traversa l'allée centrale pour venir s'asseoir à côté de Lise.

«Turk pense que vous devriez un peu moins prendre les risques à la légère, lui glissa la vieille femme.

— Il vous l'a dit?

— J'ai deviné.

— Je les prends au sérieux.

— Le téléphone, ce n'était pas une bonne idée. L'appel est très probablement impossible à localiser, mais qui sait quelle technologie la police ou la Sécurité génomique peuvent mettre en œuvre? Mieux vaut ne pas faire d'hypothèses.

— Je les prends au sérieux, insista Lise. C'est juste que...»

Mais elle ne put terminer, trouver les mots pour expliquer qu'elle venait soudain de réaliser dans quelle mesure exacte sa vie telle qu'elle l'avait connue s'éloignait sous les roues du car.

Quand le car s'arrêta à proximité de l'aérodrome d'Arundji, Turk ne grinçait plus des dents et avait commencé à sembler un peu penaud. Il lança à Lise un regard d'excuse oblique, qu'elle ignora.

«Il y a bien un kilomètre jusqu'à Arundji, dit-il. Prêtes à marcher, toutes les deux?

— Oui», répondit Diane. Lise se contenta de hocher la tête.

Ils s'éloignèrent par une route rurale très peu éclairée. Lise écouta le bruit de ses pas sur l'accotement à peine pavé, le souffle du vent balayant des terrains broussailleux et dépourvus d'arbres. Plus loin dans les hautes herbes, un insecte bourdonnait… s'il n'avait stridulé d'une manière aussi mélancolique, évoquant le bruit d'un homme inconsolable qui parcourrait de l'ongle du pouce les dents d'un peigne, elle aurait pu le prendre pour un grillon.

Ils approchèrent du territoire de Mike Arundji par une entrée secondaire, loin de l'accès principal. Turk sortit une clé de sa poche puis ouvrit le grillage en disant : « Essayez de passer inaperçues, maintenant. L'aérogare ferme à dix heures, mais on a une équipe de maintenance sur site et des gardes à l'endroit où ils nivellent la nouvelle piste.

— Tu as le droit d'être là, non ? demanda Lise.

— Plus ou moins. Mieux vaut tout de même ne pas trop attirer l'attention. »

Elle suivit Turk et Diane jusqu'à un des hangars à toit d'aluminium aligné avec des dizaines d'autres à l'arrière de l'aérogare. Devant ses énormes portes fermées par une chaîne, Turk dit : « Je ne plaisantais pas, pour le pied-de-biche. J'ai besoin de quelque chose pour faire sauter ça.

— Tu n'as pas les clés de ton propre hangar ?

— C'est une drôle d'histoire. » Il s'éloigna, l'air de chercher un outil.

Trempée de sueur et les mollets endoloris par leur marche, Lise avait de surcroît la vessie pleine. Elle n'avait plus de vêtements de rechange.

« Pardonnez à Turk, dit Diane. Ce n'est pas qu'il ne vous fait pas confiance. Il a peur pour vous. Il…

— Vous allez faire ça tout le temps ? Vos déclarations de gourou ? Parce que ça devient plutôt agaçant. »

Diane la regarda avec de grands yeux. Puis éclata de rire.

« Je veux dire », fit Lise, quelque peu soulagée par sa réaction, « désolée, mais...

— Non ! Ne vous excusez pas. Vous avez tout à fait raison. C'est un des dangers du grand âge, la tentation de proférer des jugements.

— Je sais de quoi Turk a peur. Il brûle les ponts derrière lui. Les miens sont toujours là. J'ai une vie que je peux retrouver.

— Mais vous êtes quand même là », dit Diane. Elle ajouta, le sourire aux lèvres : « Le gourou a parlé. »

Turk revint avec un morceau d'armature récupéré sur le chantier et s'en servit pour forcer le piton, moins solide que le cadenas, et qui se détacha avec une espèce de violente et bruyante vibration. Turk fit coulisser les grandes portes d'acier et alluma les lumières.

Son avion se trouvait à l'intérieur. Son bimoteur Skyrex. Lise le reconnut de leur vol avorté au-dessus des montagnes... voyage qui lui semblait remonter à une éternité.

Lise et Diane se servirent des toilettes crasseuses des employés pendant que Turk procédait aux vérifications d'avant décollage. Lorsque Lise revint de l'arrière du hangar, elle trouva Turk en discussion animée avec un homme en uniforme. Petit, dégarni, visiblement mécontent, celui-ci disait : « Il faut que j'appelle M. Arundji, Turk, tu le *sais.*» Ce à quoi Turk répondit : « Donne-moi juste quelques minutes, c'est tout ce que je te demande... je t'ai assez offert de verres ces dernières années pour mériter ça, non ?

— Je t'informe que ce n'est pas autorisé.

— Très bien. Aucun problème. Quinze minutes, ensuite tu peux appeler qui tu veux.

— Je t'avertis. Personne ne peut dire que je t'ai laissé faire.

— Personne ne dira ça.

— Quinze minutes. Plutôt dix. »

Le garde fit demi-tour et s'éloigna.

Dans le temps, raconta Turk, un aérodrome était n'importe quel endroit d'Équatoria où on pouvait aménager une piste d'atterrissage. Un petit quadriplace à hélices vous conduisait à des endroits impossibles à atteindre d'une autre manière, et personne ne se fatiguait à déposer de plan de vol. Mais cela avait changé sous la pression constante du Gouvernement provisoire et des compagnies aériennes. Tôt ou tard, prophétisa Turk, grosses entreprises et gros gouvernement couleraient des endroits comme Arundji. Déjà, ajouta-t-il, il n'était plus tout à fait légal de faire ce genre de départ après la fermeture de l'aérodrome. Cela lui coûterait sans doute sa licence. Mais de toute manière, il était en train de se faire évincer. Plus rien à perdre, dit-il. Plus grand-chose. Il fit pivoter l'appareil au bout d'une piste vide et s'élança pour le décollage.

Turk fait ce qu'il dit savoir le mieux faire, songea

Lise : enfiler ses chaussures et partir. Il croyait au pouvoir rédempteur d'horizons distants. C'était une foi qu'elle ne pouvait se résoudre à partager.

L'avion quitta le sol avec des oscillations de cerf-volant, ses énormes hélices carénées tirant ses passagers vers les montagnes éclairées par la lune, ses moteurs ronronnant. *Ibu* Diane regarda par la fenêtre et murmura quelque chose du genre : « Ces machines sont bien moins bruyantes que... oh, il y a bien des années. »

Lise regarda l'arc de cercle du littoral s'incliner à tribord et la petite tache floue de Port Magellan diminuer encore dans le lointain. Elle attendit patiemment que Turk dise quelque chose, s'excuse, peut-être, mais il n'ouvrit pas la bouche... il tendit juste à un moment le bras d'un geste brusque, et Lise leva les yeux à temps pour voir la traînée chauffée à blanc d'une étoile filante passer au-dessus des sommets en direction des déserts vides à l'ouest.

QUATORZE

Brian Gately n'était pas prêt pour l'image violente qui sortit ce matin-là de sa boîte aux lettres. Elle lui rappela un souvenir désagréable.

L'été de sa treizième année, Brian avait travaillé bénévolement à l'église épiscopale que fréquentait sa famille. Il n'était pas un adolescent particulièrement pieux — les sujets doctrinaux l'embarrassaient et il évitait l'étude de la Bible —, mais l'église, sous sa forme d'institution tout comme sous celle d'édifice physique, avait un poids rassurant, une qualité qu'il apprit plus tard à appeler *gravitas*. L'église traçait des frontières judicieuses autour des choses. C'était la raison pour laquelle ses parents, qui avaient vécu les incertitudes économiques et religieuses du Spin, y venaient chaque semaine faire leurs dévotions, et la raison pour laquelle elle plaisait à Brian. À cause, aussi, de l'odeur de pin de la nouvelle chapelle, et de la manière dont, le matin, les vitraux fractionnaient la lumière en différentes couleurs. Il s'était donc proposé pour y travailler l'été et avait passé quelques jours soporifiques à balayer la chapelle, ouvrir les portes aux paroissiens âgés ou faire des commissions soit pour le pasteur, soit pour le chef de chœur. À la mi-août, on lui demanda d'aider à installer les tables pour le pique-nique annuel.

La banlieue dans laquelle vivait Brian s'embellissait de nombreux parcs bien entretenus et de vallons boisés. Le pique-nique annuel de l'église — une institution si désuète que même sa désignation semblait vieillotte — se tenait dans le plus grand de ces parcs. Davantage qu'un pique-nique, c'était (selon les termes de son annonce dans le bulletin dominical) un jour de communion familiale, et beaucoup de familles vinrent communier, parfois sur trois générations, si bien que Brian eut fort à faire à étaler des nappes en plastique ou trimbaler des glacières pleines de boissons fraîches et de glaçons jusqu'à ce que la journée soit bien lancée, avec des hot-dogs qui circulaient un peu partout, des gamins qu'il connaissait à peine en train de se lancer des frisbees, et des enfants commençant tout juste à marcher en travers du chemin. C'était une journée parfaite pour cela, ensoleillée mais pas trop chaude, avec une brise pour emporter la fumée des barbecues. Malgré ses treize ans, Brian avait été sensible à l'atmosphère un peu euphorisante du pique-nique, comme un après-midi suspendu dans le temps.

Ses copains Lyle et Kev arrivèrent alors et voulurent l'attirer à l'écart des adultes. Plus bas dans les bois coulait une rivière où l'on pouvait faire des ricochets et capturer des têtards. Brian sollicita une pause de son bénévolat et s'éloigna avec eux dans l'ombre verte de la forêt. Au bord de la rivière, un ruban peu profond sur du gravier labouré très longtemps auparavant par des glaciers, ils trouvèrent non seulement des cailloux à jeter, mais aussi, étonnamment, une habitation : un bout de toile de tente, tout de travers, des sacs de commissions en plastique, des boîtes de conserve rouillées (du porc aux haricots, de la nourriture pour animaux), des bouteilles vides et des fioles marron, un caddie rouillé, et enfin, entre deux chênes dont les racines étaient ressorties de terre pour s'entremêler comme un poing, un paquet de vieux vêtements... qui, examiné de plus près, n'en était pas un du tout, mais le cadavre d'un homme.

Le vagabond décédé devait reposer là depuis plusieurs jours à l'insu de tous. Il semblait à la fois enflé, avec sa chemise rouge en lambeaux tendue sur son ventre énorme, et rabougri, comme si quelque chose de fondamental avait été aspiré hors de son corps. Les animaux avaient rongé les parties à nu, des insectes déambulaient sur ses yeux d'un blanc laiteux, et quand le vent tourna, l'odeur fut si affreuse que Kev, le copain de Brian, se retourna d'un coup pour vomir dans l'eau étale de la rivière.

Les trois garçons revinrent en courant dans la partie accueillante du parc raconter au pasteur Carlysle ce qu'ils avaient vu, et ce fut la fin du pique-nique. On appela la police, une ambulance vint enlever le corps, et l'assemblée soudain grave se sépara.

Au cours des six mois suivants, Kev et Lyle cessèrent de venir aux services dominicaux, comme si l'église et le cadavre étaient désormais liés, mais Brian eut la réaction inverse. Il crut au pouvoir protecteur de la chapelle, justement parce qu'il avait vu ce qui se trouvait au-delà. Il avait vu une mort impie.

Il avait vu la mort, et celle-ci n'aurait pas dû le surprendre : il fut néanmoins scandalisé par ce qui sortit de sa boîte aux lettres vingt ans plus tard, entre les murs sanctifiés de son bureau et les frontières soigneusement définies, bien que de plus en plus fragiles, de sa vie d'adulte.

Deux jours auparavant, il avait reçu, bref et interrompu, le coup de téléphone de Lise.

C'était tard dans la soirée. Brian venait de rentrer chez lui après une de ces fastidieuses réceptions au consulat, où il lui avait fallu prendre plusieurs verres dans la résidence du consul en bavardant avec les personnes habituelles. Brian buvait peu, mais cela lui montait à la tête, aussi laissa-t-il son automobile le ramener. Il rentra donc lentement mais sûrement — la voiture interprétait bêtement au sens propre les limitations de vitesse et n'empruntait que les rares rues équipées pour la conduite automatique — à son domicile… à l'appartement qu'il avait partagé avec Lise, et qui baignait par conséquent dans une atmosphère de claustrophobie et de quelque chose qui aurait pu être du désespoir s'il n'avait été aussi confortablement meublé. Brian se doucha avant d'aller se coucher, et tandis qu'il s'essuyait avec une serviette-éponge, il écouta le silence de la ville en se demandant : suis-je à l'intérieur ou à l'extérieur du cercle ?

Le téléphone sonna au moment où il éteignait les

lumières. Il approcha de son oreille le combiné gris en forme de coin et reconnut la voix.

Il essaya de la prévenir. Elle dit des choses qu'il ne comprit pas sur le moment.

Puis la communication fut interrompue.

Il aurait sans doute dû aller trouver Sigmund et Weil pour leur en parler, mais ne le fit pas. Ne le put pas. C'était un message personnel. Destiné à lui et à lui seul. Sigmund et Weil pouvaient s'en passer. Tôt le lendemain matin, dans son bureau, il pensa à Lise et à l'échec de leur mariage. Il décrocha ensuite son téléphone et appela Pieter Kirchberg, son contact à la division Sécurité et Application de la loi au Gouvernement provisoire des Nations unies.

Kirchberg lui avait rendu quelques menus services par le passé et Brian lui en avait rendu davantage en retour. La côte est d'Équatoria, colonisée, était un protectorat des Nations unies, du moins dans les textes, avec un ensemble complexe de lois établies et révisées en permanence par des comités internationaux. Il n'existait rien de plus proche d'une véritable force de police officielle qu'Interpol, même si c'étaient des Casques bleus qui faisaient en général respecter la loi dans la vie quotidienne. D'où une bureaucratie davantage créatrice de paperasse que de justice et dont l'existence servait surtout à aplanir les conflits suscités par des intérêts nationaux hostiles. Pour arriver à obtenir quelque chose, il fallait connaître les bonnes personnes. Kirchberg était l'une des bonnes personnes que connaissait Brian.

Kirchberg décrocha sans tarder et Brian écouta

ses inévitables récriminations — le temps, la pression des cartels pétroliers, la stupidité de ses subalternes — avant d'en arriver au fait. Quand Kirchberg eut enfin vidé son sac, il lança: «Je veux te donner un nom.

— Super. Juste ce dont j'avais besoin. Du boulot supplémentaire. Le nom de qui?

— Tomas Ginn.» Il l'épela.

«Et en quoi cette personne t'intéresse-t-elle?

— Une affaire au DSG.

— Un criminel américain capable de tout? Un vendeur de bébés-meilleurs, un marchand d'organes renégat?

— Quelque chose comme ça.

— Je le ferai passer dès que possible. Tu me dois un verre.

— Quand tu veux», répondit Brian.

Il ne parla pas de cela non plus à Sigmund et Weil.

C'est le matin suivant que la photographie sortit de son imprimante, accompagnée d'une note non signée de Kirchberg.

Brian regarda la photographie, la posa face cachée sur son bureau, puis la reprit.

Il avait vu pire. Sa première réaction, son premier réflexe fut de penser au corps qu'il avait découvert un quart de siècle plus tôt hors des limites du pique-nique paroissial, au corps gisant entre les racines à nu de deux arbres, avec ses yeux d'un blanc laiteux et sa peau parcourue de fourmis qui ne se rendaient compte de rien. Il sentit son estomac se soulever comme ce jour-là.

La photographie représentait le corps d'un vieillard brisé sur un rocher couvert de sel. Les marques sur son corps pouvaient être de grosses contusions ou les simples effets de la décomposition. Mais il n'y avait aucune ambiguïté quant au trou dans son front : il provenait d'une balle.

La note non signée de Kirchberg disait : *Rejeté par l'océan près de South Point il y a deux jours, sans papiers, mais identifié comme Tomas W. Ginn (base de données ADN de la marine marchande des États-Unis). Un des vôtres ?*

M. Ginn s'était apparemment aventuré hors des frontières du pique-nique. Tout comme Lise, se dit Brian avec consternation et écœurement.

Dans l'après-midi, il rappela Pieter Kirchberg. Qui se montra moins bavard, cette fois.

« J'ai bien reçu ce que tu m'as envoyé, dit Brian.

— Inutile de me remercier.

— L'un des nôtres... Qu'est-ce que tu voulais dire par là ?

— Je préférerais ne pas en discuter.

— Un Américain, c'est ça ? »

Pas de réponse. *Un des vôtres*. Donc, oui, un Américain, ou bien Pieter voulait-il suggérer que Tomas Ginn appartenait à la Sécurité génomique ? Ou alors sa mort ? Peut-être voulait-il dire *un des vôtres l'a tué*.

« Autre chose ? demanda Kirchberg. Parce que j'ai un tas de boulot qui m'attend...

— Encore un service, dit Brian. Si ça ne te gêne pas, Pieter. Un autre nom. »

TROISIÈME PARTIE

Dans l'Ouest

QUINZE

Avant de pouvoir ajouter quoi que ce soit, en martien comme en anglais, le petit Isaac cessa de parler et sombra dans un sommeil dont on ne parvint pas à le tirer. Les Quatrièmes continuèrent à subvenir à ses besoins, mais ne purent traiter ni diagnostiquer son état. Les constantes vitales de l'enfant étaient stables et il ne semblait courir aucun danger immédiat.

Sulean Moï resta avec lui dans sa chambre. De l'autre côté de la fenêtre, le soleil brillait sur le désert, projetant des ombres effilées sur le sable alcalin. Deux jours passèrent. Un matin, comme cela arrivait parfois à cette époque de l'année, une tempête déboula des montagnes, couvercle de nuages d'un noir de charbon qui lâchèrent de nombreux éclairs et coups de tonnerre, mais seulement un peu de pluie. Au crépuscule, la tempête était repartie, laissant dans son sillage un ciel d'un turquoise éclatant et purifié. Une odeur fraîche et âpre flottait dans l'atmosphère. Et le garçon dormait toujours.

À l'ouest dans le désert, la brève averse avait fait

naître des plantes chétives. D'autres choses fleurissaient peut-être aussi dans le vide. Des choses comme la rose oculaire d'Isaac.

Malgré son calme apparent, Sulean mourait de peur.

Le garçon avait parlé avec la voix d'Esh.

Elle se demanda s'il s'agissait de ce tremblement en présence de Dieu dont parlaient les textes religieux. Les Hypothétiques n'étaient pas des dieux — si elle comprenait bien la signification de ce mot simple mais d'une étrange élasticité —, mais ils étaient tout aussi puissants et tout aussi impénétrables. Elle ne pensait pas qu'ils avaient d'intentions conscientes, et même le mot «ils», grossièrement anthropomorphique, ne convenait pas. Mais quand «ils» se manifestaient, la réaction humaine habituelle consistait à se tapir et se cacher… la réaction instinctive du lapin face au renard ou du renard face au chasseur.

Deux fois dans ma vie, se dit Sulean: voilà mon fardeau à moi, d'assister à cela deux fois dans ma vie.

Elle sommeillait parfois sur sa chaise tout près du lit où reposait Isaac, dont la poitrine montait et redescendait au rythme de sa respiration. Elle rêvait souvent, des rêves plus agités et plus profonds qu'elle n'en avait eu depuis son enfance, et dans ceux-ci, elle se trouvait dans un désert différent, à l'horizon proche, au ciel d'un bleu sombre et pénétrant. Un désert avec des rochers, du sable et un certain nombre de pousses tubulaires ou anguleuses aux couleurs vives, comme la matérialisation des hallucinations d'un dément. Et bien entendu, il y avait le garçon. Pas Isaac. L'autre, le premier. Plus frêle qu'Isaac, avec une peau plus sombre, mais ses yeux, tout comme ceux d'Isaac, étaient devenus étranges, pailletés d'or. Il gisait là où il était tombé, abruti d'épuisement, et même si plusieurs hommes adultes accompagnaient Sulean, elle fut la première à oser approcher.

Le garçon ouvrit les yeux. Il ne pouvait rien bouger d'autre, ayant les bras, les jambes et le torse ligotés par des plantes rampantes ou des fibres flexibles. Les étranges pousses l'avaient immobilisé là, certaines lui étaient même passées à travers le corps.

Il était forcément mort. Comment quiconque pourrait-il survivre à un tel empalement?

Mais il ouvrit les yeux. Il ouvrit les yeux et murmura: «*Sulean...*»

Elle se réveilla, moite de sueur dans la chaleur sèche, sur sa chaise au chevet d'Isaac. Mme Rebka était entrée dans la chambre et la regardait.

«Réunion dans la salle commune, annonça cette dernière. Nous aimerions que vous y participiez, madame Moï.

— Oui, d'accord.

— Du changement dans l'état d'Isaac?

— Aucun», répondit Sulean.

En pensant: *Pour le moment.*

Il ne s'agissait pas vraiment d'un coma. Simplement d'un sommeil, mais d'un sommeil profond de plusieurs jours. Isaac en sortit ce soir-là, et à son réveil, ne vit personne dans sa chambre.

Il se sentait... différent.

Plus vif que d'ordinaire : non seulement réveillé, mais davantage qu'il ne l'avait jamais été. Il avait l'impression de voir mieux, plus net. De pouvoir, s'il le voulait, compter les grains de poussière dans l'air, même sans autre source de lumière que sa lampe de chevet.

Il voulait partir vers l'ouest. Il se sentait attiré par ce qui se trouvait là-bas, même si cela n'avait pas de nom, du moins pas à sa connaissance. Une présence nouvelle, une présence qui le voulait et que lui-même voulait, avec une intensité proche de l'amour ou du désir sexuel.

Mais il ne quitterait pas la colonie, pas ce soir-là. Sa première longue marche, purement instinctive, n'avait rien donné, sinon la découverte de la rose, et la recommencer ne servirait à rien. Pas tant qu'il n'était pas plus robuste. Il avait néanmoins besoin d'échapper à l'atmosphère confinée de sa petite chambre. De sentir l'odeur de l'air et sa caresse sur sa peau.

Il se leva, s'habilla et descendit les escaliers, passa devant les portes fermées de la grande salle commune d'où sortaient les voix solennelles des adultes. Il sortit dans la cour. On avait posté une sentinelle au portail de derrière, sans doute pour empêcher Isaac de repartir. Mais le garçon resta de l'autre côté des bâtiments, dans le jardin clos.

La température était fraîche, ce soir-là, dans le jardin luxuriant. Il marcha entre les plantes, suivit le chemin de gravier du jardinier. Les plantes grasses nocturnes avaient fleuri, abondamment colorées malgré la vague lueur de la lune.

D'autres choses, plus petites, s'agitaient dans le sol là où la pluie y avait enfoncé les cendres.

Isaac plaqua sa paume sur une portion de terre nue. Le sol était chaud, retenant ce qu'il avait conservé de la chaleur du jour.

Dans le ciel, les étoiles brillaient comme du cristal. Isaac les regarda longtemps. Il y voyait des symboles presque intelligibles, des lettres formant des mots qui formaient eux-mêmes des phrases qu'Isaac parvenait presque (mais pas tout à fait) à déchiffrer.

Quelque chose effleura sa paume restée posée sur le riche terreau du jardin, aussi baissa-t-il à nouveau les yeux. Quand il retira la main, il vit le sol enfler et s'effriter un tout petit peu... *un ver*, pensa-t-il, sauf que ce n'en était pas un, mais quelque chose qu'il n'avait jamais vu de sa vie. La chose se hissa lentement hors de terre tel un doigt charnu et articulé. Peut-être une espèce de racine, mais qui poussait trop vite pour être naturelle. Elle s'étira en direction de la main d'Isaac comme si elle en sentait la chaleur.

Le garçon n'en avait pas peur. Ou plutôt, si. Une partie de lui en avait bel et bien peur, restait presque paralysée de terreur. La partie ordinaire de lui-même voulait battre en retraite, courir se réfugier dans sa chambre. Mais au-dessus, autour de cette partie ordinaire, il y avait ce nouveau sentiment de lui-même, intrépide et confiant, et le nouvel Isaac ne trouvait dans ce doigt vert pâle rien d'effrayant ni même d'inconnu. Il le reconnaissait, même s'il ne pouvait lui donner de nom.

Il lui permit de le toucher. Lentement, le doigt vert lui entoura le poignet. Isaac en retira une force curieuse, et il soupçonna l'inverse de se produire aussi. Il regarda à nouveau le ciel où brillaient des étoiles qui étaient des soleils. Chacune lui semblait désormais aussi familière qu'un visage, chacune avait sa couleur, son poids, sa distance et son identité propres, lui était connue sans qu'il en sache le nom. Et comme un animal flairant une piste, il se tourna une fois encore vers l'ouest.

Deux choses parurent évidentes à Sulean dès son entrée dans la salle commune. La première : qu'on avait beaucoup discuté en son absence... on l'avait fait venir pour témoigner, et non pour prendre part aux débats.

La seconde était l'atmosphère de tristesse collective, presque de deuil, qui régnait parmi les présents, comme s'ils comprenaient que la vie qu'ils s'étaient créée touchait à sa fin. Ce qui était sûrement le cas. Leur communauté ne pouvait plus guère exister longtemps : elle avait été créée pour enfanter et élever Isaac, processus qui s'achèverait sous peu... d'une manière ou d'une autre.

Elle se rappela que la plupart de ces gens avaient dû voir le jour avant le Spin. À l'instar des autres Quatrièmes terriens, c'étaient pour la plupart des universitaires, mais avec des exceptions, tels les techniciens contribuant à l'entretien des incubateurs cryogéniques, le mécanicien ou le jardinier. Tout comme leurs homologues martiens, ces Quatrièmes-là s'étaient détachés de la communauté générale. Ils ne ressemblaient pas aux Quatrièmes parmi lesquels Sulean avait grandi... mais c'*était* des Quatrièmes, cela se sentait à plein nez : si sombres, si imbus d'eux-mêmes, si aveugles à leur propre arrogance.

Avram Dvali, bien entendu, présidait la réunion. Il fit signe à Sulean de prendre place sur une chaise à l'avant. « Nous aimerions que vous nous expliquiez deux ou trois choses, madame Moï, avant que cette crise n'aille plus loin. »

Sulean s'assit bien droit sur sa chaise. « Je suis bien évidemment ravie de pouvoir être d'une aide quelconque. »

Installée en bout de table à droite du Dr Dvali, Mme Rebka lui lança un regard nettement sceptique. « J'espère que c'est vrai. Vous savez, quand nous nous sommes chargés d'élever Isaac, il y a treize ans, nous avons rencontré une certaine opposition...

— De l'*élever*, madame Rebka, ou de le *créer* ? »

Mme Rebka ignora l'interruption. « De l'opposition parmi les autres membres de la communauté des Quatrièmes. Nous avons agi en accord avec des convictions que tout le monde ne partage pas. Nous savons être une minorité, une minorité au sein d'une autre. Et nous savions que vous, madame Moï, étiez sur Terre à faire ce que vous faites pour les Martiens. Nous savions que vous finiriez par nous trouver, et nous étions prêts à nous montrer francs et sincères avec vous. Nous respectons votre lien avec une communauté bien plus ancienne que la nôtre.

— Merci, répondit Sulean sans dissimuler son propre scepticisme.

— Mais nous avions espéré que vous vous montreriez aussi franche avec nous que nous l'étions avec vous.

— Si vous avez une question, veuillez la poser.

— La procédure qui a créé Isaac a déjà été tentée.

— Oui, admit Sulean, en effet.

— Est-il exact que vous y avez plus ou moins assisté?»

Cette fois, elle ne répondit pas tout à fait aussi vite. «Oui.» L'histoire de son éducation avait beaucoup circulé parmi les Quatrièmes terriens.

«Voudriez-vous nous raconter cela?

— Si je n'aime pas en parler, c'est surtout pour des raisons personnelles. Ce n'est pas un souvenir agréable.

— Permettez-nous d'insister», dit Mme Rebka.

Sulean ferma les yeux. Elle ne voulait pas se rappeler ces événements. Le souvenir lui en revenait trop souvent de lui-même. Mme Rebka avait toutefois raison, même si Sulean détestait devoir l'admettre: le moment était venu.

Le garçon.

Le garçon dans le désert. Le garçon dans le désert martien.

Le garçon était mort dans l'aride province méridionale de Bar Kea, assez loin de la station de recherche biologique où il était né et avait toujours vécu.

Sulean avait le même âge que lui. Elle n'était pas née dans la station du désert de Bar Kea, mais ne se souvenait pas d'un autre foyer. Sa vie avant Bar Kea se réduisait presque à une histoire racontée par ses éducateurs : celle d'une fille emportée, avec sa famille, par une inondation le long du fleuve Païa, et secourue cinq kilomètres en aval dans le filtre d'aspiration d'un barrage. Ses parents étaient morts, et la fillette, cette Sulean dont elle n'avait aucun souvenir, souffrait de blessures si graves que seule une très lourde intervention biotechnique avait pu la sauver.

Plus précisément, il avait fallu reconstruire la petite Sulean en se servant du même processus qui prolongeait la vie et créait les Quatrièmes.

Le traitement avait plus ou moins bien réussi. Son corps et son cerveau endommagés avaient été reconstitués conformément aux modèles inscrits dans son ADN. Pour des raisons évidentes, elle ne se souvenait de rien de sa vie avant l'accident. Son salut était une seconde naissance, et Sulean avait réappris le monde à la manière d'un petit enfant, réappris à parler et à ramper avant de se mettre (ou de se remettre) à marcher.

Ce traitement avait toutefois un inconvénient, ce qui expliquait pourquoi on ne s'en servait qu'exceptionnellement dans une intervention médicale. Il lui conféra la longévité habituelle, mais interrompit aussi le cycle naturel de sa vie. En arrivant à la puberté, chaque enfant martien développait les profonds sillons qui donnaient aux Martiens cette apparence si différente de celle des Terriens. Cela ne se produisit pas pour Sulean. Elle resta, selon les normes martiennes, quelqu'un d'asexué à la peau absurdement lisse, une enfant ayant trop grandi. Se regarder dans un miroir, aujourd'hui encore, ne manquait pas de lui rappeler quelque chose de rose et d'informe : une larve se tortillant dans une souche pourrie. Pour la protéger de l'humiliation, les Quatrièmes de la station du désert de Bar Kea, à qui elle devait son sauvetage, l'avaient accueillie et élevée. À la station, elle avait cent parents indulgents et aimants, ainsi que les collines desséchées de Bar Kea comme terrain de jeu.

Le seul autre enfant dans la station était le garçon appelé Esh.

Ils ne lui avaient pas donné d'autre nom, juste Esh.

On l'avait créé pour communiquer avec les Hypothétiques, même s'il donnait l'impression à Sulean d'à peine arriver à communiquer avec son entourage. Même avec Sulean, dont il appréciait de toute évidence la compagnie, il prononçait rarement plus de quelques mots. On gardait Esh à l'écart, et on n'autorisait Sulean à le voir qu'à des moments convenus.

Elle était néanmoins son amie. Peu lui importait qu'Esh ait un système nerveux soi-disant réceptif aux signaux obscurs d'êtres de l'espace, pas plus qu'il n'importait à Esh qu'elle-même soit rose comme un fœtus mort-né. Leur singularité les unissait et avait par conséquent perdu toute importance.

Les Quatrièmes de la station du désert de Bar Kea encourageaient cette amitié. Les silences réfractaires d'Esh et son intelligence apparemment à la limite inférieure de la normale les décevaient. Il se montrait appliqué, mais dépourvu de curiosité. Il restait assis les yeux grands ouverts dans les salles de classe conçues pour lui par les adultes et assimilait un volume appréciable d'informations, mais avec une totale indifférence. Le ciel regorgeait d'étoiles et le désert de sable, mais l'un et l'autre auraient pu échanger leur place, en ce qui le concernait. Qu'il parle aux Hypothétiques, ou que ceux-ci lui parlent, nul n'en savait rien. Il gardait sur le sujet un silence obstiné.

Esh ne s'animait jamais autant que seul avec Sulean. On les autorisait certains jours à quitter la station pour explorer le désert environnant. Sous surveillance, bien entendu — il y avait toujours un adulte en vue —, mais comparé aux espaces confinés de la station, c'était une liberté extravagante. Bar Kea était terriblement aride, mais les quelques pluies printanières formaient parfois des flaques entre les rochers, et Sulean adorait les petites créatures qui nageaient dans ces mares éphémères : de minuscules poissons qui, comme des graines, s'entouraient d'un kyste d'hibernation quand l'eau s'évaporait, pour revenir aussitôt à la vie durant les rares pluies. Elle aimait prendre l'eau peuplée dans le creux de ses mains, et Esh regardait avec un émerveillement muet les choses se tortiller et lui glisser entre les doigts.

Esh ne posait jamais de questions, mais Sulean

prétendait le contraire. À la station, on ne cessait de l'éduquer, de l'inciter à écouter ; seule avec Esh, elle devenait l'enseignante, lui le public captivé et silencieux. Elle lui expliquait souvent ce qu'elle avait appris durant la journée ou la semaine.

Les gens n'avaient pas toujours vécu sur Mars, lui dit-elle un jour alors qu'ils flânaient parmi les rochers poussiéreux écrasés de soleil. Des années et des siècles auparavant, leurs ancêtres étaient venus de la Terre, une planète plus proche du Soleil. On ne pouvait la voir directement, parce que les Hypothétiques l'avaient enfermée dans une barrière obscure, mais on savait qu'elle était là, grâce à la lune qui tournait autour.

Elle mentionna les Hypothétiques (que les Martiens appelaient *Ab-ashken*, un mot composé des racines pour «puissant» et «lointain») tout d'abord avec précaution, en se demandant comment il allait réagir. Elle le savait en partie Hypothétique lui-même et ne voulait pas l'offenser. Mais le nom ne provoqua aucune réaction particulière, rien que son habituelle indifférence vide. Sulean se sentit donc libre de pontifier, d'imaginer, de rêver. Même à l'époque, les Hypothétiques la fascinaient.

Ils vivent dans les étoiles, plus loin que tout ce qu'on connaît, dit-elle au garçon.

Bien entendu, Esh ne répondit pas.

Ce ne sont pas vraiment des animaux, plutôt des machines, mais qui croissent et se reproduisent.

Ils font des choses sans raison apparente, lui dit-elle. *Ils ont mis la Terre dans une bulle de temps ralenti il y a des millions d'années, mais personne ne sait pourquoi.*

Personne ne leur a jamais parlé, dit-elle, *sauf peut-être toi, j'imagine, et personne ne les a vus. Mais de temps en temps, il en tombe des morceaux du ciel, et des choses étranges se produisent...*

Il en tombe des morceaux du ciel : cette information provoqua une grande consternation parmi les Quatrièmes du Dr Dvali.

Celui-ci s'éclaircit la gorge : « Les Archives martiennes ne mentionnent aucun événement de ce genre.

— Non, reconnut Sulean. Et nous n'en avons jamais parlé non plus dans nos communications directes avec la Terre. Même sur Mars, ça se produit rarement... tous les deux ou trois siècles.

— Excusez-moi, dit Mme Rebka, mais il se produit rarement *quoi*? Je ne comprends pas.

— Les Hypothétiques existent dans une sorte d'écologie, madame Rebka. Ils s'épanouissent, fleurissent puis dépérissent, et le cycle se répète encore et encore.

— Par les Hypothétiques, fit le Dr Dvali, j'imagine que vous voulez dire leurs machines.

— La distinction n'a peut-être aucun sens. Rien ne prouve que leurs machines autoreproductrices ne soient pas contrôlées par leur propre intelligence répartie et leur propre évolution contingente. Bien entendu, les déchets de leurs vies circulent dans le système solaire. Périodiquement, ils sont capturés par la gravitation d'une planète intérieure.

— Pourquoi ces choses ne sont-elles pas tombées sur Terre ?

— Avant le Spin, la Terre existait dans un système solaire beaucoup plus jeune. Il y a cinq milliards d'années, les Hypothétiques venaient à peine de s'établir dans la ceinture de Kuiper. S'il est arrivé à leurs machines d'entrer dans l'atmosphère terrestre, cela a été un événement rare, isolé. On a suffisamment signalé de lumières flottant dans le ciel ou d'étranges objets aériens pour laisser croire que c'est peut-être bien arrivé, de temps en temps, même si personne n'a compris ce qui se passait vraiment. La mise en place de la barrière Spin a exclu toute chute de ce genre, et aujourd'hui encore, la Terre est protégée des radiations excessives du Soleil par une membrane d'un type différent. Mars, pour son bonheur ou son malheur, est davantage exposée. Les Martiens ne sont pas arrivés comme des étrangers dans l'époque moderne, Dr Dvali. Nous nous sommes développés et avons évolué pendant des millénaires en connaissant l'existence des Hypothétiques et en sachant qu'en réalité, le système solaire leur appartenait.

— Les cendres qui nous sont tombées dessus, demanda Mme Rebka d'une voix pressante qu'enrouait une certaine hostilité, c'était le même phénomène ?

— Vraisemblablement. Tout comme les choses qui poussent dans le désert. Il est tout naturel de présumer qu'il y a eu des Hypothétiques dans le système solaire de *cette* planète pendant des siècles et des siècles. Les pluies annuelles de météorites sont plus probablement leurs détritus que les simples restes d'anciens corps célestes. La chute de cendres en a été un exemple particulièrement dense, peut-être à cause d'une exfoliation récente. Comme si on avait traversé un nuage de... de...

— De cellules mises au rebut, suggéra le Dr Dvali.

— De cellules, oui, en un sens, dont ils se sont dépouillés, peut-être débarrassés, mais pas forcément inertes ni complètement mortes. Il reste un métabolisme partiel.» D'où la rose oculaire et les autres pousses abortives et éphémères.

«Votre peuple a dû étudier ces restes.

— Oui, bien entendu, dit Sulean. En fait, nous les avons cultivés. Une bonne partie de notre biotechnologie provient de nos études de ces choses. Le traitement de longévité a un rapport lointain avec les Hypothétiques. La plupart de nos médicaments comportent un élément de leur technologie... voilà pourquoi nous les cultivons à des températures cryogéniques qui simulent le système solaire externe.

— Et le garçon martien... tout comme Isaac, j'imagine...

— Le traitement qu'*eux* ont reçu est bien plus proche de la matière première des appareils des Hypothétiques. J'imagine que vous pensiez à un médicament purement humain? À un autre exemple de la merveilleuse biotechnologie martienne? Ça l'est, en un sens, d'ailleurs. Mais c'est aussi davantage. C'est aussi quelque chose d'inhumain, d'incontrôlable par nature.

— Et pourtant, Wun Ngo Wen a apporté un stock de semences sur Terre.

— Si Wun Ngo Wen avait découvert la culture plus ancienne et plus sage que nous supposions tous exister sur Terre, je suis sûre qu'il aurait fait preuve de franchise quant à leurs origines. Mais il a malheureusement découvert quelque chose de bien différent. Il a confié nombre de nos secrets à Jason Lawton, qui a eu l'imprudence de les tester sur lui-même... et de les faire circuler parmi des gens en qui *lui-même* avait confiance, mais qui ne se sont pas révélés plus prudents.»

Sulean n'ignorait pas le choc qu'elle venait de provoquer dans l'assistance. Ces noms, Wun Ngo Wen et Jason Lawton, se prononçaient avec révérence entre Quatrièmes terriens. Mais ils étaient humains, après tout. Sujets au doute, à la peur, à la convoitise et aux décisions hâtives qu'on a tout loisir de regretter ensuite.

«Tout de même, finit par dire le Dr Dvali, votre peuple aurait pu nous dire...

— Ce sont des choses de *Quatrièmes*!» La véhémence de sa réplique la surprit elle-même. «Vous ne comprenez pas. Ce n'est pas *zuret*...» Elle ne pouvait traduire avec précision ce terme et toutes ses nuances. «Ce n'est pas correct, ce n'est pas *convenable* de les partager avec des non-modifiés. Les non-modifiés ne veulent pas savoir, c'est aux personnes très âgées de se soucier de cela: en acceptant le fardeau de la longévité, ils acceptent aussi ce fardeau-là. Mais je les aurais partagées avec *vous*, Dr Dvali, avant le début de votre projet, si vous ne vous étiez pas si bien caché.»

Elle ne pouvait toutefois espérer être comprise par ceux à qui elle s'adressait et qui avaient vu le jour dans cette jungle bruyante qu'était la Terre. Même leur Quatrième Âge était étranger. Le dernier état de la vie, les décennies facultatives ne signifiaient rien d'autre pour eux que quelques années d'existence supplémentaires. Sur Mars, tous les Quatrièmes se voyaient rituellement séparés du reste de la population. En entrant dans le Quatrième Âge — sauf à y entrer, comme Sulean, dans des circonstances exceptionnelles —, on en admettait les contraintes et on acceptait de vivre en reclus, conformément aux traditions. Les Quatrièmes terriens avaient essayé de recréer certaines de ces traditions, et ce groupe en particulier s'était retiré dans une espèce de sanctuaire au milieu du désert, mais ce n'était pas comparable... ils n'en comprenaient pas le fardeau, ils n'avaient pas été initiés à la connaissance sacrale.

Ils manquaient, paradoxalement, de l'épouvantable austérité monastique des Quatrièmes martiens. C'était ce qu'avait détesté Sulean chez les Quatrièmes l'ayant élevée. Sur Mars, les Quatrièmes se déplaçaient comme dans les couloirs invisibles d'un très ancien labyrinthe. Ils avaient échangé la joie contre une *gravitas* poussiéreuse. Mais cela valait quand même mieux que cette insouciance anarchique... tous les vices de l'humanité terrienne, inutilement prolongés.

Sentant peut-être son trouble, le Dr Dvali demanda : « Mais l'enfant ? Dites-nous ce qui est arrivé à Esh, madame Moï. »

Il était arrivé au garçon quelque chose de simple et terrible à la fois. Tout avait commencé par la chute de débris des Hypothétiques en provenance du système externe.

Chute pas tout à fait inattendue. Les astronomes martiens suivaient depuis quelques jours la progression du nuage de poussière. L'événement excitait tout le monde. On avait autorisé Sulean à grimper jusqu'à un grand parapet de la station de Bar Kea, qui avait servi de forteresse dans la dernière des guerres cinq siècles auparavant, pour assister à la chute flamboyante.

Un tel événement ne s'était pas produit depuis deux générations, et Sulean ne fut pas la seule à monter sur les remparts pour jouir du spectacle. La station avait été construite adossée à la crête des monts Omod, et les plaines arides au sud, sur lesquelles tomberaient la plupart des débris, s'étalaient sous les cieux nocturnes, mystérieuses et vierges de toute route. Cette nuit-là, des étoiles filantes traversèrent le ciel comme des filaments de feu, et Sulean assista bouche bée à ce spectacle jusqu'à ce qu'une inopportune envie de dormir s'empare d'elle et qu'un des adultes lui pose la main sur l'épaule avant d'aller la coucher.

Monté lui aussi sur le parapet, Esh observait les lueurs vertes et dorées des débris en train de tomber sans pour autant manifester la moindre réaction.

Une fois couchée, Sulean s'aperçut qu'elle n'avait soudain plus sommeil du tout. Elle resta longtemps allongée à penser à ce qu'elle venait de voir. Elle pensa aux débris accumulés des machines abashkens, ces choses qui mangeaient de la glace et du rocher, qui mettaient de longs millénaires à vivre puis à mourir dans des endroits isolés très éloignés du Soleil, et dont les restes brûlaient en traversant l'atmosphère. Ces débris survivaient parfois en quantité suffisante pour commencer une espèce de nouvelle vie abortive... les livres d'histoire décrivaient des pousses curieuses d'une nature incomplète et bizarrement mécanique, inadaptées à la chaleur et à l'atmosphère (pour eux) corrosive de la planète. Cela se reproduirait-il? Dans ce cas, y assisterait-elle? D'après les astronomes, la majeure partie des débris ne tomberait pas très loin de la station de Bar Kea. Fascinée par les Hypothétiques, Sulean avait terriblement envie de voir un exemple vivant.

Tout comme Esh, apparemment.

Le lendemain matin, il régnait un émoi considérable dans la station. Esh était agité... il avait pleuré pour la première fois depuis sa petite enfance, et l'une des personnes s'occupant de lui l'avait trouvé en train de se cogner la tête contre le mur sud de sa chambre. Une influence invisible avait pulvérisé sa placidité coutumière.

Sulean voulut voir Esh — *exigea* même qu'on la laisse le voir, quand elle apprit cela —, mais on le lui refusa, et ce plusieurs jours d'affilée. On appela des médecins au chevet d'Esh: le garçon était régulièrement pris de fièvre et sombrait dans des sommeils aussi profonds qu'impénétrables. Quand il ne dormait pas, il voulait absolument qu'on le laisse sortir.

Il avait cessé de s'alimenter, et le jour où on autorisa enfin Sulean à entrer dans sa chambre, elle eut du mal à le reconnaître. Jusque-là potelé, joufflu et ne paraissant pas son âge, Esh était désormais émacié, avec des yeux étrangement pailletés d'or et enfoncés plus profond dans son crâne osseux.

Elle lui demanda ce qui n'allait pas, sans espérer de réponse, mais il la surprit en disant : « Je veux aller les voir.

— Quoi ? *Qui ?* Qui veux-tu aller voir ?

— Les Ab-ashkens. »

La voix timide du garçon donnait au nom une sonorité encore plus étrange. Sulean sentit un frisson la parcourir du creux des reins jusqu'au sommet du crâne.

« Comment ça, tu veux aller les voir ?

— Dans le désert, précisa Esh.

— Il n'y a rien, dans le désert.

— Si. Les Ab-ashkens. »

Il se mit alors à pleurer, et Sulean dut sortir. L'infirmière qui s'occupait d'Esh la suivit dans le couloir pour lui confier : « Ça fait des jours qu'il demande à sortir de la station. Mais c'est la première fois qu'il parle des Ab-ashkens. »

Étaient-ils vraiment là, dehors, ces Hypothétiques, ces Ab-ashkens, ou du moins leurs restes fragmentaires ? Sulean posa la question à l'un des adultes s'occupant d'elle, un vieillard frêle qui avait été astronome avant de devenir Quatrième. Il lui répondit qu'il y avait en effet eu de l'activité dans le Sud et lui montra une série de photographies aériennes prises au cours des jours précédents.

Elles montraient un désert assez semblable à celui s'étendant devant Bar Kea : du sable, de la poussière et des rochers. Mais avec, niché au creux d'une large déclivité, un ensemble d'objets si peu naturels qu'ils défiaient toute description. Des choses à demi construites et follement incomplètes, sembla-t-il à Sulean... des tubes aux couleurs vives, des miroirs hexagonaux chromés, des sphères à cavités, nombre de ces objets reliés les uns aux autres comme les parties d'un impossible et énorme insecte.

« Ça doit être là qu'il veut aller, dit Sulean.

— Possible. Mais nous ne pouvons pas le permettre. Ce serait un trop grand risque. Il pourrait lui arriver quelque chose.

— C'est bien ce qui a l'air de se passer *ici*. On dirait qu'il est en train de mourir ! »

Son tuteur haussa les épaules. « Ce n'est ni à toi ni à moi d'en décider. »

Peut-être pas. Mais Sulean avait peur pour Esh. Comme ami, il ne valait pas grand-chose, mais elle n'en avait pas d'autre. On ne devrait pas le retenir contre son gré, et Sulean avait très envie de le libérer. Elle essaya d'imaginer des moyens d'y arriver, de se glisser dans sa chambre pour l'en faire sortir subrepticement... mais il y avait toujours du monde dans les couloirs de la station, et Esh restait surveillé en permanence.

Surtout qu'on ne l'autorisait plus à le voir souvent, et sa vie semblait vide sans la présence muette d'Esh. Parfois, en passant devant la chambre du garçon, elle grimaçait en l'entendant pleurer ou crier.

La situation n'évolua pas pendant quelques interminables journées inondées de soleil. Dehors dans le désert, lui apprit son tuteur, les pousses ab-ashkens avaient fleuri et commençaient à se faner, inadaptées comme elles l'étaient à cet environnement. Mais le frénétique désir d'Esh ne cessait de croître.

« Ces pousses, demanda le Dr Dvali, elles étaient dangereuses ?

— Non. Elles n'ont jamais eu qu'une sorte de vie temporaire. »

Comme des fleurs de serre, pensa Sulean, transplantées dans un mauvais climat et un mauvais sol.

Ce fut le lendemain qu'elle vit pour la dernière fois Esh vivant.

Sulean était sortie, ce matin-là, se promener là où elle se promenait d'habitude avec lui. Son gardien restait discrètement à distance, respectueux de l'humeur préoccupée de Sulean et de son éventuel besoin de solitude.

C'était encore une journée pleine de soleil. Les rochers jetaient des ombres dures sur le sable. Sulean errait près des portes de la station, sans vraiment penser à quoi que ce soit de précis — en fait, elle s'efforçait de ne pas penser à Esh — lorsqu'elle le vit, aussi surprenant qu'un mirage et accroupi à l'ombre d'un gros rocher, en train de regarder vers le sud.

C'était inexplicable. Sulean jeta un coup d'œil par-dessus son épaule à son gardien, un autre vénérable Quatrième. Il s'était arrêté pour souffler à l'ombre du mur sud de la station de Bar Kea. Le vieux Quatrième n'avait pas vu Esh, dont Sulean ne fit rien pour trahir la présence.

Elle s'approcha lentement, en prenant soin de ne pas se dépêcher et de ne pas attirer l'attention. Esh leva un regard plaintif sur elle depuis sa cachette.

Elle se pencha, comme pour examiner un morceau de schiste ou un petit crustacé des sables en train de déguerpir, et chuchota : « Comment t'as fait pour t'enfuir ?

— Ne dis rien, exigea Esh.

— Non, bien sûr que je ne dirai rien. Mais comment…

— Personne ne regardait. J'ai volé une toge », ajouta-t-il en levant les bras dans le blanc volumineux d'une tenue de désert taillée pour quelqu'un de plus grand. « Je suis passé par le parapet nord, là où il touche les rochers, et je suis descendu.

— Mais qu'est-ce que tu fiches dehors ? La nuit va tomber dans deux heures.

— Je fais ce que j'ai à faire.

— Il te faut de l'eau et de la nourriture.

— Je peux m'en passer.

— Non, tu ne peux pas. » Sulean insista pour lui donner sa bouteille d'eau, qu'elle emportait toujours quand elle quittait l'abri de la station, et une barre de nourriture séchée qu'elle avait gardée pour son propre usage.

« Ils sauront que je suis parti, indiqua Esh. Ne leur dis pas que tu m'as vu. »

Jamais Sulean n'avait eu avec Esh une conversation aussi longue, véritable déluge de mots par rapport à d'habitude. « Je le ferai, promit-elle. Enfin, je veux dire, je ne leur dirai pas. Je ne le dirai à personne.

— Merci, Sulean. »

Une autre nouveauté surprenante : c'était la première fois qu'il prononçait son nom, peut-être la première qu'il disait celui de quelqu'un. Ce n'était pas seulement Esh qu'elle voyait accroupi devant elle dans le sable, mais Esh plus autre chose.

Les Ab-ashkens, pensa Sulean.

Les Hypothétiques étaient en lui, regardant par ses yeux modifiés.

Une cloche se mit à sonner à l'intérieur de la station. Tiré de sa somnolence, le gardien de Sulean appela celle-ci. « Cours », chuchota-t-elle au garçon.

Mais elle n'attendit pas de voir s'il suivait son avis. Elle retourna vers la station, se comportant comme s'il ne s'était rien passé, elle alla retrouver son gardien, à qui elle ne dit rien du tout, comme si le silence dans lequel Esh avait vécu tant d'années lui était entré dans la gorge pour étouffer sa voix.

« Que voulait-il donc ? demanda Dvali. Trouver les artefacts tombés du ciel, il faut croire... mais pour quoi faire ?

— Je n'en sais rien, répondit Sulean. L'attirance des semblables, je suppose. Le même instinct ou la même programmation qui fait que les réplicateurs des Hypothétiques se regroupent, partagent les informations et se reproduisent a pu agir aussi sur le petit Esh. La crise a été provoquée par la proximité de ces machines.

— Comme pour Isaac ? demanda Mme Rebka.

— Possible.

— Votre peuple a dû se poser ces questions.

— Sans trouver de réponses, malheureusement.»

Dvali intervint: «Vous nous avez dit que le garçon était mort.

— Oui.

— Racontez-nous comment.»

Sulean pensa: *Dois-je vraiment? Dois-je le supporter encore une fois?*

Bien entendu qu'elle le devait. Ce jour-là comme tous les autres.

Il avait quitté la station des heures auparavant et la nuit était tombée depuis longtemps quand la résolution de Sulean s'évapora. Effrayée de savoir Esh seul dans la nuit, ébranlée par le courant électrique d'angoisse et d'inquiétude que l'absence du garçon suscitait dans toute la station, elle alla trouver celui qu'elle considérait comme le plus gentil de ses mentors, son instructeur d'astronomie, qui répondait au seul nom de Lochis. Elle lui raconta dans un torrent de larmes coupables avoir vu Esh dans l'après-midi. Lorsque Lochis finit par comprendre, il lui ordonna de ne pas bouger le temps qu'il réunisse une équipe de secours.

Cinq hommes et trois femmes, tous rompus aux dangers et à la géographie du désert, quittèrent la station à l'aube à bord d'un chariot tracté par l'une des rares grandes machines de la station — les machines de grande taille étant un luxe sur une planète pauvre en ressources. On autorisa Sulean à les accompagner afin de leur montrer où elle avait vu Esh pour la dernière fois et peut-être aider à le convaincre de rentrer à la station, s'ils le retrouvaient.

Des machines plus sophistiquées, du genre appareils d'observation à distance plus légers que l'air, avaient déjà été expédiées de la grande ville la plus proche, mais n'arriveraient pas avant le lendemain. Entre-temps, lui dit Lochis, il faudrait s'en remettre à la vue et à l'intuition. Par chance, Esh n'avait pu dissimuler ses traces, et il sautait aux yeux qu'il se dirigeait vers la plus grosse concentration de restes ab-ashkens.

Quand l'expédition traversa une ligne de petites collines pour arriver dans le bassin du désert méridional, Sulean vit, en cours de décomposition, les preuves de la chute. Le chariot passa près d'un groupe de… eh bien, de *choses* (Sulean ne voyait pas d'autre terme) sèches en train de pourrir. Un tube à large embouchure, blanc jaunâtre et grand comme au moins deux humains, penché sur un amas d'orbes, de pyramides et d'éclats de miroirs. Tout cela avait simplement poussé entre les galets du désert, puis était mort. Ou presque. Quelques cirres duveteux, comme d'énormes plumes d'oiseaux, remuèrent vaguement parmi ces décombres surréalistes. Ou peut-être leur mouvement ne provenait-il que du petit vent sec.

Sulean avait été confrontée pour la première fois aux Hypothétiques en regardant dans les yeux modifiés d'Esh. C'était maintenant la deuxième. Frissonnant malgré la chaleur, elle se recroquevilla contre la masse protectrice de Lochis.

« N'aie pas peur, lui dit-il. Il n'y a rien de dangereux là-dedans. »

Mais elle n'avait pas peur, pas vraiment. Elle avait été envahie d'une émotion différente. Fascination, effroi… ou un vertigineux mélange des deux. Il y avait là des morceaux d'Ab-ashkens, des fragments de choses s'étant détachées des étoiles elles-mêmes, les os et les muscles du corps d'un dieu.

« C'est comme si je sentais leur présence », murmura-t-elle.

Ou peut-être était-ce son propre futur qu'elle sentait, fonçant dans sa direction comme les eaux gonflées d'un fleuve.

« Une fois encore, madame Moï, la rappela sévèrement à l'ordre le Dr Dvali, comment le garçon est-il mort ? »

Sulean laissa quelques secondes s'écouler dans le silence de la salle commune. Il était tard. Tout était calme. Elle s'imagina entendre le bruit du vent du désert vibrer dans ses oreilles.

« Il s'est sans doute arrêté d'épuisement. Nous avons fini par le retrouver dans une petite dépression, visible seulement de tout près. Il était prostré et respirait à peine. Tout autour de lui… »

Elle détestait cette image. Cette vision l'avait hantée toute sa longue vie.

« Continuez, intima Dvali.

— Tout autour de lui, des choses avaient poussé. Il était entouré d'une espèce de bosquet de restes d'Hypothétiques. Des choses pointues, à l'air dangereux avec des pointes d'une matière verte cassante.

Incomplètes, bien entendu, manifestement non viables, mais encore mobiles... encore *vivantes*, si vous acceptez cette description.

— Et elles l'avaient encerclé ? demanda Mme Rebka d'une voix maintenant plus douce.

— À moins qu'elles aient poussé autour de lui dans son sommeil, ou qu'il soit délibérément allé vers elles. Certaines d'entre elles l'avaient... transpercé. » Elle effleura ses côtes et son abdomen pour leur montrer où.

« L'avaient tué ?

— Il était toujours conscient quand nous l'avons retrouvé. »

Sulean s'était arrachée des bras de Lochis pour se précipiter sans réfléchir vers Esh empalé sur les objets extraterrestres. Elle avait ignoré les voix effrayées qui la rappelaient.

Parce que c'était sa faute. Elle n'aurait jamais dû aider Esh à s'enfuir de la station. Même s'il y était très malheureux, au moins s'y trouvait-il en sécurité. Quelque chose d'affreux s'était maintenant abattu sur lui.

Elle ne ressentit aucune peur particulière des choses ab-ashkens, si étranges fussent-elles. Elles avaient poussé autour du corps du garçon comme un cercle de piquets de clôture taillés en pointe. Elle sentait leur odeur, même si elle en avait à peine conscience : une odeur nettement chimique, sulfureuse et fétide. Les pousses n'étaient pas en bonne santé, on voyait sur elles des labyrinthes de fissures et de lézardes, ainsi que, par endroits, une espèce de pourriture noire. Leurs tiges s'agitèrent faiblement quand elle passa entre elles, comme conscientes de sa présence. Ce qu'elles étaient peut-être.

Elles avaient en tout cas conscience de celle d'Esh. Plusieurs des plus grandes s'étaient courbées en demi-cercles pour venir percer le corps du garçon de leurs extrémités affilées. Elles avaient pénétré son torse et son abdomen en trois endroits, laissant des petits cercles de sang séché sur ses vêtements. Sulean ne sut pas, tout d'abord, si le garçon était mort ou, d'une manière ou d'une autre, encore vivant.

Il ouvrit alors les yeux, la regarda et, si incroyable que cela paraisse, *sourit.*

« Sulean, dit-il. Je l'ai trouvé. »

Puis il referma une dernière fois les yeux.

Le silence régnant dans la salle commune fut interrompu par un coup timide à la porte.

Un seul des membres de la communauté n'assistait pas à la réunion. Mme Rebka se précipita pour ouvrir.

Isaac se tenait dehors, toujours en tenue de nuit, son pyjama sali aux genoux, les mains terreuses, l'expression sombre.

« Quelqu'un arrive », annonça-t-il.

SEIZE

La porte du bureau de Brian Gately s'ouvrit juste au moment où un communiqué de presse s'affichait sur son écran. Son visiteur était cet agent potelé du DSG nommé Weil. Le communiqué parlait de la récente chute de cendres.

Weil n'était pas accompagné de son collègue morose, Sigmund, et il souriait... même si sa bonne humeur, dans ces circonstances, sembla vaguement obscène à Brian.

« C'est vous qui m'avez transmis ça ? demanda ce dernier en désignant le communiqué.

— Lisez. J'attendrai. »

Brian s'efforça de se concentrer sur le document, mais ne pouvait empêcher le cliché expédié par Pieter Kirchberg de lui revenir sans cesse en mémoire. Le cadavre abîmé de Tomas Ginn sur une plage de galets. Il se demanda si Weil avait vu ce cliché. Ou ordonné l'exécution.

Il fut tenté de poser la question. Il n'osa pas. Il cligna des yeux et lut le communiqué.

PORT MAGELLAN/REUTERS : Les scientifiques de l'observatoire du mont Mahdi ont procédé aujourd'hui à une annonce stupéfiante : la récente « chute de cendres » qui a affecté la côte est d'Équatoria et le désert intérieur de ce continent n'est « pas totalement inerte ».

Les cendres ainsi que les structures microscopiques qu'elles contiennent, et qu'on suppose être les restes détériorés de structures des Hypothétiques venues des confins du système solaire local, semblent avoir montré des signes de vie.

Dans une conférence de presse commune tenue aujourd'hui à l'Observatoire, des représentants de l'Université américaine, de la Prospection géophysique des Nations unies et du Gouvernement provisoire ont montré des photographies et des échantillons d'« objets quasi organiques qui s'auto-assemblent et s'autoreproduisent incomplètement » retrouvés à la limite ouest du bassin aride qui s'étend des montagnes côtières à l'océan occidental.

Ces objets, qui vont d'une sphère creuse de la taille d'un petit pois à un assemblage de ce qui ressemble à des tubes et des câbles larges comme la tête d'un homme, ont été qualifiés d'instables dans un environnement planétaire et par conséquent sans danger pour la vie humaine.

« Un scénario "peste de l'espace" est rigoureusement impossible, a déclaré l'astronome en chef Scott Cleland. Les objets tombés sur la planète étaient très âgés et sans doute déjà altérés par l'usure avant d'entrer dans l'atmosphère. La grande majorité a été stérilisée par une traversée brutale qui n'a laissé intacts que quelques éléments de taille nanoscopique. Un très petit nombre de ceux-ci disposaient encore d'une intégrité moléculaire suffisante pour relancer le processus de croissance. Mais ils étaient faits pour s'épanouir dans le froid et le vide extrêmes de l'espace interstellaire. Dans un désert chaud et

riche en oxygène, ils ne peuvent tout simplement pas survivre longtemps. »
Interrogé sur le nombre de ces structures encore actives à ce jour, le Dr Cleland a répondu : « Aucune parmi celles que nous avons échantillonnées. Le plus grand nombre d'amas actifs se trouvait, et de loin, au fond du Rub al-Khali », le désert occidental riche en pétrole. « Les résidents des villes côtières ne courent que peu de risques de trouver des plantes extraterrestres dans leurs jardins. »
Des effets nuisibles ne pouvant toutefois être totalement exclus, une quarantaine peu contraignante a été mise en place entre les concessions pétrolières et la côte ouest d'Équatoria. Cette redoutable région n'a connu aucun peuplement substantiel, même si des touristes en visitent parfois les canyons et si les consortiums pétroliers y assurent une présence permanente. « Les voyages sont surveillés et des alertes ont été émises », a précisé Paul Nissom, de l'Autorité territoriale du Gouvernement provisoire. « Nous voulons écarter les curieux et faciliter le travail des chercheurs qui ont besoin d'étudier et de comprendre cet important phénomène. »

Suivaient deux paragraphes de détails banals et de numéros de contacts, mais Brian pensait avoir compris l'essentiel. Il regarda Weil d'un air de dire : « Bon, et alors ? »

« Ça nous arrange bien, lança Weil.

— De quoi vous parlez ?

— D'ordinaire, le Gouvernement provisoire n'est guère qu'une bonne d'enfants nulle à chier. Depuis la chute de cendres, et surtout depuis cette merde bizarre dans l'Ouest, il s'est enfin mis à faire attention aux endroits où vont les gens. Et surtout à surveiller le trafic aérien. »

Équatoria comptait davantage d'avions privés par personne que n'importe quel endroit terrestre, des petits appareils pour la plupart, et un nombre tout aussi important d'aérodromes occasionnels. Pendant des années, le trafic n'avait pas été régulé, transportant des passagers entre les communautés installées en pleine nature ou des géologues pétroliers dans le désert.

«La mauvaise nouvelle, poursuivit Weil, c'est que Turk Findley a réussi à récupérer son avion, avec Lise Adams et une troisième personne non identifiée. Ils ont décollé la nuit dernière.»

Brian sentit un vide se creuser dans sa poitrine. Un vide constitué en partie de jalousie, en partie de peur pour Lise, qui s'enfonçait heure après heure dans les ennuis.

«La *bonne* nouvelle, conclut Weil en souriant encore plus largement, c'est qu'on sait où ils sont allés. Et qu'on y va. Et qu'on veut que vous nous accompagniez.»

DIX-SEPT

Turk comptait se poser sur une piste de sa connaissance à quelques kilomètres de Kubelick's Grave, à l'ouest des contreforts, sur la route conduisant aux concessions pétrolières. Peut-être lui confisquerait-on son avion si Mike Arundji avait donné l'alerte et s'apprêtait à porter plainte. Mais de toute manière, c'était sans doute inévitable.

Diane le surprit, au moment où le Skyrex commençait sa longue descente au-dessus des pentes occidentales de la ligne de partage des eaux, en suggérant une autre destination. «Tu te souviens où tu as déposé Sulean Moï?

— À peu près.

— Emmène-nous-y, s'il te plaît.»

Lisa tendit le cou pour regarder Diane installée à l'arrière. «Vous savez où trouver Dvali?

— J'ai entendu deux ou trois trucs au fil des ans. Ces contreforts sont criblés de petites communautés utopistes et de retraites religieuses de toutes sortes. Avram Dvali a déguisé ses installations en l'une d'elles.

— Mais si vous saviez où il était…

— On ne savait pas, du moins au début. Mais même une communauté comme celle de Dvali est poreuse. Des gens arrivent, d'autres s'en vont. Il se cachait de nous quand il était crucial pour lui de se cacher : avant la naissance de l'enfant. »

Cela signifiait une demi-heure de vol supplémentaire. Après une autre rumination muette, Turk lança : « Je suis désolé, pour ce truc avec le téléphone, en ville. Tu voulais quoi, essayer de transmettre un message à ta mère aux States ou quelque chose comme ça ?

— Quelque chose comme ça. » Elle était contente qu'il se soit excusé et ne voulait pas aggraver les choses en admettant avoir appelé Brian Gately, même si c'était pour essayer de faire libérer Tomas Ginn. « Je peux te poser une question ?

— Vas-y.

— Comment se fait-il que tu aies dû voler ton propre avion ?

— Je dois de l'argent au type qui possède l'aérodrome. Les affaires n'allaient pas trop bien.

— Tu aurais pu me le dire.

— Ça ne semblait pas un bon moyen d'impressionner une riche Américaine divorcée.

— Pas vraiment riche, Turk.

— Ça en avait l'air, pour moi.

— Et donc, tu comptais t'en sortir comment ?

— Je n'avais pas vraiment de plan à proprement parler. Au pire, je me disais que je pourrais vendre l'avion, déposer à la banque tout ce qu'il me resterait une fois mes dettes payées, et m'embarquer sur un de ces navires de recherches qui traversent le Deuxième Arc.

— Il n'y a rien de l'autre côté du Deuxième Arc, à part des rochers et une atmosphère pourrie.

— Me suis dit que j'aimerais voir ça par moi-même. Ou alors…

— Ou alors quoi?

— Ou alors si ça marchait entre nous, je me suis dit que je pourrais rester à Port M pour y trouver un boulot. Il y a toujours du travail sur les pipelines.»

Un instant, elle fut surprise. Et contente.

«Mais bon, ça n'a plus d'importance, ajouta-t-il. Quand on en aura terminé ici, que tu découvres ou non quelque chose sur ton père, tu vas devoir rentrer aux États-Unis. Tu y seras bien. Tu viens d'une famille respectable et tu as assez de relations pour qu'on ne t'arrête pas pour t'interroger.

— Et toi?

— Je peux disparaître à ma manière.

— Tu pourrais, tu sais, rentrer avec moi. Aux États-Unis.

— Je n'y serais pas en sécurité, Lise. J'ai déjà eu des ennuis du genre de ceux dans lesquels on est en ce moment. J'ai de bonnes raisons de ne pas pouvoir rentrer.»

Dis-les-moi, songea-t-elle. Ne m'oblige pas à demander. *Sais-tu que c'est un criminel? C'est pour ça qu'il a fui les États-Unis.* Alors dis-moi. «Des problèmes avec la justice? demanda-t-elle.

— Tu n'as pas envie d'en savoir davantage.

— Mais si.»

Il survolait le désert à basse altitude, l'aile droite au-dessus des contreforts éclairés par la lune. «J'ai incendié un bâtiment, indiqua-t-il. L'entrepôt de mon père.

— Tu m'as dit que ton père était dans le pétrole.

— Il l'était, à un moment. Mais il n'aimait pas les pays étrangers. Quand on a quitté la Turquie, il est allé travailler dans l'entreprise d'import-export de mon oncle. Ils importaient des merdouilles à trois francs six sous fabriquées dans les usines du Moyen-Orient, des descentes de lit, des souvenirs, des trucs de ce genre.

— Pourquoi incendier l'entrepôt?

— J'avais dix-neuf ans, Lise. J'étais en rogne et je voulais nuire à mon paternel.»

Elle demanda aussi doucement que possible: «Comment ça se fait?»

Il laissa encore passer quelques instants de silence en regardant le désert, ses instruments, n'importe quoi sauf elle. «Je fréquentais une fille. On allait se marier. C'était sérieux. Mais mon paternel et mon oncle n'ont pas voulu. Ils étaient vieux jeu sur... la race, tu comprends.

— Ton amie n'était pas blanche?

— Hispano-américaine.

— Tu te souciais vraiment de ce que pensait ton père?

— Pas à ce moment-là, non. Je le détestais. Franchement, c'était un petit salopard brutal. À mon avis, si ma mère est morte jeune, c'est à cause de lui. Je n'en avais rien à foutre, de son opinion. Mais il le savait. Si bien qu'il ne m'en a pas dit un mot, mais il est allé voir la famille de ma copine pour leur proposer de payer ses frais de scolarité à l'université pendant un an à condition qu'elle n'approche plus de moi. J'imagine que ça semblait une bonne affaire. Je ne l'ai plus jamais revue. Mais elle a eu assez mauvaise conscience pour m'envoyer une lettre d'explication.

— Alors tu as brûlé son entrepôt.

— J'ai pris deux boîtes de décapant dans le garage et je suis allé dans le quartier industriel les vider sur les portes des quais de chargement. C'était après minuit. Le temps que les pompiers s'amènent, les trois quarts de l'entrepôt étaient en feu.

— Tu as donc eu ta revanche.

— Sauf que je ne savais pas qu'il y avait un veilleur de nuit à l'intérieur. Il a passé six mois au service des grands brûlés à cause de moi.»

Lise ne dit rien.

«Le pire, poursuivit Turk, c'est que mon vieux a étouffé l'affaire. Il s'est arrangé avec la compagnie d'assurances. Il m'a retrouvé pour me le dire. Me raconter qu'il avait fait cet énorme sacrifice financier pour m'épargner les poursuites judiciaires. Il m'a dit que c'était parce qu'on était de la même famille, qu'il avait fait ce truc avec ma copine pour ça, parce que la famille, ça comptait, que je le sache ou non.

— Il s'attendait à ce que tu te montres *reconnaissant*?

— Si étonnant que cela paraisse, ouais, je pense qu'il s'attendait sincèrement à de la reconnaissance.

— Et il en a eu?

— Non, répondit Turk. Il n'en a pas eu.»

Il posa le Skyrex là où il l'avait posé pour Sulean Moï quelques mois plus tôt, sur une petite portion d'asphalte qui apparut au milieu de nulle part mais se trouvait, d'après Diane, à moins de deux kilomètres de la colonie de Dvali, une distance parcourable à pied.

Ils partirent donc à pied en emportant des torches électriques.

Turk sentit la communauté avant de la voir, avec son odeur d'eau et de fleurs différente de la monotone essence minérale du désert. Ils la découvrirent derrière une petite colline, quelques lumières y brillaient encore : quatre bâtiments et une cour, avec des toits en terre cuite, comme une sorte d'hacienda transplantée. Il y avait un jardin, ainsi qu'un portail à la ferronnerie très ornée, derrière lequel Turk vit ce qui ressemblait à un garçon. Dès qu'il les aperçut, celui-ci repartit en courant à l'intérieur, et le temps qu'ils atteignent ce portail, beaucoup d'autres lumières s'étaient allumées et un groupe de dix à quinze personnes les attendait.

« Laissez-moi leur parler », dit Diane, suggestion que Turk accepta avec plaisir. Il resta avec Lise en retrait de quelques pas pendant que la vieille femme s'approchait de la clôture. Turk voulut observer le groupe de Quatrièmes, mais la lumière qui leur arrivait dans le dos ne lui laissait guère voir que leurs silhouettes.

Diane s'abrita les yeux. « Madame Rebka ? » lança-t-elle tout soudain.

Une femme sortit du groupe. Tout ce que Turk vit

de cette Mme Rebka fut son corps un peu potelé et ses cheveux fins qui ressemblaient à une espèce de halo blanc autour de sa tête.

« Diane Dupree, reconnut la dénommée Mme Rebka.

— J'ai bien peur d'amener des personnes que vous n'avez pas invitées.

— Vous ne l'avez pas été non plus. Qu'est-ce que vous venez faire là, Diane ?

— La question se pose-t-elle ?

— J'imagine que non.

— Chassez-nous alors, ou laissez-nous entrer. Je suis fatiguée. Et je doute que nous ayons beaucoup de temps pour discuter avant d'être à nouveau dérangés. »

Isaac voulait rester voir les nouveaux venus — des visiteurs inattendus étaient un phénomène tout aussi rare dans sa vie que la chute de cendres —, mais sa fièvre le reprenait et on le ramena dans son lit, où il resta quelques heures supplémentaires allongé tout en sueur et sans dormir.

Il savait que le cirre qui s'était dressé dans le jardin pour lui toucher la main était un appareil des Hypothétiques. Une machine biologique. Incomplète et inadaptée à son environnement, mais Isaac avait été pris d'un saisissant sentiment de justesse profonde quand la chose lui avait entouré le poignet. Une fraction du besoin inassouvi en lui avait disparu un instant.

Mais ce contact avait pris fin, rendant le besoin encore plus intense. Isaac voulait le désert à l'ouest, il en avait intensément envie. Bien entendu, il avait peur, aussi… peur de ce vaste territoire aride et de ce qu'il pourrait y trouver, peur du besoin qui s'était emparé de lui avec une telle force compulsive. Mais ce besoin pouvait être satisfait. Il le savait, maintenant.

Il regarda l'aube chasser les étoiles, la planète se tournant comme une fleur en direction du soleil.

Deux des Quatrièmes, deux femmes, escortèrent Lise et Turk dans un dortoir où on avait dressé plusieurs lits de camp. Les draps, plutôt propres, sentaient toutefois le linge resté longtemps rangé.

Leurs accompagnatrices gardèrent leurs distances, mais semblaient à peu près amicales, étant donné les circonstances. « En cas de besoin, vous trouverez la salle de bains au bout du couloir, indiqua la plus jeune.

— Il faut que je parle au Dr Dvali, dit Lise. Voulez-vous l'avertir que je veux le voir ? »

Les deux Quatrièmes échangèrent un regard. « Au matin », répondit la plus jeune.

Lise s'allongea sur le lit le plus proche. Turk s'étendit sur un autre, et sa respiration se transforma presque aussitôt en longs ronflements.

Elle essaya de refréner son ressentiment.

Elle avait la tête pleine de pensées, toutes bruyantes, toutes réclamant à grand bruit son attention. Cela la stupéfiait un peu d'être venue si loin, d'avoir participé à ce qui équivalait à un vol et d'accepter l'hospitalité d'une communauté de Quatrièmes dissidents. Avram Dvali ne se trouvait qu'à quelques pièces de là, si bien qu'elle pouvait être tout aussi près de comprendre le mystère qui hantait sa famille depuis douze ans.

De le comprendre, songea-t-elle, ou de m'y retrouver piégée. Elle se demanda jusqu'où au juste son père s'était approché de ces dangereuses vérités.

Elle quitta son lit pour aller sur la pointe des pieds se glisser sous la couverture de Turk. Elle se recroquevilla contre lui, une main sur son épaule et l'autre glissée sous son oreiller, en espérant que l'audace ou la colère de Turk s'infiltrent en elle pour chasser une partie de sa peur.

Diane s'installa avec Mme Rebka — Anna Rebka, devenue une Quatrième après la mort de son mari Joshua — dans une salle pleine de tables et de chaises récemment abandonnées par les résidents de la communauté. Des verres d'eau laissés sur les tables de bois brut baignaient dans leur propre condensation. Il était tard, et l'air nocturne du désert traversait la pièce, leur refroidissant les pieds.

Voilà donc leurs installations, songea Diane. Assez confortables, bien qu'ascétiques. Il y régnait toutefois une atmosphère monastique. Un calme sacral. D'une familiarité perturbante, pour elle qui avait passé une bonne partie de sa jeunesse au sein de croyants purs et durs.

Elle savait ou imaginait très bien, dans les grandes lignes, ce qui se passait dans ces lieux. Tout devait fonctionner comme dans d'autres communautés similaires, à part leur expérience avec l'enfant. Cachés quelque part, probablement sous terre, les bioréacteurs à ultra-basse température permettaient de reproduire et stocker les «médicaments» martiens. Elle avait déjà vu les fours à poterie servant de camouflage: un visiteur inattendu se verrait proposer de grossières faïences ainsi que des tracts utopistes, et repartirait sans rien savoir de plus.

Diane avait connu ou croisé la plupart des membres fondateurs. Un seul n'était pas un Quatrième à l'époque: Mme Rebka elle-même. Elle avait apparemment pris le traitement depuis.

«Voilà ce que j'ai à vous dire, commença Diane: la Sécurité génomique est à Port Magellan, apparemment en force. Et elle ne tardera pas à vous retrouver. Elle suit la piste de la Martienne.»

Mme Rebka garda un calme olympien. «Comme toujours, non?

— Il faut croire qu'ils s'améliorent.

— Savent-ils qu'elle est là?

— S'ils ne le savent pas déjà, ça ne saurait tarder.

— Et vous leur avez peut-être montré le chemin en venant ici. Vous y avez pensé, Diane?

— Ils ont déjà fait le lien entre Sulean Moï et Kubelick's Grave. Ils ont le nom de Dvali. À partir de là, croyez-vous qu'ils auront du mal à localiser cet endroit?

— Pas vraiment, admit Mme Rebka, les yeux fixés sur la table. Nous sommes restés discrets sur notre présence ici, malgré tout...

— Oui, malgré tout, renchérit sèchement Diane. Avez-vous prévu cette éventualité?

— Bien entendu. Nous pouvons évacuer en quelques heures. Si nécessaire.

— Et le garçon ?

— Nous continuerons à assurer sa sécurité.

— Et l'expérience, Anna, que donne-t-elle ? Vous êtes en contact avec les Hypothétiques ? Ils vous parlent ?

— Le garçon est malade. » Mme Rebka releva la tête, les sourcils froncés. « Épargnez-moi votre désapprobation.

— Avez-vous jamais réfléchi à ce que vous créiez ici ?

— Sans vouloir vous offenser, si ce que vous nous dites est exact, nous n'avons pas le temps de *débattre.* »

Diane demanda, plus doucement : « Ça se passe comme vous l'espériez ? »

Anna Rebka se leva et Diane pensa qu'elle ne répondrait pas. Mais elle s'arrêta et se retourna une fois sur le seuil.

« Non, avoua-t-elle d'une voix éteinte. Ça ne se passe pas comme on voudrait. »

Lise s'éveilla lorsque le soleil entrant par la fenêtre lui effleura la joue comme une main fiévreuse.

Il n'y avait plus qu'elle dans la pièce. Turk était parti quelque part, sans doute pour soulager sa vessie ou s'enquérir du petit déjeuner.

Elle enfila le jean et la chemise génériques fournis par les Quatrièmes tout en pensant à Avram Dvali, en formulant les questions qu'elle voulait lui poser. Elle avait besoin de lui parler le plus vite possible, dès qu'elle aurait fait sa toilette et avalé quelque chose. Mais des pas précipités se firent entendre derrière la porte, et lorsqu'elle regarda par la fenêtre, elle vit une douzaine de véhicules qu'on chargeait de provisions. Elle en tira la conclusion évidente : les Quatrièmes s'apprêtaient à abandonner les lieux. Lise pouvait trouver des dizaines de bonnes raisons à cela. Mais elle eut soudain peur que Dvali s'en aille avant qu'elle puisse lui parler, aussi se précipita-t-elle dans le couloir et demanda où le trouver à la première personne qu'elle croisa.

Sans doute dans la salle commune, lui conseilla le Quatrième qui passait, au bout du couloir et à gauche dans la cour… à moins qu'il supervise le chargement. Lise finit par le localiser près du portail du jardin, où il consultait ce qui ressemblait à une liste.

Avram Dvali. Elle avait dû l'apercevoir aux petites fêtes pour universitaires que ses parents donnaient à Port Magellan, mais elle avait vu tant d'adultes inconnus dans ces soirées que leurs visages se brouillaient dans sa mémoire. Le sien lui disait-il quelque chose ? Non. Ou juste vaguement, à cause des photographies. Comme il avait pris le traitement de longévité, il ne devait pas avoir beaucoup changé en douze ans : un barbu au visage rond, avec de grands yeux qu'abritait un chapeau de désert à large bord. On l'imaginait facilement se mêlant dans le salon des Adams aux autres quinquagénaires professeurs de ceci ou cela, un verre dans une main, l'autre explorant le bol de bretzels.

Refrénant son angoisse, elle avança droit sur lui. Il releva la tête à son arrivée.

« Mademoiselle Adams », dit-il.

Il avait été prévenu. Elle hocha la tête. «Appelez-moi Lise», dit-elle... pour dissiper ses soupçons, non par désir d'être à tu et à toi avec un homme qui avait créé et enfermé un enfant humain à des fins de recherche scientifique.

«Diane Dupree a dit que vous vouliez me parler. Malheureusement, pour le moment...

— Vous êtes occupé, dit-elle. Qu'est-ce qui se passe?

— Nous partons.

— Où allez-vous?

— Ici ou là. Rester ici est dangereux, vous comprenez pourquoi, j'imagine.

— Je n'ai vraiment besoin que de quelques minutes. Je veux vous interroger sur...

— Votre père. Et je serais ravi de discuter avec vous, mademoiselle Adams... Lise... mais comprenez-vous bien ce qui se passe ici? Nous devons non seulement partir le plus vite possible, mais aussi détruire la plus grande partie de ce que nous avons construit. Les bioréacteurs et leur contenu, les documents et les cultures, tout ce que nous ne voulons pas voir tomber entre les mains de nos persécuteurs.» Il consulta un papier imprimé, puis cocha une ligne quand deux hommes tirèrent un chariot de cartons jusqu'à l'un des camions. «Une fois que nous serons prêts à partir, vos amis et vous pourrez m'accompagner un moment. On discutera. Mais pour l'instant, je dois m'occuper de ça.» Il ajouta: «Votre père était un homme courageux qui avait des principes, mademoiselle Adams.

Nous avions plusieurs points de désaccord, mais je le tenais en grande estime.»

Voilà au moins quelque chose, songea Lise.

Turk s'était levé tôt.

Des pas précipités dans le couloir le tirèrent du sommeil, et il prit soin de se lever sans déranger Lise, venue dans son lit au cours de la nuit. À demi enroulée dans une couverture, elle ronflait doucement, tendre comme la création d'un dieu bienveillant. Il se demanda comment elle réagissait à ce qu'il lui avait appris sur lui-même. Ce n'était pas le CV qu'elle espérait. Cela suffisait peut-être largement pour qu'elle fuie retrouver sa famille en Californie.

Il partit à la recherche d'*Ibu* Diane avec l'intention de proposer son aide, si besoin était: tout le monde semblait porter quelque chose. Les Quatrièmes s'apprêtaient visiblement à abandonner les lieux. Mais quand il la retrouva dans la salle commune, Diane lui dit que toutes les tâches avaient été distribuées et que les Quatrièmes les exécutaient actuellement dans un ordre méticuleux, aussi se prépara-t-il un petit déjeuner. Quand il estima venue l'heure de réveiller Lise, si elle n'était pas déjà levée, il reprit le chemin de leur chambre.

Il fut arrêté au passage par un garçon qui regardait par la porte au bout du couloir. Ce ne pouvait être que celui dont Diane avait tant parlé… le garçon à moitié Hypothétique. Turk s'était représenté un hybride bizarre, mais il avait devant lui un simple enfant de douze ans au visage de bébé empourpré et aux yeux un peu écarquillés.

« Salut, dit Turk avec précaution.

— Vous êtes nouveau, dit le garçon.

— Ouais, je suis arrivé hier soir. Je m'appelle Turk.

— Je vous ai vu quand j'étais dans le jardin. Vous et les deux autres. » Le garçon ajouta : « Moi, c'est Isaac.

— Bonjour, Isaac. Tout le monde a l'air très occupé, ce matin.

— Pas moi. On ne m'a rien donné à faire.

— Moi non plus, répondit Turk.

— Ils vont faire sauter les bioréacteurs, confia le garçon.

— Vraiment ?

— Oui. Parce que… »

Mais l'enfant se raidit soudain. Ses yeux s'écarquillèrent au point que Turk distingua les mystérieuses paillettes dorées autour des iris. « Holà, hé ! Tu vas bien ? »

Un murmure terrifié. « Parce que je me souviens… »

Le garçon s'effondra. Turk le rattrapa dans ses bras et appela à l'aide.

« Parce que je me souviens…

— De quoi, Isaac ? De quoi tu te souviens ?

— De trop de choses », répondit le garçon en se mettant à pleurer.

DIX-HUIT

À l'aube, Brian Gately se retrouva, sanglé sur une banquette entre Weil et Sigmund, à bord d'un avion de transport qui décollait de l'aéroport principal de Port Magellan. Un groupe d'hommes armés avait pris place à un autre endroit de la carlingue… pas tout à fait des soldats, puisqu'on ne voyait pas le moindre insigne sur leurs gilets pare-balles. L'intérieur dépouillé de l'appareil avait tout le confort sans charme d'un entrepôt industriel. À la lueur rouge entrant par les fenêtres grandes comme des hublots, Brian savait que le jour se levait.

Weil l'avait convoqué bien plus tôt à l'aéroport. «Au cas où nous nous retrouverions à devoir négocier, avait-il expliqué, ou dans toute autre situation de discussion… un interrogatoire postérieur, par exemple… nous aimerions que ce soit vous qui interagissiez avec Lise Adams. Nous pensons que vous vous en sortiriez mieux que quelqu'un qu'elle ne connaît pas. Qu'est-ce que vous en pensez ?»

Ce qu'il en pensait ? Il se faisait l'impression d'un beau dégueulasse, oui. Mais refuser semblait difficile. Cela pourrait lui donner l'occasion de protéger Lise. Il n'avait aucune envie qu'elle soit interrogée par un fonctionnaire hostile du DSG ou par l'un de ces mercenaires. Elle s'était retrouvée au mauvais endroit pour de mauvaises raisons, cela ne faisait pas d'elle une criminelle pour autant, et avec un peu de chance, Brian pourrait peut-être lui éviter la prison. Ou pire. Le souvenir de la photo du cadavre de Tomas Ginn lui palpitait dans la tête comme un fragile anévrisme.

«Je ferai ce que je peux pour vous aider, répondit-il à Weil.

— Merci. Nous y sommes sensibles. Je sais que ce n'est pas ce pour quoi vous avez signé.»

Pas ce pour quoi il avait signé. Cela tournait à la plaisanterie. Il s'était fait embaucher par la Sécurité génomique parce qu'il était doué pour l'administration et qu'un des cousins de son père, chef de bureau du DSG à Kansas City, lui avait ouvert la porte. Il avait cru au travail de la Sécurité génomique, au moins autant qu'il était professionnellement nécessaire d'y croire. L'énoncé de mission du Département lui avait semblé tenir debout : préserver l'héritage biologique humain contre le clonage clandestin, les modifications humaines non autorisées et la biotechnologie martienne importée. La plupart des nations disposaient d'agences similaires et suivaient les grandes lignes directrices mises en place par les Nations unies conformément aux accords de Stuttgart. Tout était propre et carré.

Et s'il existait des recoins bureaucratiques dans les niveaux plus prudemment classés du DSG, des zones cachées où on préparait et exécutait des attaques moins politiquement acceptables sur les ennemis de la continuité génétique humaine... était-ce si surprenant ? Savaient ceux qui avaient besoin de savoir. Il n'avait jamais fallu que Brian sache. L'ignorance était son mode de conscience préféré, du moins en ce qui concernait le Comité d'action exécutive. Bien entendu, tout ne pouvait être fait légalement ou au grand jour. N'importe quel adulte pouvait le comprendre.

Cela ne lui plaisait pas pour autant. Sa nature le conduisait à préférer les règles à l'anarchie. La loi était le jardinier du comportement humain, et ce qu'il y avait en dehors de celle-ci était brutal et impitoyable. En dehors du jardin, il y avait Sigmund, Weil, leurs sourires peu communicatifs et leur escouade d'hommes armés. En fait, en dehors, il y avait le corps martyrisé de Tomas Ginn.

L'appareil vira en s'élevant pour franchir les montagnes côtières qui absorbaient l'essentiel de la pluviosité d'Équatoria, transformant l'intérieur des terres en désert. « Nous arriverons à Kubelick's Grave dans une heure », indiqua Weil. Brian était passé un jour par Kubelick's Grave, peu après son arrivée dans le Nouveau Monde, pendant un voyage de découverte du continent. C'était une ville de rien du tout, un trou d'adobe qui n'existait que pour permettre aux véhicules terrestres reliant les sables bitumineux du Rub al-Khali à la côte par la passe de Mahdi de remplir leur réservoir. D'après Weil, une communauté d'excentriques en toges vivait dans les contreforts désertiques au nord-est de Kubelick's Grave : des Quatrièmes dissidents, en fait, puisque les photographies aériennes effectuées au cours des dernières heures montraient le petit avion de brousse de Turk Findley posé à proximité.

Ils vont faire une descente sur le site et en prendre le contrôle, se dit Brian. Cette descente serait-elle violente ? Il espéra que le grand nombre d'armes visibles servirait surtout à impressionner. À constituer une menace plausible. Car les Quatrièmes étaient a priori non violents, adoucis par la même technologie qui leur accordait la longévité. Il serait sûrement inutile de tuer. Et s'il y avait des morts, Lise n'en ferait pas partie. Il y veillerait. En intention, du moins, il était courageux.

Tout se passa très vite.

L'aéroport à Kubelick's Grave était tout juste assez grand pour permettre à l'avion de transport de se poser. Dès que l'appareil s'immobilisa au bout d'une piste en béton crevassé, sa porte de chargement arrière s'abaissa et les hommes armés sortirent dans un ordre militaire. Quelques véhicules blindés légers attendaient dans la lumière cuivrée du matin. Brian s'installa avec Sigmund et Weil dans un de ces véhicules de désert décapotés que les gens du coin appelaient « coqs » à cause de leur manière de rebondir sur le paysage comme des oiseaux coureurs. Sigmund prit le volant et ils partirent en queue de convoi. Ce ne fut pas un trajet confortable. La chaleur et le soleil étaient déjà accablants. Brian ne vit de Kubelick's Grave qu'un garage et un dépôt d'essence jonchés de pièces automobiles rouillées, avec une vieille transmission de camion abandonnée sur le gravier comme l'épine dorsale d'une créature du jurassique. Ils se retrouvèrent ensuite à bringuebaler sur la route principale, piste d'argile durcie parallèle aux montagnes.

Une heure passa, seulement brisée par les cris rauques de Sigmund, qui essayait de communiquer avec quelqu'un par une radio de campagne. La discussion, pour ce qu'en entendit Brian, consistait en mots codés et en ordres incompréhensibles. Le convoi parvint ensuite au sommet d'une petite colline et le camp des Quatrièmes fut soudain droit devant. Les véhicules militaires accélérèrent d'un coup, leurs gros pneus soulevant des gerbes de poussière, mais Weil immobilisa le leur et en coupa le moteur, si bien que Brian entendit ses oreilles bourdonner dans le silence relatif.

Sigmund se remit à crier, d'abord dans sa radio, puis à Weil, quelque chose comme « trop tard » et un ordre d'« abandonner ».

« Ils sont tous partis, expliqua Weil à Brian. Il y a des traces récentes. D'au moins deux douzaines de véhicules.

— Ne pouvez-vous au moins prendre le contrôle du site ?

— Pas avant d'avoir désamorcé ce qu'ils ont laissé. Dans des situations de ce genre, ils… »

Un jaillissement de lumière au loin l'interrompit.

Brian regarda les installations des Quatrièmes, passées en une seconde d'un groupe de petits bâtiments autour d'une cour à un nuage de poussière et de fumée de plus en plus volumineux.

«Merde», eut le temps de dire Weil. L'onde de choc les atteignit une fraction de seconde plus tard, bruit qui sembla enfler les poumons de Brian à un point douloureux. Il ferma les yeux. Une seconde onde de choc, comme le battement d'une aile brûlante, déferla sur lui.

La colonie n'existait plus. Brian se dit que Lise n'était pas à l'intérieur, qu'il n'y avait eu personne à l'intérieur.

«... iègent pour... disait Weil.

— Quoi?

— Ils le piègent pour détruire leur équipement technique et nous empêcher de prendre des échantillons. On est arrivés trop tard.» La poussière soulevée par l'explosion donnait un teint pâle à Weil. L'équipe d'assaut de Sigmund avait fait demi-tour en hâte.

«Est-ce que Lise...?

— Il faut supposer qu'elle est partie avec les autres.

— Partie où?

— Ils ne voyageront pas tous ensemble. D'après les traces, il semblerait que deux douzaines de véhicules soient partis dans différentes directions. Nous en poursuivrons quelques-uns. Avec de la chance, nous pincerons Lise et les autres cibles majeures. Si on avait été prévenus un peu plus tôt, on aurait pu faire décoller des drones de surveillance pour monter la garde. Mais on n'a pas eu le temps, et de toute manière, tous les drones du continent ont été expédiés dans l'Ouest profond pour évaluer si ces putains de concessions pétrolières ont souffert du tremblement de terre.»

Sigmund continuait à grogner dans son combiné. Il l'éteignit ensuite en disant à Weil : « L'avion a disparu. »

L'avion de brousse de Turk Findley, sans doute. Disparu. Envolé. Brian devait-il s'en réjouir ?

« Au moins, l'avion, on peut le suivre à la trace », dit Weil.

Et Lise avec.

Brian regarda les ruines de la colonie. De la fumée noire surgissait des fondations effondrées, et de petits feux intermittents brûlaient dans le désert alentour. Des bâtiments de brique et d'adobe qui se dressaient là il ne restait plus rien.

Ils passèrent la nuit dans ce qui tenait lieu d'hébergement public à Kubelick's Grave : un motel à toit de tuiles dans lequel Brian partagea une chambre avec Sigmund et Weil. Deux lits jumeaux et un lit de camp… qui fut attribué à Brian.

Il passa la majeure partie de l'après-midi et de la soirée à écouter Sigmund passer ou recevoir des appels téléphoniques. Le nom du Comité d'action exécutive fut souvent prononcé.

Cette nuit-là, incapable de trouver le sommeil sur son lit de camp, frigorifié malgré le bruyant et antédiluvien radiateur électrique, il vint à l'esprit de Brian de se demander s'ils étaient au courant de sa dernière communication avec Lise.

Son téléphone était-il sur écoute ? Le numéro affiché lorsque Lise avait appelé ne lui disait rien, il s'agissait sans doute d'un appareil jetable chargé en minutes anonymes, si bien qu'ils n'auraient pu trouver l'origine de l'appel. Celui-ci n'avait rien eu de vraiment compromettant. À part que Brian n'en avait pas parlé. Ce qui suggérait qu'il était partagé entre deux camps. Qu'il pourrait ne pas être un employé du DSG digne de confiance.

Il essaya d'en vouloir à Lise. Il détestait son inutile investissement personnel dans ce bordel, son besoin obsessif de tirer au clair la disparition de son père et de transformer l'histoire en une espèce d'hommage.

Il essaya de lui en vouloir, et il s'en voulut de ne pas y arriver.

Des rapports sur l'arrestation des Quatrièmes en fuite commencèrent à arriver avant l'aube. Sigmund se mit à crier dans son téléphone tandis que Brian s'habillait en hâte.

Apparemment, l'opération avait connu un succès mitigé.

«Au moins la moitié de la population de la colonie est encore en liberté, expliqua Weil. Nos gars ont intercepté trois véhicules transportant au total quinze personnes, dont aucun gros poisson. La *bonne* nouvelle...»

Brian se prépara au pire.

«La *bonne* nouvelle est qu'un petit avion immatriculé au nom de Turk Findley a essayé de faire le plein dans un modeste aérodrome de service à environ trois cents kilomètres à l'ouest d'ici. Le gérant de l'aéroport a reconnu l'avion grâce à un avis de recherche: le précédent employeur de M. Findley voulait le saisir pour des arriérés de loyer. Il a appelé le Gouvernement provisoire où quelqu'un a eu l'amabilité de l'aiguiller sur nous. Nos gars sont arrivés pour arrêter le pilote et les passagers. Un homme, trois femmes, tous refusant de décliner leur identité.

— Lise est parmi eux? demanda Brian.

— Peut-être. Ça reste à confirmer. Et il y avait peut-être des cibles prioritaires avec elle.

— Elle n'est pas une cible. Je ne la qualifierais pas de cible.

— Elle en est devenue une en prenant la fuite.»

Mais pas prioritaire, songea-t-il, se raccrochant à cela. «Je peux la voir?

— Si on se dépêche, on peut y être à midi», dit Weil.

Il vint à l'esprit de Brian de se demander, tandis que la ville de Kubelick's Grave diminuait derrière eux, qui pouvait avoir été ce Kubelick et pourquoi on l'avait enterré ici dans les badlands, mais personne dans l'automobile ne sut répondre à cette question. Le petit groupe de bâtiments disparut ensuite, Sigmund s'éloignant des montagnes en roulant vers l'horizon désespérément plat à l'ouest. La route devant eux frémissait dans la chaleur du matin comme un produit de l'imagination.

Sigmund n'arrivait pas à faire fonctionner son téléphone, sur lequel il ne cessait pourtant de taper d'une main, l'autre tenant le volant. Même entre les véhicules largement espacés du convoi — l'automobile plus trois gros camions remplis de mercenaires —, la communication était sporadique et peu fiable. Weil n'avait aucune explication: «Il y a une demi-douzaine d'aérostats amarrés entre ici et la côte ouest, et pas une seule de ces saloperies ne fonctionne correctement. Bordel, on a eu de la chance d'obtenir les infos sur l'aérodrome au bon moment!»

Il n'y avait pas que les problèmes de communication à sembler remarquables aux yeux de Brian. Il attira l'attention des autres sur la circulation en sens inverse, flot régulier composé non seulement de camions de compagnies pétrolières, mais aussi de nombreux véhicules particuliers, certains si piqués de sable et si marqués par le soleil qu'ils semblaient tout juste capables de rouler. Comme si on évacuait les avant-postes habités du Rub al-Khali, ce qui était peut-être le cas... à cause d'une nouvelle secousse sismique, par exemple.

Cent kilomètres plus loin, le convoi s'arrêta sur le gravier du bas-côté. Sigmund et Weil partirent vers l'avant parler au chef de la compagnie paramilitaire. Leur conversation ressembla davantage à une dispute, mais Brian ne put comprendre ce qui se disait. Il resta au bord de la route à regarder la circulation s'écouler vers l'est. Étrange, se dit-il, comme cette partie d'Équatoria ressemble à l'Utah: le même horizon d'un bleu cendré, la même chaleur apathique durant la journée. Les Hypothétiques avaient-ils conçu ce désert en assemblant la planète, et si oui, pourquoi? Mais Brian ne pensait pas qu'ils prêtaient la moindre attention aux détails... Les Hypothétiques lui semblaient des partisans convaincus des résultats à long terme. Plantez une graine (ou ensemencez une planète) et laissez la nature faire le reste. Jusqu'à la récolte... quoi que cela veuille dire ou puisse vouloir dire un jour.

Il ne poussait pas grand-chose dans les environs, à part les étranges touffes ligneuses que les gens du coin appelaient herbes de cactus, et même celles-ci semblaient déshydratées aux yeux de Brian. Mais au milieu des étendues terre de Sienne d'herbes de cactus poussant à ses pieds, il repéra un endroit ou quelque chose de plus coloré avait pris racine. N'ayant rien de mieux à faire, il s'accroupit pour regarder. Ce qui avait attiré son attention était une fleur rouge : Brian n'avait rien d'un botaniste, mais la fleur ne lui semblait pas à sa place dans ces broussailles sèches. Il tendit la main pour la toucher. La plante était froide, charnue... et donna presque l'impression de se recroqueviller. La tige se pencha dans l'autre direction, la fleur, si c'en était bien une, baissa la tête.

Était-ce normal ?

Il détestait cette fichue planète et sa bizarrerie perpétuelle. C'est un cauchemar, songea-t-il, se faisant passer pour la normalité.

Ils finirent par atteindre l'aérodrome, à l'écart de la route, deux préfabriqués et autant de pistes d'atterrissage goudronnées orthogonales, une rangée de pompes à essence, une tour de contrôle en pisé à deux niveaux coiffée d'un dôme radar. D'ordinaire, l'endroit aurait eu pour clients des avions des compagnies pétrolières arrivant au Rub al-Khali ou en repartant avec des gros bonnets à bord. Ce jour-là, il n'y avait qu'un appareil visible sur le tarmac : celui de Turk Findley, un robuste petit Skyrex bleu et blanc en train de cuire au soleil.

Le convoi de la Sécurité génomique se gara devant le pavillon le plus proche. Brian tremblait un peu en descendant de voiture, ses craintes revenant à la surface. Il avait peur pour Lise, et en dessous il avait peur *de* Lise... de ce qu'elle pourrait lui dire et de ce qu'elle pourrait conclure, à tort ou à raison, en le voyant en compagnie d'hommes tels que Sigmund et Weil.

Peut-être pourrait-il l'aider. Il se cramponna à cette pensée. Elle avait des problèmes, de graves et dangereux problèmes, mais elle pouvait toujours garder la tête hors de l'eau si elle prononçait les bonnes paroles, niait toute complicité, rejetait toute responsabilité et coopérait à l'enquête. Si elle consentait à tout cela, Brian pourrait peut-être lui éviter la prison. Il faudrait qu'elle rentre au pays, bien entendu, qu'elle oublie Équatoria et son petit passe-temps journalistique. Sauf qu'avec les événements de ces derniers jours, elle ne prendrait pas de si haut la perspective d'un retour aux États-Unis. Elle pourrait peut-être même apprendre à apprécier ce qu'il avait fait, et était prêt à faire, pour elle.

Il se dépêcha de rejoindre Sigmund et Weil, qui passèrent devant un groupe d'employés de l'aéroport et s'enfoncèrent dans un couloir de fortune jusqu'à la porte d'un bureau gardé par un type de la sécurité de l'aéroport en uniforme bleu cendré. « Les suspects sont à l'intérieur ? s'enquit Sigmund.

— Oui, tous les quatre.

— Voyons ça.»

Le garde ouvrit la porte, Sigmund entra le premier, suivi par Weil puis par Brian. Les deux agents du DSG s'arrêtèrent d'un coup et Brian dut tendre le cou pour voir par-dessus leurs épaules.

«Bordel de merde!» fit Sigmund.

Trois femmes et un homme étaient installés autour d'une table de réunion tachée au milieu de la pièce. Chacun d'eux était menotté à une chaise.

L'homme avait environ soixante ans, à en juger par son apparence. Sans doute davantage, puisque c'était un Quatrième. Les cheveux blancs, maigre, la peau sombre… ce n'était *pas* Turk Findley.

Les trois femmes avaient à peu près le même âge. Aucune ne ressemblait à Sulean Moï. Et elles n'étaient certainement pas Lise Adams ni l'une ni l'autre.

«Des leurres, dit Weil d'une voix dégoûtée.

— Découvrez qui ils sont et ce qu'ils savent», ordonna Sigmund aux hommes armés qui attendaient dans le couloir.

Weil tira Brian dehors à sa suite. «Vous allez bien?

— C'est juste… oui, réussit à répondre Brian. Je veux dire, ça va.»

Ça n'allait pas. Il se représentait les quatre prisonniers le crâne percé par les balles, rejetés par les eaux, peut-être, sur une plage lointaine, ou tout simplement enterrés dans le désert, leurs corps se desséchant sous une couche de sable, payant de leur vie leur longévité.

DIX-NEUF

Ils roulèrent en direction du nord jusqu'à la tombée de la nuit. Dvali conduisait, et quand elle n'avait pas la tête ailleurs, Lise l'observait.

Par-dessus tout, il était très protecteur avec l'enfant, Isaac.

On avait poussé Lise et Turk à bord d'un gros tout-terrain, le genre avec roues métalliques semi-rigides capable d'affronter à peu près n'importe quoi. Construite pour transporter dans le confort six personnes, l'automobile dut en accueillir sept : Dvali, Lise, Turk, Diane, Mme Rebka, Sulean Moï... et Isaac.

Turk avait préconisé de prendre le Skyrex, mais Dvali et Mme Rebka l'en avaient dissuadé. Un avion serait plus facile à retrouver et moins facile à dissimuler qu'un véhicule terrestre parmi beaucoup d'autres. L'avion leur servirait de diversion, assura le Dr Dvali. Quatre des Quatrièmes les plus âgés de la colonie, dont l'un pilote privé, avaient proposé de s'envoler avec vers l'ouest. Ils seraient sans doute capturés. Mais ils savaient ce qu'ils faisaient, avait insisté le Dr Dvali. Ils ne craignaient pas de mourir, s'il le fallait. Le traitement martien avait ceci d'ironique qu'il gommait la peur de la mort alors même qu'il prolongeait la vie. Turk demanda s'ils avaient un traitement pour la crainte de l'insolvabilité.

Ils partirent donc vers le nord, quittant la colonie juste devant une douzaine d'autres véhicules terrestres qui se dispersèrent dans diverses directions, soit sur les routes présentes, soit directement dans le désert. La colonie avait été piégée à l'explosif pour l'empêcher de tomber aux mains des autorités ainsi que pour détruire toute preuve pouvant conduire à leur capture. Lise et les autres s'étaient trop éloignés sur la route pour voir la déflagration, mais à un moment, elle avait aperçu un panache de fumée sur l'horizon. Elle demanda alors au Dr Dvali s'il y avait pu y avoir des victimes... des agents du DSG arrivés avant l'heure prévue pour l'explosion n'auraient-ils pu être tués ?

« Le DSG sait à quoi s'attendre dans ce genre de situation. S'il a trouvé nos installations abandonnées, il a bien dû se douter qu'elles étaient piégées. »

Mais en cas de négligence, ou de mauvais minutage ?

Dvali haussa les épaules. « Rien n'est certain, dans la vie.

— Je croyais les Quatrièmes non violents ?

— Nous sommes plus sensibles que les non-modifiés aux souffrances des autres. Ce qui nous rend vulnérables. Mais ni stupides ni incapables de prendre des risques.

— Y compris avec la vie des autres ? »

En entendant cela, Sulean Moï — que Diane disait être une Martienne difforme, mais qui ressemblait pour Lise à une très mince poupée en pomme séchée comme on en faisait dans les Appalaches — avait souri d'un air sardonique. « Nous ne sommes pas des saints. Ça devrait être évident, maintenant. Nous faisons des choix moraux. Souvent les mauvais. »

Dvali voulait conduire toute la nuit, mais Turk le convainquit de bivouaquer dans une clairière de la forêt de pins-doigts rabougris recouvrant la pente ouest du massif montagneux qui constituait la ligne de partage des eaux d'Équatoria. À cette altitude, il pleuvait régulièrement, si bien qu'ils avaient même un ruisseau limpide comme source d'eau potable. L'eau était froide, Lise devina qu'elle provenait des glaciers accrochés aux vallées des cols les plus hauts. Cette fraîcheur lui rappela un souvenir agréable : un séjour à Gstaad où (elle avait dix ans) son père l'avait emmenée skier. Le soleil sur la neige, le gémissement mécanique des remontées et les rires fusant dans l'air glacé : c'était désormais très loin, à des mondes et des années de là.

Elle aida Turk à réchauffer une boîte de ragoût de viande sur un réchaud au propane. Il voulait que le dîner soit prêt et que le réchaud ait refroidi avant la tombée de la nuit, au cas où des drones parcourraient le ciel à la recherche de leur signature thermique. Le Dr Dvali répondit douter que leurs poursuivants en arrivent à de telles extrémités, d'autant plus que la plupart des équipements de surveillance de ce genre avaient été affectés à la crise des parcelles pétrolières. Turk hocha la tête, mais décréta que prendre des précautions inutiles valait mieux que se trahir.

En roulant vers le nord au pied des contreforts, ils avaient discuté de leurs plans. Du moins Turk avait discuté des siens, les Quatrièmes s'étant montrés moins bavards. Turk et Lise continueraient dans la même direction jusqu'à la ville de New Cumberland, où ils prendraient le car qui rejoignait la côte par le col de Pharoah. Les Quatrièmes poursuivraient jusque... eh bien, jusqu'où ils étaient censés aller.

Un endroit où ils pourraient prendre soin du garçon, espéra Lise. Ce dernier avait une drôle d'apparence, avec ses cheveux rouille taillés aux ciseaux de cuisine par la personne servant de coiffeur à la colonie — sans doute Mme Rebka — et ses yeux très écartés, comme ceux d'un oiseau, aux pupilles pailletées d'or. Il avait peu parlé de toute la journée, et encore moins l'après-midi, mais ressentait une gêne que Lise ne comprenait pas bien : chaque virage le voyait en effet froncer les sourcils en gémissant ou soupirer de soulagement. En début de soirée, il fut pris de fièvre, « encore », entendit-elle dire Mme Rebka.

Isaac dormait désormais sur un des sièges arrière de l'automobile, aux fenêtres ouvertes pour y laisser circuler l'air de la montagne. La journée avait été très chaude, mais le soleil brillait maintenant à l'horizontale, et on avait indiqué à Lise que la température pourrait descendre à des niveaux désagréables au cours de la nuit. Il n'y avait que six sacs de couchage dans la voiture, mais du type coûteux, très isolant, et quelqu'un pouvait dormir dans le tout-terrain si nécessaire. Il ne pleuvrait sans doute pas, néanmoins Turk avait déjà noué une bâche entre les arbres pour protéger ou dissimuler sommairement leur groupe.

Lise remua la casserole de ragoût pendant que Turk préparait du café. « Dommage, pour l'avion.

— Je l'aurais perdu de toute manière.

— Qu'est-ce que tu vas faire, une fois de retour sur la côte ?

— Ça dépend, dit-il.

— De quoi ?

— De beaucoup de choses. » Il la regarda comme de loin, les yeux plissés. « Je reprendrai sans doute la mer... si rien d'autre ne se présente.

— Sinon, on pourrait rentrer aux États-Unis », dit-elle en se demandant comment il interpréterait ce *on*. « Tes ennuis judiciaires sont à peu près terminés, non ?

— Ça pourrait se remettre à chauffer pour moi.

— Alors on fera autre chose. » Le pronom flottait dans l'air comme une piñata encore intacte.

« On sera bien obligés. »

On.

Quand ils servirent le dîner, le soleil rencontrait l'horizon en un halo rougeoyant. Turk mangea rapidement sans dire grand-chose. Diane Dupree s'installa à l'écart sur un tronc avec la Martienne, Sulean Moï, avec qui elle eut une conversation animée mais inaudible, tandis que Mme Rebka se penchait sur Isaac, qu'on dut amadouer pour qu'il consente à s'alimenter.

Ce qui laissait le Dr Dvali seul, et donnait à Lise sa première véritable occasion d'avoir une discussion un peu privée avec lui. Elle abandonna Turk au réchaud et aux casseroles pour aller s'asseoir près du Quatrième. Celui-ci la regarda approcher d'un air grincheux, comme un gros oiseau marron, mais n'éleva aucune objection quand elle s'installa à ses côtés. «Vous voulez parler de votre père», comprit-il.

Elle ne put que hocher la tête.

«Nous étions amis.» On aurait dit que Dvali avait répété son discours. «Ce que j'admirais surtout chez votre père, c'était qu'il aimait son travail, mais pas dans un sens étroit. Il aimait son travail parce qu'il le plaçait dans un contexte plus large. Vous voyez ce que je veux dire?

— Non.» Si. Mais elle voulait l'entendre de sa bouche. «Pas vraiment.»

Tendant la main vers le sol, Dvali ramassa une poignée de terre. «Qu'est-ce que j'ai dans la main?

— De la terre arable. Des feuilles mortes. Probablement quelques bestioles.

— De la terre arable, des résidus minéraux, des sédiments, de la biomasse en décomposition, désagrégée en substances nutritives fondamentales, s'autonourrissant. Des bactéries, des spores de champignons… et sans aucun doute quelques insectes.» Il s'essuya la main. «Très ressemblant à ce qu'on trouve sur Terre, mais légèrement différent dans les détails. Au niveau géologique, la ressemblance entre les deux planètes est encore plus flagrante. Le granit est du granit, le schiste du schiste, mais ils existent ici dans des proportions différentes. Il y a moins d'activité volcanique ici que sur Terre. Les plaques continentales dérivent et s'érodent à une vitesse différente, la thermocline est moins prononcée entre l'équateur et les pôles. Mais ce que cette planète a de vraiment caractéristique, c'est qu'elle est fondamentalement *similaire* à la Terre.

— Parce que les Hypothétiques l'ont construite pour nous.

— Peut-être pas tout à fait pour nous, mais oui, ils l'ont construite, ou du moins modifiée, ce qui transforme notre étude de ce monde en une toute nouvelle discipline... ce n'est plus simplement de la biologie ou de la géologie, mais une espèce d'*archéologie* planétaire. Ce monde a été influencé en profondeur par les Hypothétiques bien avant l'apparition des êtres humains modernes, des millions d'années avant le Spin, des millions d'années avant la mise en place de l'Arc. Ce qui est révélateur de leurs méthodes et leurs extraordinaires capacités à planifier à très long terme. Et peut-être aussi de leurs buts ultimes, si nous posons la bonne question. Voilà le contexte dans lequel travaillait votre père. Il ne perdait jamais de vue la vérité plus large, et elle ne cessait jamais de l'émerveiller.

— La planète comme artefact, dit Lise.

— Le livre qu'il écrivait, approuva Dvali. Vous l'avez lu ?

— Je n'en ai vu que l'introduction. » Et quelques

notes sauvées d'une des crises convulsives de ménage radical qui prenaient sa mère.

«J'aurais aimé qu'il y en ait davantage. Ç'aurait été un travail important.

— C'est de ça que vous parliez avec lui?

— Assez souvent, oui.

— Mais pas toujours.

— Bien entendu, nous parlions des Martiens et de ce qu'ils pourraient savoir sur les Hypothétiques. Il savait que j'étais un Quatrième…

— Vous le lui aviez dit?

— Je l'avais mis dans la confidence.

— Puis-je demander pourquoi?

— Parce qu'il s'intéressait manifestement aux Quatrièmes. Parce qu'on pouvait lui faire confiance. Parce qu'il comprenait la nature de ce monde.» Dvali sourit. «Parce que je l'aimais bien, au fond.

— Ça ne le gênait pas, que vous soyez un Quatrième?

— Il posait beaucoup de questions à ce sujet.

— A-t-il parlé de prendre lui-même le traitement?

— Je ne dirais pas qu'il ne l'a pas envisagé. Mais il n'a jamais fait la demande, ni à moi ni, pour autant que je sache, à personne d'autre. Il adorait sa famille, mademoiselle Adams… Je n'ai pas besoin de vous le dire. J'ai été bouleversé, comme tout le monde, d'apprendre sa disparition.

— Vous l'aviez mis aussi dans la confidence, pour votre projet? Celui concernant Isaac?

— Quand nous en étions encore au stade préparatoire, oui, je lui en ai parlé.» Dvali prit une gorgée de café. «L'idée lui déplaisait fortement.

— Mais il ne vous a pas dénoncés. Il n'a rien fait pour vous arrêter.

— Non, il ne nous a pas dénoncés, mais nous avons eu à ce moment-là une discussion très vive… qui a mis notre amitié à rude épreuve.

— Elle y a pourtant survécu.

— Parce que, malgré notre désaccord, il comprenait pourquoi cela semblait nécessaire. Et urgent.» Dvali se pencha plus près de Lise qui, un instant, craignit qu'il lui prenne les mains. Elle n'était pas sûre de pouvoir le supporter. «L'idée d'un contact tangible avec les Hypothétiques… avec l'esprit moteur derrière leur vaste réseau de machines… le fascinait tout autant que moi. Il savait à quel point c'était important, non seulement pour notre génération, mais pour celles à venir, pour l'humanité en tant qu'espèce.

— Vous avez dû être déçu quand il n'a pas voulu coopérer.

— Je n'avais pas besoin de sa coopération. J'aurais aimé son approbation. J'ai été déçu qu'il me la refuse. Au bout d'un moment, nous avons tout simplement cessé d'en discuter… on parlait d'autre chose. Et au moment de lancer le projet pour de bon, j'ai quitté Port Magellan. Je n'ai jamais revu votre père.

— C'était six mois avant sa disparition.

— Oui.

— Vous savez quelque chose là-dessus?

— Sur sa disparition? Non. La Sécurité génomique était à Port M à l'époque… elle me recherchait, moi et d'autres, depuis que des rumeurs circulaient sur notre projet… et quand j'ai appris la disparition de Robert Adams, j'ai supposé que la Sécurité génomique l'avait embarqué pour l'interroger. Mais je n'en suis pas certain. Je n'étais pas sur place.

— La plupart des gens que la Sécurité génomique interroge en ressortent indemnes, Dr Dvali.» Même si elle n'était pas si naïve.

«Pas tous, répondit Dvali.

— Ce n'était pas un Quatrième. Pourquoi lui feraient-ils du mal?» *Le tueraient-ils*, ne put-elle se résoudre à dire.

«Il aurait résisté par principe, et par loyauté personnelle.

— Vous le connaissiez assez bien pour l'affirmer?

— J'ai pris le traitement à Bangalore il y a vingt ans, mademoiselle Adams. Je ne suis pas omniscient, mais je sais juger les gens. Non qu'il y eût quoi que ce soit de particulièrement occulte chez Robert Adams. Sa sincérité se lisait sur son visage.»

Il a été assassiné. Cette explication avait toujours été la plus probable, même si les détails pouvaient s'avérer plus horribles que Lise ne l'avait imaginé. Robert Adams avait été assassiné et ses meurtriers ne seraient jamais jugés. Mais cette histoire en contenait une autre. Celle de la curiosité de Robert Adams, de son idéalisme, de la force de ses convictions.

Elle avait dû laisser transparaître certaines de ses pensées. Dvali irradiait la compassion. «Je sais que ça ne vous aide pas beaucoup. J'en suis désolé.»

Lise se leva. Pour le moment, elle ne ressentait

que le froid. «Je peux vous demander une dernière chose?

— Si vous voulez.

— Comment pouvez-vous justifier ça? Mis à part le destin de l'humanité, comment justifier de mettre un enfant innocent dans la position d'Isaac?»

Dvali vida le fond de sa tasse de café sur le sol. «Isaac n'a jamais été un enfant innocent. Isaac n'a jamais rien été d'autre que ce qu'il est maintenant. Et j'échangerais ma place contre la sienne, mademoiselle Adams, si je pouvais. Je ne demande que ça.»

Elle traversa le bivouac pour gagner le cercle de lumière dans lequel Turk, assis, manipulait un récepteur télécom de poche. Turk, son propre avatar des disparitions: Turk, qui avait disparu de si nombreuses vies. «La radio est cassée?

— Rien n'arrive par les aérostats. Rien de Port Magellan. La dernière fois, ça parlait d'une nouvelle secousse dans l'Ouest.» Les revenus pétroliers étaient, bien entendu, l'obsession éternelle de Port M. Tout pour les trusts. Turk la regarda à nouveau. «Ça va?

— Juste fatiguée», répondit-elle.

Elle refit du café et en but assez pour rester éveillée, alors même que les autres commençaient à s'installer pour la nuit. Enfin, comme elle l'avait espéré, tout le monde fut couché et immobile, sauf la Martienne et elle.

Lise trouvait Sulean Moï intimidante, même

si elle ressemblait à ce genre de vieilles femmes qu'on aiderait à traverser la rue à un feu. Son âge et la distance qu'elle avait parcourue lui faisaient comme une aura invisible. Lise dut rassembler un certain courage pour la rejoindre près des flammes vacillantes du feu de camp, où les bûches consumées n'étaient plus que creux irradiants et cavités rouges.

«N'ayez pas peur», dit la vieillarde.

Ce qui surprit Lise. «Vous lisez dans mes pensées?

— Sur votre visage.

— Je n'ai pas vraiment peur.» Pas trop.

Sulean sourit, dévoilant ses petites dents blanches. «Je crois que moi, à votre place, j'aurais peur... vu ce que vous avez dû entendre dire sur moi. Je sais quelles histoires on raconte. La sévère vieille Martienne, victime d'une blessure d'enfance.» Elle se tapota le crâne. «Ma soi-disant autorité morale. Mon passé inhabituel.

— C'est comme ça que vous vous voyez?

— Non, mais je reconnais la caricature. Vous avez consacré pas mal de temps et d'énergie à me retrouver, mademoiselle Adams.

— Appelez-moi Lise.

— Lise, d'accord. Vous avez toujours cette photo que vous montriez à tout le monde?

— Non.» Elle l'avait détruite dans le village minang, sur l'insistance de Diane.

«Tant mieux. Nous y voilà donc. Sans personne pour nous entendre. Nous pouvons parler.

— Quand j'ai commencé à vous chercher, je n'avais pas la moindre idée que...

— Que ça me dérangerait ? Ou que ça attirerait l'attention de la Sécurité génomique ? Ne vous excusez pas. Vous saviez ce que vous saviez, et ce que vous ignoriez pouvait difficilement entrer dans vos calculs. Vous voulez m'interroger sur Robert Adams, me demander comment et pourquoi il est mort.

— Vous êtes sûre et certaine qu'il est mort ?

— Je n'ai pas assisté à son exécution, mais j'ai discuté avec des témoins de son enlèvement et je ne vois pas d'autre résultat possible. S'il avait été en mesure de rentrer chez lui, il l'aurait fait. Désolée si ça semble brutal. »

Brutal, mais de plus en plus évident, songea Lise. « Il a vraiment été enlevé par la Sécurité génomique ?

— Par un de leurs Comités d'action exécutive, comme ils les appellent.

— Ils recherchaient le Dr Dvali et son groupe.

— Oui.

— Comme vous.

— Oui. Pas tout à fait pour les mêmes raisons.

— Vous vouliez l'empêcher de créer Isaac.

— Je voulais l'empêcher de faire une expérience inutilement cruelle et sans doute inutile sur un être humain, oui.

— N'est-ce pas aussi ce que voulait la Sécurité génomique ?

— Seulement dans ses communiqués de presse. Vous croyez vraiment que des organisations du genre de la Sécurité génomique restent dans les limites de leur mission officielle ? Si la Sécurité génomique pouvait se procurer les outils, elle aurait des bunkers secrets pleins de garçons comme Isaac... reliés à des machines et sous surveillance armée.»

Lise secoua la tête pour mettre de l'ordre dans ses pensées. «Comment avez-vous rencontré mon père?

— La première personne utile dont j'ai fait la connaissance à Équatoria a été Diane Dupree. Il n'y a aucune hiérarchie officielle parmi les Quatrièmes terrestres, mais dans chacune de leurs communautés, on trouve un personnage central qui intervient dans toute décision majeure. Diane jouait ce rôle sur le littoral d'Équatoria. Je lui ai raconté pourquoi je voulais trouver Dvali, et elle m'a donné le nom de gens qui pourraient m'aider... tous n'étaient pas des Quatrièmes. Le Dr Dvali s'était lié d'amitié avec votre père. J'ai fait de même.

— Le Dr Dvali a dit qu'on pouvait faire confiance à mon père.

— Votre père avait une foi surprenante dans la bonté humaine. Ce qui ne lui a pas toujours rendu service.

— Vous pensez que Dvali a profité de lui?

— Je pense qu'il lui a fallu longtemps pour voir le Dr Dvali comme il est.

— C'est-à-dire?

— Un homme aux ambitions grandioses, au profond manque d'assurance et à la conscience dangereusement malléable. Votre père refusait de révéler, même à moi, ce qu'avait annoncé vouloir faire le Dr Dvali et où il se trouvait.

— Il l'a fait quand même?

— Une fois qu'on a appris à se connaître. On a

d'abord beaucoup discuté cosmologie. Je pense que c'était sa manière à lui d'évaluer les gens. On peut en apprendre beaucoup sur une personne à la manière dont elle regarde les étoiles, a-t-il dit un jour.

— S'il vous a raconté ce qu'il savait, pourquoi n'avez-vous pas pu trouver Dvali et l'arrêter ?

— Parce que le Dr Dvali a été assez malin pour changer ses plans après avoir quitté Port Magellan. Votre père croyait que Dvali s'installerait sur la côte ouest d'Équatoria, une région encore presque entièrement sauvage de nos jours, avec juste quelques villages de pêcheurs. Il me l'a dit, et il l'a sans doute dit aussi à la Sécurité génomique quand elle l'a interrogé.

— Dvali pense que mon père a refusé de parler… que c'est pour ça qu'ils l'ont tué.

— Je suis sûre qu'il a résisté. Je doute qu'il y ait réussi, étant donné ce que je sais de leurs techniques d'interrogatoire. Je sais que c'est douloureux à entendre, Lise, et j'en suis désolée, mais c'est la vérité. Votre père m'a dit ce qu'il savait parce qu'il croyait nécessaire de stopper Dvali et pensait que j'avais assez d'autorité pour intervenir sans violence sur Dvali ou sur la communauté des Quatrièmes en général. S'il a raconté la même chose à la Sécurité génomique, il ne l'a fait que sous la contrainte. Mais ça n'avait aucune importance, Lise. Dvali n'était pas sur la côte ouest. Il n'y est jamais allé. La Sécurité génomique a perdu sa trace, et le temps que je découvre sa véritable destination, il était beaucoup trop tard… des années avaient passé. Isaac était en vie. On ne pouvait le faire retourner dans le ventre de sa mère.

— Je vois.»

Dans le silence, Lise entendit craquer les braises.

«Lise, dit doucement Sulean Moï, j'ai perdu mes parents très jeune. J'imagine que Diane vous l'a dit. J'ai perdu mes parents, mais pire que ça, j'ai perdu les souvenirs que j'en avais. Comme s'ils n'avaient jamais existé.

— Je suis désolée.

— Je ne demande pas de compassion. Je veux juste vous dire que, à un certain âge, j'ai décidé de me renseigner sur eux… d'apprendre qui ils étaient, comment ils en étaient venus à habiter près d'un certain fleuve avant qu'il ne sorte de son lit, et quels avertissements ils avaient pu écouter ou ignorer. Je voulais sans doute savoir si je devais les aimer pour avoir essayé de me sauver, ou les détester de ne pas y être parvenus. J'ai découvert beaucoup de choses, la plupart sans importance, dont un certain nombre de vérités douloureuses sur leurs vies personnelles, mais la seule chose *importante* que j'ai apprise a été qu'on ne pouvait rien leur reprocher. Ça a été une très maigre consolation, mais je n'en aurais jamais d'autre, et d'une certaine manière, elle suffisait. Lise… on ne peut rien reprocher à votre père.

— Merci, dit Lise la gorge serrée.

— Bon, conclut Sulean Moï, on devrait essayer de dormir avant que le soleil se lève à nouveau.»

Lise dormit mieux qu'elle ne l'avait fait depuis plusieurs nuits — même si elle se trouvait dans un sac de couchage, sur un sol inégal et dans une forêt étrange. Ce ne fut toutefois pas le soleil qui la réveilla, mais la main de Turk sur son épaule. Il faisait toujours nuit, s'aperçut-elle encore à moitié endormie. « Il faut partir, lui dit Turk. Lève-toi, Lise, vite.

— Pourquoi… ?

— Les cendres se sont remises à tomber à Port Magellan, en plus fort et plus épais, et elles ne vont pas tarder à traverser les montagnes. Il faut qu'on trouve un abri. »

VINGT

Quand il s'éveilla, Isaac vit derrière la voiture en mouvement des volutes de nuages franchir les cols, des nuages parcourus de particules lumineuses, des nuages comme ceux du 34 août. Mais le mal, soudain et impressionnant, embrouilla tout cela.

Ce qu'il ressentait n'était pas de la douleur, pas tout à fait, mais quelque chose de très proche, une sensibilité qui rendait bruit et lumière intolérables, comme si on lui avait enfoncé dans le crâne la lame à nu du monde.

Isaac comprit ce qu'il avait de spécial. Il sut avoir été créé pour tenter de communiquer avec les Hypothétiques, et avoir déçu les adultes de son entourage. Il sut aussi d'autres choses : que le vide de l'espace n'était pas inhabité, mais peuplé de particules fantômes qui existaient trop brièvement pour interagir avec le monde des objets tangibles, particules éphémères que les Hypothétiques pouvaient toutefois manipuler et utiliser afin d'émettre et de recevoir des informations. La technologie martienne enfouie en Isaac avait sensibilisé son système nerveux à ce genre de communication. Cette dernière n'avait cependant jamais rien eu de comparable à la confortable linéarité des mots. La plupart du temps, cela consistait en un sentiment d'urgence lointaine et inexprimable. Parfois, comme en ce moment, cela ressemblait davantage à de la douleur. Une douleur liée au nuage de poussière et de cendres qui approchait : le monde invisible se soulevait dans un tumulte invisible, et le corps comme l'esprit d'Isaac vibraient à l'unisson.

Il sentit aussi qu'on l'installait sur la banquette arrière de la voiture, que des mains ne lui appartenant pas lui bouclaient sa ceinture, que ses anciens et nouveaux amis parlaient d'une voix inquiète. Ils avaient peur pour lui. Et pour eux-mêmes. Il eut conscience que le Dr Dvali ordonnait à tout le monde de monter en voiture, que les portières claquaient, que le moteur démarrait. Et il se réjouit que ce ne soit pas le Dr Dvali qui lui tienne la tête et le tranquillise (mais Mme Rebka), car il en était venu à ne plus l'apprécier, presque à le détester, pour des raisons qu'il ne comprenait pas.

Mme Rebka n'était pas médecin, mais comme les autres Quatrièmes, elle avait appris à pratiquer les soins médicaux essentiels, et Lise la regarda injecter un sédatif dans le bras du garçon à l'aide d'une seringue à l'ancienne. Isaac se mit à respirer plus profondément et ses hurlements finirent par se réduire à un soupir.

Ils roulèrent. Les phares du véhicule découpaient des colonnes lumineuses dans la poussière en train de tomber. Tenant le volant pour les Quatrièmes, Turk s'efforçait de sortir des contreforts avant que les routes ne deviennent impraticables. Quand Lise avait demandé s'ils ne feraient pas mieux d'emmener Isaac à l'hôpital, Mme Rebka avait secoué la tête : « Un hôpital ne peut rien pour lui. Rien qu'on ne puisse faire nous-mêmes. »

Diane Dupree observait le garçon avec de grands yeux inquiets. Sulean Moï le regardait aussi, mais avec une expression plus impénétrable... un mélange, sembla-t-il à Lise, de résignation et de terreur.

Mais c'était Mme Rebka qui laissait Isaac poser la tête sur son épaule, qui le rassurait d'un mot ou d'une simple pression de la main quand les cahots et les vibrations de l'automobile le perturbaient. Elle lui caressait les cheveux, lui tamponnait le front avec un linge humide. Le sédatif ne tarda pas à le plonger dans le sommeil.

Il y avait une question évidente que Lise voulait poser depuis son arrivée à la colonie des Quatrièmes... Comme personne d'autre n'avait rien à dire, et parce que le bruit des essuie-glaces raclant la poussière sur le pare-brise lui portait un peu sur les nerfs, elle s'emplit les poumons et demanda : « La mère d'Isaac est toujours vivante ?

— Oui », répondit Mme Rebka.

Lise se tourna vers elle. « C'est vous ?

— C'est moi », reconnut Mme Rebka.

Qu'est-ce que tu vois, Isaac ?

Beaucoup plus tard, en sortant du sommeil qu'ils avaient injecté en lui, Isaac réfléchit à la question.

C'est Mme Rebka qui l'avait posée. Il essaya de formuler une réponse avant que la douleur revienne le priver de ses mots. Mais c'était une question difficile, parce qu'il avait du mal à voir quoi que ce soit. Il avait conscience du véhicule et de ses occupants, des cendres qui tombaient à l'extérieur, mais tout cela semblait vague, irréel. Le jour était-il déjà levé? Mais l'automobile s'était maintenant immobilisée, et avant de répondre à la question de Mme Rebka, il en posa une lui-même: «Où on est?»

À l'avant, l'homme nommé Turk Findley lui répondit: «Dans une petite ville qui s'appelle Bustee. On risque de rester là un moment.»

Dehors, on discernait des petits bâtiments dans le brouillard de la poussière. Il les voyait assez nettement. Mais ce n'était pas là-dessus que l'avait interrogé Mme Rebka.

«Isaac? Tu peux marcher?»

Oui, il pouvait, pour le moment, même si les effets du sédatif s'estompaient et que la lame du monde recommençait à lui tirer du sang. Il descendit de voiture, une main sur le bras de Mme Rebka. De la poussière lui balaya le visage. Elle avait une odeur de brûlé. Mme Rebka le guida en direction du petit bâtiment le plus proche, qui était l'aile d'un motel. Isaac entendit Turk dire qu'il avait pris la dernière chambre disponible, pour une somme supérieure à ce qu'elle valait. Beaucoup de monde s'abritait à Bustee ce soir-là, d'après Turk.

Il se retrouva à l'intérieur, sur un lit, allongé sur le dos, dans une atmosphère moins poussiéreuse, mais toujours infecte, et Mme Rebka apporta un gant propre avec lequel elle entreprit de le débarbouiller. « Isaac, répéta-t-elle doucement, qu'est-ce que tu regardes ? Qu'est-ce que tu *vois* ? »

Parce qu'il ne cessait de tourner la tête dans la même direction — l'ouest, bien entendu — en ouvrant de grands yeux.

Que voyait-il ?

« Une lumière.

— Ici dans la chambre ? »

Non. « Très loin. Plus loin que l'horizon.

— Mais tu la vois d'ici ? À travers les murs ? »

Il hocha la tête.

« À quoi elle ressemble ? »

De nombreux mots se pressèrent dans l'esprit d'Isaac, de nombreuses réponses. Un feu dans un endroit très éloigné. Une explosion. Un lever de soleil. Un crépuscule. L'endroit où les étoiles tombent et brûlent dans leur empressement à vivre. Et la chose enfouie profondément dans le sol, qui les connaissait et les accueillait.

Mais il se contenta de répondre la vérité : « Je n'en sais rien. »

Seul Turk était déjà venu à Bustee. Le nom, précisa-t-il, provenait d'un mot hindi signifiant « bidonville ». Ce n'en était pas un, mais une petite ville crasseuse en limite du Rub al-Khali, qui vivait de la circulation sur la route la plus septentrionale parmi celles desservant les régions pétrolifères. Des bâtiments en parpaings et quelques maisons à charpente de bois, une boutique qui vendait des manomètres pour pneus, des cartes et des boussoles, de l'écran total, des romans bon marché et des téléphones jetables. Trois stations-service et quatre restaurants.

Lise ne les voyait pas de la fenêtre de la chambre du motel. Les cendres tombaient en rideaux gris et puants. Elle supposa que la poussière avait coupé les lignes à haute tension ou court-circuité les transformateurs, et que les réparations tarderaient à venir, dans cette région non prioritaire. C'était déjà un miracle qu'ils soient arrivés là, même dans leur gros véhicule tout-terrain et tous temps. Un employé du motel frappa à la porte pour leur donner des torches électriques et les avertir de n'essayer d'allumer ni bougies ni aucune sorte de flamme nue. Mais les Quatrièmes avaient emporté leurs propres torches, et de toute manière, il n'y avait rien à voir, sinon des murs miteux et du papier peint multicolore. Lise garda une lampe de poche à portée de main pour trouver la salle de bains quand le besoin s'en ferait sentir.

Le petit Isaac dormait, cette fois davantage à cause de l'épuisement que des sédatifs, d'après Lise. Les adultes s'étaient regroupés pour discuter. De sa voix persuasive aux douces modulations, le Dr Dvali avançait des hypothèses sur la chute de cendres. «Peut-être s'agit-il d'un événement cyclique. On en trouve des traces dans les profils stratigraphiques... c'était une partie du travail de votre père, mademoiselle Adams, même si nous n'avons jamais su comment l'interpréter. De très fines couches de cendres compressées dans la roche à des intervalles d'environ dix mille ans.

— Vous voulez dire que ça arrive tous les dix mille ans ? demanda Turk. Tout est recouvert de cendres ?

— Pas tout. Pas partout. Essentiellement l'Ouest profond.

— La couche devait être plutôt épaisse pour avoir laissé des traces, non ?

— Oui, ou bien durer longtemps.

— Parce que ces bâtiments n'ont pas été construits pour supporter beaucoup plus que leur propre poids. »

Des toits qui s'effondraient, de la poussière qui ensevelissait les survivants : une Pompéi froide, se dit Lise. Pensée glaçante. Mais une autre lui vint. Elle dit : « Et Isaac ? La chute de cendres a un lien avec ce qui lui arrive ? »

Sulean Moï la regarda d'un air triste. « Bien sûr », répondit-elle.

Isaac le comprenait mieux dans ses rêves, où la connaissance lui apparaissait comme des formes, des couleurs et des textures muettes.

Dans ses rêves, planètes et espèces se présentaient comme des pensées vagabondes, se voyaient rejetées ou confiées à la mémoire, évoluaient comme évoluent les pensées. Son esprit endormi fonctionnait à la manière de l'Univers… comment pouvait-il en être autrement ?

Des phrases à demi entendues s'infiltraient dans sa conscience flottante. *Dix mille ans*. La poussière était déjà tombée avant, il y avait dix mille ans et encore dix mille ans auparavant. De vastes structures ensemençaient l'espace de leurs résidus, alimentant des processus cycliques qui tournaient et tournaient encore comme des diamants taillés. La poussière tombait dans l'Ouest parce que l'ouest l'appelait, tout comme il appelait Isaac. Cette planète n'était pas la Terre. Elle était plus âgée, elle existait dans un univers plus ancien, de vieilles choses y vivaient à l'intérieur. Des choses y vivaient à l'intérieur, peu attentives, mais qui écoutaient, parlaient, vibraient sur de lents rythmes millénaires.

Il entendait leurs voix. Certaines étaient proches de lui. Plus proches que jamais.

Les poutres et la charpente surchargées du motel continuèrent de gémir une fois la nuit tombée et tout au long de celle-ci — la direction envoya des employés déblayer le toit —, mais les cendres tombèrent de moins en moins fort et l'aube montra une atmosphère plus claire, bien que semi-transparente et granuleuse. Malgré tous ses efforts, Lise s'était endormie recroquevillée sur un matelas de mousse, le visage maculé de sueur et les narines pleines de la puanteur de la poussière.

Elle fut la dernière à se réveiller. En ouvrant les yeux, elle vit les Quatrièmes debout devant les deux fenêtres de la chambre. Y entrait une lumière moins vive que par une pluvieuse journée d'automne, mais davantage que Lise ne l'avait espéré pendant la chute de cendres.

Elle se redressa. Elle portait ses habits de la veille, et la crasse de la veille lui collait à la peau. Ainsi qu'à la gorge. Voyant bouger la jeune femme, Turk lui tendit une bouteille d'eau, qu'elle vida avec reconnaissance. « Quelle heure est-il ?

— Vers les huit heures. » Huit heures selon le long calcul horaire d'Équatoria. « Le soleil est levé depuis un moment. La poussière a cessé de tomber, mais pas de se déposer. L'air est plein de poudre fine.

— Comment va Isaac ?

— Il ne hurle plus, en tout cas. Tout va bien... mais tu devrais peut-être jeter un coup d'œil par la fenêtre. »

Mme Rebka recula pour s'occuper d'Isaac, ce qui permit à Lise de prendre sa place derrière la vitre, d'où elle regarda dehors à contrecœur.

Elle ne vit toutefois rien d'inattendu. Rien qu'une route recouverte de cendres par le vent, celle par laquelle ils étaient tant bien que mal arrivés la veille, poussant leur véhicule aux limites de son endurance. Celui-ci se trouvait à l'endroit où ils l'avaient laissé, son côté au vent sous une dune de poussière. Ses roues en métal ajouré étaient toujours dilatées, aussi grosses que les pneus des semi-remorques industriels garés derrière lui en rangées se protégeant les unes les autres. Dans la lumière du jour, faible et pleine de grain, Lise apercevait malgré tout la station-service, à une centaine de mètres au sud. Aucun piéton sur la route, mais des visages aux autres fenêtres. Rien ne bougeait.

Non... ce n'était pas tout à fait exact.

La *poussière* bougeait.

Derrière la cour, dans le vide gris de la route, une espèce de tourbillon se forma sous ses yeux. Dans les cendres, une zone grande comme une table de salle à manger se mit à tourner lentement dans le sens des aiguilles d'une montre.

« Qu'est-ce que c'est que ce truc ?

— Regardez », conseilla le Dr Dvali, debout près de Turk.

Lise sentit la main de ce dernier venir recouvrir son épaule gauche et posa sa main droite pardessus. La rotation des cendres s'accéléra, se rida au milieu du vortex, ralentit à nouveau. Le spectacle ne plaisait pas à Lise. Il lui paraissait contre nature et menaçant, ou peut-être était-ce juste l'impression qu'elle captait des autres personnes, qui savaient à quoi s'attendre, qui y avaient déjà assisté. Quelle que soit cette chose.

Puis la poussière explosa — *comme un geyser*, se dit Lise — et projeta un panache d'environ trois mètres dans les airs. Le souffle coupé, Lise ne put s'empêcher de reculer d'un pas.

Le panache se courba dans le vent pour finir par se dissiper dans l'atmosphère putride, mais quand la poussière disparut, il devint flagrant qu'elle avait laissé quelque chose derrière elle… quelque chose de brillant.

On aurait dit une fleur. Une fleur couleur rubis, s'émerveilla Lise, avec une tige lisse et une texture qui évoquait la peau d'un nouveau-né. La tige et la fleur étaient de la même nuance hypnotique et profonde de rouge.

« C'est la plus proche jusqu'à maintenant », indiqua Turk.

La fleur — un terme auquel les pensées éperdues de Lise ne pouvaient s'empêcher de revenir, tant cela ressemblait *vraiment* à une fleur, avec une couronne de pétales sur une tige gargantuesque (Lise s'aperçut qu'elle pensait au jardin de sa mère en Californie : les tournesols y avaient à peu près cette taille quand ils montaient en graine) — commença à se courber et se tortiller, à tourner sa tête convexe vers une mélodie inaudible et sans rythme.

Elle dit : « Il y en a *d'autres* ?

— Il y en a eu.

— Où ? Qu'est-ce qui leur est arrivé ?

— Tu vas voir », dit Turk.

La fleur tourna la tête vers l'hôtel. Lise étouffa un autre petit hoquet, parce qu'au milieu de la fleur, il y avait quelque chose qui ressemblait à un œil. Un œil rond et luisant, comme humide, avec à l'intérieur une espèce de pupille, d'un noir d'obsidienne. Pendant un instant, un instant horrible, il sembla la regarder en face.

« C'était comme ça, sur Mars ? demanda le Dr Dvali à Sulean Moï.

— Mars est à d'innombrables années-lumière. Là où vous et moi nous trouvons aujourd'hui, les Hypothétiques sont actifs depuis bien plus longtemps. Les choses qui poussaient sur Mars étaient beaucoup moins vives, et différentes d'aspect. Mais si vous me demandez s'il s'agit d'un phénomène comparable, je répondrai : oui, sans doute. »

Le tournesol oculaire cessa d'un coup de bouger. Calme et silencieuse, la petite ville ensevelie semblait retenir son souffle.

Puis Lise vit avec horreur un autre mouvement dans la poussière, des ruisselets gonflés et des bouffées de cendres qui convergeaient sur la fleur. Quelque chose, ou plutôt plusieurs choses sautèrent sur la tige à une vitesse effrayante. Elles ne cessaient de bouger, aussi Lise ne put-elle se faire qu'une vague idée de leur nature, des espèces de crabes, vert de mer, avec de nombreuses pattes, et ce qu'elles firent à la fleur était…

Elles la dévorèrent.

Elles grignotèrent sa tige jusqu'à ce que la chose en train de se tortiller s'effondre, puis se jetèrent dessus comme des piranhas sur un cadavre, et quand l'agitation frénétique de leur dévoration cessa, elles disparurent, ou redevinrent inertes, camouflées dans la couche de cendres sur le sol.

Il ne restait plus rien. Pas la moindre trace.

«Voilà pourquoi, conclut le Dr Dvali, nous n'avons pas très envie de quitter la chambre.»

VINGT ET UN

Turk passa le reste de la matinée à la fenêtre, à recenser les diverses formes de vie bizarres qui surgissaient de la poussière. Connais ton ennemi, pensait-il. Lise resta la plupart du temps à ses côtés, en posant de brèves mais pertinentes questions sur ce qu'il avait vu avant qu'elle se réveille. Le Dr Dvali avait allumé leur petit récepteur télécom sans fil, dont il obtenait sporadiquement des informations en provenance de Port Magellan, activité utile aux yeux de Turk, contrairement à celle des autres Quatrièmes, qui ne faisaient que parler, parler sans fin sans aboutir à grand-chose. C'était l'un des défauts des Quatrièmes, d'après lui. Il pouvait leur arriver de faire preuve de sagesse, mais ils étaient irrémédiablement bavards.

Pour le moment, ils harcelaient la Martienne, Sulean Moï, qui semblait en savoir davantage qu'eux sur la chute de cendres mais montrait peu d'enthousiasme à partager cette connaissance. Mme Rebka insistait plus particulièrement: «Vos tabous ne sont pas de mise ici, affirmait-elle. Nous avons besoin de toutes les informations possibles. Vous nous le devez… au moins pour le garçon.»

Malgré ces apparences modérées, il s'agissait presque, selon les normes des Quatrièmes, d'une bagarre aux poings.

La Martienne, vêtue d'un jean trop grand qui lui donnait l'air d'un ouvrier de plate-forme pétrolière d'une minceur incroyable, était assise par terre, les bras autour des genoux. «Si vous avez une question, lâcha-t-elle de mauvaise grâce, posez-la.

— Vous avez dit que la chute de cendres sur Mars générait d'étranges formes de… de…

— De vie, madame Rebka. Appelez-les par leur nom. Qu'est-ce qui vous en empêche ?

— Des formes de vie comme celles qu'on voit dehors ?

— Je ne reconnais ni les fleurs ni les prédateurs qui les dévorent. De ce point de vue, il n'y a pas la moindre ressemblance. Mais ça n'a rien d'étonnant. Les forêts d'Équateur et celles de Finlande ne se ressemblent pas. Ce sont pourtant des forêts les unes comme les autres.

— Du point de vue du but, alors, relança Mme Rebka.

— J'ai beau étudier les Hypothétiques depuis l'enfance et avoir entendu de nombreuses conjectures très bien informées, je n'arrive toujours pas à deviner le "but". Sur Mars, les chutes de cendres sont des événements isolés. La vie qu'elles génèrent est végétative, toujours éphémère, et instable sur le long terme. Quelles conclusions peut-on tirer de tels exemples isolés ? Très peu.» Elle hésita, les sourcils froncés. «Les Hypothétiques, même s'ils peuvent être beaucoup d'autres choses, ne sont certainement pas des entités distinctes, mais un ensemble d'un très grand nombre de processus interconnectés. En d'autres termes, une écologie. Soit ces manifestations jouent un rôle précis dans cette écologie, soit elles en sont une conséquence accidentelle. Je ne pense pas qu'elles représentent une quelconque stratégie délibérée d'une conscience supérieure.

— Oui, fit Mme Rebka d'un ton impatient, mais si votre peuple en a compris suffisamment pour implanter la technologie des Hypothétiques dans des êtres humains...

— Vous savez le faire aussi, répliqua Sulean Moï en regardant ostensiblement Isaac.

— Parce que ça nous a été donné par Wun Ngo Wen.

— Notre travail sur Mars a toujours été d'un pragmatisme total. Nous sommes arrivés à mettre en culture des échantillons des cendres et à observer leurs capacités à interagir avec les protéines humaines au niveau cellulaire. Des siècles d'observations de ce genre nous ont conduits à avoir une idée de la manière de manipuler la biologie humaine.

— Mais vous avez conçu ce que vous admettez être une technologie d'Hypothétiques.

— Technologie ou biologie... dans ce cas, je ne suis pas certaine que la distinction ait un sens. Oui, nous avons cultivé une vie non humaine, ou une technologie non humaine, si vous préférez ce terme, à un niveau microscopique. Parce qu'elle se développe, se reproduit et meurt, nous avons pu sélectionner et manipuler certaines souches pour obtenir des caractéristiques données. Au fil de très nombreuses années, nous avons généré les cultures modifiées qui améliorent la longévité humaine. Ainsi que d'autres lignées germinales. Dont l'une des plus radicales est le traitement que vous avez administré à Isaac pendant qu'il était encore dans le ventre de sa mère. Dans *votre* ventre, madame Rebka.»

Celle-ci rougit.

Turk comprenait la portée de ce dont ils discutaient, et il supposait que c'était important, mais cela lui semblait ridiculement lointain des véritables problèmes, qui s'approchaient de plus en plus près. Qui se trouvaient juste de l'autre côté de la porte, en fait. Courait-on un risque en sortant? Voilà la question qu'ils auraient dû se poser. Parce que, tôt ou tard, il leur faudrait quitter cette chambre: ils n'avaient que très peu de nourriture.

Il pria le Dr Dvali de lui prêter sa petite radio et s'enfonça les nodules dans les oreilles, excluant la querelle des Quatrièmes, induisant de nouvelles voix.

L'émission disponible provenait de Port Magellan par bande étroite: deux types d'un des collectifs de médias locaux lisant des conseils et des mises à jour de situation fournis par les Nations unies. Cette chute de cendres n'avait été qu'un peu plus mauvaise que la première, du moins en termes de poids et de durée. Quelques toits s'étaient effondrés au sud de la ville. La plupart des routes restaient impraticables. Inhaler des cendres avait rendu malades les personnes souffrant de problèmes respiratoires, et même les personnes bien portantes crachaient des résidus gris, mais ce n'était pas ce qui avait fait peur à tout le monde. Ce qui avait provoqué une frayeur générale, c'étaient les trucs étranges sortant des cendres. Les speakers les appelaient des « pousses » et annonçaient qu'elles étaient apparues de manière aléatoire dans toute la ville, mais surtout aux endroits où on trouvait une grosse couche ou une accumulation de cendres. Les choses sortaient de la poussière, en d'autres termes, comme des jeunes plants du paillis. Si elles ne vivaient que peu de temps et se voyaient vite « réabsorbées » par l'environnement, quelques-unes — « des objets ressemblant à des arbres ou à des champignons énormes » — avaient jailli à des hauteurs impressionnantes.

Ces annonces avaient quelque chose d'onirique (ou de cauchemardesque). Un « cylindre rose » de quinze mètres de long bloquait la circulation à un carrefour du centre-ville. « Quelque chose décrit par les témoins comme une immense bulle pleine d'épines, ou un morceau de corail », avait poussé sur le toit du consulat de Chine. Des rumeurs de petites formes mobiles restaient à confirmer officiellement.

Si terrifiantes qu'elles paraissaient, ces manifestations n'étaient dangereuses que si vous vous trouviez au mauvais endroit au mauvais moment, par exemple si l'une d'elles vous tombait dessus. On conseillait toutefois aux habitants de rester chez eux et de ne pas ouvrir leurs fenêtres. Les cendres avaient cessé de tomber, une brise venue du large dispersait les particules les plus légères, et les équipes municipales se tenaient prêtes à relaver les rues au jet (pour les débarrasser des « pousses » et du reste, supposa Turk) dès que possible.

Sauf si cela commençait à se répéter, la ville s'en remettrait. Mais elle se trouvait à l'autre bout d'une chaîne de montagnes percée de quelques cols pour le moment inutiles, et Bustee, comme toute petite ville de tôle et de toile goudronnée située en bord de route entre les contreforts et le Rub al-Khali, dépendait de la côte pour son approvisionnement. Combien de temps pour dégager les cols ? Au moins plusieurs semaines, supposait Turk. Ces villes-là avaient beaucoup souffert de la précédente chute de cendres, mais la dernière avait été pire, par endroits beaucoup plus dense, et ces saloperies de formes de vie végétales (ou d'on ne savait quoi) gêneraient sûrement le travail nécessaire pour rouvrir les commerces. On manquerait donc de nourriture… et peut-être aussi d'eau ? Il ne savait pas trop d'où provenait celle de ces agglomérations du désert. On ouvrait le robinet, d'accord, mais où se trouvait le réservoir ? Dans les contreforts ? L'eau était-elle toujours potable, le resterait-elle ?

Au moins avaient-ils de la nourriture et des bouteilles d'eau dans la voiture, en quantité suffisante pour tenir un certain temps. Mais Turk n'aimait pas que le véhicule reste ainsi sur le parking du motel : quelqu'un pourrait être tenté d'y entrer par effraction pour s'emparer d'une partie de leurs richesses. C'était toutefois un problème dont il pouvait s'occuper. Il se leva en déclarant : « Je sors. »

Les autres se tournèrent vers lui, les yeux ronds. «Qu'est-ce que vous racontez?» interrogea Dvali.

Il leur expliqua le problème de nourriture. «Je suis peut-être le seul, mais moi, j'ai faim.

— Ça pourrait être dangereux», prévint Dvali.

Turk avait déjà vu quelques personnes dans la rue, la bouche protégée par un mouchoir noué derrière la nuque. Dont un homme qui s'était trouvé à moins de cinq mètres d'une «forme de vie» quand celle-ci avait germé dans la poussière, mais la fleur ne l'avait pas touché, et l'homme de son côté n'avait absolument pas manifesté la moindre intention d'emmerder la fleur. Cela collait avec ce que Turk avait entendu à la radio à propos de Port Magellan. «Je vais juste à la voiture et je reviens. Mais j'aimerais bien que quelqu'un monte la garde pour moi à la porte et il me faut de quoi me faire un masque.»

Turk constata avec soulagement que personne ne contestait sa décision. D'un coup de canif, le Dr Dvali découpa un coin de drap, que Turk se noua sur le nez et la bouche. Il prit la carte-clé des mains de Mme Rebka pendant que Lise se portait volontaire au poste de sentinelle.

«Ne reste dehors que le strict minimum, dit-elle.

— Ne t'inquiète pas.»

Le ciel était d'un bleu rendu blafard par les cendres, qui donnaient à l'air un goût aigre et sulfureux. Impossible de savoir son effet sur les poumons. Si la poussière contenait des spores extraterrestres — ce qui semblait sous-entendu dans tout ce qu'on disait —, ne pourraient-elles pas prendre racine dans l'intérieur humide d'un corps humain? Sauf qu'elles ne semblent pas vraiment avoir besoin d'humidité, se dit Turk, si elles peuvent pousser sur l'asphalte d'une ville du désert par un mois sec de septembre. De toute manière, personne n'avait annoncé de décès directement lié aux cendres. Il écarta ces pensées inquiètes pour essayer de se concentrer sur sa tâche.

La solitude lui pesa dès qu'il mit le pied dehors. Le parking du motel, demi-lune goudronnée décorée en son centre d'une fontaine en céramique vide, donnait directement sur la grande rue, c'est-à-dire sur une portion de l'autoroute 7 qui s'enfonçait dans le Rub al-Khali. De l'autre côté de la rue s'élevait une rangée de bâtiments commerciaux à un seul niveau. Tout cela était revêtu de cendres, avec des fenêtres encroûtées de poussière, des panneaux de signalisation et d'affichage illisibles. Rien ne troublait le silence.

Le véhicule des Quatrièmes, reconnaissable à sa forme de caisse à savon et à ses roues en acier souple, était garé à une douzaine de mètres sur sa gauche. Turk resta un instant sans bouger puis se retourna vers Lise, qui tenait la porte tout juste entrouverte. Il lui adressa un petit signe de la main, auquel elle répondit d'un hochement de tête. Rien à signaler. En avant.

Il avança à longs pas décidés, en s'efforçant de ne pas remuer trop de poussière. Ses pieds s'enfonçaient dans les cendres, y laissant des empreintes précises sous des nuages blafards.

Il atteignit l'automobile sans incident, juste un

peu déconcerté par la distance le séparant désormais de la chambre où Lise l'attendait. De l'avant-bras, il essuya la couche de cendres qui recouvrait l'arrière du véhicule et le coffre où l'on conservait les provisions. Il sortit de sa poche la carte-clé du Dr Dvali qu'il inséra dans la fente de sécurité. Des volutes de poussière s'élevèrent autour de ses mains.

Il prit le temps d'écarter le tissu plaqué contre sa bouche pour cracher. Sa salive s'écrasa sans élégance sur le trottoir recouvert de cendres, et Turk s'attendit presque à voir quelque chose venir par en dessous gober le crachat, comme un poisson avec un appât.

Il ouvrit la porte du coffre et choisit une glacière remplie de bouteilles d'eau plus un carton de conserves de nourriture — du genre qui pouvait se passer de cuisson si besoin était —, et avec quelques paquets de galettes, ce fut tout ce qu'il pouvait porter. Cela suffirait pour le moment. Il pouvait toujours monter dans la voiture pour l'approcher de la chambre, mais cela gênerait le passage autour de la cour et attirerait peut-être inutilement l'attention.

«Turk!» cria Lise du seuil. Il se retourna vers elle. Les cheveux enserrant son visage, elle se penchait dehors par la porte grande ouverte pour montrer quelque chose avec beaucoup d'insistance. «Turk! *Dans la rue…*»

Il le vit aussitôt.

Cela n'avait pas l'air menaçant. Quoi que ce fût. En fait, on aurait dit un simple morceau de papier ou de plastique qui, emporté par une bourrasque, voltigeait à hauteur d'homme sur la route au-dessus des dunes de poussière près du restaurant. Il s'agitait, mais on ne pouvait pas vraiment dire qu'il volait, pas à la manière résolue des oiseaux.

Sauf qu'il ne s'agissait pas d'un morceau de papier, mais de quelque chose de plus étrange. D'une couleur bleu vitreux au milieu, et rouge à chacune de ses quatre extrémités. Et si la chose paraissait maladroite dans les airs, elle semblait se déplacer à dessein, glissant/planant au milieu de la route.

Elle sembla ensuite hésiter, ses quatre bouts d'ailes battant de manière synchronisée pour lui permettre de monter de quelques dizaines de centimètres. Quand elle se remit à bouger, elle avançait dans une nouvelle direction.

Celle de Turk.

« Dépêche-toi de revenir, bordel ! » hurlait Lise.

On disait ces choses inoffensives. Turk espéra que c'était le cas. Il lâcha tout, sauf le carton de conserves, et se mit à courir. Arrivé à peu près à mi-chemin de la porte, il jeta un coup d'œil par-dessus son épaule. La chose battait des ailes juste derrière lui, à un mètre sur sa droite... beaucoup trop près. Il laissa tomber son dernier carton pour prendre ses jambes à son cou.

La chose était plus grosse qu'elle n'en avait eu l'air de loin. Et plus bruyante : on aurait dit un drap mis à sécher sur un étendage pendant une tempête. Il ignorait si elle pouvait lui faire du mal, mais de toute évidence, il *l'intéressait*. Il courut, et comme il y avait à cet endroit quinze centimètres de cendres, parfois davantage, cela lui donna l'impression de courir sur une plage de sable. Ou dans un cauchemar.

Lise ouvrit tout grand la porte.

Turk vit bientôt la chose aux limites de son champ de vision, ses ailes s'agitant comme des pistons. Elle n'avait qu'à virer à droite pour être sur lui. Mais elle continua sa course régulière, bien qu'instable, avançant sur une trajectoire parallèle à la sienne, comme si elle faisait la course avec lui. Comme pour arriver la première…

À la porte ouverte.

Il ralentit. La chose le dépassa bruyamment.

« Turk ! »

Lise était toujours sur le seuil. Arrachant le tissu qui lui recouvrait la bouche, Turk inspira à fond. L'idée était mauvaise, car il eut aussitôt la gorge encombrée. « Referme-la », croassa-t-il, mais Lise ne l'entendit pas. Il s'étouffa, cracha. « La porte, bordel, referme cette putain de porte ! »

Qu'elle l'ait entendu ou non, Lise prit conscience du danger. Elle recula tout en tendant la main vers la poignée, qu'elle rata, si bien qu'elle perdit l'équilibre et tomba. La chose, dont le vol n'avait plus rien de maladroit, avança droit sur elle, comme guidée par laser. Turk se remit à courir à toutes jambes, mais Lise était trop loin.

Elle se redressa à moitié, s'appuya sur un coude, les yeux écarquillés, et Turk sentit la peur lui transpercer le thorax, comme une épine pointue qui s'enfoncerait dans son cœur. Lise leva un bras pour repousser la chose. Mais celle-ci l'ignora tout comme elle avait ignoré Turk, et la dépassa en pénétrant dans la chambre.

Turk ne vit pas la suite des événements. Il entendit un hurlement étouffé, puis la voix de Mme Rebka, en un gémissement funèbre, d'autant plus épouvantable qu'il émanait d'une Quatrième. Elle appelait Isaac.

VINGT-DEUX

Abasourdie, Lise se redressa sans trop savoir ce qui s'était passé. La chose, la chose qui volait et qu'elle avait crue sur le point d'attaquer Turk était entrée dans la chambre. Elle resta un instant stupéfaite et sans plus entendre venir de cette chose qu'un bruit de volettement humide. Ce bruit cessa ensuite complètement, et Mme Rebka se mit à crier.

Lise se releva non sans mal.

« Fermez la porte ! » rugit le Dr Dvali.

Mais non. Pas tout de suite. Elle attendit Turk, qui entra à toute vitesse au milieu d'un nuage de poussière. Elle claqua ensuite la porte et chercha avec méfiance du regard la créature volante. Elle pensait bêtement à cet été où ses parents l'avaient emmenée en vacances dans une cabane des Adirondacks : un soir, une chauve-souris descendue par la cheminée avait voleté dans le noir, terrifiant la petite fille. Elle se souvint avec une netteté surnaturelle du sentiment qu'à tout moment, une créature chaude et vivante pouvait s'emmêler dans ses cheveux et la mordre.

Elle s'aperçut toutefois que la chose s'était déjà posée.

Les Quatrièmes se rassemblèrent autour du lit d'Isaac, parce que…

Parce que la créature volante avait atterri *sur le visage du garçon.*

Terrorisé, celui-ci avait tourné la tête sur l'oreiller. L'animal, la créature ou la chose dont on ne savait ni comment elle s'appelait ni comment il fallait l'appeler, couvrait toute la joue gauche de l'enfant comme un cataplasme rouge et charnu. Un de ses coins se glissait dans les cheveux au-dessus de la tempe, un autre s'étalait sur le cou et l'épaule. La bouche et le nez restaient libres, même si le corps glacé de la chose s'était collé à sa lèvre inférieure tremblotante. On voyait à peine l'œil gauche d'Isaac derrière le corps translucide de la créature. Le droit était grand ouvert.

Mme Rebka ne cessait de prononcer le prénom du garçon. Elle tendit la main vers la créature, comme pour l'arracher, mais Dvali l'en empêcha. « N'y touche pas, Anna », intima-t-il.

Anna. Mme Rebka se prénommait Anna. Une portion bêtement calme de l'esprit de Lise enregistra ce fait. *Anna Rebka,* qui était aussi la mère du garçon.

« Il faut le lui enlever !

— Sans y toucher directement, dit Dvali. Avec des gants, un bâton, un bout de papier… »

S'emparant d'un des oreillers de rechange, Turk en arracha la taie, dont il enveloppa sa main droite.

Bizarre, se dit Lise, que cette chose volante ait

ignoré Turk dans la rue, et qu'elle m'ait ignorée aussi, d'ailleurs, moi et les autres adultes qui faisions tous des cibles faciles, pour aller se poser sans la moindre hésitation sur Isaac. Cela avait-il une signification ? Quoi que puisse être en réalité la chose volante — et Lise ne doutait pas qu'elle provenait des cendres, comme la fleur oculaire ou la série d'objets de carnaval mentionnée par le bulletin d'informations de Port Magellan —, se pouvait-il qu'elle ait *choisi* Isaac ?

Les autres s'écartèrent du lit quand Turk tendit sa main emmaillotée vers la créature. Mais une autre bizarrerie se produisit alors.

La chose volante disparut.

« Bordel, mais que… ? » fit Turk.

Isaac eut un hoquet et se redressa soudain, puis leva la main vers son visage pour toucher la peau à nouveau nue.

Lise cilla et essaya de revoir la scène en esprit. La créature s'était dissoute… du moins, en avait donné l'impression. Elle s'était soudain transformée en liquide pour s'évaporer d'un coup. Ou plutôt, elle s'était *infiltrée*, à la manière d'une flaque d'eau dans la terre humide. La chose n'avait pas laissé derrière elle le moindre petit nuage de vapeur. Elle semblait avoir directement coulé dans la chair d'Isaac.

Lise repoussa cette pensée dérangeante.

Mme Rebka bouscula Turk, la main tendue vers le garçon, tomba sur le lit à côté de lui et le prit dans ses bras. Le souffle toujours coupé, Isaac courba son corps contre le sien avant d'enfouir la tête au creux de son épaule, où il se mit à sangloter.

Quand il devint évident qu'il n'allait rien se produire d'autre — du moins, rien de monstrueux —, Dvali demanda aux autres de reculer. « Laissez-les respirer. » Lise fit un pas en arrière et prit la main de Turk, qu'elle trouva moite et couverte de poussière, mais infiniment rassurante. Elle ne comprenait absolument rien à ce qui venait de se passer, mais les conséquences en étaient des plus limpides : un enfant effrayé rassuré par sa mère. Pour la première fois, Lise ne vit pas Mme Rebka comme une Quatrième sinistre et émotionnellement distante. Pour Mme Rebka, en tout cas, Isaac n'était pas une expérience biologique. Isaac était son fils.

« Bordel, répéta Turk. Le gamin va bien ? »

Cela restait à voir. Sulean Moï et Diane Dupree s'isolèrent dans le minuscule coin cuisine de la chambre, où elles eurent une discussion animée, mais à voix basse. Le Dr Dvali observa Mme Rebka à distance prudente. Petit à petit, la respiration d'Isaac se calma. Il finit par s'écarter de Mme Rebka pour regarder autour de lui avec un ou deux hoquets, ouvrant tout grand ses étranges yeux humides pailletés d'or.

Diane Dupree revint de son conciliabule avec la Martienne. « Laissez-moi l'examiner », dit-elle.

Comme personne dans la pièce n'avait les compétences médicales de Diane, Mme Rebka se résigna à la laisser s'asseoir avec le garçon pour lui prendre le pouls ou lui tapoter la poitrine, gestes que Lise soupçonna davantage destinés à rassurer Isaac qu'à établir un diagnostic. Diane examina attentivement la joue gauche et le front du garçon, touchés par la créature, mais n'y décela ni rougeur ni irritation. Elle finit par regarder les yeux d'Isaac, ces yeux étranges, auxquels elle sembla ne rien trouver d'extraordinaire.

L'enfant rassembla assez de courage pour demander : «Vous êtes docteur ?

— Juste infirmière. Et tu peux m'appeler Diane.

— Je vais bien, Diane ?

— Tu m'en as tout l'air.

— Qu'est-ce qui s'est passé ?

— Je n'en sais rien. Il se passe beaucoup de choses étranges, en ce moment. C'en était une parmi d'autres. Comment tu te sens ? »

Le garçon marqua un temps d'arrêt, comme pour procéder à un inventaire. « Mieux, finit-il par dire.

— Tu n'as pas peur ?

— Non. Enfin, moins. »

De fait, il ne s'était pas exprimé avec autant de cohérence depuis deux jours. « Je peux te poser une question ? »

Isaac hocha la tête.

« Hier soir, tu as dit que tu voyais à travers les murs. Tu as dit qu'il y avait une lumière que toi seul voyais. Tu la vois toujours ? »

Il hocha à nouveau la tête.

« Où ? Tu peux la montrer ? »

Le garçon obtempéra, non sans hésitation.

«Turk, dit Diane, tu as ta boussole ? »

L'aviateur ne se déplaçait jamais sans une boussole à boîtier en cuivre, dont il avait refusé de se défaire au village minang, à la grande contrariété d'*Ibu* Diane. Il la sortit puis prit la visée du bras et du doigt tendus d'Isaac.

« Rien de nouveau, s'impatienta Mme Rebka. Il montre toujours la même direction. Ouest, légèrement nord-ouest.

— Plein ouest, maintenant. Voire un peu au sud. » Turk releva les yeux. « Pourquoi ? C'est important ? » demanda-t-il en découvrant l'expression de leurs visages.

En milieu d'après-midi, la rue avait presque repris une apparence de normalité. Rien n'avait poussé dans les cendres depuis plusieurs heures. On avait bien vu des tourbillons de poussière de temps à autre, mais peut-être étaient-ils dus au vent qui soufflait désormais en rafales, assombrissant l'atmosphère et recouvrant de gris les surfaces verticales non protégées. Mais il emporta une partie des cendres et mit même l'asphalte à nu par endroits.

Seules quelques-unes des pousses bizarres avaient survécu à la matinée. La plupart, comme la fleur avec un œil au milieu, s'étaient fait attaquer (*dévorer*, se dit Lise, autant utiliser le mot) par des entités plus petites et plus mobiles, qui s'évanouissaient et disparaissaient ensuite. Certaines des pousses les plus grandes étaient encore à peu près intactes. Lise avait vu une espèce de boule de broussailles en technicolor rouler dans la rue, manifestement l'enveloppe de quelque chose qui n'avait plus rien d'indispensable. Il y avait aussi une claire-voie de tubules blancs friables accrochée à un des bâtiments en face du motel, sur un panneau qui aurait annoncé PIÈCES DÉTACHÉES s'il n'avait été rendu illisible par ce treillis de couleur pâle.

Le calme relatif attira les gens hors de leurs cachettes. Quelques véhicules à gros pneus passèrent dans un cliquetis métallique, avançant avec plus ou moins de bonheur sur la couche de poussière. L'employé du motel vint frapper à la porte pour prendre de leurs nouvelles... il avait assisté à une partie du drame qui s'était joué au matin. Turk lui répondit que tout le monde allait bien et s'aventura même à nouveau dehors (avec la porte bien refermée derrière lui et Lise à la fenêtre qui dissimulait son inquiétude), ce qui lui permit de rapporter deux jours de provisions de la voiture.

Mme Rebka restait au chevet d'Isaac, qui était bien éveillé et ne semblait pas souffrir. Il se tenait désormais assis face au mur ouest, comme pour prier en direction d'une Mecque inversée. Lise comprit que ce comportement n'avait rien de nouveau, ce qui ne l'empêcha pas de le trouver sinistre. Quand Mme Rebka s'absenta quelques minutes aux toilettes, elle alla s'asseoir près du garçon.

Elle lui dit bonjour. Il la regarda un instant, puis tourna à nouveau la tête vers le mur.

« Qu'est-ce que c'est, Isaac ? demanda-t-elle.

— Ça vit sous terre », répondit le garçon.

Lise réprima alors un frisson et battit en retraite.

Turk et le Dr Dvali conférèrent au-dessus d'une carte.

Une carte pliable standard, qui représentait la

topographie et les quelques routes d'Équatoria à l'ouest des montagnes. Lise jeta un coup d'œil par-dessus l'épaule de Turk au moment où celui-ci traçait des lignes à l'aide d'un stylo et d'une règle. « Qu'est-ce que vous faites ?

— On triangule, répondit Turk.

— Vous triangulez quoi ? »

Avec une patience un rien forcée, Dvali montra un point sur la carte. « Voici la colonie où vous avez fait notre connaissance, mademoiselle Adams. Nous en sommes partis pour parcourir plus de trois cents kilomètres vers le nord… jusqu'ici. » Une chiure de mouche marquée *Bustee*. « À la colonie, Isaac était obsédé par une direction très précise, que nous avons représentée. » Une longue ligne partant vers l'ouest. « Mais depuis notre arrivée ici, sa sensibilité directionnelle semble avoir un peu changé. » Une autre longue ligne, pas tout à fait parallèle à la première. Les lignes se rapprochaient sur l'immensité ambre du désert, s'enfonçaient derrière les limites, portées sur la carte, des concessions internationales minières, et venaient se croiser dans le Rub al-Khali, le plateau sablonneux qui constituait le quart occidental d'Équatoria.

« C'est ce qu'il montrait du doigt ?

— Il l'a fait tout l'été… avec plus d'insistance depuis quelques semaines.

— Et c'est quoi ? Il y a quoi, à cet endroit ?

— Rien, pour autant que je sache. Il n'y a rien du tout là-bas.

— Mais il veut y aller.

— Oui.» Le Dr Dvali regarda les autres Quatrièmes derrière Lise. «Et nous allons l'y emmener.»

Les femmes Quatrièmes ne dirent rien, se contentant de le regarder.

Enfin Mme Rebka, à contrecœur, accepta d'un hochement de tête.

Lise n'arriva pas à dormir, cette nuit-là. Elle s'agita sur son matelas en écoutant les bruits des autres. Le traitement des Quatrièmes guérissait peut-être beaucoup de choses, mais pas le ronflement. Toujours était-il qu'ils dormaient. Et pas elle.

Bien après minuit, elle finit par se lever et, enjambant les corps endormis, alla s'asperger le visage d'eau tiède dans la salle de bains. Au lieu de retourner se coucher, elle s'approcha ensuite de la fenêtre où, posté sur une chaise, Turk montait la garde.

«J'arrive pas à dormir», chuchota-t-elle.

Turk ne quitta pas des yeux la rue, vide spectral sous une lune dont la poussière tamisait la lumière. Il ne se passait rien. Aucun signe que les étranges éruptions pourraient reprendre. Au bout de quelques instants, Turk demanda: «Tu veux parler?

— Je ne voudrais pas réveiller quelqu'un.

— Allons dans la voiture.» Turk et le Dr Dvali l'avaient rapprochée de la chambre afin d'en faciliter la surveillance. «On peut s'y installer un moment. Il n'y a plus beaucoup de risques.»

Lise n'avait pas quitté la chambre depuis leur arrivée, aussi l'idée la séduisit-elle. Elle portait son seul jean et une chemise trop grande empruntée dans la colonie des Quatrièmes. Elle enfila ses chaussures sur ses pieds nus.

Turk ouvrit la porte, qu'il referma doucement derrière eux. L'odeur des cendres se fit aussitôt plus forte. Du soufre, ou quelque chose d'aussi âpre... pourquoi les cendres sentaient-elles le soufre ? Les machines des Hypothétiques se développaient dans des endroits glacés, du moins d'après ce que Lise avait appris en classe : des astéroïdes lointains, les lunes gelées de planètes gelées. Y avait-il du soufre là-bas ? Elle avait entendu dire qu'on en trouvait sur les lunes de... de Jupiter, non ? Le système solaire du Nouveau Monde avait une planète du même genre, une géante radioactive glacée, loin du Soleil.

Le vent était tombé avec la nuit. Malgré le ciel voilé, elle vit quelques étoiles. Quand elle était toute petite, son père adorait déjà lui montrer les étoiles. Il lui disait qu'elles avaient besoin de noms et ils les baptisaient ensemble. *Grande Bleue*, *Pointe de triangle*. Ou des noms plus idiots : *Belinda*, *Pamplemousse*, *Antilope*.

Elle se glissa à l'avant de la voiture près de Turk.

« Il faut qu'on parle de ce qui va se passer », commença-t-il.

Oui. Indéniablement. Elle répondit : « Les Quatrièmes emmènent Isaac dans l'Ouest.

— Exact. Je ne sais pas à quoi ils espèrent parvenir.

— Ils le pensent capable de parler aux Hypothétiques.

— Génial... et pour leur dire quoi ? Les humains

vous saluent bien? Soyez gentils, arrêtez de nous chier dessus depuis l'espace?

— Ils espèrent apprendre quelque chose de profond.

— Tu y crois?

— Non. Mais *eux*, oui. Dvali, du moins.

— Les Quatrièmes sont en général des gens assez raisonnables, mais *toi*, tu parierais sur un tel résultat? Moi, non, en tout cas.»

Lise supposa que c'était comme la religion: on ne pariait pas sur le sacré, on le cherchait juste le cœur ouvert en espérant que tout se passerait au mieux. Mais elle ne le dit pas à Turk. «Et donc, on fait quoi, quand ils partiront dans le désert?

— J'envisage de les accompagner, dit Turk.

— Tu... Pardon?

— Eh bien, pourquoi pas? Tu as vu la carte, il me semble? L'endroit où ils vont est aux trois quarts du chemin jusqu'à la côte ouest. De là-bas, une route correcte mène à l'océan. Sur la côte ouest, Lise, il n'y a que des villages de pêcheurs et des stations de recherche. Il suffit de prendre un bateau rentrant à Port Magellan par la route sud, et le temps que j'y arrive, plus personne ne me recherchera, toute cette histoire de Quatrièmes sera terminée et la Sécurité génomique aura sans doute tout compris. Je pense avoir assez d'amis dans la communauté des Quatrièmes pour arriver à me procurer de nouveaux papiers d'identité.»

Dans le désert, les nuits étaient fraîches à cette époque de l'année. Les sièges étaient glacés et la discussion avait généré de la condensation sur les fenêtres. « Ça pose quelques problèmes.

— Je trouve aussi... lesquels, pour toi ? »

Elle essaya de faire preuve de logique. « La chute de cendres, déjà. Même sur des routes praticables, même avec une bonne voiture, on peut se retrouver retardé, tomber en panne sèche, casser le moteur.

— C'est un risque, admit-il, mais on peut le limiter, en emportant des outils, des pièces détachées, du carburant et tout.

— Et il y a un prix à payer quand on voyage avec les Quatrièmes. Ils espèrent découvrir quelque chose là-bas. S'ils avaient raison ? Tu as vu la manière dont cette chose volante a foncé sur Isaac, non ? Il est peut-être bien spécial, il se sent peut-être spécialement attiré par, euh, par ce qui pousse dans les cendres, et dans ce cas, ça pourrait être un obstacle majeur.

— J'y ai pensé aussi. Mais je n'ai jamais entendu parler de blessures graves occasionnées par ces choses, sauf accidentellement. Même Isaac n'a rien. Quoi qu'il lui soit arrivé, ça ne semble pas avoir aggravé son état.

— La chose a atterri sur son *visage*, Turk. Elle s'est infiltrée dans sa peau.

— Il peut se lever, il n'a pas de fièvre, il n'est pas plus malade qu'avant.

— Tu ne dirais pas ça s'il s'agissait de toi.

— Justement... ce n'était *pas* moi : j'ignore tout de cette chose, mais ce n'est pas moi qu'elle voulait.

— Alors on suit le mouvement, et une fois qu'ils

en ont fini, d'une manière ou d'une autre, avec Isaac, on part sur la côte? C'est ça, le plan?»

Il répondit avec un embarras que Lise perçut malgré la pénombre régnant dans l'automobile. «On n'est pas obligés de le faire tous les deux. Si tu veux, tu peux rester ici et essayer de trouver quelqu'un pour rentrer par le col quand il ne sera plus bloqué par les cendres. Tu as davantage de choix que moi. Objectivement, c'est sans doute la solution la plus sûre.»

Objectivement. Turk s'imaginait sans doute lui laisser toute latitude pour se retirer avec élégance d'un plan imprudent. Il vivait le genre de vie qui permettait des revers de fortune soudains et de gros paris contre le destin. Pas elle. Voilà ce que cela impliquait, et bien entendu, de manière générale, c'était exact... sauf ces derniers temps.

«Je vais y réfléchir», promit-elle avant de descendre de voiture dans la lueur de la lune en regrettant de n'avoir pas réussi à dormir.

Au matin, Bustee semblait presque normal, avec quelques piétons dans les rues, et quelques véhicules solides qui commençaient à se diriger vers les villes plus importantes au sud. Les autochtones regardaient bouche bée les restes de vie extraterrestre accrochés aux façades des bâtiments ou jonchant les trottoirs comme des jouets brisés aux couleurs vives désormais passées. La vie qui se reconstitue, songea Lise, malgré l'étrangeté. Sa propre vie, détricotée plus en profondeur, mettait davantage de temps à se raccommoder.

Ayant désormais atteint un consensus, les Quatrièmes sortirent chercher des provisions. Le Dr Dvali, Sulean Moï, Diane Dupree et Turk allèrent voir ce qu'on pouvait encore acheter dans les magasins locaux. Turk parlait même d'un second véhicule, s'ils pouvaient s'en procurer un.

Lise resta dans la chambre du motel avec Mme Rebka et Isaac dans l'espoir de trouver encore une heure ou deux de sommeil. Cela se révéla difficile, car Isaac s'agitait à nouveau. Pas à cause de la chose volante qui l'avait attaqué — elle semblait lui être aussi vite sortie de l'esprit qu'un mauvais rêve —, mais d'un nouveau sentiment d'urgence, d'un besoin de foncer au cœur de ce qui se passait dans l'Ouest. Mme Rebka avait timidement posé quelques questions. Que voulait-il dire en parlant de quelque chose «sous la terre»? Mais Isaac n'arrivait pas à répondre et cela le contrariait d'essayer.

Mme Rebka lui assura donc qu'ils allaient partir dans l'Ouest, qu'ils *partaient* dans l'Ouest, dès que possible. Isaac finit par accepter ce réconfort et par se rendormir.

Mme Rebka quitta son chevet pour s'installer sur une chaise. Lise rapprocha la sienne.

Mme Rebka paraissait avoir une cinquantaine d'années. Lise l'avait supposée plus âgée. C'était une Quatrième, et les Quatrièmes pouvaient sembler quinquagénaires pendant des décennies. Mais si elle avait enfanté Isaac, elle ne pouvait être beaucoup plus âgée qu'elle en avait l'air. De toute manière, se dit Lise, les Quatrièmes ne sont-ils pas biologiquement incapables de concevoir? La grossesse de

Mme Rebka avait par conséquent dû commencer avant sa conversion.

La question évidente n'avait rien de facile, mais Lise était bien déterminée à la poser et elle risquait fort de ne pas rencontrer meilleure occasion. « Comment ça s'est passé, madame Rebka ? Pour le garçon, je veux dire. Comment est-il... Enfin, si ce n'est pas trop personnel. »

Mme Rebka ferma les yeux. La fatigue se lisait sur tout son visage, à moins qu'il ne s'agisse d'un profond et inextricable désespoir. « Que voulez-vous savoir, mademoiselle Adams ? Comment il a été modifié, ou pourquoi il a été conçu ? »

Lise chercha une réponse, mais Mme Rebka l'interrompit d'un geste. « L'histoire est courte et sans grand intérêt. Mon mari travaillait comme maître de conférences en détachement temporaire à l'Université américaine. Ce n'était pas un Quatrième, mais il avait de la sympathie pour eux. Il aurait pu envisager de prendre lui-même le traitement, mais c'était un Juif orthodoxe dévot : ses principes religieux le lui interdisaient. Et ça l'a tué. Il souffrait d'un anévrisme cérébral inopérable, seul le traitement aurait pu le sauver. Je l'ai supplié de le prendre, mais il a refusé. J'avais tellement de chagrin que je l'en ai un peu détesté. Parce que...

— Parce que vous étiez enceinte.

— Oui.

— Il le savait.

— Le temps que j'en sois certaine, son anévrisme s'était rompu. Il a survécu quelques jours, mais à l'état comateux.

— Cet enfant, c'était Isaac ?»

Mme Rebka ferma les yeux. « C'était le tissu fœtal qui est devenu Isaac. Je sais que ça semble brutal. Mais je ne pouvais supporter l'idée d'élever l'enfant toute seule. Je voulais me faire avorter. C'est le Dr Dvali qui m'a fait changer d'avis. Il était un des amis les plus intimes de mon mari, il est devenu un des miens. Il a reconnu être un Quatrième. Il m'a raconté les polémiques au sein de leur communauté et ce que ça faisait d'être, du moins dans un certain sens, un humain d'un genre meilleur. Et il m'a parlé des Hypothétiques, un sujet qui m'a toujours intéressée. Il m'a présentée aux autres membres de sa communauté. Ils m'ont soutenue.

— Ils vous ont convaincue de faire ce qu'ils voulaient que vous fassiez.

— Rien d'aussi grossier. Ils ne m'ont pas inondée de propagande. J'*appréciais* ces gens... davantage que tous les non-modifiés qui me rendaient visite par devoir, qui montraient une compassion sans faille alors qu'en secret, ils s'en fichaient. Les Quatrièmes étaient authentiques. Ils m'ont parlé de ce en quoi ils croyaient. Et une des choses en lesquelles croyait Avram Dvali était la possibilité de communiquer avec les Hypothétiques. Il m'a conduite, très progressivement, à l'idée que je pourrais peut-être apporter ma pierre à ce travail très important, parce que j'étais non modifiée. Et enceinte.

— Alors vous lui avez donné Isaac ?

— Pas *Isaac* ! Je lui ai donné la *possibilité* d'Isaac. Sinon, je n'aurais jamais mené cet enfant à terme.» Elle emplit puis vida ses poumons, et Lise crut entendre une vague se retirant d'une plage très ancienne. « Ça n'avait rien de plus difficile que devenir une Quatrième. L'injection habituelle, puis, une fois le processus en cours, une autre, intra-utérine, pour empêcher le bébé modifié d'être rejeté par mon corps. J'étais sous tranquillisants la plupart du temps. Franchement, je ne me souviens que très peu de la grossesse elle-même. Il est venu à terme en sept mois.

— Et ensuite ? »

Mme Rebka détourna les yeux. « Avram tenait absolument à ce qu'il soit élevé par la communauté et pas uniquement par moi. Il a dit que ce serait mieux si je ne développais pas trop de liens affectifs avec l'enfant.

— Mieux pour vous, ou pour l'enfant ?

— Les deux. Nous n'étions pas sûrs qu'il atteigne l'âge adulte. Isaac était... est une *expérience*, mademoiselle Adams. Avram me protégeait de ce qui pourrait être un chagrin encore plus traumatisant. Et de toute manière... j'avais beau vouloir être un parent pour lui, Isaac est un garçon difficile. Il refusait tout contact étroit, que ce soit avec moi ou avec d'autres. Petit, il ne supportait pas qu'on le prenne dans les bras. C'était vraiment comme s'il appartenait à une nouvelle espèce, comme si, au niveau biologique le plus fondamental, il savait n'être pas des nôtres.

— Parce que vous l'avez rendu comme ça, ne put s'empêcher de dire Lise.

— C'est vrai. La responsabilité nous incombe entièrement. La culpabilité aussi, bien entendu.

Tout ce que je peux dire, c'est que nous espérions que sa contribution à une meilleure compréhension de l'Univers compenserait la laideur de sa création.

— C'était une chose à laquelle vous croyiez, ou à laquelle ils vous ont dit de croire ?

— Merci de me trouver des excuses, mademoiselle Adams, mais oui, j'y croyais : nous y croyions tous à un niveau ou à un autre. C'est ce qui nous a réunis au départ. Mais aucun de nous n'y croyait aussi fermement et aussi... je suis tentée de dire aussi *héroïquement*... qu'Avram Dvali. Nous avions des doutes, bien entendu, et des moments de remords. Ce n'est pas une belle histoire, n'est-ce pas ? Je suis sûre que vous vous demandez comment nous avons pu envisager une telle chose, et encore plus comment nous avons pu la mettre à exécution. Mais les gens sont capables de bien des choses, mademoiselle Adams. Même les Quatrièmes. Vous devriez vous en souvenir. » Mme Rebka ferma les yeux. « Bon, je suis fatiguée et je n'ai plus rien à dire. »

Les autres revinrent avec de la nourriture, des bouteilles d'eau, des pièces détachées et (miracle) un second véhicule... un autre tout-terrain à gros pneus acheté, dit Turk, à un prix ridiculement élevé chez un concessionnaire local peu honnête. Il ajouta que les Quatrièmes avaient davantage d'argent liquide que de bon sens, ou peut-être le bon sens de savoir quand n'accorder aucune valeur au liquide.

Lise aida Turk à charger les provisions dans les voitures. Il évoluait avec une puissance physique, une aisance et un naturel évidents. Elle tira un certain plaisir à effectuer ce travail avec lui, à ne pas penser à Mme Rebka, à Isaac ou au Dr Dvali, non plus qu'à ce qui pourrait être en train de patienter dans le Rub al-Khali.

«Alors, tu viens avec nous, finit-il par demander, ou tu attends qu'un bus reparte vers Port M ?»

Elle ne lui fit pas la grâce d'une réponse. Il n'en méritait pas.

Parce qu'elle l'accompagnait, bien entendu. Jusque dans le grand inconnu, ou quelle que soit la destination des gens bien quand ils disparaissaient.

certain plaisir à effectuer ce travail [illegible] penser à Anne [illegible] puis [illegible] dans le [illegible].

[illegible]

[illegible]

[illegible] le grand [illegible] quand ils [illegible]

QUATRIÈME PARTIE

Le Rub al-Khali

VINGT-TROIS

Au moment de la deuxième chute de cendres, Brian Gately était rentré sain et sauf à Port Magellan.

Sigmund et Weil avaient fait quelque chose de remarquable en sa présence, alors qu'ils survolaient le col Bodhi pour revenir dans la plaine côtière: ils avaient admis leur défaite. Les Quatrièmes s'étaient dispersés, Weil le reconnut, et leur colonie incendiée n'avait produit d'autres preuves que les restes carbonisés d'un bioréacteur caché dans un sous-sol. On n'avait rien découvert de compromettant dans l'avion dérobé de Turk Findley, quant aux quatre captifs, il s'agissait manifestement de leurres, à l'âge avancé même selon les critères des Quatrièmes.

«Et donc», demanda Brian au moment où leur avion passait bien au-dessus d'une gorge dans laquelle un camion-citerne solitaire négociait les épingles à cheveux, «du coup, vous rentrez chez vous?

— Bien sûr que non, on n'abandonne pas. On continue ce qu'on fait depuis des années: surveiller les communications et lancer des logiciels sur des sites de surveillance stratégiques. Tôt ou tard, on trouvera quelque chose. En attendant, on a éliminé un bioréacteur de plus. Et au moins, on a méchamment foutu la merde dans les plans d'une certaine personne.

— Et pour ça, interrogea Brian, des gens meurent?

— Qui est mort, Brian? Je n'ai pas souvenir que quelqu'un soit mort.»

Il finit donc par regagner son petit appartement dans la ville polyglotte, où il se trouvait seul quand le ciel se remplit à nouveau des débris lumineux de très vieilles machines incompréhensibles.

Il regarda les journaux télévisés locaux avec une vague indifférence. Les présentateurs utilisèrent des termes comme «étrange» et «sans précédent», sans impressionner Brian pour autant: ce n'était qu'une espèce de pourriture céleste, les résidus d'une immense désintégration. Les Hypothétiques avaient construit leurs intelligences dans les espaces glacés entourant et séparant d'innombrables étoiles, et ils les avaient construites pour durer, à coup sûr, mais aucune fabrication ne durait éternellement. Les pyramides d'Égypte s'érodaient, les aqueducs romains n'étaient plus que des tronçons de pierre brisée. Les constructions des Hypothétiques devaient, elles aussi, s'effriter après avoir servi durant le nombre, petit ou grand, d'années prévues.

Les cendres engendraient des monstruosités, dont certaines visibles de sa fenêtre. À une dizaine de mètres de là, sur la route, à l'endroit où le quartier commercial arabe devenait un simple labyrinthe déstructuré de souks et de salons de thé, un tube vert de la taille d'une canalisation d'égout se contorsionna comme sous l'effet d'un vent puissant puis tomba en travers de la chaussée.

Il se repassa en esprit le tout dernier appel téléphonique de Lise. Où était-elle maintenant ? Sigmund et Weil eux-mêmes n'avaient pu répondre à cette question. Elle avait fui avec les Quatrièmes dissidents, victime de ses propres et extravagantes sympathies. Libre, dans un sens déplaisant du terme. Intacte. Pas encore tombée sur terre comme une très vieille machine.

Nettoyer les cendres prit davantage de temps qu'après la première chute. Et comme elles venaient de tomber pour la deuxième fois, les gens qu'on voyait à la télévision se posaient de graves questions. Était-ce terminé, ou cela recommencerait-il ? Les effets suivaient-ils une courbe exponentielle, chaque fois plus étranges et plus désastreux, jusqu'à recouvrir totalement Port Magellan d'une multitude d'espèces d'énormes jouets pour enfants ?

Une partie de Brian voulait refuser cette possibilité, tandis qu'une autre s'en délectait. Après tout, se dit-il, c'est une planète étrangère : nous avons été bien crédules de nous imaginer pouvoir simplement y emménager sans encombre pour y vivre comme sur une deuxième Terre.

Mais les autorités civiles, telles des fourmis, dégagèrent méthodiquement les débris et rétablirent leurs lignes de communication phéromonale. Quand il ne put plus l'éviter, Brian quitta son appartement et, roulant sur les avenues souillées, se rendit au quartier américain, au bâtiment du consulat, aux bureaux du Département de Sécurité génomique, antenne de Port Magellan.

Il passa devant son propre bureau pour gagner celui de son supérieur immédiat, un légat consulaire du nom de Larry Diesenhall. Carriériste de cinquante-cinq ans au crâne rasé et aux yeux à la teinte si délicate qu'ils semblaient dessinés au crayon de couleur, Diesenhall leva la tête vers Brian et lui sourit. « Content de te revoir, Brian. »

De te revoir enfin. Le fils prodigue. Brian sortit de la poche de sa veste une enveloppe, qu'il laissa tomber sur la table impeccable de Diesenhall.

« Qu'est-ce que c'est ?

— Regarde. »

L'enveloppe renfermait deux clichés... ceux expédiés par Pieter Kirchberg, des copies réalisées le matin même par Brian sur son imprimante. Il détourna les yeux au moment où Diesenhall ouvrait l'enveloppe.

« Nom d'un chien ! fit ce dernier. Vingt dieux ! Qu'est-ce que c'est que ça ? »

Les morts, pensa Brian. Les morts, qu'on ne voit pas, d'habitude, dans les pique-niques paroissiaux et les bureaux convenables. Il s'assit et expliqua Tomas Ginn, Sigmund et Weil, la colonie en feu dans le désert, les Quatrièmes qui avaient eu la malchance d'être découverts dans l'avion de Turk Findley et à qui on avait essayé d'arracher des aveux, peut-être sous la torture, peut-être pas. À plusieurs reprises,

Diesenhall essaya de l'interrompre, mais Brian ne cessa pas de parler, continua à déverser convulsivement un flot de paroles trop puissant pour qu'on puisse l'endiguer.

Quand il eut fini, Diesenhall le regardait fixement, bouche bée.

« Brian... C'est contrariant. »

On peut le décrire de cette manière, se dit Brian.

« Je veux dire, la vache ! Tu te rends compte à quel point ta position est précaire, là ? Tu viens me trouver pour te plaindre de Sigmund et Weil, mais je n'ai rien à voir avec eux. Ce que fait le Comité d'action exécutive ne rentre pas dans le cadre du mandat public. Ni toi ni moi ne sommes membres de ce comité, Brian. Et il n'a pas de comptes à rendre à des gens comme nous. Tu as eu une relation avec une femme qui était apparemment très impliquée avec des Quatrièmes connus, et en ce qui te concerne, j'espère que tu t'en rends compte, le résultat aurait pu être bien pire. On a posé des questions sur toi. Sur ta loyauté. Et je me suis porté garant de toi. Je l'ai fait de bon cœur. Et voilà que tu viens me voir avec ces allégations et ces... » Les photos. « Ces *obscénités*. Qu'est-ce que tu attends de moi ?

— Je ne sais pas. Que tu t'indignes. Que tu te plaignes. Que tu fasses un rapport.

— Vraiment ? Tu veux *vraiment* que je fasse une de ces choses ? As-tu la moindre idée de ce que cela signifierait pour *toi et moi* ? Et tu penses que ça améliorerait la situation ? Que ça ferait le moindre *bien* ? Que ça changerait quelque chose, à part pour nous ? »

Brian y réfléchit. Et ne trouva aucun contre-argument. Sans doute Diesenhall avait-il raison.

Il sortit de sa poche une seconde enveloppe, qu'il lâcha sur le bureau. Diesenhall recula d'un coup, les mains fuyant vers le bord du meuble. « Bon Dieu, qu'est-ce que c'est ?

— Ma démission », répondit Brian.

VINGT-QUATRE

Le dernier être humain qu'ils virent à l'ouest de Bustee était une femme corpulente occupée à fermer une station-service Sinopec. Elle avait déjà arrêté les pompes, mais elle les réactiva le temps de remplir le réservoir des deux véhicules, tout en expliquant au Dr Dvali, avec un accent cantonais, à quel point il était stupide de s'enfoncer plus avant dans le désert. Il ne restait plus personne là-bas, d'après elle. Même les foreurs et les ouvriers travaillant sur les oléoducs, jusqu'aux journaliers sans autre argent que celui qu'ils espéraient gagner, étaient partis dans l'Est après la première chute de cendres. « C'était pire là-bas, dit-elle.

— Pire de quelle manière ?

— Juste pire. Plus les tremblements de terre.

— Des tremblements de terre ?

— Des petits. Qui ont fait des dégâts. Tout ça, il faudra le réparer, quand on pourra revenir sans danger. Si c'est possible un jour. »

Le Dr Dvali fronça les sourcils. « En fait, dit Turk, on va sur la côte ouest, de l'autre côté du désert.

— C'est une manière idiote d'y arriver», conclut la Cantonaise, et Turk ne put que hocher la tête en haussant les épaules.

De la poussière extraterrestre, mêlée à du sable ordinaire, s'était accumulée sur les planches blanc-soleil de la station-service. Le vent soufflait du sud, sec et brûlant. Un monde saupoudré de talc, se dit Lise. Elle pensa à ce qu'avait dit Turk sur la côte ouest, l'autre côté du désert. Elle imagina des vagues déferlant sur une plage, quelques hardis chalutiers ancrés dans un port naturel. Des averses, de la verdure et l'odeur de l'eau.

Tout le contraire de cet horizon impitoyable écrasé par le soleil.

Une manière idiote d'y arriver. Eh bien, oui, sans aucun doute.

Durant leur long trajet en voiture, Sulean Moï observa la manière dont Avram Dvali et Anna Rebka se comportaient avec Isaac.

Mme Rebka, sa mère presque malgré elle, était la plus attentive. Dvali se montrait moins directement concerné — le garçon avait commencé à éviter son contact — mais son attention ne cessait de revenir à l'enfant.

Dvali est un idolâtre, pensa Sulean. Il vénère une monstruosité. Il croit qu'Isaac détient la clé de... de quoi ? Pas de la «communication avec les Hypothétiques». Il avait depuis longtemps abandonné ce but linéaire et bien défini. Un saut cognitif, une intimité avec les forces énormes qui avaient façonné les mondes ordinaire et céleste. Dvali voulait qu'Isaac soit un dieu, ou du moins touché par Dieu, et toucher à son tour l'ourlet de son vêtement pour connaître l'illumination.

Et moi, se dit Sulean. Qu'est-ce que *moi*, je veux d'Isaac ? Par-dessus tout, elle avait voulu empêcher sa naissance. C'était pour prévenir de telles tragédies qu'elle avait quitté l'ambassade martienne à New York. Elle s'était transformée en présence lugubre et souvent importune dans la communauté des Quatrièmes terriens, vivant de leur charité tout en leur reprochant leur orgueil démesuré. N'adorez pas les Hypothétiques : ce ne sont pas des dieux. N'essayez pas de combler le fossé entre humains et Hypothétiques : il ne peut être comblé. Nous le savons. Nous avons essayé. Et nous avons échoué. Ce faisant, nous avons commis ce qu'on ne peut qu'appeler un crime. Nous avons façonné une vie humaine pour servir nos propres buts sans, en fin de compte, obtenir rien d'autre que la douleur, rien d'autre que la mort.

Au cours de ses pérégrinations terrestres, elle avait contrecarré deux projets de ce genre. Deux communautés de Quatrièmes dissidents, l'une dans le Vermont, l'autre dans la campagne danoise, avaient été sur le point de créer un enfant hybride. Dans les deux cas, Sulean avait alerté des Quatrièmes plus conservateurs et usé du poids moral qu'ils lui accordaient en tant que Quatrième martienne. Dans ces deux cas, elle avait réussi à empêcher une tragédie. Mais cette fois-ci, elle avait échoué. Elle arrivait douze ans trop tard.

Elle tenait pourtant à accompagner l'enfant dans ce qui était sans nul doute son dernier voyage, au lieu de partir continuer son travail ailleurs. Pourquoi ? Elle se permit de se demander si elle était aussi sensible que le Dr Dvali au charme trompeur du contact… même si elle savait cela impossible et absurde.

C'était sans doute plutôt parce que le petit Isaac avait prononcé quelques mots dans une langue qu'il ne pouvait pas connaître.

Autrement dit : parce qu'elle avait peur de lui.

« Vous en pensez quoi, demanda Turk, de ce qu'a dit cette dame sur les tremblements de terre ? »

Il voyageait dans le véhicule de tête avec Dvali, qui avait pris le volant. Le vent continuait à pousser des traînées de poussière sur la route, mais la majeure partie des cendres semblait avoir été emportée… ou absorbée par le sol, tout comme cette chose volante par la peau d'Isaac.

Encore un jour de voyage, et ils atteindraient les limites des concessions pétrolières. La cible qu'ils avaient triangulée se trouvait trois cents kilomètres plus à l'ouest.

« Je ne vois aucune raison de ne pas y croire, répondit posément le Dr Dvali. Il y avait quelque chose aux infos ? »

Turk gardait la radio du Dr Dvali dans une oreille, malgré une réception intermittente. Ils se trouvaient à grande distance des aérostats. « Rien sur des tremblements de terre. Mais je n'exclurais pas l'éventualité. » À ce stade, il n'aurait exclu ni les dinosaures ni les Munchkins. « Elles disaient que ça pourrait recommencer, la chute de cendres. Vous y croyez ?

— Je n'en sais rien, répondit le Dr Dvali. Personne n'en sait rien. »

Sauf peut-être Isaac, songea Turk.

Ils s'arrêtèrent pour la nuit dans un imposant hôtel-restaurant qui servait à l'accueil des chauffeurs de camions-citernes, mais se trouvait à présent abandonné.

Pour une raison qui n'avait rien de mystérieux : des pousses extraterrestres ornaient le toit du bâtiment. Des choses criardes et tubulaires, transformées en dentelle par leur propre décomposition. Mais d'un poids initial sans doute important, car le toit s'était effondré par endroits. Un filigrane de cirres bleus avait de surcroît envahi le restaurant, recouvrant tout ce qui se trouvait à quelques mètres de la porte (sol, plafond, tables, chaises, chariot de service) de cordons et ficelles aléatoirement entremêlés. Qui se décomposaient aussi. Quand on les touchait, ils se transformaient en poudre rance.

Turk récupéra les clés à la réception et ouvrit des portes jusqu'à trouver un nombre suffisant de chambres intactes pour leur permettre enfin une certaine intimité. Turk et Lise prirent une chambre, Dvali une autre, Sulean Moï consentit à partager une suite avec Diane, Mme Rebka et le petit Isaac.

Sulean n'était pas mécontente de la répartition des chambres. Elle n'arrivait pas à apprécier

Mme Rebka, mais elle espérait pouvoir passer quelques instants en tête à tête avec le garçon.

L'occasion se présenta dans la soirée. Dvali convoqua tout le monde pour ce qu'il appela une «réunion communautaire». Isaac ne pouvait y participer, bien entendu, et Sulean se porta volontaire pour rester avec lui... arguant n'avoir rien à apporter à la discussion.

Mme Rebka accepta sans enthousiasme. Dès qu'elle quitta la pièce, Sulean se rendit au chevet du garçon.

Il n'avait pas de fièvre, il était même parfois bien éveillé, et il arrivait à se redresser, à marcher et à absorber de la nourriture. Il avait été d'un calme merveilleux dans la voiture, comme débarrassé d'une partie de son effrayant besoin inhumain depuis que la chose volante s'en était prise à lui. Dvali détestait parler de cet événement, puisqu'il ne le comprenait pas, mais c'était le premier contact profondément personnel du garçon avec les créations semi-vivantes des Hypothétiques. Sulean se demanda ce qu'il avait ressenti. La chose se trouvait-elle encore dans son corps, s'était-elle divisée en fragments moléculaires pour circuler dans son sang? Et si oui, pourquoi? Y avait-il seulement une raison, ou n'était-ce encore qu'un tropisme stupide produit par des millions et des millions d'années d'évolution?

Elle aurait aimé pouvoir interroger Isaac à ce sujet. Mais elle n'avait le temps que pour les questions les plus urgentes.

Elle s'obligea à sourire au garçon. Isaac lui rendit son sourire d'aussi bon cœur que d'habitude.

Je suis son amie, pensa-t-elle. Son amie martienne. « J'ai connu quelqu'un comme toi, dit-elle, il y a longtemps.

— Je me souviens », dit Isaac.

Sulean sentit son cœur tressaillir.

« Tu sais de qui je parle ? »

Un mot. « Esh.

— Tu sais, pour Esh ? »

Isaac hocha solennellement la tête, ses yeux pailletés d'or désormais distants.

« Qu'est-ce que tu sais de lui ? »

Isaac commença à raconter la brève enfance d'Esh à la station de Bar Kea, et Sulean fut stupéfaite d'entendre le garçon parler à nouveau le dialecte martien d'Esh.

Elle en eut le vertige. « Esh », murmura-t-elle.

Isaac répondit en anglais : « Il ne peut pas t'entendre.

— Mais *toi*, tu l'entends ?

— Il ne peut pas parler, Sulean. Il est mort. Tu le sais. »

Bien sûr qu'elle le savait. Elle avait serré son corps agonisant dans ses bras, malade de savoir qu'elle l'avait aidé à s'échapper dans le désert, à retrouver la chose qu'il voulait si éperdument, la même que voulait Isaac, c'est-à-dire les Hypothétiques, c'est-à-dire la mort.

Elle dit : « Mais tu peux parler avec sa voix.

— Parce que je me souviens de lui.

— Tu te *souviens* de lui ?

— C'est qu'il... Je ne sais pas comment expliquer ! »

Le garçon commençait à s'angoisser. Sulean réprima sa propre terreur et s'obligea à afficher un sourire qu'elle espérait rassurant. «Tu n'as pas besoin d'expliquer. C'est un mystère. Je ne comprends pas non plus. Dis-moi juste l'impression que ça fait.

— Je sais ce que je suis, je sais ce qu'ils m'ont fait être, le Dr Dvali, Mme Rebka, ils veulent que je parle aux Hypothétiques, sauf que je ne peux pas. Je suis désolé, mais je ne peux pas. Mais il y a quelque chose en moi...» Il montra son thorax. «Et là-bas...» Le désert. «... quelque chose qui se souvient d'un million de choses, Esh n'en est qu'une parmi toutes les autres, mais il est *comme* moi, alors ça me fait *moi* me souvenir de lui... je veux dire...»

Sulean lui caressa la tête. Il avait les cheveux ternes et pleins de sable. Tout ce voyage sans eau pour prendre un bain. Le pauvre. «Allons, ne t'énerve pas.

— La chose en moi se souvient d'Esh et je me souviens de ce dont se souvenait Esh. Quand je te regarde, je vois les deux.

— Les deux quoi?

— Comme tu es maintenant. Et comme tu étais à ce moment-là.»

Quel contraste, supposa Sulean.

«Et Esh me voit aussi?

— Non, je te l'ai dit, il est mort, il ne voit rien. Il n'est pas là. Mais je sais ce qu'il dirait *si* il était là.

— Et que dirait-il, Isaac?

— Il dirait...», et Isaac revint à la langue martienne, à des intonations affreusement familières malgré toutes ces longues et difficiles années écoulées depuis. « Il dirait : *Salut, grande sœur.* »

La voix d'Esh, incontestablement.

« Et il dirait…

— Quoi ? Raconte.

— Il dirait : *N'aie pas peur.* »

Oh, mais ça, je ne peux pas, pensa Sulean, et elle recula, s'éloigna du lit, recula presque jusqu'à la porte où, bien qu'elle ne l'ait pas entendu arriver, le Dr Dvali les écoutait, le visage rouge d'une émotion qui tenait autant de la jalousie que de la colère.

« Depuis combien de temps savez-vous cela sur lui ? »

Dvali avait tenu à s'éloigner un peu du relais routier et des autres, à s'enfoncer dans le paysage intimidant qui les entourait depuis plusieurs jours, comme si on avait recréé les déserts de Mars sur ce monde extraterrestre plus chaud. Un ciel énorme coiffait le vide vespéral, et des œuvres de l'homme, il ne restait que le plus sordide.

Esh, Esh, pensait-elle. Parcourir une telle distance pour entendre une nouvelle fois le son de sa voix. « Quelques semaines, parvint-elle à répondre.

— Des semaines ! Et vous comptiez partager cette information avec nous ?

— Il n'y a jamais eu la moindre *information*. Rien qu'une possibilité.

— La possibilité significative qu'Isaac, d'une manière ou d'une autre, partage des souvenirs avec votre expérience martienne, cet Esh…

— Esh n'était pas une expérience, mais un enfant, Dr Dvali. C'était aussi mon ami.

— Vous éludez ma question.

— Je n'élude rien du tout. Je n'ai rien à voir avec votre travail. Si j'avais pu, je ne vous aurais pas laissé le commencer.

— Mais vous n'avez pas pu, et maintenant, vous êtes là. Je pense que vous devriez vous pencher sur vos propres motivations, madame Moï. Je pense que vous êtes ici pour la même raison que nous avons créé Isaac. Parce que vous avez passé votre vie à essayer de comprendre les Hypothétiques, et au bout de... quoi, quatre-vingts ans ? quatre-vingt-dix ? vous n'êtes pas plus avancée que dans votre jeunesse. »

Les Hypothétiques n'avaient assurément jamais été loin de ses pensées, en tout cas depuis qu'ils avaient dévoré Esh. Une obsession ? Oui, peut-être, mais qui n'avait jamais influé sur son jugement... Encore que ?...

Quant à savoir si elle *comprenait* les Hypothétiques... « Ils n'existent pas, affirma-t-elle.

— Pardon ?

— Les Hypothétiques. Ils n'existent pas, pas comme vous les imaginez. Qu'est-ce que vous vous représentez quand vous pensez à eux ? Une grande présence sage et très vieille ? Des êtres d'une infinie sagesse impénétrable à nos esprits mesquins ? C'était l'erreur qu'ont faite les Quatrièmes martiens. La possibilité de discuter avec Dieu ne justifierait-elle pas n'importe quel risque ? Mais ils n'existent pas ! Entre les étoiles dans le ciel, il n'y a qu'une immense logique opérationnelle reliant une machine idiote à une autre. C'est très vieux, et complexe, mais ce n'est pas un *esprit*.

— Dans ce cas, répliqua Dvali, à qui venez-vous de parler ? »

Sulean ouvrit la bouche… et la referma.

Cette nuit-là, pour la première fois depuis bien des jours, Lise et Turk firent l'amour. L'intimité d'une chambre particulière fut un aphrodisiaque à effet immédiat. Ils n'en parlèrent pas, n'eurent pas besoin d'en parler : dans la pénombre éclairée à la bougie, Lise s'était déshabillée et avait regardé Turk faire de même, puis elle avait soufflé la bougie et retrouvé Turk à la vague lueur, réduite par la poussière, de la lune. Il empestait, et elle aussi. Aucune importance. C'était la communication dans laquelle ils avaient toujours excellé. Elle se demanda un instant si, ailleurs dans cette ruine, les Quatrièmes entendaient grincer les ressorts de leur lit. Sans doute, conclut-elle. Et cela leur ferait sans doute du bien, s'ils les entendaient. Cela pourrait mettre du sel dans leurs vieilles vies fades.

Turk finit par s'endormir, le bras en travers de la cage thoracique de Lise, qui se borna à rester allongée près de lui dans l'obscurité de plus en plus épaisse.

Elle finit néanmoins par devoir se dégager de son étreinte. Malgré tout, elle n'arrivait pas à dormir. Elle pensa à toute la distance qu'ils avaient parcourue et se souvint d'une phrase lue dans un vieux livre : *le bout de nulle part, taillé en pointe.*

La nuit était froide. Elle se recroquevilla contre Turk pour profiter de sa chaleur.

Elle ne dormait toujours pas quand le bâtiment se mit à trembler.

Diane Dupree ne dormait pas non plus dans la chambre qu'elle partageait avec Sulean Moï, Mme Rebka et Isaac.

Elle écoutait Isaac respirer en se disant que la vie avait dû être bien étrange pour lui, qui avait grandi sans mère — Mme Rebka n'en avait pas vraiment été une — ni père — sauf à compter les sinistres «rôderies» du Dr Dvali —, mais aussi, à ce que tout le monde disait, indifférent à l'affection. Un enfant difficile, rebelle.

Plus tôt dans la journée, elle avait entendu une partie de la dispute entre Sulean Moï et le Dr Dvali. Ce qui avait soulevé des questions gênantes dans son esprit.

Bien entendu, la Martienne avait raison. Le Dr Dvali et Mme Rebka n'étaient pas des scientifiques étudiant les Hypothétiques par des moyens non conventionnels. Ils étaient en pèlerinage. Pèlerinage au bout duquel ils espéraient trouver quelque chose de sacré, de rédempteur.

Le même désir — bien des années auparavant — lui avait presque été fatal. Diane s'était drapée dans la foi de son premier mari, qui l'avait conduite dans une retraite religieuse où elle avait contracté une maladie dont elle avait failli mourir. Le traitement avait consisté à convertir Diane à ce que le Martien

Wun Ngo Wen avait appelé le Quatrième état, l'âge adulte au-delà de l'âge adulte.

Elle pensait s'être débarrassée de ce désir quand elle était devenue une Quatrième. C'était comme si, après le traitement de longévité, quelque chose de calme et de méthodiquement rationnel avait fait son apparition et pris le contrôle de sa vie. Quelque chose d'apaisant, voire d'un peu abrutissant. Fini les imprudents assauts sur le Paradis. Elle avait mené une vie stable et utile.

Pouvait-elle toutefois s'être trompée sur la quantité de ce dont elle s'était débarrassée et de ce qu'elle avait gardé en elle sans s'en apercevoir ? Quand les lignes s'étaient croisées sur la carte, la triangulation des pulsions d'Isaac, Diane avait ressenti un désir familier pour la première fois depuis… oh, bien des années.

Elle le ressentit à nouveau en découvrant qu'Isaac pouvait accéder aux souvenirs d'un enfant martien mort depuis longtemps et qu'il n'avait jamais connu.

Les Hypothétiques se sont souvenus d'Esh, pensa Diane.

De quoi d'autre s'étaient-ils souvenus ?

Son frère Jason était mort en tentant de communier avec les Hypothétiques. Se souvenaient-ils de *ça* ? Se souvenaient-ils même de Jason ?

Et si elle posait la question, Isaac parlerait-il avec la voix de Jason ?

Elle se redressa, se sentant presque coupable, quand le bâtiment se mit à trembler et à vibrer. Une brèche s'ouvre dans les fortifications, pensa-t-elle médusée : les murs du Paradis s'effondrent.

Le temps que Turk arrive à allumer une bougie, la terre ne tremblait plus.

La vieille Chinoise avait raison, pensa-t-il. Des tremblements de terre !

Il se retourna vers Lise, assise sur le lit, la couverture autour des reins. « Ça va ? C'est juste une secousse.

— Promets qu'on ne s'arrêtera pas », dit-elle.

Turk cilla. À la lueur de la bougie, Lise avait la peau pâle, lugubre. « Comment ça ?

— Quand ils arriveront là où ils vont », et il comprit à son mouvement de menton qu'elle parlait des Quatrièmes, « on ne *s'arrêtera* pas, d'accord ? On continuera vers la côte ouest ? Comme tu as dit ?

— Bien sûr. Pourquoi t'inquiètes-tu ? C'était juste une secousse, Lise. Tu as vécu en Californie, tu as déjà dû connaître des petits tremblements comme celui-là.

— Parce qu'ils sont cinglés, Turk. Ils ont l'air rationnels, mais ils ont tout un festival de folies de prévu. Je ne veux pas m'en mêler. »

Turk alla à la fenêtre juste pour s'assurer que les étoiles n'avaient pas explosé ni rien, parce que Lise avait raison, la folie était en route. Il ne vit toutefois dehors que le vaste désert du centre d'Équatoria sous une lune mesquine. À voir ce désert, songea-t-il, on se sent tout petit.

Une autre secousse mineure fit cliqueter la lampe inutile sur la table de chevet.

Isaac sentit la secousse, mais elle ne l'éveilla pas tout à fait. Il dormait beaucoup, ces derniers temps. Il avait plus ou moins perdu la capacité de s'apercevoir s'il dormait ou pas.

L'horloge des étoiles tournait inlassablement en lui. Dans l'obscurité, il rêva de choses pour lesquelles il n'avait pas de mots. Il existait beaucoup de choses pour lesquelles il n'en avait pas. Et certains mots qu'il connaissait, mais ne comprenait pas et ne savait pas définir. *Amour*, par exemple.

Je t'aime, lui avait murmuré Mme Rebka quand personne d'autre ne pouvait l'entendre.

Il n'avait pas su quoi répondre. Mais ça ne faisait rien. Mme Rebka ne semblait pas avoir besoin d'une réponse. *Je t'aime, Isaac, mon fils unique*, avait-elle murmuré avant de se détourner.

Qu'est-ce que cela signifiait ?

Qu'est-ce que cela signifiait quand, en fermant les yeux, il voyait les étoiles tourner ou les feux de quelque chose d'invisible couver au fond du désert occidental ? Qu'est-ce que cela signifiait quand il en sentait la vivacité et la puissance ?

Que signifiait qu'il entende un million de voix, davantage qu'il n'y avait d'étoiles dans le ciel ? Que signifiait que, parmi cette multitude de voix, il puisse invoquer celle d'Esh, un petit Martien mort ? Se souvenait-il d'Esh, ou quelque chose se souvenait-il d'Esh *par lui*... se souvenait de la voix d'Esh avec l'air dans les poumons d'Isaac ?

Parce que, et *ça*, Isaac le savait, ce pour quoi il avait été appelé, ce pour quoi tous les fragments de machines des Hypothétiques en train de tomber avaient été sommés de dévier de leur course paresseuse dans le ciel était une commémoration.

Une commémoration plus vaste que le monde lui-même.

Il la sentait venir. La croûte de la planète tremblait, ses frissons remontaient par les fondations de ce vieux bâtiment, par le plancher, les solives, les poutres, par le sommier et le matelas, jusqu'à ce qu'Isaac tremble avec elle, le mouvement le remplissant d'une joie sans chaleur, souvenir et annihilation avançant à pas de géants, avec des foulées de la taille de continents, jusqu'à ce qu'il se pose enfin la question.

Est-ce l'amour?

CINQUIÈME PARTIE

En compagnie de l'innommable

VINGT-CINQ

Ils étaient arrivés aux limites des concessions pétrolières — le bout désertique de nulle part — lorsque la troisième et la plus intense des chutes de cendres commença.

Elle ne les surprit pas totalement, grâce au récepteur télécom du Dr Dvali, même s'il ne fonctionnait que par intermittence : les précipitations avaient été assez légères à Port Magellan, mais plus denses dans l'Ouest, comme si elles s'y concentraient.

Quand le Dr Dvali annonça la nouvelle, cette menace avait pris une visibilité de mauvais augure. Lise, qui regardait par la lunette arrière de la voiture en train de foncer sur la grande route reliant deux horizons aussi plats l'un que l'autre, vit des nuages couleur d'ardoise en ébullition se matérialiser dans un ciel d'un bleu crayeux.

« Il va falloir se remettre à couvert », entendit-elle dire Turk.

Au sud-ouest, Turk distinguait tout juste les silhouettes noir-argent du complexe de forage et de pompage d'Aramco. Sans doute évacué — deux des tours les plus lointaines semblaient s'écarter de la verticale, à moins qu'il ne s'agisse d'une illusion d'optique —, mais d'après Turk, des machines tout comme des hommes armés continuaient à protéger le site.

Par chance, ils n'avaient pas besoin d'aller dans cette direction. Autour des concessions pétrolières s'étaient développés un certain nombre de commerces gérés par des hommes seuls pour des hommes seuls : boîtes de strip-tease, bars, sex-shops. En continuant un peu sur la route, ils en trouveraient par conséquent des plus respectables, avec des logements pour la main-d'œuvre. Qui apparurent tandis que les deux voitures essayaient de garder de l'avance sur le nuage noir arrivant à toute vitesse par l'est : une route secondaire avec un portail (ouvert), un petit centre commercial (magasin d'alimentation, détaillants de produits culturels, un multimart) et un certain nombre de solides bâtiments en béton dans lesquels des appartements fonctionnels d'une ou deux pièces s'empilaient comme des boîtes.

Dans le véhicule de tête, qu'il partageait avec Lise et le Dr Dvali, Turk vit en regardant par-dessus son épaule l'autre tout-terrain s'engager dans le parking du centre commercial. Dvali fit brusquement demi-tour pour aller l'intercepter devant le magasin d'alimentation.

«Approvisionnement, expliqua Diane.

— On n'a pas le temps, répliqua Dvali d'un ton définitif. Il faut qu'on se mette à l'abri.

— Comme dans le bâtiment devant? Je propose

que vous alliez y entrer par effraction ou je ne sais comment, on vous suivra dès qu'on aura trouvé à manger. »

L'idée déplaisait manifestement à Dvali, mais Turk la trouva tout aussi manifestement sensée : ils commençaient à manquer d'objets de première nécessité, et la tempête de cendres pourrait bien les bloquer quelques jours. « Faites vite », capitula Dvali d'un air malheureux.

Le concepteur de la cité ouvrière s'était gardé d'en dissimuler la nature institutionnelle. À l'extérieur des bâtiments, on voyait du béton usé par les intempéries, un trottoir fissuré et un parking désert attenant à un court de tennis à clôture grillagée, avec un filet effondré en masse informe. Turk approcha d'une porte en acier creux recouverte d'une peinture jaune industrielle et sans nul doute percutée au fil des ans par des centaines de chaussures d'ouvriers foreurs complètement ivres. Elle était verrouillée, mais par une serrure fragile que Turk fit assez vite céder avec un démonte-pneu, pendant que Dvali donnait des signes d'impatience et jetait par-dessus son épaule des coups d'œil à la tempête qui approchait. Déjà la lumière diminuait, le disque du soleil faiblissait et s'assombrissait.

La porte s'ouvrit et Turk pénétra dans l'obscurité, suivi par le Dr Dvali puis par Lise.

« Berk ! s'écria la jeune femme. Mince, qu'est-ce que ça pue ! »

Les ouvriers semblaient avoir évacué en hâte : dans nombre des appartements s'ouvrant sur ce couloir — appartements qui ressemblaient plutôt à des cellules, avec leurs petites fenêtres en hauteur et leurs salles de bains en alcôve —, on avait laissé de la nourriture à pourrir et abandonné les toilettes sans en tirer la chasse. Ils se mirent à la recherche des logements les plus présentables au rez-de-chaussée et en choisirent trois, deux adjacents et l'un de l'autre côté du couloir, dont les occupants précédents avaient emporté les denrées les plus manifestement périssables. Lise leva les bras pour ouvrir une fenêtre, mais Dvali l'en empêcha : « Non, pas avec la poussière qui arrive. Il faudra supporter la puanteur. »

Il n'y avait pas d'électricité et la lumière décroissait à vue d'œil. Le temps que Turk et Dvali déchargent leurs affaires de la voiture, l'après-midi s'était transformé en un crépuscule sale et les cendres avaient commencé à tomber comme de la neige.

« Où sont les autres ? demanda Dvali.

— Je pourrais aller leur dire de se dépêcher, proposa Turk.

— Non… ils savent où on est. »

Diane et Sulean Moï laissèrent Mme Rebka dans la voiture avec Isaac le temps d'aller dérober des provisions. Le magasin avait été presque entièrement vidé, mais elles trouvèrent dans une réserve à l'arrière quelques cartons de soupes en conserve, peu appétissantes, mais qui pourraient leur sauver la vie si la tempête les empêchait de sortir un certain temps. Elles emportèrent quelques-uns de ces cartons dans la voiture tandis que le ciel s'assombrissait de plus en plus. « Encore un carton et on se met à l'abri », finit par décider Diane en évaluant l'approche du nuage de cendres.

Une lucarne au-dessus des allées du magasin projetait une vague lumière sur les rayons vides, en partie écroulés par une secousse antérieure. Prenant chacune un dernier carton, Diane et Sulean se dirigèrent vers la sortie, leurs pieds crissant sur le verre et les débris.

Elles entendirent les hurlements d'Isaac dès leur arrivée sur le trottoir. Diane laissa aussitôt tomber ses provisions, répandant des boîtes de purée de légumes sur le sol, ouvrit d'un coup sec la portière côté passager puis jeta par-dessus son épaule : « Aide-moi ! »

Les hurlements du garçon ne cessaient que lorsqu'il s'efforçait de reprendre son souffle, et Diane ne put s'empêcher de penser que ce bruit devait être à lui seul douloureux à produire, que les poumons d'un enfant ne devraient pas être capables d'un son aussi horrible. Il battait des mains et des pieds, aussi lui attrapa-t-elle et lui immobilisa-t-elle les poignets, ce qui exigea d'elle davantage de force qu'elle ne s'y était attendue. À l'avant, Mme Rebka s'efforçait d'enfoncer la carte-clé dans sa fente. « Il vient juste de se mettre à hurler... je n'arrive pas à le calmer ! »

Le plus urgent était de se mettre à l'abri. « Démarrez la voiture, dit Diane.

— J'ai essayé ! Ça ne marche pas ! »

La tempête arrivait au-dessus d'eux, ce n'était plus quelques menaçants flocons de poussière, mais un front turbulent qui surgissait du désert avec une rapidité et une implacabilité effrayantes. Elle éclata avant que Diane puisse ajouter un mot et ils se retrouvèrent aussitôt engloutis dedans, s'étouffant dedans.

S'étouffant littéralement, Diane eut un haut-le-cœur, et même Isaac se tut dès qu'il inspira une bouffée de poussière. Toute lumière disparut, l'atmosphère devenant d'un noir et d'une densité impénétrables. Diane cracha une bouchée au goût infect qui lui bloquait la respiration et parvint à crier : « Il faut l'emmener à l'intérieur ! »

Mme Rebka avait-elle entendu ? Et Sulean ? Il fallait le croire, car la Martienne, silhouette à peine perceptible, aida Diane à soulever le garçon et à le porter dans le magasin d'alimentation. Mme Rebka les suivit, la main sur le dos de Diane.

Leur situation ne s'améliora guère une fois à l'intérieur. D'énormes rafales de cendres entraient par la lucarne brisée. Les deux femmes réussirent à mettre Isaac debout entre elles et il soutint même son propre poids tandis qu'elles cherchaient la réserve à l'aveuglette. Elles la trouvèrent, s'enfermèrent à l'intérieur, dans le noir complet, attendant que la poussière se dépose suffisamment pour leur permettre de respirer vraiment, s'apercevant que c'était bien pire que ce à quoi elles s'étaient attendues. Après toutes ces années, pensa Diane, est-ce ici que je suis venue mourir ?

VINGT-SIX

Dès que la tempête éclata, il devint évident qu'Isaac et les trois femmes s'étaient retrouvés bloqués ailleurs.

Parce que, cette fois, « tempête » n'était pas qu'une abstraction. Ce n'est pas une vague chute de poussière, se dit Lise, genre averse de neige en début d'automne dans le Vermont. Ni un incompréhensible phénomène astrophysique que pourrait balayer la lumière du matin. À Port Magellan, cela aurait empêché la ville de fonctionner pendant plusieurs mois. C'était un déluge, une inondation, même dans l'Ouest profond, évacué, où il ne restait pas grand monde pour voir ce qui se passait et personne pour envoyer de l'aide.

Le pire, c'était l'obscurité. L'expédition ayant été divisée, ils disposaient seulement des deux torches électriques du véhicule qu'avait conduit Dvali. Bien que chargées à bloc et d'une durée garantie (d'après l'étiquette) de cent heures, leur puissance cumulée ne créait qu'une zone de lumière lamentablement réduite dans une immense et étouffante obscurité.

Turk et le Dr Dvali tinrent à explorer les trois niveaux du bâtiment pour s'assurer que les fenêtres accessibles ne laisseraient pas entrer de poussière. Tâche effrayante et difficile, rappel permanent qu'ils se trouvaient absolument seuls dans ce bâtiment creux où hurlait le vent. Les cendres réussirent d'ailleurs à entrer quand même, envahissant les inéluctables fentes et fissures, se répandant hors des cages d'escalier. Leurs particules flottaient dans le rayon des torches, et leur puanteur s'immisçait dans l'air, dans leurs habits et dans leurs corps.

Ils finirent par s'installer dans une chambre au deuxième étage, où la fenêtre leur permettrait d'évaluer la situation à l'extérieur (si le matin revient, se dit Lise, si la lumière du soleil nous arrive à nouveau). Turk ouvrit avec son canif une boîte de corned-beef, qu'il servit sur des assiettes en plastique dénichées dans un des placards de la cuisine.

Lise en était arrivée à la conclusion que les ouvriers foreurs vivaient comme des étudiants de première année. Des étudiants en colère et dépressifs. Pièces à conviction A, B et C : les bouteilles vides éparpillées un peu partout, les tas d'habits abandonnés dans les coins, les matelas nus et les autels en papier déchiré à la gloire des Plus Gros Seins du monde.

Dvali parlait d'Isaac. Il en parlait depuis des heures, semblait-il à Lise, tracassé par son absence et par ce que pourrait signifier cette averse « pour son statut de communicant ». Tout cela commença à paraître plus qu'un peu dément à Lise, au point de la pousser à demander : « Si vous vous souciez autant de lui, vous auriez pu lui donner un nom de famille, vous ne croyez pas ? »

Dvali lui décocha un regard oblique. « Nous l'avons élevé collectivement. Mme Rebka l'a appelé Isaac, ça nous a paru suffisant.

— Vous auriez pu l'appeler Isaac Hypothétique, intervint Turk. Étant donné sa paternité.

— Je ne trouve pas ça drôle », protesta Dvali. Mais au moins, il se tut.

Les cendres tombaient plus épaisses que jamais. Lise les voyait derrière la fenêtre quand elle braquait une torche dessus, mais seulement comme un remous indifférencié de gris scintillant. Il y en a davantage qu'à Port Magellan, se dit-elle. Davantage qu'à Bustee.

Elle ne se donna pas la peine de réfléchir à ce qui pourrait pousser dedans.

L'atmosphère mit beaucoup de temps à se dégager, dans la réserve mal isolée de l'épicerie, et elle n'y parvint jamais tout à fait, mais Diane finit par remarquer qu'elle souffrait moins des poumons, qu'elle avait la gorge moins irritée, que son vertige devenait peu à peu supportable.

Combien de temps s'était-il écoulé depuis le début de la tempête ? Deux heures, dix ? Impossible de le savoir avec certitude. Il n'y avait plus de soleil, ni d'ailleurs plus la moindre lumière. Elles n'avaient pas eu le temps de récupérer des torches dans la voiture, ni même quoi que ce soit. Juste celui de fouiller l'étroite réserve (à tâtons et de mémoire) pour trouver de quoi se rincer la bouche pleine de cendres : une cachette de boissons gazeuses en bouteilles de plastique. Le liquide tiède moussa sur la langue et se mêla aux particules inhalées jusqu'à prendre un goût de flanelle carbonisée. Mais au moins, si on en buvait beaucoup, on arrivait ensuite à parler.

Les trois femmes entouraient Isaac, qui, allongé sur le sol de béton, respirait avec bruit. Isaac est devenu notre pierre de touche, se dit Diane. Il avait bu à plusieurs reprises quelques gorgées à l'une des bouteilles, mais était fiévreux — sa peau irradiait une chaleur nouvelle, effrayante — et n'avait pas pu ou voulu parler depuis le début de la chute de cendres.

Nous sommes comme les trois sorcières dans *Macbeth*, se dit Diane, et Isaac est notre chaudron bouillant.

« Isaac, appela Anna Rebka, Isaac, tu m'entends ? »

Isaac réagit par un mouvement des membres et un vague murmure, peut-être d'assentiment.

Diane savait qu'ils mourraient peut-être là, tous les quatre. Ce qui ne l'inquiétait pas spécialement, même si elle redoutait la douleur et le désagrément. L'un des avantages à devenir un Quatrième (et il n'y avait que des Quatrièmes dans la pièce, y compris Isaac, à sa manière) était l'atténuation de la peur de mourir. Après tout, elle avait vécu très longtemps. Elle avait des souvenirs du monde d'avant le Spin, de la Terre telle qu'elle n'existait plus et telle qu'elle l'avait connue dans son enfance, elle se souvenait de la dernière nuit de cette Terre-là : une maison, une pelouse, le ciel. À l'époque, elle croyait à l'existence d'un dieu, un dieu qui aimait le monde et de ce fait, lui donnait un sens.

Le dieu qui lui manquait, peut-être même celui auquel le Dr Dvali avait inconsciemment fait appel au moment de créer Isaac. Oh, elle avait déjà connu tout cela, ce désir insatisfait de rédemption : elle avait vécu avec, elle l'avait vécu. Cela avait été le moteur de son frère Jason tout comme celui de Diane. Les obsessions de Jason n'étaient guère différentes de celles de Dvali… sauf que finalement, Jason n'avait pas sacrifié un enfant sur l'autel, mais lui-même.

La respiration d'Isaac commença à devenir plus profonde et son corps se rafraîchit un peu. Diane s'interrogea sur la manière dont le garçon avait réagi à la chute de cendres. Bien entendu, le lien passait par les machines des Hypothétiques, les choses semi-vivantes qui naissaient de la poussière tombée, qui y habitaient, qui en sortaient. Mais qu'est-ce que cela signifiait, à quoi cela servait-il, qu'était-ce destiné à accomplir ?

Elle avait dû penser ces derniers mots tout haut — elle avait l'esprit encore un peu embrouillé —, car Sulean Moï dit : « Rien du tout, ce n'était destiné à accomplir rien du tout. » Sa voix semblait un croassement rauque. « C'est ce que refuse d'admettre le Dr Dvali. Les Hypothétiques se composent d'un réseau de machines autoreproductibles. Tout le monde est à peu près d'accord là-dessus. Mais ils ne sont pas un *esprit*, Diane. Ils ne peuvent pas parler à Isaac, pas de la manière dont je te parle.

— Voilà qui est orgueilleux, lança Mme Rebka

depuis son coin de ténèbres. Et inexact. Vous avez parlé au garçon mort, Esh, par l'intermédiaire d'Isaac. Vous n'appelleriez pas ça une communication ? »

La Martienne garda le silence. Comme c'est étrange d'en discuter dans l'obscurité complète, se dit Diane. Et comme c'est typique des Quatrièmes. Comment aurait-elle réagi dans une situation aussi difficile avant d'avoir reçu le traitement ? Sans doute aurait-elle été terrassée par la peur. Par la peur, la claustrophobie, et l'horrible bruit régulier de tamisage des cendres (mais elles étaient tellement *davantage* que des cendres) s'accumulant sur le toit, pesant sur les poutres et madriers du bâtiment.

« Il m'a dit *se souvenir* d'Esh, répondit enfin Sulean. Les machines aussi peuvent se souvenir. Un téléphone moderne a davantage de mémoire que certains mammifères. Je soupçonne les premières machines des Hypothétiques d'avoir été expédiées dans l'Univers pour rassembler des données, et je les soupçonne de continuer à le faire, de manière infiniment plus subtile. Pour une raison ou pour une autre, le souvenir d'Esh est devenu disponible pour les machines qui l'ont tué. Il est devenu une donnée, à laquelle Isaac arrive à accéder.

— Alors je suppose qu'Isaac en deviendra une aussi », dit Mme Rebka d'un ton soudain plus doux, et Diane songea qu'elle mettait là son cœur à nu. Mme Rebka savait qu'Isaac allait mourir, qu'il n'existait pas d'autre issue possible à son échange avec les Hypothétiques, et une partie d'elle-même avait accepté cette épouvantable vérité.

« Et il se souvient sans doute de Jason Lawton, ajouta Sulean Moï. N'est-ce pas la question que tu as à l'esprit, Diane ? »

Cette vieille chouette martienne était odieuse de perspicacité. Condamnée à s'exiler de sa planète, de son peuple, et même de son état de Quatrième, elle baignait dans l'amertume. Pire, elle avait raison. C'était la question que Diane n'avait pas osé poser.

« Il vaut peut-être mieux que je ne le sache pas.

— Et le Dr Dvali ne le tolérerait pas. Il préférerait garder les épiphanies d'Isaac pour lui. Sauf que Dvali n'est pas là.

— Aucune importance, affirma Diane avec un vague sentiment de panique.

— Isaac, appela Sulean Moï.

— Arrêtez, intervint Mme Rebka.

— Isaac, tu m'entends ? »

Mme Rebka lui répéta d'arrêter, mais la voix d'Isaac s'éleva, légère, un murmure. « Oui.

— Isaac, demanda Sulean Moï, tu te souviens de Jason Lawton ? »

Pitié, non, pensa Diane.

Mais le garçon répondit : « Oui.

— Et que dirait-il s'il était là ? »

Isaac s'éclaircit la gorge, un bruit humide, évoquant une grenouille.

« Il dirait : *Salut, Diane.* Il dirait…

— Assez, supplia Diane. Je vous en prie.

— Il dirait : *Fais attention, Diane.* Parce que c'est pour bientôt. La dernière chose. »

Quelle dernière chose ? Mais elle n'eut même pas

le temps de poser la question que la dernière chose sortit du calcaire et du soubassement loin sous leurs pieds. Elle secoua le bâtiment, elle fit osciller le sol, elle étouffa toute pensée, et elle ne s'arrêta pas.

VINGT-SEPT

Seul Isaac la vit arriver, car seul Isaac avait des yeux capables de la voir.

Il pouvait voir beaucoup de choses, même s'il en avait très peu décrit y compris à Mme Rebka et à Sulean Moï, ses amies les plus fiables.

Par exemple, il pouvait se voir lui-même. Il se voyait plus nettement que jamais dans l'obscurité totale de la réserve ensevelie. Pas vraiment son corps, mais en baissant les yeux, il voyait l'écheveau argenté de la présence des Hypothétiques en lui. Cela partageait son système nerveux, traçait des filaments incandescents et d'une extrême finesse qui se joignaient en faisceaux à la tige chatoyante de sa colonne vertébrale. Si les autres avaient pu le voir ainsi, cela les aurait sans doute horrifiées. Tout comme cela horrifiait une partie d'Isaac, celle simplement humaine. Mais cette voix était une présence de plus en plus discrète, et une voix dissidente le trouvait magnifique. Il ressemblait à de l'électricité. À des feux d'artifice.

Il voyait aussi les femmes — Mme Rebka, Sulean

Moï, Diane —, mais celles-ci brillaient d'une lueur nettement moins puissante. Isaac supposait que cela venait du traitement de longévité, que celui-ci avait introduit en elles un peu (mais juste un peu) de vie des Hypothétiques. On aurait dit des lampes timorées dans le brouillard, tandis qu'Isaac… Isaac était un phare éblouissant.

Et il voyait aussi d'autres choses, derrière les murs.

Il voyait la chute de cendres. À ses yeux, c'était une tempête d'étoiles, chaque grain brillant de manière distincte et se fondant dans un éclat général, une atmosphère de luminosité. Brillante, oui, mais aussi, d'une certaine manière, transparente : il voyait *à travers*… Surtout vers l'ouest.

Les machines infiniment minuscules des Hypothétiques ne tombaient pas au hasard. Dans leur ensemble, leurs trajectoires se concentraient sur l'endroit où quelque chose de très vieux montait du soubassement rocheux du désert. Cette chose avait remué dans son sommeil comme un béhémoth paresseux et le sol avait tremblé, inclinant les derricks, brisant pompes et oléoducs. Elle avait remué et remué encore tandis que les cendres continuaient à tomber, poussée à une nouvelle activité par des signaux inconnaissables.

Et voilà qu'elle remuait encore, un soubresaut violent. La terre ne se contenta pas de trembler, cette fois, elle rugit, et même si la part simplement humaine d'Isaac ne voyait rien dans l'obscurité, le garçon entendit très distinctement le gémissement de la roche souterraine arrivant au point de rupture, le claquement et craquement des murs en train de s'effondrer. Il sentit une bouffée d'air fétide lui parvenir, puis sa respiration redevint laborieuse et douloureuse.

Mais rien de tout cela n'avait d'importance pour la partie de lui-même capable de voir.

C'est une machine, se dit-il en observant le grand engin se hisser hors de la nuit du désert à plus de deux cents kilomètres à l'ouest. Une machine, oui, mais vivante… c'était les deux à la fois. Les mots ne s'excluaient pas l'un l'autre. La voix en lui qui avait été celle de Jason Lawton dit : Une cellule vivante est une machine faite de protéines. Ce qui tombe du ciel et ce qui monte de la terre n'est que de la vie par d'autres moyens.

La structure géante s'extrayant de la terre à l'ouest ressemblait à l'Arc, du moins aux photos de l'Arc qu'avait vues Isaac. C'était un immense demi-cercle fait de la même matière que la poussière tombant d'au-delà du ciel, condensée et assemblée différemment, ses molécules et ses atomes inhabituels contrevenant à des lois naturelles pour lesquelles Isaac n'avait pas de nom, mais que le souvenir de Jason Lawton reliait à des mots comme « interaction forte » et « interaction faible ». C'était d'un éclat intrinsèque ravissant, un arc-en-ciel brillant de couleurs sans nom. C'était un Arc fait pour être traversé, mais qui ne menait pas sur une autre planète.

Des choses étaient en train de le traverser. Sortant des ténèbres absolues à l'intérieur de la structure, ténèbres que même Isaac n'arrivait pas à percer, des nuages lumineux s'élevèrent en direction des étoiles.

Diane continua à penser à Jason même une fois blessée.

Le tremblement de terre, série de chocs brutaux, fut presque insupportable dans l'obscurité. Elle comprit ce qui se passait, et parvint à étouffer sa peur au moins quelques instants. Puis le bâtiment commença à s'effondrer.

C'est du moins ce qu'elle déduisit de ses sensations : un coup violent sur son épaule droite et son cou, suivi d'un étourdissement avec perte de conscience, suivi d'un retour à la douleur, de nausées et d'une terrifiante incapacité à respirer. Elle chercha de l'air. Il en entra un peu dans ses poumons, mais pas assez. Loin de là.

« Ne bouge pas. » La voix était un croassement guttural. Mme Rebka ? Non, plutôt Sulean Moï. Diane voulut répondre, mais n'y arriva pas. Ses poumons ne voulaient que tenter faiblement de respirer par spasmes. Elle essaya de s'asseoir, ou au moins de se tourner sur le côté pour éviter de se vomir dessus.

Elle découvrit alors avoir tout le côté gauche du corps engourdi, mort, inutile.

« Une partie du plafond t'est tombée dessus », l'informa Sulean Moï.

Diane s'étouffa et eut un haut-le-cœur, mais rien ne sortit, ce dont elle s'estima heureuse. Et les secousses sismiques avaient cessé, tant mieux. Elle essaya d'évaluer ses propres blessures, mais son esprit manquait de lucidité pour cela, avec son corps si désespérément occupé à chercher de l'air.

Elle souffrait. Et elle avait peur. Elle ne craignait pas particulièrement la mort, mais cela, oh, c'était moins supportable que la mort elle-même, c'était pourquoi les gens *choisissaient* de mourir, pour mettre fin à ce genre de souffrances.

Elle pensa à nouveau à Jason — pourquoi avait-elle pensé à Jason ? — puis à Tyler, son mari disparu. Même ces pensées-là devinrent ensuite trop lourdes à porter, et elle perdit à nouveau connaissance.

Isaac voyait que Diane avait été gravement blessée. Il s'en rendait compte même dans le noir : son éclat, déjà faible, s'était presque éteint. Comparée à Sulean Moï, Diane était une bougie vacillante.

Il avait du mal à se concentrer, envoûté comme il l'était par le paysage invisible tout autour de lui. Envoûté parce qu'il en faisait partie, il le *devenait*... mais rien d'urgent de ce côté-là. Maintenant que le nouvel Arc s'était assemblé dans l'Ouest — à partir de molécules des Hypothétiques, de granit, de magma, de souvenir —, il y avait une espèce de temps d'arrêt. Tout autour de lui, sur des kilomètres et des kilomètres, la toute nouvelle couche de poussière entra dans une nouvelle phase de métabolisme. Cela prendrait du temps. Isaac pouvait se permettre la patience.

Il surprit Sulean Moï et Mme Rebka en rampant sur tout ce qui était tombé au sol — madriers, morceaux de cloison sèche, fragments de mousse isolante et conduit d'aération en aluminium — jusqu'à l'endroit où Diane Dupree gisait prisonnière d'une lourde solive. Il avait les poumons qui peinaient et l'odeur fétide de la poussière dans la bouche, mais au moins parvenait-il à respirer, ce dont Diane semblait incapable, ou seulement au prix d'efforts importants. Il sut, en tendant le bras pour la toucher, qu'elle avait été blessée par les débris tombés du plafond. Il voulut lui caresser les cheveux, comme Mme Rebka avait caressé les siens quand lui-même était malade, mais l'endroit au-dessus de l'oreille gauche de Diane s'enfonça sous ses doigts, qu'il retira tout poisseux.

Tyler Dupree était mort un jour du mois d'août, du long mois d'août d'Équatoria, deux ans plus tôt, deux longues années d'Équatoria.

Diane et lui étaient montés à pied au sommet d'une des crêtes onduleuses et abruptes du littoral, juste pour s'y asseoir et regarder la forêt descendre jusqu'à l'océan comme un grand drap d'un vert profond.

Ni elle ni lui n'étaient jeunes, tous deux avaient vécu la plus grande partie de leur vie prolongée comme Quatrièmes. Depuis peu, il arrivait à Tyler de se plaindre de fatigue, mais il avait continué à s'occuper des patients, surtout des jeunes hommes qui travaillaient comme casseurs (et souffraient parfois d'horribles blessures) et des villageois minang parmi lesquels Diane et lui s'étaient installés. Ce jour-là, il avait affirmé se sentir bien, et tenu à faire cette longue randonnée… «Je n'aurai sans doute rien qui ressemble davantage à des vacances», avait-il dit. Diane l'avait donc accompagné, savourant la pénombre des sous-bois et la luminosité des prés d'altitude, mais en restant vigilante, en observant son mari.

Les Quatrièmes avaient un métabolisme puissant, bien que réglé avec précision. On pouvait le pousser loin, mais comme toute chose physique, il avait un point de rupture. L'âge ne pouvait être indéfiniment différé, car le traitement lui-même vieillissait. Quand un Quatrième déclinait, tout son organisme avait tendance à lâcher d'un coup.

Comme c'était arrivé à Tyler.

Elle pensait qu'il pouvait s'en être rendu compte. D'où son insistance à faire cette randonnée. Ils allèrent à un endroit qu'il adorait mais auquel il avait rarement le temps de se rendre, une large étendue de granit et d'herbe de montagne. Ils étalèrent une couverture, puis Diane ouvrit son sac à dos et en sortit les trésors qu'elle avait mis de côté pour l'occasion : du vin australien, du pain des boulangeries de Port Magellan, du rosbif froid, des choses étrangères au régime alimentaire minang dont ils avaient pris l'habitude. Mais Tyler n'avait pas faim. Il s'allongea sur le dos, se servant d'une bosse de mousse comme oreiller. Il avait récemment perdu du poids et sa peau était pâle, alors qu'il s'exposait régulièrement au soleil. Diane lui trouva presque un air d'elfe.

« Je crois que je vais m'endormir », dit-il. Et c'est à cet instant-là, sous le soleil d'août, au milieu de l'odeur des rochers, de l'eau et de la terre noire, qu'elle sut qu'il mourait.

Une partie atavique en elle voulut le sauver, l'emporter en bas de la montagne tout comme lui-même l'avait quasiment transportée à l'autre bout des États-Unis quand elle était sur le point de succomber à une maladie mortelle. Mais il n'y avait pas de remède : on ne pouvait prendre qu'une fois le traitement des Quatrièmes.

Elle aurait tout le temps de le pleurer plus tard. Elle s'agenouilla près de lui et lui caressa la tête. Elle lui demanda : «Tu as besoin de quelque chose ?» et il répondit : «Je suis très bien comme ça.»

Elle s'allongea donc près de lui et le tint dans ses bras dans l'après-midi qui déclinait. Beaucoup plus tard, beaucoup trop tôt, le soleil se coucha, signalant l'heure du retour, mais seule Diane se releva.

Je suis très bien comme ça.

Mais n'était-ce pas Jason avec elle dans le noir ? Son frère Jason mort tant d'années plus tôt ? Non, c'était cet étrange garçon, Isaac, mais sa voix ressemblait tant à celle de Jason…

«Je peux me souvenir de toi, Diane. Si c'est ce que tu veux, je peux le faire.»

Elle comprit ce qu'il lui proposait. Les Hypothétiques se souvenaient de Jason, et elle aussi, mais la longue et lente mémoire des Hypothétiques était moins périssable, elle durait des milliards d'années. Voulait-elle le rejoindre dans cette immensité ?

Elle essaya de tourner la tête, mais n'y arriva pas. Elle inspira, juste assez pour pousser un seul mot dehors :

«Non», dit-elle.

VINGT-HUIT

Turk dormait quand le tremblement de terre commença. Lise, le Dr Dvali et lui avaient étendu des matelas sur le sol de béton pour dormir, du moins pour essayer, et Lise s'était glissée près de lui durant la nuit, tous deux encore vêtus des habits puants qu'ils portaient depuis plusieurs jours, mais cela n'avait aucune importance. Elle se pelotonna contre ses reins, collant ses genoux aux siens, son haleine lui réchauffant la nuque et y hérissant les poils. Puis le sol se souleva comme une chose vivante et l'air s'emplit d'un mugissement tonitruant, dans lequel Turk ne distingua que le hurlement de Lise, parce qu'elle le poussait tout près de son oreille. Il parvint à se retourner pour la prendre dans ses bras — ils se cramponnèrent l'un à l'autre — pendant que le bruit enflait en un crescendo inconcevable et que la fenêtre soigneusement calfeutrée s'éjectait de son dormant pour venir se fracasser par terre. Il n'y avait rien d'autre à faire qu'à tenir bon tandis que le sol lui-même prenait de la gîte et tressautait comme une automobile qui rate un passage de vitesse.

Ils s'accrochèrent l'un à l'autre jusqu'à ce que cela cesse. Au bout de combien de temps, Turk n'en savait rien. Une éternité plus ou moins longue. Il en ressortit les oreilles bourdonnantes et le corps contusionné. Il inhala assez d'air respirable pour demander à Lise si ça allait, et elle en inspira à son tour assez pour répondre: «Je crois.» Turk appela alors le Dr Dvali, qui répondit avec un temps de retard: «J'ai mal à la jambe. À part ça, je vais bien.»

Le bruit et le vertige continuèrent bien après la fin des secousses, mais Turk recouvra peu à peu son sang-froid. Il pensa aux répliques sismiques. «On devrait peut-être essayer de sortir», lança-t-il, mais le Dr Dvali dit non, pas dans la tempête de cendres.

S'écartant de Lise pour tâtonner dans les détritus par terre, Turk finit par retrouver la torche qu'il avait laissée près du matelas: elle avait roulé jusqu'au mur de la fenêtre. Allumée, elle illumina une colonne de grains de poussière et de débris. La chambre était intacte, mais tout juste. D'une pâleur spectrale, Lise était recroquevillée sur le matelas, et Dvali, presque aussi pâle, assis dans un coin. Sa jambe gauche saignait à l'endroit où un objet pointu était tombé dessus, mais la blessure semblait sans gravité.

«Alors, on fait *quoi*?» demanda Lise.

Dvali répondit: «On attend l'aube en espérant que ça ne recommence pas.»

Si l'aube revient, pensa Turk. Si le jour ou quelque chose qui y ressemble atteint à nouveau cette région paumée.

«Désolée d'être si terre à terre, dit Lise, mais il faut que j'aille aux toilettes. J'ai vraiment très envie.»

Turk braqua la torche sur la salle de bains attenante. «Le trône a l'air intact, mais évite de tirer la chasse. Et il n'y a plus de porte.

— Ne regardez pas, alors», dit-elle en rassemblant ses couvertures autour d'elle, et Turk pensa que tout serait beaucoup plus facile s'il ne l'aimait pas autant.

«De la lumière entre par la fenêtre», prévint-elle environ une heure plus tard, aussi Turk se dirigea-t-il vers l'ouverture, marchant avec précaution sur le verre brisé.

Les cendres avaient cessé de tomber, cela au moins était évident. Une chute aussi abondante que la veille les aurait étouffés, mais seuls quelques flocons égarés étaient entrés. L'air parut plus frais et moins sulfureux à Turk, ou peut-être s'y était-il juste habitué.

La lumière sur laquelle Lise avait attiré son attention était bien réelle... il la vit nettement dès qu'il éteignit la torche. Mais il était trop tôt pour l'aube, d'autant plus que cette lumière ne provenait pas du ciel. Elle montait de plus bas.

Elle montait des rues de ce petit avant-poste d'entreprise, des toits des bâtiments endommagés, du désert, de partout où les cendres étaient tombées. Il appela Lise et Dvali pour qu'ils viennent regarder.

En mer, Turk avait parfois vu le sillage de son navire luire dans la nuit, à cause des algues bioluminescentes brassées au passage. Spectacle toujours inquiétant, qui lui revenait maintenant à l'esprit, mais ce qui se passait là était encore plus étrange. Le désert, ou la poussière interplanétaire tombée dessus, irradiait une phosphorescence multicolore : des rouges de pierre précieuse, des jaunes ternes, des bleus luisants. Et les couleurs n'étaient pas fixes, elles ne cessaient de changer, comme celles d'une aurore boréale.

« C'est quoi, à votre avis ? » demanda Lise.

Le reflet des couleurs inondait le visage du Dr Dvali. Il dit, le souffle un peu court : « Je pense que personne d'autre n'a été aussi près de voir le visage des Hypothétiques.

— Et alors, qu'est-ce qu'ils font dans le coin ? » demanda Turk.

Mais même le Dr Dvali ne pouvait répondre à cette question.

À l'aube, ils purent mesurer la chance qu'ils avaient eue.

La plus grande partie de l'aile nord de l'immeuble s'était effondrée. Les couloirs s'achevaient en amoncellements de gravats ou débouchaient à l'air libre. Si on avait tourné à gauche et non à droite, se dit Turk, on serait ensevelis là-dedans.

Dès qu'il y eut assez de lumière pour s'orienter, ils redescendirent par l'escalier. La structure ne supporterait pas une autre secousse… « Et il faut qu'on trouve Isaac », dit Dvali.

Mais Turk ne savait pas trop comment y parvenir, parce qu'il était également devenu évident, à la lumière du jour, que la situation au sol avait changé.

Là où s'étalait auparavant le désert, il y avait désormais une forêt.

Du moins quelque chose qui y ressemblait.

Dvali boitait nettement dans l'escalier descendant jusqu'à la porte du côté intact de l'immeuble, mais il refusa de s'arrêter pour se reposer. Il fallait absolument, dit-il, retrouver Isaac et les autres. « Les autres » étant, soupçonna Lise, une espèce de note de bas de page dans son esprit. Pour Dvali, seul Isaac comptait, Isaac et l'apothéose des Hypothétiques, quoi que cela puisse signifier en fin de compte.

« Allez-y, ouvrez-la », dit Dvali en montrant la porte.

Lise et Turk avaient convenu qu'ils ne pourraient rien faire de plus utile qu'essayer d'arriver au centre commercial où ils avaient laissé Isaac et les trois femmes. Restait à savoir comment y arriver. Quand Lise avait regardé dehors à la lumière de l'aube, elle avait vu un paysage totalement transformé... ce qu'elle aurait pu appeler des cimes d'arbres, si les arbres étaient faits de tubes lustrés et de ballons de plage iridescents.

Et elle posa la même stupide question qui lui brûlait les lèvres : « *Pourquoi ?* À quoi ça sert ? Pourquoi maintenant, et pourquoi ici ?

— On peut encore le découvrir », répondit le Dr Dvali.

Turk pensa que si on pouvait prendre le passé comme règle, les pousses des Hypothétiques ignoreraient les êtres humains (à l'exception notable d'Isaac, qui n'était qu'en partie humain)... mais était-ce encore vrai ?

Il entrouvrit la porte de deux ou trois centimètres, et comme rien ne se précipitait pour entrer, il risqua un coup d'œil à l'extérieur.

De l'air frais lui effleura le visage. La puanteur sulfurique de la chute de cendres avait disparu. Les cendres aussi. Elles s'étaient entièrement transformées en forêt technicolor. Comparées à cela, les pousses vues à Bustee avaient été des jonquilles en train de faner dans un vent froid. Ceci était le cœur de l'été. Une sorte d'Éden des Hypothétiques.

Il ouvrit la porte tout grand et attendit. Lise et le Dr Dvali se bousculèrent derrière lui.

Les cendres étaient devenues une forêt de tiges portant des fruits globuleux au lieu de feuilles. Ces tiges, de plusieurs couleurs parmi lesquelles dominait toutefois un bleu cyanose, montaient à huit ou neuf mètres, à intervalles si resserrés qu'on ne pourrait passer entre elles que de profil. La taille des globes formant la cime allait de celle d'un bocal à poisson rouge ou d'un ballon de plage à quelque chose dans lequel un homme pourrait entrer se tenir debout sans se cogner la tête. Ils se pressaient les uns contre les autres, fléchissant légèrement aux endroits où ils entraient en contact, pour former une masse presque solide, mais translucide. Le soleil brillait à travers, faible et d'une iridescence mouvante.

Turk avança d'un pas hésitant. De là où il se tenait, il voyait le mur des quartiers des ouvriers jusqu'à l'endroit où ceux-ci s'étaient effondrés, avec les trois niveaux de l'aile nord réduits à moins d'un. Dieu a voulu qu'on n'y soit pas, pensa-t-il. Espérons qu'Il s'est montré aussi clément avec Isaac et les femmes, dans le refuge qu'ils se sont éventuellement trouvé.

Les troncs (comme il commençait à les appeler en esprit) des arbres bizarres (encore que «lampadaires» n'aurait pas été moins approprié) prenaient racine dans le sol — fissurant et pénétrant la chaussée le cas échéant —, et Turk ne voyait pas assez loin, quelle que soit la direction, pour s'orienter vraiment. Tout se fondait, à une quarantaine de mètres, en un flou bleu scintillant. Pour trouver le centre commercial, dernière localisation connue d'Isaac et des femmes, il faudrait naviguer à la boussole et en se basant sur les indices qu'ils avaient juste sous les pieds.

«De quoi se nourrissent-ils ? demanda Lise à voix basse. Il n'y a pas d'eau, ici.

— Peut-être davantage que là où ils poussent d'habitude, répliqua Turk.

— À moins, intervint Dvali, d'un processus catalytique capable de se passer d'eau, d'un métabolisme d'un genre complètement différent. Ils ont dû évoluer pendant un milliard d'années dans un environnement bien plus rigoureux.»

Un milliard d'années d'évolution. Si c'est exact, se dit Turk, alors ces choses, en tant qu'espèce, si on peut utiliser ce mot, sont plus vieilles que l'humanité.

Ils avancèrent sans bruit dans la forêt des Hypothétiques, qui n'était toutefois pas complètement silencieuse. Ils ne sentaient pas le moindre vent, mais Turk supposa qu'il y en avait plus haut, les globes iridescents au sommet des troncs tubulaires s'entrechoquant parfois avec un léger bruit qui évoquait le choc d'un maillet en caoutchouc sur un xylophone en bois. Il y avait aussi du mouvement au niveau du sol : des petits tubes bleus, comme des racines, serpentaient à intervalles réguliers entre les arbres, détalant avec un mouvement de claquement de fouet dont la rapidité et la puissance pouvaient suffire à briser la jambe de qui en croisait un au mauvais moment. À deux reprises, Turk vit voltiger au-dessus de leurs têtes des objets semblables à du papier qui, parfois, touchaient les globes ou se fondaient en eux... des variantes de la chose qui avait attaqué Isaac à Bustee. En le prenant pour un des leurs, se dit Turk, ou peut-être n'était-ce pas une erreur.

Lise le suivait de près. Il l'entendait inspirer d'un coup chaque fois que quelque chose faisait du bruit ou voletait dans la lumière faible et mouvante. Il s'en voulait de cette peur qu'elle ressentait et de tout ce qu'elle pourrait avoir d'autre à subir avant qu'ils en aient fini avec cet endroit. Il se retourna pour lui dire : « Je suis désolé de t'avoir embringuée là-dedans. »

Elle ne le laissa pas terminer. « Tu te crois vraiment responsable d'une manière ou d'une autre de ce qui s'est passé ?

— De t'avoir emmenée dans ce fichu voyage dans l'Ouest, peut-être.

— J'ai fait mon choix. »

C'était vrai. Mais tout de même, se dit Turk. Elle est là à cause de moi. Le refrain de sa propre biographie lui apparut comme invoqué par la lumière douteuse : amours perdues ou dérobées, amis devenus ennemis, amis abîmés ou tués dans des bagarres de bar ou bien des accidents à bord. Voyez mes ponts qui brûlent, se dit-il. Voyez les larmes dans mon sillage. Il ne voulait pas de cela pour Lise. Il ne voulait pas lui faire franchir malgré elle les frontières du genre de vie qu'elle pouvait encore mener, une vie dans laquelle la gentillesse n'était pas passagère et où on pouvait espérer quelque chose de plus significatif que des nuits enfermé dans le cockpit d'un avion, des mois à coucher sous le pont d'un cargo puant, des années emprisonné dans la forteresse de sa propre tête pendant qu'elle attendait ce qu'il ne pouvait fournir et se laissait envahir d'abord par la déception, puis par l'amertume.

Il trouverait un moyen de la sortir de cette jungle, il se le promit, puis, s'il arrivait à rassembler le courage ou la cruauté nécessaires, il trouverait un moyen de la quitter.

C'est une communication, se dit Avram Dvali.

Il se dit aussi : c'est indéniable. Les Hypothétiques se trouvaient tout autour de lui, fraction infime mais significative du réseau qui constituait leur intelligence d'une immensité inconcevable. Ce n'est qu'un processus, avait dogmatiquement proféré la Martienne au cours d'une de leurs discussions, sans plus de signification que la floraison des pieds-de-loup ou des pervenches : quel que soit l'angle sous lequel on le considérait, il ne s'agissait que d'évolution, sans plus d'intelligence que l'océan. Mais elle se trompait. Il le sentait. Il ne comprenait pas, ne pouvait pas comprendre comment ces organismes poussaient ni quelle nourriture ils tiraient de la terre desséchée, mais une communication passait entre eux, il en était certain : ils n'avaient pas poussé au hasard, mais en suivant un signal de précipitation.

Il avait observé les cimes de la forêt. Les globes en grappe ne cessaient de changer de couleur, et il lui semblait qu'un globe, lorsqu'il changeait de couleur, influait sur celle de ses voisins immédiats, peut-être en fonction d'une règle ou d'un ensemble de règles, si bien que des motifs traversaient la forêt comme des vols d'oiseaux intangibles. C'était une communication, tout comme les cellules d'un cerveau humain communiquaient entre elles et produisaient à elles toutes le phénomène naissant de l'esprit. Il marchait dans l'architecture physique, peut-être, d'une grande pensée, une pensée qu'il ne pourrait jamais comprendre…

Mais peut-être Isaac le pourrait-il. Si Isaac était vivant, et s'il comprenait, enfin, la nature du don que lui avait fait Avram Dvali.

VINGT-NEUF

Il faisait chaud dans la réserve écroulée, et même s'il ne flottait presque plus de poussière — bizarrement, les décombres semblaient l'avoir absorbée —, aucun air frais ne circulait dans cet espace clos. Tôt ou tard, ça va poser un problème, se dit Sulean Moï, et sans doute plus tôt que tard. Elle devait aussi penser au corps de Diane Dupree. Si elle pouvait supporter de telles pensées.

Elle refit à quatre pattes le tour de la partie accessible de la pièce, les mains à la recherche de quelque chose d'encourageant : un courant d'air, un tas de gravats branlant de manière prometteuse. Et pour la deuxième fois, elle ne trouva rien.

Elle avait commencé à croire possible qu'elle meure dans cet endroit horrible de cette horrible planète, tandis que la hantait le fantôme d'Esh. Autrement dit, les Hypothétiques.

Auxquels elle ne croyait pas, du moins pas au sens où Avram Dvali croyait en eux. Les Hypothétiques étaient un réseau de machines autoréplicantes opérant dans l'espace. Une civilisation depuis longtemps disparue avait dû autrefois ensemencer son environnement local avec ces appareils, ou peut-être cela s'était-il produit à plusieurs reprises, genèse multiple sur des millions et des millions d'années. De toute manière, une fois la variable autoréplication introduite dans le milieu de l'espace interplanétaire et interstellaire, le processus de l'évolution était engagé… différent sur tous les points de l'évolution organique, sauf sur le principe. Tout comme l'évolution organique, le processus avait généré d'étranges et voyantes complexités. Même des dispositifs en apparence « fabriqués », comme la barrière Spin qui entourait la Terre, ou encore les Arcs qui reliaient des planètes séparées par d'immenses distances, n'avaient en fin de compte pas davantage d'intelligence intrinsèque que des constructions biologiques telles qu'un récif de corail ou une termitière.

La périodicité des chutes de cendres et les grotesques objets estropiés qu'elles produisaient en étaient des preuves suffisantes, d'après elle. On n'avait rien installé de plus en Esh — et en Isaac — qu'une tragique prédisposition aux tropismes extraterrestres. Esh ne pouvait être un « communicant » parce qu'il n'y avait personne avec qui communiquer.

On ne pouvait nier que l'évolution avait produit des esprits intelligents, et Sulean supposait possible que la longue évolution interstellaire des machines des Hypothétiques en ait produit aussi — localement, provisoirement. De telles intelligences, si elles existaient, n'étaient toutefois pas le processus, mais un sous-produit. Elles ne contrôlaient qu'elles-mêmes. Elles ne pouvaient être « les Hypothétiques » tels que les imaginait le Dr Dvali.

Cela continuait toutefois de la déconcerter que, manifestement, Isaac se souvienne d'Esh, mort bien des années avant sa naissance. Si Esh était devenu un souvenir dans l'écologie en réseau des Hypothétiques, un tel souvenir pouvait-il disposer de volonté ? Et quel était l'être, ou la chose, qui se souvenait ?

« Sulean… »

C'était Mme Rebka, qui refusait de s'éloigner d'Isaac. Sa voix sortit des ténèbres de leur tombeau étanche comme en provenance d'une distance infinie. « Oui, quoi ?

— Vous entendez ça ? »

Sulean mit ses pensées en sourdine et tendit l'oreille.

Un grattement intermittent. Le *tac-tac-tac* de quelque chose de compact tapotant la roche. Suivi par un autre grattement hésitant.

« Quelqu'un essaye de nous déterrer, expliqua Mme Rebka. Sûrement Avram et les autres, ils doivent savoir qu'on est là ! »

Tic-scratch-tic. Oui, peut-être, se dit Sulean. Mais Isaac lança alors, très soudainement et avec une netteté surprenante : « Non, madame Rebka. Ce n'est pas les autres gens qui veulent entrer. Ce n'est pas des gens du tout. C'est *eux*. »

Sulean se tourna vers l'endroit d'où lui arrivait la voix du garçon. Elle réprima sa propre peur pour demander : « Isaac, tu sais vraiment ce qui se passe ?

— Oui.» Il parlait sans la moindre excitation dans la voix. «Je les vois.

— Les Hypothétiques?»

Un silence. «On peut les appeler comme ça.

— Dans ce cas, explique-moi, s'il te plaît, Isaac. Tu en fais partie, maintenant, non? D'une manière qu'Esh n'a jamais connue. Dis-moi ce qui se passe.»

Pendant un moment, il n'y eut que le *tic-scratch-tic* sur les murs du bâtiment effondré dans lequel ils étaient piégés.

Puis Isaac se mit à parler.

TRENTE

Turk se servit des restes brisés de chaussée et de trottoir pour s'orienter dans la forêt extraterrestre qui, peu de temps auparavant, était encore une cité-dortoir pour ouvriers foreurs. Il parvint à retrouver le parking du centre commercial — lignes blanches, bitume fissuré —, d'où quelques minutes de marche leur suffirent pour gagner le bâtiment devant lequel ils avaient laissé Diane Dupree, Sulean Moï, Mme Rebka et Isaac.

Sauf qu'il n'y avait plus de bâtiment. Turk découvrit des décombres où les arbres avaient poussé plus serré, masquant encore davantage la faible lumière de ce qui était, désormais, l'après-midi. Il y avait là un remblai de débris de carrelage, de plaques de plâtre, de bois, de feuilles d'aluminium tordues en formes improbables. Derrière, dans la pénombre, des poutrelles d'acier se dressaient en rectangles squelettiques. Des prolongements des arbres, semblables à des racines, s'entortillaient sur certaines de ces poutrelles et colonnes.

« Dirigeons-nous vers l'extrémité sud du centre »,

dit-il. C'était l'emplacement ou l'ancien emplacement du magasin d'alimentation. « Il y a peut-être encore quelque chose debout là-bas. »

La forêt hantée, pensa Lise.

Oh ça oui, et pas qu'un peu.

Elle s'aperçut qu'elle déclamait en silence une phrase d'un livre de contes que son père lui avait lu quand elle était petite ; elle avait complètement oublié le livre et le conte, mais pas (de la voix mélodramatiquement traînante de son père) : *Dans la sombre forêt ils s'enfoncèrent.* Dans la sombre forêt ils s'enfoncèrent. Dans la sombre forêt d'arbres abritant des oiseaux qui ressemblaient à des feuilles de papier déchiré, la forêt de laquelle (un autre fragment du même conte) *il leur fallait s'échapper*, mais c'était plus facile à dire qu'à faire. Parce qu'il y avait des loups, ou pire, et la nuit approchait, et elle ne savait pas comment en sortir. Elle voulait se précipiter hors des couvertures pour attraper la main de son père. Elle le voulait plus que tout.

Mais c'était impossible. Elle se réprimanda, cette fois avec la voix de sa mère : ne sois pas stupide, Lise. Redresse-toi. Marche droit.

Elle aurait marché droit sans voir l'amas de métal tacheté de plâtre devant lequel elle passait si Turk ne l'avait pas montré du doigt : c'était le tout-terrain que conduisait Mme Rebka au moment où les deux groupes s'étaient séparés. Elle reconnut l'acier ajouré des roues, très visible sur l'automobile renversée par un tronc droit comme une tige qui sortait de la chaussée fissurée. Le véhicule était désormais inutilisable, mais il aurait été de toute manière impossible de se servir d'une voiture tant que cette forêt ne redisparaissait pas dans le sol, ce qui ne semblait pas devoir arriver de sitôt. Si on part d'ici, se dit Lise, il faudra le faire à pied. Perspective peu engageante. La bonne nouvelle était qu'il n'y avait personne dans le tout-terrain : Isaac et les trois femmes ne se trouvant pas à l'intérieur, ils pouvaient être encore vivants quelque part.

« On n'est donc pas loin du magasin d'alimentation », déduisit Turk, et le Dr Dvali se précipita imprudemment quelques mètres plus loin, où on discernait vaguement les restes d'une devanture derrière un bosquet de pousses extraterrestres.

Le tremblement de terre n'avait pas épargné cette partie du centre commercial, et si les autres s'y étaient mis à l'abri, cela pouvait leur avoir coûté la vie. Fait si évident qu'il ne servait à rien de l'énoncer. Le Dr Dvali voulut se mettre à creuser tout de suite — si vain que puisse être de s'attaquer à trois à quelques tonnes de décombres — mais Turk dit : « Allons d'abord voir à l'arrière. La structure m'a l'air d'y avoir un peu moins souffert. »

Le dos voûté, Dvali resta encore un instant au bord des ruines, et pour la première fois, Lise ressentit une certaine sympathie à son égard. Toute la nuit, toute la matinée, elle s'était imaginé Isaac et les trois femmes blottis quelque part en lieu sûr : le groupe serait réuni, puis Turk et elle partiraient vers un havre de sécurité même si ces Quatrièmes déments tenaient à rester ici, au pays des aberrations. C'était son scénario le plus optimiste.

Il semblait désormais irréalisable. L'histoire pourrait se terminer en drame. Il pourrait n'y avoir aucun moyen d'échapper à la sombre forêt. Peut-être que pour Isaac et les trois femmes, se dit-elle, l'histoire est déjà terminée.

À première vue, l'arrière du centre commercial semblait moins endommagé que l'avant, mais uniquement parce que les quais de chargement en béton avaient résisté aux secousses. Au point de vue structurel, tout était en pagaille. Lise en fut démoralisée et le Dr Dvali parut refouler ses larmes.

Ce fut Turk qui, avec une résolution sinistre, continua à se frayer un chemin le long du champ de ruines, lui qui finit par se retourner en levant la main pour qu'ils cessent d'avancer, et par leur dire à voix basse : « Écoutez. »

Lise s'immobilisa. Elle entendit les palpitations habituelles de la forêt, auxquelles elle s'était presque habituée. Le vent s'était levé et les globes lumineux produisaient leur musique assourdie de bois entrechoqué. Mais derrière cela ? Ce bruit faible ?

Une espèce de grattement, de creusement.

Dvali lança : « Ils sont vivants ! Il le faut !

— Ne sautons pas aux conclusions, dit Turk. Suivez-moi en essayant de ne pas faire de bruit. »

Dvali était assez Quatrième pour refréner son nouvel accès d'optimisme. Laissant Turk ouvrir la marche, tous trois avancèrent à cinquante centimètres les uns des autres vers la source du grattement/creusement, de plus en plus perceptible à chaque pas. Lise sentit faiblir son optimisme : le bruit ne lui semblait pas naturel. Avec son rythme implacable, trop patient, quelque part, pour être totalement humain…

Puis Turk les arrêta à nouveau de sa main levée et leur fit signe d'approcher pour regarder.

Il y avait du mouvement sur l'un des quais de chargement endommagés. Mais comme Lise commençait à s'en douter, ce mouvement provenait des Hypothétiques. Une épaisse haie de ce que Dvali appelait «roses oculaires» avait poussé là, leurs yeux à pétales tous braqués sur les décombres. Autour d'elles, les arbres avaient produit une épaisse couche de racines mobiles qui se tortillaient, certaines très pointues, d'autres aplaties en lames spatulées. C'était cet ensemble de racines qui creusait. Surréaliste, pensa Lise avec un peu de vertige, surtout que les décombres ne contenaient pas seulement du béton, de l'acier et du plastique, mais des boîtes de céréales écrasées, des bouteilles de lait et des conserves. Elle vit un cirre bleu foncé s'enrouler autour d'une boîte de soupe de taille industrielle, froissant l'étiquette de papier rouge et blanc, puis la soulever pour permettre à l'œil-fleur le plus proche de l'examiner, et la passer ensuite à un autre tentacule qui la transmit à un autre, et ainsi de suite, jusqu'à ce que la boîte soit déposée sur le terril des décombres déjà dégagés.

Le processus était si obstinément implacable qu'il lui donna envie de rire. Elle préféra regarder, pendant ce qui lui sembla une éternité. Si les roses oculaires avaient conscience de leur présence, elles n'en laissaient rien paraître. Le patient creusement continua encore et encore. Grattant, sondant, tapotant et dégageant…

Elle réprima un hurlement quand Turk lui posa soudain la main sur l'épaule. « On devrait reculer un peu », chuchota-t-il. Cela lui parut une excellente idée.

Le soleil se couchait-il déjà ? Lise avait perdu sa montre quelque part en chemin, ou peut-être dans la cité-dortoir des foreurs. Elle détestait se dire que la nuit arrivait.

Dès qu'ils se sentirent libres de parler (mais toujours à voix basse, comme si les roses oculaires pouvaient les entendre, et pour ce qu'elle en savait, peut-être le pouvaient-elles), Turk dit à Dvali : « Désolé que le bruit ne vienne pas des femmes… »

Mais l'espoir continuait à briller dans le regard de Dvali. « Vous ne comprenez pas ? Ça veut dire qu'ils doivent être vivants là-dessous… du moins Isaac doit être vivant ! »

Car c'était Isaac que voulaient les Hypothétiques. Peut-être ces pousses n'étaient-elles pas douées de raison, individuellement ou collectivement, mais elles savaient que des rochers et des ruines les avaient séparées de l'un des leurs.

Elles voulaient Isaac. Mais qu'en feraient-elles quand elles le trouveraient ?

« On ne peut qu'observer, dit le Dr Dvali. Camper ici pour observer jusqu'à ce que le garçon sorte de là vivant. »

Sorte de là pour trouver la mort, songea Lise.

TRENTE ET UN

Dans les ténèbres de la réserve ensevelie, Isaac s'efforçait de se cramponner à ce qui restait de lui-même.

À l'extérieur de sa prison de décombres, il voyait la forêt lumineuse, une vaste prairie de lumière, et au milieu de celle-ci la structure d'une beauté insoutenable sortie du grès fracturé et du soubassement rocheux du désert, une chose à laquelle le souvenir de Jason Lawton voulut donner le nom d'« Arc temporel ». Inerte tout le long de son sommeil hibernal de dix mille ans, prisonnière de la roche, elle l'avait appelé depuis le point le plus à l'ouest du compas, avait désormais brisé ses propres liens pour se libérer de la terre puis acquis une taille et une puissance énormes, et si Isaac pouvait seulement traverser ces murs, il irait la retrouver.

« Isaac... »

La voix de la Martienne lui parvint comme de très loin. Il essaya de l'ignorer.

Il voyait l'Arc temporel, ainsi que d'autres choses. Il voyait, hélas, le corps de Diane Dupree. Elle était morte, mais sa partie non entièrement humaine, sa « Quatrièmeté », vivait encore un peu, essayait tant bien que mal de réparer son cadavre, ce qui, bien entendu, lui était impossible. Sa lumière vacillait comme la flamme d'une bougie restée si longtemps allumée qu'il n'en reste plus qu'une flaque de cire et un ultime bout de mèche. La partie Jason Lawton d'Isaac pleura Diane Dupree.

Ces souvenirs, ceux qui appartenaient à Jason et à Esh, avaient pris leur indépendance dans l'esprit d'Isaac, si bien que le garçon craignait de se perdre en eux. *Je me souviens*, pensait-il, mais les souvenirs étaient infinis, et seule une fraction de ceux-ci lui appartenait. Même le mot « je » avait désormais pris une double ou triple signification. *J'ai vécu sur Mars. J'ai vécu sur Terre. Je vis sur Équatoria.* Autant d'affirmations exactes.

Et il ne voulait pas refouler complètement les souvenirs contradictoires, parce qu'ils le réconfortaient autant qu'ils l'effrayaient. Qui l'accompagnerait dans le vortex de l'Arc temporel, sinon Jason et Esh ?

« Isaac, tu sais vraiment ce qui se passe ? »

Oui, il le savait, du moins en partie.

« Dans ce cas », et il se rendit compte que c'était la voix de Sulean Moï, l'amie d'Esh, celle d'Isaac, « explique-moi, s'il te plaît. »

Cette explication devait venir de Jason Lawton. Il se tourna vers Sulean, s'approcha d'elle, tendit la main vers elle dans le noir et prit la sienne, comme Esh ou Isaac auraient pu le faire, puis parla avec la voix de Jason.

« C'est une boucle intégrée aux cycles et aux saisons de... des Hypothétiques... » *Des saisons*, il ressentit la justesse du terme: des saisons à l'intérieur de saisons d'époques géologiques, le flux et le reflux de l'océan de vie de la galaxie. « Dans un... dans ce qu'on pourrait appeler un système solaire mature, les éléments des Hypothétiques accroissent leur masse, accumulent des informations, se reproduisent, jusqu'à ce qu'à un moment critique, les plus vieux des spécimens encore en vie subissent une espèce de sporulation... produisent des élisions condensées d'eux-mêmes qui ressemblent à des nuages de poussière ou de cendre... et ces nuages suivent de longues orbites elliptiques qui croisent la route de planètes où ils se rassemblent...

— Ils se sont rassemblés ici ? » demanda Sulean.

Ici, oui, dit-il ou pensa-t-il, sur cette planète rocheuse rendue habitable pour la civilisation potentielle à laquelle elle avait fini par être reliée...

« Ils nous connaissent, alors ? » demanda vivement Sulean Moï.

La question laissa Isaac perplexe, mais le souvenir de Jason Lawton sembla la comprendre. « Le réseau traite les informations sur des années-lumière et des siècles, mais certaines civilisations biologiques survivent assez longtemps pour qu'il les perçoive, oui, et les civilisations sont utiles parce qu'elles génèrent de nouvelles machines vivantes qui seront absorbées et comprises, ou...

— Ou dévorées, affirma Sulean Moï.

— Ou, d'une certaine manière, dévorées. Les

civilisations produisent aussi autre chose qui intéresse le réseau.

— Quoi donc ?

— Des ruines, répondit le souvenir de Jason Lawton. Elles produisent des ruines. »

Dehors, derrière les murs de béton et de décombres opaques à la vision humaine, le ballet de souvenirs augmenta la cadence.

C'est au souvenir, dit-il à Sulean Moï, qu'eux-mêmes avaient affaire : dix millénaires de connaissances obstinément rassemblées et partagées, compressées dans les sphères formant les cimes de la forêt des Hypothétiques, des informations à collationner et à transmettre, dit Isaac, par l'Arc temporel, qui s'ouvrait pour avaler tout ce savoir : des représentations des orbites, du climat et de l'évolution de planètes locales, des représentations des millions de trajectoires entremêlées des corps cométaires glacés dont les machines des Hypothétiques avaient tiré et continueraient à tirer leur masse, des représentations des signaux reçus d'autres endroits de la galaxie et absorbés puis réémis.

« Pourquoi le *souvenir* ? voulut savoir Sulean Moï. Dans quel but ? Isaac… *ce qui se souvient, c'est quoi ?* »

Ce qui se souvenait, c'était la chose qu'il n'arrivait pas à voir, alors qu'il en voyait beaucoup d'autres. Jason Lawton lui-même ne pouvait répondre à la question posée par Sulean Moï. Ce qui se passait là n'était qu'un événement trivial dans le réseau, dans *l'esprit* de… de… *oh, Diane, s'est-elle vraiment déve-*

loppée là-bas parmi les étoiles, cette chose en laquelle tu avais tellement envie de croire ?

« Isaac ! Tu m'entends ? »

Il retomba dans l'abîme de ses propres pensées.

De même qu'Isaac se souvenait de Jason, Jason se souvenait d'Isaac. La compréhension adulte que Jason avait du monde se superposait au vécu brut d'Isaac, d'où une espèce de double vision très perturbante.

Cela reflétait sa vie comme dans un miroir déformant. Mme Rebka, par exemple. C'était quelqu'un de proche de lui, quelqu'un en qui il avait confiance. Mais lorsque Jason examinait ces mêmes souvenirs, elle devenait froide, distante, beaucoup moins qu'une véritable mère. Pour Isaac, elle existait dans un monde au-dessus de tout jugement. Pour Jason, elle était coupable d'une grave insouciance morale.

Idem avec ses souvenirs du Dr Dvali, le dieu distant qui avait défini l'univers d'Isaac, et que Jason percevait comme un monstre possédé par une obsession.

Isaac voulait désespérément ne pas détester ces personnes. Et même la partie qui était Jason Lawton en lui gardait une certaine sympathie pour Mme Rebka. Elle avait aimé Isaac, malgré tous ses efforts pour ne pas le montrer, et Isaac comprit non sans une certaine honte à quel point il s'était montré difficile à aimer. Il lui avait renvoyé une indifférence délibérée, n'avait pas eu la sagesse de s'apercevoir de sa douleur et de sa persévérance.

Il s'en apercevait maintenant. Elle n'avait rien dit

depuis plus d'une heure, et quand Isaac s'approcha d'elle pour s'asseoir à ses côtés, quand il la regarda avec ce qu'il avait commencé à considérer comme ses yeux d'Hypothétique, il découvrit pourquoi.

L'effondrement du bâtiment, durant le tremblement de terre, ne l'avait pas épargnée. Elle était blessée... à l'intérieur, là où ça ne se voyait pas, mais si gravement que même ce qu'elle avait de Quatrième n'arrivait pas à réparer les dégâts. Elle souffrait d'une hémorragie interne. Une aura cuivrée de sang flottait autour d'elle. Elle murmura son nom. Sa voix était plus faible que le bruit des Hypothétiques creusant et grattant les décombres... bruit devenu plus fort au cours des dernières heures.

«Je peux te prendre avec moi», affirma Isaac.

Entendant cela, Sulean Moï demanda: «Qu'est-ce que tu veux dire?»

Mais la mère d'Isaac se contenta de hocher la tête.

Il y eut alors une bourrasque d'air frais, et la lumière de la forêt extraterrestre dissipa l'obscurité.

TRENTE-DEUX

« Il faut qu'on se trouve des points de repère avant le coucher du soleil », affirma Lise.

Turk, qui venait d'aider le Dr Dvali à monter un abri grossier contre un quai de chargement en béton, près (mais pas trop) des arbres fouisseurs, la regarda sans comprendre, puis, interprétant les regards qu'elle lançait sourcils froncés en direction de Dvali, répondit : « Ouais, t'as raison, on va le faire. » Il demanda au Quatrième de rassembler toutes les boîtes de conserve intactes qu'il dénicherait parmi les décombres pendant qu'il « partait en reconnaissance » avec Lise. Dvali le regarda d'un air soupçonneux — un Quatrième comme lui arrivait sans doute à reconnaître une demi-vérité à l'oreille —, mais hocha laconiquement la tête et leur fit signe de partir.

Turk repartit donc avec Lise le long du centre commercial effondré, passant bien à l'écart des fouilles, et dès qu'ils furent hors de voix, il s'étonna : « Des points de repère ? »

Elle avoua avoir surtout voulu s'éloigner de Dvali,

ne serait-ce que quelques minutes. «Je me suis dit aussi qu'on pourrait monter au-dessus de ces arbres pour jeter un coup d'œil sur les environs.

— Et tu comptes faire ça comment?»

Elle lui montra. Tout au sud du centre commercial, il restait un quadrilatère de murs extérieurs intacts auquel un escalier de secours en acier était toujours fixé. Elle dit l'avoir remarqué plus tôt dans la journée. Après examen, Turk jugea celui-ci assez solide pour supporter leur poids, et puis ouais, ce n'était sans doute pas une mauvaise idée d'inspecter les environs avant la nuit, tant qu'ils évitaient les imprudences. Ils montèrent donc jusqu'au toit et, dans la seule lumière de l'après-midi finissant, avancèrent sur une plate-forme en acier ajouré au-dessus des globes, d'où ils s'émerveillèrent de ce qu'ils virent.

Si elle rappelait à Lise celle qu'elle avait eue au matin depuis les quartiers des foreurs, la vue s'étendait cette fois dans toutes les directions, dont l'ouest — la direction d'Isaac, pensa-t-elle étourdiment — où quelque chose de monstrueux était sorti du sol.

Au-dessus des cimes de la Sombre Forêt, on distinguait facilement les ruines des structures humaines. La longue ligne du centre commercial effondré gisait en travers de la forêt tel un train ayant déraillé. L'immeuble où ils avaient passé la nuit montait entre les arbres comme la proue d'un navire échoué, et plus loin, Lise distinguait les silhouettes des derricks, des tours de craquage et des citernes. Quelque chose brûlait dans les champs pétroliers : le vent étirait une ligne de fumée noire sur l'horizon. Les pousses des Hypothétiques, qui tapissaient le désert dans toutes les directions et rayonnaient d'une lumière propre tout en reflétant celle du soleil couchant, lui parurent une mer de joyaux sombres. Elle se demanda quelle masse ces choses avaient dû extraire des cendres, du sol ou de l'atmosphère pour arriver à se développer, et s'il avait fallu évider l'ensemble du bassin intérieur d'Équatoria pour les construire. Elle vit aussi à l'ouest, dans l'éclat du soleil…

« Accroche-toi », lui conseilla Turk au moment où une bourrasque de vent faisait vibrer la plate-forme, mais elle se cramponnait déjà si fort à la rambarde qu'elle en avait mal aux doigts.

À l'ouest, quelque chose d'immense s'était levé. Une espèce d'Arc.

Lise était passée trois fois en bateau sous l'Arc des Hypothétiques : deux fois durant son adolescence, pour venir à Port Magellan avec ses parents (et en repartir sans son père), la dernière à l'âge adulte. Cet Arc-là, si impressionnant soit-il, avait été trop immense pour qu'on le perçoive comme une et une seule chose : on en distinguait le pilier le plus proche, montant en flèche jusqu'au-dessus de l'atmosphère, ou la partie qui continuait à refléter le soleil durant les premières heures de la nuit, éclat argenté flottant bien au-dessus de l'océan.

Ce qu'elle voyait maintenant était moins immense — elle le voyait en entier, U inversé sur fond de crépuscule —, mais sa taille n'en paraissait que plus évidente. Il devait mesurer des dizaines de kilomètres de haut, assez pour qu'une brume de nuages en pâlisse la courbe supérieure. Mais il semblait en même temps délicat, presque fragile : comment supportait-il son propre poids ? Plus important, que faisait-il là ? À *quoi* était-il destiné ?

Une bourrasque encore plus forte secoua la plate-forme, soufflant les cheveux emmêlés de Turk dans ses yeux. Lise n'aimait pas l'expression sur son visage quand il examinait cette chose à l'ouest. Pour la première fois depuis qu'elle le connaissait, il semblait perdu. Perdu, et un peu effrayé.

« On ne devrait pas rester là-dessus, dit-il. Avec ce vent. »

Elle en convint. La vue était magnifique, dans un style surnaturel, mais également intolérable. Elle impliquait trop de choses. Lise redescendit derrière Turk.

Ils firent une pause au pied de l'escalier, de retour sous les globes, comme des souris au milieu de champignons, se dit-elle, à l'abri du vent. Ils gardèrent le silence quelques instants.

Puis Turk plongea la main gauche dans la poche de son jean crasseux et en ressortit sa boussole, cette même boussole de surplus militaire au boîtier de cuivre cabossé qu'il portait le jour où il avait conduit Lise au-dessus des montagnes dans son avion. Il ouvrit le boîtier et regarda l'aiguille qui oscillait doucement, comme si elle hésitait sur l'alignement à prendre. Puis il saisit la main de Lise et posa la boussole sur sa paume.

« Pour quoi faire ?

— Je ne sais pas si cette putain de forêt se termine

quelque part, mais si c'est le cas, tu auras sans doute besoin d'une boussole pour trouver la sortie.

— Et alors ? Il suffira que je te suive. Garde-la.

— Je veux que tu l'aies.

— Mais...

— Allez, Lise. Qu'est-ce que je t'ai offert, depuis qu'on est ensemble ? J'aimerais t'offrir quelque chose. Ça me ferait plaisir. Prends-la. »

Avec gratitude et un peu de gêne, elle referma les doigts sur le boîtier de cuivre froid.

« Je pensais à Dvali », lui confia Lise tandis qu'ils revenaient au camp. Elle savait déraisonnable d'en parler à voix haute, mais à eux tous, l'épuisement, le scintillement crépusculaire de la forêt (pas entièrement sombre, elle devait bien l'admettre) et l'étrange cadeau de Turk l'avaient rendue téméraire. « À cette communauté qu'il a mise en place dans le désert. D'après Sulean Moï, il y a eu d'autres tentatives de créer la même chose, mais on les a arrêtées à temps. Dvali devait bien le savoir, non ?

— J'imagine.

— Sauf que cette information n'avait pas l'air de beaucoup le gêner. Il a mis un tas de monde dans la confidence. Dont mon père.

— S'il s'était montré trop imprudent, ils l'auraient attrapé.

— Il a changé ses plans. Il me l'a dit. Il était censé installer sa colonie sur la côte ouest, mais il a changé d'avis après avoir quitté l'université.

— Il n'est pas idiot, Lise.

— Je ne pense pas qu'il soit idiot. Je pense qu'il

ment. Il n'a jamais eu l'intention d'aller sur la côte ouest. Le plan de la côte ouest, c'était des conneries. C'était des conneries *exprès*.

— Peut-être, admit Turk. Quelle importance ?

— Des mensonges pour faire perdre sa trace à ses poursuivants. Tu vois où je veux en venir ? Dvali savait que la Sécurité génomique le recherchait, il devait bien se douter qu'elle viendrait voir mon père. Turk, il était assis juste à côté de moi quand il m'a dit qu'il savait que mon père était un homme de principes, quelqu'un de loyal qui ne dirait pas au DSG ce qu'il voulait savoir, sauf sous la contrainte la plus extrême. Dvali aurait pu le prévenir dès qu'il a su le DSG à Port Magellan, voire avant. Mais ce n'est pas ce qu'il voulait. Mon père n'était pas d'accord avec le projet de Dvali pour des raisons morales, alors Dvali s'en est servi comme d'un chiffon rouge.

— Il ne pouvait pas savoir que ton père se ferait tuer.

— Mais il devait bien savoir que ça pouvait arriver, et il s'attendait sûrement à ce qu'on le torture. Si ce n'est pas du meurtre, ça n'en est pas loin. »

Meurtre indirect… le seul type de meurtre qu'un Quatrième était capable de commettre.

Elle ignorait ce qu'elle pourrait faire de cette pensée, qui avait commencé à brûler comme un feu de broussailles dans son esprit. Pourrait-elle à nouveau regarder Dvali en face ? Devait-elle lui dire ce qu'elle avait deviné, ou feindre l'innocence jusqu'à ce qu'ils aient échappé à cet endroit ? Et ensuite ? Existait-il une véritable justice pour les Quatrièmes ? Elle se dit que Diane Dupree pourrait répondre à cette question, ou Sulean Moï…

Si elles étaient encore en vie.

« Écoute », dit Turk.

Lise n'entendait que les cimes de la Sombre Forêt bruire dans le vent qui se levait. Turk et elle avaient regagné les quais de chargement, l'endroit où la sinistre haie de fleurs à yeux avait poussé, mais on n'entendait même plus cet exaspérant *scratch-tac*, parce que…

Elle écarquilla les yeux.

« Ça s'est arrêté », dit Turk.

Le creusement avait cessé.

TRENTE-TROIS

Inquiet de voir le vent se lever, Avram Dvali ramassait des boîtes de conserve quand les bruits d'excavation cessèrent soudain. Il se redressa, glacé.

Sa première pensée fut : le garçon est mort. Les arbres des Hypothétiques avaient cessé de creuser parce que le garçon était mort. Et pendant un très long battement de cœur, cela ne lui sembla pas une simple possibilité, mais une vérité bordée de noir. Puis il songea : ou alors ils l'ont retrouvé.

Il lâcha ce qu'il tenait et courut vers les fouilles.

Dans sa hâte, il faillit percuter la haie de roses oculaires. L'une des plus grandes se tourna pour l'examiner d'un œil aussi indifférent qu'une perle noire. Il l'ignora.

Il fut stupéfait par la quantité de travail accomplie par les arbres fouisseurs depuis son dernier coup d'œil. Les racines spatulées étaient lentes, mais leurs tâtonnements et triages collectifs avaient dégagé un mur intact, et derrière lui, conduisant à l'intérieur, une ouverture dans l'amoncellement de décombres.

Il dépassa les roses oculaires, repoussa leurs tiges charnues, parce que, quelque part dans cette obscurité confinée, Isaac devait toujours être vivant, vivant et en pleine conversation avec les forces que Dvali adorait et redoutait depuis qu'elles s'étaient saisies de la Terre pour la sortir du temps : les Hypothétiques.

Les racines des arbres, qui s'étaient retirées de l'excavation pratiquée par leurs soins, gisaient entremêlées et immobiles à l'entrée de la pièce enfouie. Dvali hésita au seuil de l'ouverture, tout juste assez large pour lui. Il savait imprudent d'aller plus loin — il devait y avoir énormément, sans doute plusieurs tonnes, de décombres en équilibre sur le plafond partiellement intact, et rien pour soutenir celui-ci sinon quelques solives et quelques poutres qui gémissaient sous la charge —, mais il savait aussi qu'il ne pourrait pas s'en empêcher.

Le vent de plus en plus fort avait commencé à hululer dans les ruines avec une insistance de sirène.

Lorsqu'il avança d'un pas supplémentaire dans la pénombre, l'odeur infecte lui fit plisser le nez. Indubitablement, quelque chose était mort là-dedans. Le cœur lui manqua. « Isaac ! » appela-t-il. La faible lumière ambiante ne lui montra rien, puis ses yeux s'y adaptèrent et certaines formes apparurent.

La Martienne, Sulean Moï : était-elle morte ? Non. Elle leva les yeux vers lui du sol de cette pièce à demi effondrée, une expression horrifiée sur le visage, peut-être aveuglée par la soudaine lumière du jour. Quel enfer a dû être cet emprisonnement, se dit Dvali. Elle se traîna à quatre pattes vers l'ouverture et il voulut l'aider, mais ses pensées ne quittaient pas Isaac. Il aurait voulu avoir une lampe, une torche, n'importe quoi.

Le vent hurlait comme un chien blessé. Une poussière de plâtre se détacha du plafond. Dvali continua à s'enfoncer dans la puanteur et les saletés.

Le corps qu'il trouva ensuite était celui de Diane Dupree. La Quatrième venue du littoral était morte, et dès qu'il en eut la certitude, il continua d'avancer. Le plafond bas l'obligea à se courber. Mais plus loin dans les ténèbres, il vit enfin Isaac… vision saisissante : Isaac vivant, Isaac agenouillé au-dessus de la forme prostrée d'Anna Rebka.

Le garçon recula un peu à l'approche de Dvali. Ses yeux étaient lumineux : les paillettes dorées dans ses iris brillaient nettement. Même sa peau semblait émettre un peu de lumière. Il n'avait pas l'air humain… n'était *pas* humain, se rappela Dvali.

Anna Rebka ne bougeait toujours pas. « Elle est morte ? demanda-t-il.

— Non », répondit Isaac.

« Laisse-la ! » cria Sulean Moï juste derrière l'entrée de la réserve ensevelie, dans la lumière de plus en plus faible du jour. « Isaac, laisse-la, sors, c'est dangereux ! »

Mais sortant de sa gorge sèche, son appel ressemblait à une supplique sans force.

Lorsque Dvali posa les doigts sur la gorge d'Anna pour y chercher un pouls, il sut aussitôt qu'il n'en trouverait aucun. Isaac se trompait, ou niait une vérité évidente. « Si, Isaac, fit-il doucement. Elle est morte.

— C'est juste son corps, répliqua le garçon.

— Qu'est-ce que tu veux dire ? »

Non sans hésitation, et à la stupéfaction de Dvali, l'enfant se mit à expliquer.

Ce vent, se dit Sulean Moï... il va nous tuer.

Elle vit Turk et Lise se précipiter vers elle dans l'amas de pousses extraterrestres, dans cette espèce de forêt... c'en fut presque trop pour elle, après ces heures de cécité dans la réserve ensevelie. Au-dessus de sa tête, des globes scintillant d'une manière étrange étaient reliés à ces... devait-elle les appeler des arbres ? Et une espèce de buisson de fleurs oculaires avait poussé à proximité, dont certaines tournaient leurs yeux stupides dans sa direction.

Le monde avait subi une transformation obscène.

Et le vent : d'où venait-il ? Il gagnait en intensité presque de seconde en seconde. Il tirait sur les ruines derrière elle, soulevait bien haut entre les arbres extraterrestres des cerfs-volants de plaques de plâtre abîmées et de toile goudronnée.

Elle tourna la tête vers la réserve et appela, cette fois de manière plus audible : « Isaac ! »

C'était le garçon qui comptait, pas cet idiot d'Avram Dvali.

« Isaac, sors ! »

Tandis que les décombres instables frémissaient et gémissaient.

Dvali comprit aussitôt ce que lui racontait le garçon. Cela allait un peu au-delà de ce qu'il avait longtemps imaginé… Isaac était devenu un intermédiaire avec les Hypothétiques, mais avec cette différence stupéfiante : il avait pu intégrer les souvenirs d'Anna Rebka avant sa mort. Elle vivait en lui. Tout comme Esh, l'enfant martien.

Il chuchota : « Anna ? »

Comme s'il pouvait la sommer de sortir du garçon à la manière d'un prestidigitateur invoquant un fantôme. Mais les yeux de l'enfant changèrent d'une manière indéfinissable, le coin de ses lèvres s'abaissa comme de dégoût, et il eut exactement la même expression que celle avec laquelle Anna le regardait depuis quelque temps.

Puis Dvali dit des mots qu'il n'avait pas prévu de prononcer, même s'ils étaient aussi logiques et aussi inévitables que le dernier pas sur une longue route :

« Prends-moi avec toi », dit-il.

Le garçon recula d'un pas en secouant la tête.

« Prends-moi avec toi, Isaac. Où que tu sois, où que tu ailles, prends-moi avec toi. »

Des poutres sous tension grincèrent comme si le poids du monde se trouvait en équilibre sur elles. Il y eut un bruit de coup de feu quand le bois craqua.

« Non », répondit l'enfant d'une voix calme et ferme.

Et c'était exaspérant. Exaspérant, car il était si près. Si près ! Et parce que la voix qui le refusait ressemblait tant à celle d'Anna.

TRENTE-QUATRE

Sulean Moï était allongée de tout son long près de la haie de fleurs oculaires. Lise ravala la peur que lui inspiraient les pousses des Hypothétiques pour la tirer à une distance plus sûre du champ de décombres tiraillés par le vent.

Turk se pencha sur la Martienne: «Où sont les autres?»

Un instant, celle-ci sembla dans l'incapacité de répondre. Elle ouvrit la bouche, la referma. Elle est sous le choc, pensa Lise. «Morts, finit par réussir à dire la Martienne. Diane est morte. Anna Rebka…

— Et Isaac?

— Vivant. Dvali est avec lui… à l'intérieur, *là-dedans*. Pourquoi est-ce qu'ils ne sortent pas? C'est dangereux!»

Turk se redressa pour embrasser du regard les gravats et l'ouverture étroite pratiquée par les arbres fouisseurs.

Lise le retint par le bras. Parce qu'il ne devait pas aller là-dedans, dans cette caverne chancelante, surtout pas.

Il se dégagea. Elle n'oublierait pas ce qu'elle ressentit quand son avant-bras lui glissa entre les doigts. Comme les souvenirs les meilleurs et les pires, celui-là resterait à jamais gravé dans sa mémoire. Jusqu'à la fin de ses jours, il reviendrait hanter ses longues nuits.

Mais elle ne put ni arrêter Turk ni se résoudre à le suivre.

Il faisait noir dans la réserve ensevelie. Turk faillit trébucher sur le corps de Diane Dupree avant de repérer Isaac et le Dr Dvali face à face devant une paroi d'étagères brisées et de parpaings fissurés. Dvali tendait la main pour attraper le garçon, qui reculait pas à pas, refusant qu'on le touche mais ne partant pas encore en courant, et Turk entendit Dvali le supplier à voix basse, il l'entendit malgré le rugissement de ce putain de vent qui, sorti de nulle part, semblait sur le point d'arracher le continent à ses gonds. Il avait vu assez de choses étranges dans la journée pour le reste de son existence, mais il assista à un nouveau miracle à faire froid dans le dos : la peau du garçon était devenue d'un blanc laiteux vaguement lumineux, son visage une lueur de bougie autour de ses yeux dorés, son corps une espèce de citrouille-lanterne aux côtes visibles sous le T-shirt déchiré et crasseux.

« Isaac », appela Turk, et le garçon se tourna vers lui. « Tout va bien. La porte est ouverte. Tu peux partir. »

Isaac le regarda avec reconnaissance.

Puis le vent fit un bruit évoquant la sirène d'un

monstrueux navire en train de quitter le port, et toutes les ruines en équilibre au-dessus de leurs têtes commencèrent à tomber.

Sulean Moï serra Lise dans ses bras pendant que le bâtiment remuait et se tassait. Une vague de poussière de béton et de plâtre pulvérisé se déversa sur elles avant d'être emportée par l'horrible vent. « Restez par terre, intima Sulean. Vous ne pouvez pas les aider pour le moment. »

Lise se débattit encore un peu. Puis toute force la déserta, et Sulean serra la jeune femme contre son épaule en la berçant doucement. Cet effondrement final avait quelque chose de terriblement définitif, se dit Sulean. Personne n'a pu en réchapper.

Puis elle révisa son opinion.

Courbées par le vent, les roses oculaires fixaient solennellement leur attention sur quelque chose.

« Regardez », dit Sulean.

Patiemment, les arbres des Hypothétiques se remirent à creuser.

SIXIÈME PARTIE

La prescription du temps

TRENTE-CINQ

Lorsque ce fut terminé, lorsqu'il ne resta plus de la grande forêt scintillante qu'une poignée de tiges tremblotantes en décomposition rapide, quand l'imposant Arc eut achevé son travail et fut devenu poussière, une fois le bassin désertique du Rub al-Khali rendormi pour dix autres millénaires, Lise revint à Port Magellan.

Le ciel restait clément et une cinquantaine de navires mouillaient dans le port, mais moins qu'avant, et sans doute moins qu'il n'y en aurait à l'avenir, une fois l'industrie pétrolière reconstruite et le tourisme relancé.

Elle prit une chambre d'hôtel. La Sécurité génomique ne semblait plus s'intéresser à elle depuis que les Quatrièmes de Dvali avaient fait exploser leurs bioréacteurs à Kubelick's Grave, mais peut-être son nom figurait-il toujours sur une liste. Elle occupa donc cette chambre sous un nom d'emprunt et réfléchit à la manière dont elle pourrait entreprendre de reconstituer sa vie. Et enfin, une semaine après son arrivée — non à bord d'un chalutier, comme elle l'avait imaginé, mais d'un bus avec quarante ou cinquante autres réfugiés du Rub al-Khali —, elle rassembla assez de courage, du moins de ce qu'il lui en restait, pour appeler Brian Gately.

Quand il cessa de pousser des exclamations de surprise et d'incrédulité, elle accepta de le rencontrer en terrain neutre. Harley's, dans la douceur de l'après-midi, à une table donnant sur les collines d'où la ville blanche dégringolait jusqu'à la baie.

Arrivée en avance, elle tua le temps en réfléchissant à ce qu'elle voulait lui dire, mais son esprit refusait de se concentrer. Un serveur lui apporta de l'eau glacée et du pain, comme pour la distraire. Elle lut sur son badge qu'il s'appelait Mahmoud, aussi demanda-t-elle à Mahmoud si Tyrell travaillait toujours là… elle se souvenait l'avoir rencontré le soir de la première chute de cendres, le 34 août, quand elle avait fait venir Turk dans ce restaurant pour lui montrer la photographie de Sulean Moï. Mahmoud répondit par la négative en précisant que Tyrell était rentré aux États-Unis. Beaucoup de monde avait quitté Port Magellan après que ces choses étranges étaient tombées du ciel. Rien n'a changé, se dit Lise, rien, et tout est différent. Juste au moment où Mahmoud s'éloignait de la table, elle vit Brian entrer. Il sourit timidement en l'apercevant. Elle hocha la tête.

Il vint s'asseoir. Brian Gately, qui ne travaillait plus au Département de Sécurité génomique. C'était une des premières choses qu'il lui avait dites au téléphone. *Je ne travaille plus pour eux*, avait-il affirmé, comme pour établir sa bonne foi, d'un ton solennel. *J'ai démissionné.* Il n'avait pas précisé pourquoi.

«Tu as failli me rater, dit-il. Je quitte mon appartement la semaine prochaine. Je n'ai plus que quatre sacs de voyage bourrés et un billet de retour.

— Tu rentres aux States ?

— Je ne vois aucune raison de rester. Je vais te dire un secret, Lise : je déteste cette ville. Et par extension, toute cette planète.»

Comme il n'appartenait plus au DSG, il ne pouvait pas l'aider. Mais il ne pouvait pas lui nuire non plus. En tant que menace, il était plus ou moins neutralisé. Restait donc à déterminer si elle lui raconterait ce qui s'était passé dans le désert. Parce qu'il allait poser la question. Elle n'en doutait pas une seconde.

Tenez bon, lui avait dit Sulean Moï, et Lise avait tenu bon, même quand le monde entier avait semblé basculer sous ses pieds. Tout autour d'elle, attirés par le vortex central de l'Arc temporel, les globes brillamment fluorescents se détachaient des arbres des Hypothétiques. Le vent devint tempête et la tempête ouragan, et Lise se réfugia contre une jetée de béton, si terrifiée qu'elle n'arrivait même plus à hurler, s'apercevant à peine que Sulean Moï se recroquevillait un peu plus loin sous le même rebord de pierre.

Le vent soufflait sans discontinuer, et Lise perdit puis retrouva conscience, se débrouillant pour rester arc-boutée contre le béton, revenant de temps en temps à elle comme s'éveillant non d'un cauchemar, mais en lui, et la nuit passa-t-elle? Une journée, une autre nuit?

Cela finit par s'arrêter. Le vent décrut en une simple brise, le monde se redressa, et Sulean Moï l'appela par son nom: «Lise Adams! Vous êtes blessée?»

Il y avait mille manières de répondre à cette question, mais elle n'arrivait pas à prononcer un mot.

Elle avait dû dormir au moins une partie du temps. L'Arc impossible avait disparu à l'ouest et la plus grande partie de la Sombre Forêt avec lui. Il ne restait que des bâtiments brisés, des fondations à nu, des chaussées fissurées et bousculées, et les souches des arbres des Hypothétiques. Revoilà le désert, se dit Lise. Et l'insupportable douleur des muscles pris de crampes, ainsi que la souffrance bien plus profonde du chagrin.

Des jours plus tard, affamée et décharnée dans ses vêtements dégoûtants, elle se tenait assise à côté de Sulean Moï non loin d'une douzaine d'autres personnes (surtout des hommes) épuisées qui avaient réchappé à la crise en se réfugiant dans des bâtiments abandonnés ou dans les interstices des installations pétrolières en ruine. Tous attendaient un bus dont les sauveteurs avaient annoncé l'arrivée imminente. Ce bus était censé les conduire dans une zone de récupération sur la côte nord-est, mais Lise et Sulean prévoyaient de s'éclipser avant, peut-être à Bustee, et de traverser les montagnes par leurs propres moyens.

Elle se tourna vers Sulean, qui patientait le menton sur les mains. «Vous avez soif?

— Je suis juste fatiguée», répondit la Martienne, de cette vieille voix qui lui évoquait un archet mal colophané maltraitant la corde de *mi* d'un violon. «Et je pensais au Dr Dvali.»

Avram Dvali. Mort au-delà de toute rédemption. «Et alors?

— Il se trompait sur tant de choses. Mais il avait peut-être raison sur les Hypothétiques.» L'expression de la Martienne se fit encore plus mélancolique. «Je croyais qu'il n'y avait pas d'Hypothétiques dans le sens d'agents opérant de manière consciente... d'entités conscientes. Qu'il y avait uniquement le processus. Le tricotage incessant des aiguilles de l'évolution.»

À ce stade, Lise s'en fichait complètement, mais comme cela comptait pour Sulean, et que cette dernière s'était montrée gentille avec elle, elle répondit: «Eh bien quoi, ce n'est pas vrai? Ce qui s'est passé ici... Vous voulez dire que c'était *planifié*?

— Pas planifié. Aucune espèce de Conseil galactique ne s'est réuni pour décider de placer une porte temporelle au milieu d'Équatoria. Je pense qu'elle a poussé là au fil de millions et millions d'années, résultat imprévu de ce qui l'a précédée, comme tout autre acte d'évolution.

— Donc, Dvali se trompait.

— Mais seulement au sens le plus littéral.» Elle raconta qu'Isaac le lui avait expliqué dans les ruines du centre commercial. «Des millions de machines autoreproductibles extrêmement évoluées recueillent et rassemblent les informations concernant une portion d'espace. Ces informations sont rapportées ici à intervalles réguliers pour compilation. L'Arc temporel les expédie dans le futur, dix mille ans dans le futur, et au même moment, un corpus similaire d'informations anciennes est libéré dans le présent pour être réabsorbé et restaurer ce qui a été perdu dans l'entropie. Ce n'est pas de la mémoire au sens passif. C'est un acte de souvenance. Et les organismes se souviennent afin de préserver leur comportement ou de le modifier utilement.

— C'est de cette manière que le réseau des Hypothétiques se souvient, d'accord, je comprends, mais...

— Mais si le réseau se souvient, il doit avoir une espèce de volonté, du moins la sensation rudimentaire que sa propre existence est distincte du reste du monde naturel. Autrement dit, en tant que tout, c'est exactement ce que le Dr Dvali imaginait... un être transcendant si vaste que même la relation détaillée d'une vie humaine n'est qu'une fraction infinitésimale de son plus petit constituant.»

La relation détaillée d'une vie humaine. Comme celle d'Esh, par exemple. Ou de...

«Et ça implique aussi autre chose, poursuivit Sulean Moï. Autre chose de peut-être encore plus horrible. Prenez Jason Lawton. Vu que le réseau des Hypothétiques se souvient de lui, il est parvenu à une espèce d'existence par-delà la mort. Une existence passive, peut-être, mais néanmoins significative. Et que ferons-nous de *ça*, mademoiselle Adams, une fois la vérité connue? Exprimé plus simplement: il y a un dieu, un dieu qui peut permettre l'immortalité, et cette immortalité peut s'obtenir par l'intermédiaire d'un médicament : celui-là même qu'a pris Jason Lawton, celui qui l'a relié aux Hypothétiques avant de le tuer.

— Mais si ce médicament est mortel... dit Lise.

— Tout à fait mortel sur le plan physique, mais si on se *souvient* de vous, si vous passez directement de la mort à l'esprit d'un dieu très réel...

— Ça va tenter les gens.

— Plus que tenter. Ils appelleront ça le Cinquième Âge. Souvenez-vous de ce que je vous dis. Ils appelleront ça le Cinquième Âge, non pas un âge adulte au-delà de l'âge adulte, mais une naissance au-delà de la mort. Ils l'adoreront, ils se le disputeront, ils créeront leurs Départements de Sécurité spirituelle, et qu'est-ce que ça fera de nous, à long terme ? J'ai peur d'y penser. »

La Martienne ferma les yeux comme pour se protéger de cette intolérable vision de l'avenir.

Lise essayait toujours de comprendre ce qu'avait dit Sulean sur les Hypothétiques : s'ils pouvaient se souvenir, ils avaient forcément conscience de leur propre existence, ils devaient avoir une sorte d'esprit. Un esprit constitué d'innombrables millions de parties stupides, mais n'était-ce pas la définition de *tout* esprit ? Du sien, par exemple ?

Le soleil de l'après-midi brillait implacablement. Lise but à longs traits à l'une des bouteilles d'eau distribuées par les sauveteurs et rajusta le bord de son chapeau, autre don des sauveteurs. Elle demanda : « Si cette chose a une mémoire, qu'a-t-elle d'autre ?

Peut-on en conclure qu'elle a de la compassion, par exemple, ou de l'imagination ? »

Sulean y réfléchit quelques instants. Puis elle sourit, ce que Lise supposa douloureux, avec ses vieilles lèvres gercées qui saignaient par endroits. « Je n'en sais rien. Nous avons peut-être notre propre rôle à jouer. En tant qu'espèce, je veux dire. L'intervention des Hypothétiques fait de nous quelque chose d'imprévisible. Vous n'appelleriez pas ça un acte d'imagination ? »

Ainsi le réseau des Hypothétiques se souvenait-il, peut-être même rêvait-il et intégrait-il l'humanité dans ses rêves. Mais ressentait-il du chagrin ? S'émerveillait-il des galaxies présentes au-delà de ses propres limites ? Leur parlait-il, et lui répondaient-elles ?

C'était des questions que son père aurait posées.

Lise voyait devant elle son ombre s'étendre comme un double obscur. Elle plissa des yeux pour mieux voir de loin. Cette petite tache dans le désert sans le moindre ombrage devait être le bus qui arrivait.

S'il vit, pensa-t-elle, cela signifie-t-il qu'il mourra ? Et sait-il qu'il mourra ?

Et veut-il vivre éternellement ?

La plus grande partie de ce à quoi Lise avait assisté de première main — la forêt extraterrestre, l'éruption puis l'effondrement de l'Arc temporel — avait été filmée par des drones et transmise à Port Magellan. À l'heure qu'il était, ces images avaient fait le tour de la planète et de celle, plus peuplée, d'à côté. Les commentateurs s'étaient mis à en parler comme d'« un événement d'une portée inconnue en relation avec les Hypothétiques ». Elle dit à Brian s'être trouvée tout près de ces événements et avoir eu de la chance d'en sortir vivante, mais refusa de se laisser soutirer des détails. Pas parce qu'elle n'avait pas confiance en lui, mais parce que le souvenir était encore trop vivace dans son esprit pour être mis en mots.

Brian sembla accepter cela, mais il demanda ensuite, avec tout le tact dont il était capable, ce qui était arrivé à Turk Findley. Lise ferma alors les yeux en se demandant comment répondre.

Tout ce à quoi elle pouvait penser (et elle ne pouvait en parler), c'était au son de la voix de Turk sortant du vent et de la nuit.

Hors des ténèbres percées par la lueur des fruits encore accrochés aux arbres des Hypothétiques. Les globes au sommet des tiges projetaient collectivement une lumière éthérée d'étoiles alors même que le vent hurlait autour d'eux et les emportait en nombre toujours plus grand. Leurs couleurs toujours changeantes se reflétaient sur le visage de Sulean Moï, qui s'était drapée d'une bâche avant de gagner en rampant le maigre abri d'une jetée en béton. Au matin, se promit Lise, lorsque le vent cessera (*si* il cesse), dès qu'on pourra tenir debout, je me mettrai à creuser, je me mettrai à creuser là où les arbres creusaient, je déterrerai Turk, Isaac et même le Dr Dvali. Mais beaucoup de temps — plusieurs heures — s'était écoulé depuis l'effondrement du bâtiment, pendant lequel le vent avait régulièrement gagné en force, courbant les arbres des Hypothétiques comme des pénitents en prière. Des bourrasques hurlantes traversaient les brèches de la jetée en béton, et Lise entendait les plaques de plâtre et les feuilles de métal chanter en prenant l'air. Les globes rayonnants vibraient sur leurs branches raides ou se détachaient pour être aussitôt emportés vers le haut. Elle les vit ou rêva qu'elle les voyait s'assembler dans le ciel, former une espèce de fleuve au-dessus des arbres désormais nus, un vol, comme des oiseaux lumineux en train de migrer, de s'écouler jusque dans l'Arc temporel.

«Lise», dit une voix derrière elle, avec assez de force pour se faire entendre malgré le hurlement du vent, avec une force insupportable, mais comme c'était celle de Turk, elle se redressa avec stupéfaction et voulut se tourner vers lui. Il lui parlait d'un endroit quelque part derrière ces blocs de béton, résistant d'une manière ou d'une autre à ce vent de tempête. «Turk!

— Ne me regarde pas, Lise. Il ne vaut mieux pas.»

Cela lui fit si peur qu'elle ne *put pas* regarder. Elle l'imagina avec une horrible blessure. Elle baissa donc les yeux vers le sol, mais cela n'arrangea rien, car les ombres lui apprirent qu'une lumière vive provenait de l'endroit où devait se tenir Turk... et sans doute de Turk lui-même. Ce qui risquait de plonger Lise dans une terreur encore plus extrême, aussi ferma-t-elle complètement les yeux. Elle les ferma de toutes ses forces. Et serra les poings. Et le laissa parler.

«Lise? dit Brian. Tout va bien?

— Oui», dit-elle. Il y avait devant elle un verre de vin que Mahmoud remplissait. Remplissait une nouvelle fois. Elle le repoussa. «Désolée.»

Turk avait dit plusieurs choses.

Certaines personnelles. Qu'elle emporterait dans la tombe. Des mots destinés à elle et rien qu'à elle.

Il s'était excusé en mots simples de la quitter. Il affirmait ne pas avoir le choix. Il ne lui restait plus qu'une seule porte.

Lorsqu'elle lui demanda où il allait, il répondit seulement: «Dans l'Ouest.»

«Il est parti dans l'Ouest», assura-t-elle à Brian.

Et lorsqu'elle finit par s'obliger à relever la tête pour regarder, pour regarder vraiment, elle ne vit pas Turk mais Isaac. Isaac en haillons, Isaac blessé, avec un bras tordu deux fois dans la mauvaise direction, mais Isaac qui brillait comme une pleine lune. Avec une peau désormais aussi lumineuse et aux couleurs aussi changeantes que les globes mémoriels, comme s'il était devenu un des leurs. Ce qui, supposa-t-elle, était le cas.

Elle comprit cela grâce aux explications de Turk. Le corps de Turk se trouvait toujours sous les décombres, mais son souvenir vivant était là, avec ces restes abîmés d'Isaac dégagés par les arbres des Hypothétiques. Et Esh l'accompagnait, ainsi que Jason Lawton, et Anna Rebka.

Et Diane ?

Diane, dit-il, avait préféré rester en arrière.

Et le Dr Dvali ? demanda-t-elle.

Non. Pas le Dr Dvali.

L'enveloppe lumineuse d'Isaac s'était alors donnée au vent, et le vent l'avait emportée vers l'ouest.

Brian disait quelque chose sur « ton livre ».

« Il n'y a jamais eu de livre.

— Tu en as appris davantage sur ton père ?

— Un peu.

— Parce que j'ai fait des recherches de mon côté. Après que tu m'as parlé de Tomas Ginn. J'ai demandé des renseignements. Ginn est mort, Lise. Il a été tué pendant un interrogatoire secret. »

Lise garda le silence.

« Il est peut-être arrivé la même chose à ton père.

— Peut-être ?

— Eh bien, non. En fait, c'est ce qui lui est arrivé.

— Tu as des preuves ?

— Une photographie. Pas vraiment une preuve. Elle n'a rien de recevable. Mais c'est la vérité, Lise, si c'est la vérité que tu recherchais. »

Une photographie de son père… de son cadavre, semblait sous-entendre Brian. Elle ne voulait pas la voir. « Je sais ce qui s'est passé, affirma-t-elle.

— Vraiment ? »

Elle savait ce qui était arrivé à son irréprochable père, et elle savait quelque chose que même Brian ignorait : elle savait ce qui l'avait tué et pourquoi. Elle avait même envoyé un message à sa mère en Californie, un texte qui disait :

Il n'est pas parti. On l'a enlevé. Je le sais.

Sa mère avait répondu : *Alors tu peux rentrer à la maison.*

Mais j'y suis, avait répliqué Lise, et plus tard, en marchant sur les quais par un matin encombré de brouillard, elle s'aperçut que c'était vrai.

Lise avait dit au revoir à Sulean Moï à un arrêt de bus dans la campagne, quelque part sur le chemin du retour à Port M. Elle avait demandé à la Martienne si elle pourrait se débrouiller seule, oubliant que, depuis des décennies, celle-ci comptait uniquement sur son intelligence et sur la générosité de Quatrièmes charitables pour vivre. Sulean avait dit qu'il lui restait du travail : si Isaac avait été un échec majeur pour elle, d'autres batailles restaient à livrer. Quelle que soit la véritable nature du réseau des Hypothétiques, Sulean Moï continuait à désapprouver ses relations avec les êtres humains. « Je ne veux pas faire partie des grandes transactions d'une créature, avait-elle dit. Ni que mon espèce en fasse partie.

— Et donc, où irez-vous ? » avait demandé Lise, question à laquelle la Martienne avait répondu en souriant : « Peut-être dans l'Ouest. Et vous ? *Vous*, ça va ? »

Non, bien sûr que non, ça n'allait pas. Les souvenirs que Lise gardait du Rub al-Khali lui vaudraient des mois, voire des années de rêves trempés de sueur. Mais elle avait haussé les épaules en répondant : « Je survivrai », et sans doute était-ce une réponse sincère, car la Martienne avait pris sa main en la regardant dans les yeux, puis hoché solennellement la tête.

«J'aurais voulu que ça se passe mieux entre nous», dit Brian, ce qui était sa manière de reconnaître que leur mariage appartenait bel et bien au passé. «J'aurais voulu que beaucoup de choses se passent mieux.»

Ce qui rendit plus facile à Lise de lui être reconnaissante pour tout ce qu'il avait fait ou essayé de faire pour elle. Plus facile de ne rien trouver à lui reprocher.

Ils avaient terminé leur dîner depuis longtemps. C'était déjà le crépuscule. En bas à Port M, les lumières commençaient à s'allumer, depuis l'éclairage des panneaux d'affichage longeant la rue de Madagascar jusqu'aux guirlandes de diodes multicolores qui embellissaient les souks et les marchés libres. Toute cette beauté polyglotte, se dit Lise, comme si la ville était un organisme unique, suivant ses propres rythmes diurnes et imprégné de sa propre imagination en devenir. Elle se demanda si la ville existerait toujours mille ans plus tard... ou dix mille ans plus tard, quand le fantôme de Turk sortirait de l'Arc temporel pour entamer un nouveau cycle.

Toute véritable compréhension de la nature des Hypothétiques doit prendre ce fait en compte. Ils étaient déjà très vieux la première fois que nous avons croisé leur chemin, ils le sont encore davantage maintenant.

L'introduction du livre de son père.

Brian lui prit la main une dernière fois, puis

tourna les talons et partit. Lise resta encore un peu à table. Elle trouvait agréable l'air de plus en plus frais de la terrasse. Les étoiles se montraient en nombre croissant. Mahmoud arriva avec une carafe en argent et la servit en café.

Ce dont nous ne pouvons nous souvenir, nous devons le redécouvrir.

«Pardonnez-moi, vous m'avez parlé?

— Je disais: il commence à faire nuit.»

Mahmoud sourit. «Ces couchers de soleil... ils ont l'air de durer une éternité.»

DU MÊME AUTEUR

Aux Éditions Gallimard

BIOS (Folio Science-Fiction n° 80)

LES FILS DU VENT (Folio Science-Fiction n° 199)

LE VAISSEAU DES VOYAGEURS (Folio Science-Fiction n° 240)

ANGE MÉMOIRE (Folio Science-Fiction n° 303)

LA CABANE DE L'AIGUILLEUR (Folio Science-Fiction n° 391)

MYSTERIUM (Folio Science-Fiction n° 405)

YFL 500 (Folio 2 € n° 5299)

Aux Éditions Denoël

DARWINIA (Folio Science-Fiction n° 151)

LES CHRONOLITHES (Folio Science-Fiction n° 293)

BLIND LAKE (Folio Science-Fiction n° 349)

MYSTERIUM (Omnibus)

SPIN (Folio Science-Fiction n° 362)

AXIS (Folio Science-Fiction n° 419)

VORTEX

À TRAVERS TEMPS

JULIAN

Aux Éditions J'ai Lu

VICE-VERSA

Dans la même collection

283.	Serge Brussolo	*La nuit du bombardier*
284.	Francis Berthelot	*Hadès Palace*
285.	Jack Williamson	*Les Cométaires* (Ceux de la Légion, II)
286.	Roger Zelazny et Robert Sheckley	*Le concours du Millénaire*
287.	Barbara Hambly	*Les armées du jour* (Le cycle de Darwath, III)
288.	Sean Russell	*Les routes de l'ombre* (La guerre des cygnes, III)
289.	Stefan Wul	*Rayons pour Sidar*
290.	Brian Aldiss	*Croisière sans escale*
291.	Alexander Jablokov	*Sculpteurs de ciel*
292.	Jack Williamson	*Seul contre la Légion* (Ceux de la Légion, III)
293.	Robert Charles Wilson	*Les Chronolithes*
294.	Robert Heinlein	*Double étoile*
295.	Robert Silverberg	*L'homme programmé*
296.	Bernard Simonay	*La porte de bronze*
297.	Karl Schroeder	*Permanence*
298.	Jean-Pierre Andrevon	*Šukran*
299.	Robert Heinlein	*Sixième colonne*
300.	Steven Brust	*Jhereg*
301.	C. S. Lewis	*Au-delà de la planète silencieuse*
302.	Jack Vance	*Les langages de Pao*
303.	Robert Charles Wilson	*Ange mémoire* (INÉDIT)
304.	Steven Brust	*Yendi*
305.	David Brin	*Jusqu'au cœur du Soleil* (Le cycle de l'Élévation, I)
306.	James A. Hetley	*Le Royaume de l'été*
307.	Thierry Di Rollo	*Meddik*

308.	Cory Doctorow	*Dans la dèche au Royaume Enchanté* (INÉDIT)
309.	C. S. Lewis	*Perelandra*
310.	Christopher Priest	*La séparation*
311.	David Brin	*Marée stellaire*
312.	Ray Bradbury	*Les machines à bonheur*
313.	Jack Vance	*Emphyrio*
314.	C. S. Lewis	*Cette hideuse puissance*
315.	Frederik Pohl et C. M. Kornbluth	*Planète à gogos*
316.	Robert Holdstock	*Le souffle du temps*
317.	Stéphane Beauverger	*Chromozone* (La trilogie Chromozone, I)
318.	Michael Moorcock	*Le nomade du Temps*
319.	John Varley	*Gens de la Lune*
320.	Robert Heinlein	*Révolte sur la Lune*
321.	John Kessel	*Lune et l'autre* (INÉDIT)
322.	Steven Brust	*Teckla*
323.	Mary Gentle	*La guerrière oubliée* (Le livre de Cendres, I)
324.	Mary Gentle	*La puissance de Carthage* (Le livre de Cendres, II)
325.	Mary Gentle	*Les Machines sauvages* (Le livre de Cendres, III)
326.	Mary Gentle	*La dispersion des ténèbres* (Le livre de Cendres, IV)
327.	Charles Dickinson	*Quinze minutes*
328.	Brian Aldiss	*Le Monde Vert*
329.	Elizabeth Moon	*La vitesse de l'obscurité*
330.	Stéphane Beauverger	*Les noctivores*
331.	Thomas Day	*La maison aux fenêtres de papier* (INÉDIT)
332.	Jean-Philippe Jaworski	*Janua vera*

333. Laurent Kloetzer — *Le royaume blessé*
334. Steven Brust — *Les Gardes Phénix*
335. Isaac Asimov — *Fondation* (Le cycle de Fondation, I)
336. Isaac Asimov — *Fondation et Empire* (Le cycle de Fondation, II)
337. Isaac Asimov — *Seconde Fondation* (Le cycle de Fondation, III)
338. Isaac Asimov — *Fondation foudroyée* (Le cycle de Fondation, IV)
339. Isaac Asimov — *Terre et Fondation* (Le cycle de Fondation, V)
340. Jack Vance — *La vie éternelle*
341. Guillaume Guéraud — *La Brigade de l'Œil*
342. Chuck Palahniuk — *Peste*
343. Paul Anderson — *Trois cœurs, trois lions*
344. Pierre Corbucci — *Journal d'un ange*
345. Elizabeth Hand — *L'ensorceleuse*
346. Steven Brust — *Taltos*
347. Stéphane Beauverger — *La cité nymphale* (La trilogie Chromozone, III)
348. Gene Wolfe — *L'ombre du Bourreau* (Le livre du Nouveau Soleil, I)
349. Robert Charles Wilson — *Blink Lake*
350. Alain Damasio — *La Zone du Dehors*
351. James Patrick Kelly — *Fournaise*
352. Joëlle Wintrebert — *Le créateur chimérique*
353. Bernard Simonay — *La Vallée des Neuf Cités*
354. James Tiptree Jr — *Par-delà les murs du monde*
355. Gene Wolfe — *La Griffe du demi-dieu* (Le livre du Nouveau Soleil, II)
356. Gene Wolfe — *L'épée du licteur* (Le livre du Nouveau Soleil, III)

357.	Wayne Barrow	*Bloodsilver*
358.	Ted Chiang	*La tour de Babylone*
359.	Clive Barker	*Le royaume des Devins*
360.	Michael G. Coney	*Péninsule*
361.	Theodore Sturgeon	*Un peu de ton sang*
362.	Robert Charles Wilson	*Spin*
363.	Gene Wolfe	*La citadelle de l'Autarque* (Le livre du Nouveau Soleil, IV)
364.	Francis Berthelot	*Khanaor*
365.	Mélanie Fazi	*Serpentine*
366.	Ellen Kushner	*À la pointe de l'épée*
367.	K. J. Parker	*Les couleurs de l'acier* (La trilogie Loredan, I)
368.	K. J. Parker	*Le ventre de l'arc* (La trilogie Loredan, II)
369.	K. J. Parker	*La forge des épreuves* (La trilogie Loredan, III)
370.	Thomas Day	*Le trône d'ébène*
371.	Daniel F. Galouye	*Simulacron 3*
372.	Adam Roberts	*Gradisil*
373.	Georges Foveau	*L'Enfant Sorcier de Ssinahan* (INÉDIT)
374.	Mathieu Gaborit	*Bohème*
375.	Kurt Vonnegut Jr	*Le pianiste déchaîné*
376.	Olivier Bleys	*Canisse* (INÉDIT)
377.	Mélanie Fazi	*Arlis des forains*
378.	Mike Resnick	*Ivoire*
379.	Catherine L. Moore	*Les aventures de Northwest Smith*
380.	Catherine L. Moore	*Jirel de Joiry*
381.	Maïa Mazaurette	*Dehors les chiens, les infidèles*
382.	Hal Duncan	*Évadés de l'Enfer !* (INÉDIT – à paraître)

383.	Daniel F. Galouye	*Le monde aveugle* (à paraître)
384.	Philip K. Dick	*Le roi des elfes* (à paraître)
385.	Poppy Z. Brite	*Contes de la fée verte*
386.	Mélanie Fazi	*Notre-Dame-aux-Écailles*
387.	J.G. Ballard	*Le monde englouti*
388.	Jean-Philippe Jaworski	*Gagner la guerre*
389.	Mary Gentle	*L'énigme du cadran solaire*
390.	Stéphane Beauverger	*Le Déchronologue*
391.	Robert Charles Wilson	*La cabane de l'aiguilleur*
392.	Christopher Priest	*L'Archipel du Rêve*
393.	McSweeney's	*Anthologie d'histoires effroyables*
394.	Robert Heinlein	*Marionnettes humaines*
395.	Norbert Merjagnan	*Les tours de Samarante*
396.	Jean-Philippe Depotte	*Les démons de Paris*
397.	Stephen Fry	*Le faiseur d'histoire*
398.	Kelly Link	*La jeune détective et autres histoires étranges*
399.	J.G. Ballard	*Sécheresse*
400.	Fabrice Colin	*Comme des fantômes*
401.	Ray Bradbury	*Les pommes d'or du soleil*
402.	Laurent Genefort	*Mémoria*
403.	Maïa Mazaurette	*Rien ne nous survivra*
404.	Foin Colfer	*Encore une chose... (H2G2, VI)*
405.	Robert Charles Wilson	*Mysterium*
406.	Serge Lehrman	*Le Haut-Lieu et autres espaces inhabitables*
407.	Isaac Asimov	*L'homme bicentenaire*
408.	Catherine Dufour	*L'accroissement mathématique du plaisir*
409.	Ian McDonald	*Brasyl*
410.	James Patrick Kelly	*Regarde le soleil*
411.	Alfred Bester	*L'homme démoli*
412.	Jack Vance	*Les chroniques de Durdane*

Composition Ütibi
Impression CPI Firmin-Didot
à Mesnil-sur-L'Estrée, le 15 février 2012.
Dépôt légal : mars 2012.
Numéro d'imprimeur : 109735

ISBN 978-2-07-044619-3/Imprimé en France.

238910